A NOITE
É A MINHA HORA

Outras obras da autora publicadas pela Editora Record

A filhinha do papai
Alguém espia nas trevas
Na rua em que você mora
Noite feliz (com Carol Higgins Clark)
Perigo no hospital
Pela segunda vez

MARY HIGGINS CLARK

A NOITE
É A MINHA HORA

Tradução de
FLÁVIA RÖSSLER

E D I T O R A R E C O R D
RIO DE JANEIRO • SÃO PAULO
2006

CIP-Brasil. Catalogação-na-fonte
Sindicato Nacional dos Editores de Livros, RJ.

C543n Clark, Mary Higgins, 1929-
A noite é a minha hora / Mary Higgins Clark; tradução de Flávia Rössler. – Rio de Janeiro: Record, 2006.

Tradução de: Nighttime is my time
ISBN 85-01-07055-6

1. Ficção policial americana. I. Rössler, Flávia. II. Título.

CDD – 813
06-1797 CDU – 821.111(73)-3

Título original norte-americano
NIGHTTIME IS MY TIME

Publicação feita mediante acordo com Simon & Schuster, Inc.

Direitos exclusivos de publicação em língua portuguesa para o Brasil adquiridos pela
EDITORA RECORD LTDA.
Rua Argentina 171 – Rio de Janeiro, RJ – 20921-380 – Tel.: 2585-2000
que se reserva a propriedade literária desta tradução

Impresso no Brasil

ISBN 85-01-07055-6

PEDIDOS PELO REEMBOLSO POSTAL
Caixa Postal 23.052
Rio de Janeiro, RJ – 20922-970

EDITORA AFILIADA

PARA VINCENT VIOLA, um orgulhoso diplomado pela Academia Militar de West Point, e sua encantadora esposa, Theresa, com afeto e amizade.

Agradecimentos

FREQÜENTEMENTE ME PERGUNTAM se, quanto mais escrevo, mais fácil fica. Gostaria que assim fosse, mas garanto que não é. Cada livro é um novo desafio, uma nova paisagem a ser preenchida com personagens e fatos. Por isso sou grata a essas mesmas pessoas que sempre torcem por mim, em particular quando começo a me perguntar se conseguirei contar minha história como desejo.

Michael Korda é meu editor desde que escrevi o primeiro romance de suspense, e lá se vão trinta anos. Tem sido um amigo, mentor e editor por excelência ao longo de três décadas. Chuck Adams, editor sênior, faz parte de nossa equipe há 12 anos. Sou grata a ambos porque souberam orientar minha trajetória.

Meus agentes literários, Eugene Winick e Sam Pinkus, são amigos verdadeiros, críticos ponderados e grandes incentivadores. Adoro os dois. A dra. Ina Winick, com sua experiência de psicóloga, me ajuda a entender o funcionamento da mente humana.

Lisl Cade, minha amiga e assessora de imprensa, está sempre presente quando preciso.

Sinceros agradecimentos a Michael Goldstein, e a Meyer Last, pela inestimável colaboração ao esclarecer minhas dúvidas quanto aos aspectos legais de uma adoção.

Mais uma vez tiro o chapéu para minha incansável editora Gypsy da Silva e sua equipe: Rose Ann Ferrick, Anthony Newfield, Bill Molesky e Joshua Cohen; também para o detetive Richard Murphy e o sargento reformado Steve Marron, pelo apoio e aconselhamento constantes.

Agnes Newton, Nadine Petry e Irene Clark estão sempre por perto em minhas jornadas literárias.

Minha maior alegria é, ao fim de uma história, comemorar com todos os que me são queridos e estão sempre próximos — meus filhos, meus netos e, claro, "ele", John Conheeney, meu maravilhoso marido.

E agora deixo com você, caro leitor, os acontecimentos ocorridos em um fatídico encontro de ex-alunos que comemoravam o vigésimo aniversário de formatura no belo vale do Hudson.

A definição de coruja sempre lhe agradara: *Ave noturna de rapina... garras afiadas e plumagem macia que permite vôo silencioso... Aplicado figurativamente a pessoas de hábitos noturnos.* "Sou O Coruja", sussurrava para si mesmo após escolher a presa, "e a noite é a minha hora".

1

Era a terceira vez em um mês que vinha a Los Angeles observar o que ela fazia no dia-a-dia.

— Conheço sua rotina — sussurrou baixinho, enquanto aguardava na cabine ao lado da piscina.

Faltava um minuto para as sete. Os raios de sol atravessavam as árvores e faziam cintilar a água que caía em cascata na piscina.

Alison teria pressentido que não lhe restava mais que um minuto de vida? Teria experimentado uma sensação estranha naquela manhã, talvez uma vontade inexplicável de não nadar como todos os dias? Ainda que tivesse, de que adiantaria? Era tarde demais.

Ela abriu a porta envidraçada e saiu para o pátio. Aos 38 anos ela era infinitamente mais atraente do que havia duas décadas. Seu corpo esbelto, bronzeado, ficava bem no pequeno biquíni. Seus cabelos, agora cor de mel, emolduravam e suavizavam o queixo pronunciado.

Jogou a toalha sobre a espreguiçadeira. A raiva cega que há muito fervia dentro dele transformou-se em ódio, sentimento logo substituído pela satisfação de pensar no que faria dali a pouco. Assistira a uma entrevista em que um audacioso dublê de mergulhador jurava que, no instante de saltar, o fato de saber que arriscava a vida lhe proporcionava uma emoção indescritível, uma sensação que tinha necessidade de repetir mais e mais vezes.

— Comigo é diferente — pensou. — É no momento em que apareço diante delas que sinto essa emoção. Sei que vão morrer e que, quando me vêem, também sabem. Entendem o que vou fazer.

Alison avançou sobre o trampolim e alongou o corpo. Ele observou-a saltitar suavemente para testar a madeira e em seguida colocar os braços à frente.

Abriu a porta da cabine no instante em que ela tirava os pés do trampolim. Queria que o visse quando já estivesse no ar. Imediatamente antes de tocar a água. Queria que tivesse consciência do quanto era vulnerável.

Durante aquela fração de segundo, seus olhos se cruzaram. Ele surpreendeu sua expressão no momento em que ela mergulhou. Estava apavorada, ciente de que não conseguiria escapar.

Ele pulou na água antes de ela voltar à superfície. Apertou-a contra o peito e riu ao vê-la se debater, agitando braços e pernas. Que tola! Seria melhor aceitar o inevitável e pronto.

— Você vai morrer — sussurrou num tom calmo, insensível.

Os cabelos dela varriam seu rosto, cegavam-no. Afastou-os com um gesto impaciente. Não queria ser distraído do prazer de senti-la debater-se.

O fim se aproximava. Na ânsia de respirar, ela abria a boca e engolia água. Ele percebeu seu último e desesperado esforço de escapar e depois os fracos tremores do corpo que começava a esmorecer. Apertou-a com força, desejando poder ler seus pensamentos. Estaria rezando? Suplicando a Deus que a salvasse? Enxergando a tal luz de que falam as pessoas que viram a morte de perto?

Esperou três longos minutos antes de soltá-la. Com um sorriso satisfeito, observou o corpo afundar na piscina.

Passavam cinco minutos das sete quando saiu da água, vestiu um moletom e um short, calçou os tênis, botou um boné e óculos escuros. Já escolhera o local onde deixaria a marca silenciosa de sua presença, o cartão de visitas no qual ninguém reparava.

Às 7h06, começou a descer a rua deserta; apenas mais um madrugador fanático pela boa forma em uma cidade repleta de fanáticos pela boa forma.

2

SAM DEEGAN NÃO PRETENDIA examinar o dossiê Karen Sommers naquela tarde. Vasculhara a última gaveta de sua mesa de trabalho em busca da caixa de comprimidos contra gripe que lembrava vagamente de ter enfiado ali. Quando seus dedos tocaram a pasta surrada e estranhamente familiar, hesitou um instante e depois, com uma careta, tirou-a da gaveta e a abriu. Ao ver a data na primeira página, percebeu que inconscientemente estivera querendo encontrá-la. Na semana seguinte, no Columbus Day, faria vinte anos que Karen Sommers tinha sido morta.

O dossiê já devia estar arquivado com outros casos não resolvidos, porém três promotores públicos do condado de Orange tinham, um após o outro, decidido mantê-lo aberto.

Vinte anos antes, Sam fora o primeiro detetive a atender à ligação de uma mulher em desespero que gritava que sua filha acabava de ser apunhalada.

Minutos mais tarde, quando chegara à casa situada na Mountain Road, em Cornwall-on-Hudson, encontrara o quarto da vítima invadido por uma platéia horrorizada. Debruçado sobre a cama, um vizinho tentava inutilmente fazer respiração boca-a-boca. Outros se esforçavam para manter à distância os pais, desesperados pela visão terrível do corpo brutalizado da filha.

Os longos cabelos de Karen Sommers derramavam-se sobre o travesseiro. No momento em que afastara os socorristas improvisados, Sam vira os horríveis golpes desferidos no peito e no coração de Karen e que com certeza tinham causado sua morte imediata e empapado os lençóis de sangue.

Lembrou-se de que sua primeira impressão tinha sido que a jovem provavelmente não percebera o agressor entrar no quarto. Era possível que nem tivesse acordado, refletiu, balançando a cabeça diante do dossiê aberto à sua frente. Os gritos da mãe tinham atraído não apenas os vizinhos, mas também um jardineiro e um entregador que se encontravam na casa ao lado. O resultado foi uma cena do crime inteiramente desfeita.

Não havia sinais de arrombamento. Nada tinha sido levado. Vinte e dois anos, estudante do primeiro ano de medicina, Karen Sommers surpreendera os pais ao chegar em casa para passar a noite. O suspeito natural seria o ex-namorado, Cyrus Lindstrom, terceiranista de direito da Universidade de Columbia. Ele admitiu que Karen gostaria que começassem a sair com outras pessoas, mas admitiu que ele próprio concordara com a idéia, uma vez que nenhum dos dois estava preparado para assumir um compromisso sério. Seu álibi — o de que passara a noite no apartamento que dividia com mais três estudantes de direito — foi confirmado, embora os três colegas declarassem ter ido dormir por volta da meia-noite, ignorando, portanto, se Lindstrom deixara o apartamento após esse horário. Segundo o legista, a morte de Karen devia ter acontecido entre duas e três horas da madrugada.

Lindstrom visitara a casa dos Sommers algumas vezes. Sabia que eles mantinham uma cópia da chave embaixo de uma pedra decorativa perto da porta dos fundos. Sabia também que o quarto de Karen era o primeiro cômodo à direita da escada dos fundos. Mas isso não significava que no meio da noite tivesse dirigido mais de setenta quilômetros, da Amsterdam Avenue com a 104th Street, em Manhattan, até Cornwall-on-Hudson e a matado.

Uma pessoa em quem se deve sempre ficar de olho. É assim que tratamos gente como Lindstrom, refletiu Sam. Sempre o considerei culpado. Nunca entendi por que a família Sommers ficou do lado dele. Meu Deus, pareciam estar defendendo o próprio filho.

Impaciente, Sam largou o dossiê sobre a mesa, levantou-se e caminhou até a janela. De onde estava, podia ver o estacionamento e lembrou-se do dia em que um prisioneiro que estava sendo julgado por assassinato tinha agredido um guarda, fugido pela janela da sala de audiências, atravessado correndo o estacionamento, atacado uma pessoa que estava entrando no carro e fugido com o veículo.

Pegamos o cara em vinte minutos, lembrou Sam. Por que, então, em vinte anos não consegui encontrar o animal que matou Karen Sommers? Para mim, continua a ser Lindstrom.

Lindstrom era agora um advogado criminalista de prestígio em Nova York. Perito em inocentar os piores assassinos, pensou Sam. Apropriado, já que é um deles.

Deu de ombros. O dia estava um lixo, chuvoso e surpreendentemente frio para o início de outubro.

Eu adorava este trabalho, pensou, mas não é mais a mesma coisa. Estou pronto para me aposentar. Tenho 58 anos; trabalhei na polícia a maior parte de minha vida. Devia pegar minha pensão e ir embora. Perder um pouco de peso. Visitar os filhos, passar mais tempo com os netos. Antes que eu perceba, já estarão na faculdade.

Teve uma sensação de dor de cabeça quando passou a mão pelos cabelos cada vez mais ralos. Kate vivia falando para eu parar de fazer isso, lembrou. Dizia que assim eu enfraquecia as raízes.

Com um leve sorriso à lembrança da análise pouco científica da falecida esposa sobre sua iminente calvície, voltou para a escrivaninha e observou de novo o dossiê etiquetado "Karen Sommers".

Continuava a visitar regularmente a mãe de Karen, Alice, que se mudara para um condomínio no centro da cidade. Tinha certeza de que para ela era um conforto saber que ainda tentavam encontrar a pessoa que tirara a vida de sua filha; mas era mais que isso. Sam tinha a sensação de que algum dia Alice deixaria escapar algum detalhe que nunca parecera importante, algo que poderia ser o primeiro passo para a identificação do indivíduo que entrara no quarto de Karen no meio daquela noite.

É isso que tem me segurado no emprego nos últimos dois anos, pensou. Gostaria de solucionar este caso a qualquer preço, mas não posso esperar mais.

Abriu a última gaveta da escrivaninha e hesitou. Seria melhor desistir. Era hora de colocar o dossiê no arquivo geral, ao lado de outros casos sem solução. Fizera o que estava ao seu alcance. Durante os primeiros 12 anos após o crime, jamais deixara de ir ao cemitério no dia do aniversário da morte da jovem. Costumava passar lá o dia inteiro, escondido atrás de um mausoléu, observando a sepultura de Karen. Chegara a instalar um microfone para gravar a conversa dos visitantes. Sabia de casos em que assassinos foram apanhados porque visitavam os túmulos de suas vítimas em datas comemorativas e até conversavam com elas sobre o crime.

As únicas pessoas que visitavam a sepultura de Karen nessas ocasiões eram seus pais, e ele considerava uma violação de privacidade ouvi-los evocar a memória da única filha. Acabara desistindo das visitas ao cemitério após a morte de Michael Sommers, oito anos atrás, quando Alice passou a visitar sozinha o túmulo onde agora o marido e a filha repousavam lado a lado. Tinha se afastado, a partir de então, não querendo ser testemunha de sua dor. Nunca mais voltara.

Sam levantou-se e colocou o dossiê Karen Sommers embaixo do braço, a decisão já tomada. Não o abriria mais. Na semana seguinte, no vigésimo aniversário da morte de Karen, daria entrada nos papéis da aposentadoria.

E farei uma visita ao cemitério, decidiu. Apenas para dizer-lhe o quanto lamento não ter podido fazer mais.

3

ELA DIRIGIRA DURANTE quase sete horas desde Washington, atravessando os estados de Maryland, Delaware e New Jersey até chegar a Cornwall-on-Hudson.

Não era uma viagem que Jean Sheridan gostasse de fazer. Não tanto pela distância, mas porque Cornwall, a cidade onde crescera, estava repleta de recordações dolorosas.

Prometera a si mesma que, por mais persuasivos que pudessem parecer os argumentos de Jack Emerson, organizador do encontro de ex-alunos de sua escola secundária, alegaria trabalho, outros compromissos, problemas de saúde, qualquer coisa, enfim, que a deixasse de fora.

Não tinha vontade de comemorar os vinte anos de formatura pela Stonecroft Academy, ainda que fosse grata pela educação ali recebida. Não estava nem um pouco interessada na medalha com que seria agraciada, mesmo sabendo que a bolsa para Stonecroft a ajudara a continuar os estudos em Bryn Mawr e, mais adiante, cursar o doutorado em Princeton.

No entanto, agora que uma cerimônia em memória de Alison passara a fazer parte da programação, era quase impossível deixar de participar.

A morte de Alison ainda parecia tão irreal que Jean tinha a sensação de que logo o telefone tocaria e ela ouviria aquela voz familiar, as palavras se atropelando como se tudo precisasse ser dito no espaço de dez segundos:

— Jeannie. Você não tem ligado. Esqueceu que eu existo. Odeio você. Não, não é verdade. Amo você. Admiro você. Você é inteligente pacas. Há uma estréia em Nova York semana que vem. Curt Ballard é um de meus clientes. Péssimo ator, mas tão lindo que ninguém se importa. E sua mais recente namorada vai estar lá, também. Você teria um desmaio se eu lhe dissesse quem é. Em resumo, está livre na próxima terça-feira para um coquetel às seis horas, um filme depois e em seguida um jantar íntimo para vinte, trinta ou cinqüenta pessoas?

Alison sempre conseguia transmitir esse tipo de mensagem em menos de dez segundos, lembrou Jean, e sempre ficava furiosa porque, em 90% dos casos, ela não conseguia largar tudo e correr ao seu encontro em Nova York.

Alison morrera havia quase um mês. Por mais impossível que pudesse parecer, a idéia de que ela talvez tivesse sido assassinada era insuportável. Tudo bem que ao longo de sua carreira tivesse feito vários inimigos. Ninguém chega ao topo da mais importante agência de atores do país sem ser odiado. Além disso, o espírito sagaz e o sarcasmo ferino de Alison tinham sido comparados às declarações mordazes da legendária Dorothy Parker. Alguém que ela tivesse ridicularizado ou mandado embora seria capaz de aborrecer-se a ponto de matá-la? Jean duvidava.

Prefiro imaginar que ela sofreu um mal súbito após mergulhar na piscina. Não quero acreditar que alguém a tenha mantido à força embaixo d'água, pensou.

Olhou para a bolsa a tiracolo no banco ao lado e seu pensamento voou para o envelope dentro dela. O que fazer? Quem o enviara e por quê? Como alguém soubera da existência de Lily? Ela estaria em dificuldades? Oh, meu Deus, o que devo fazer? O que *posso* fazer?

Essas perguntas a tinham mantido acordada noites a fio desde que recebera o resultado do laboratório.

Estava na rampa que liga a auto-estrada 9W a Cornwall. E adiante de Cornwall ficava West Point. Com um nó na garganta, Jean tentou concentrar-se na beleza da tarde de outubro. As árvores estavam magníficas com suas cores outonais que mesclavam ouro, laranja e vermelho. Acima delas, as montanhas exibiam, como sempre, uma imutável serenidade. As chamadas Highlands do rio Hudson. Tinha esquecido da beleza desta paisagem, pensou.

É claro que esse pensamento levou-a inevitavelmente a lembrar-se das tardes de domingo em West Point, quando sentava nos degraus do monumento em tardes como esta. Começara lá seu primeiro livro, a história de West Point.

Levara dez anos para terminar, sobretudo porque durante muito tempo não conseguira escrever sobre o assunto.

Cadete Carrol Reed Thornton Jr., de Maryland. Este não é o momento de pensar em Reed, repreendeu-se Jean.

Sair da auto-estrada 9W e pegar a Walnut Street continuava a ser uma reação automática e não uma decisão refletida. O Glen-Ridge House de Cornwall, assim chamado em homenagem a uma das maiores pensões do século XIX, tinha sido o hotel escolhido para o encontro anual. A turma original era de noventa alunos. Segundo o último informe recebido, 42 pretendiam participar, além de maridos, mulheres ou equivalentes, e filhos.

De sua parte, não precisara fazer reserva extra.

Fora de Jack Emerson a decisão de promover o encontro em outubro e não em junho. Fizera uma consulta entre os participantes e concluíra que, por ser junho o mês em que os filhos têm suas próprias formaturas de primário ou ginásio, seria mais difícil para os pais viajar.

Recebera pelo correio o crachá de identificação com uma foto da turma do último ano no alto e seu nome embaixo. Viera acompanhado da programação do fim de semana: sexta-feira à noite, coquetel de abertura e jantar. Sábado, café-da-manhã, excursão a West Point, partida de futebol americano Army-Princeton, coquetel e jantar de gala. Para domingo, o programa original previa um *brunch* de encerramento em Stonecroft mas, após a morte de Alison, ficara decidido incluir uma cerimônia matinal em sua memória. Ela estava enterrada no cemitério vizinho à escola e a homenagem seria prestada ao pé de sua sepultura.

Alison pretendia destinar uma grande soma para o fundo de bolsas de estudo de Stonecroft, principal motivo para a cerimônia planejada às pressas.

Main Street não mudou muito, reconheceu Jean, enquanto percorria lentamente as ruas no volante de seu carro. Há muitos anos deixara a cidade. No verão de sua formatura em Stonecroft, seus pais tinham afinal se separado, vendido a casa e tomado rumos diferentes. Hoje seu pai gerenciava um hotel em Maui. Sua mãe voltara para Cleveland, onde tinha crescido, e casara de novo, dessa vez com um namorado da época de ginásio.

— Meu maior erro foi não ter casado com Eric trinta anos atrás — confessara no dia do casamento.

E para mim, qual teria sido a conseqüência? Essa foi a pergunta que veio à mente de Jean naquele momento. Mas a separação dos pais significara pelo menos o misericordioso fim de sua vida em Cornwall.

Resistiu ao impulso de desviar pela Mountain Road e passar diante de sua antiga casa. Talvez faça isso no fim de semana, pensou, não agora. Três minutos mais tarde, percorria a entrada para automóveis do Glen-Ridge House e o porteiro, com um sorriso profissional, abria a porta do carro e a saudava:

— Seja bem-vinda.

Jean apertou o botão que abria o porta-malas e observou sua bagagem ser retirada.

— Vá direto à recepção, por favor — recomendou o porteiro. — Deixe as malas por nossa conta.

O saguão do hotel era elegante e acolhedor, com tapetes espessos e confortáveis conjuntos de sofás e poltronas. A recepção ficava à esquerda e, do lado oposto, Jean percebeu que o bar começava a se encher de convidados à espera do coquetel.

Uma faixa estendida acima do balcão da recepção saudava os ex-alunos de Stonecroft.

— Bem-vinda de volta à cidade, srta. Sheridan — disse o recepcionista, de mais ou menos 60 anos. Seu sorriso revelou dentes brancos e brilhantes. Os cabelos mal pintados tinham a cor exata da cerejeira que revestia o balcão. Ao estender-lhe o cartão de crédito, Jean teve a idéia maluca de que ele talvez tivesse arrancado uma lasca do móvel para mostrar ao seu barbeiro.

Ainda não se sentia preparada para encontrar os antigos colegas e esperava chegar ao elevador sem ser notada. Gostaria de ter pelo menos meia hora de tranqüilidade para tomar uma ducha e trocar de roupa, antes de ser obrigada a colocar no peito o crachá com a foto da garota de 18 anos assustada e triste que tinha sido um dia e juntar-se aos colegas para o coquetel de abertura.

No momento em que pegou a chave do quarto e se afastou, o recepcionista a chamou:

— Desculpe, srta. Sheridan, já ia esquecendo. Tenho um fax para a senhora — disse, apertando os olhos para ler o nome no envelope. — Oh, desculpe. Devo chamá-la de dra. Sheridan.

Sem responder, Jean rasgou a ponta do envelope. O fax era de sua secretária em Georgetown: "Dra. Sheridan, sinto muito incomodá-la. Trata-se provavelmente de uma brincadeira ou de um engano, mas pensei que gostaria de ver isto." "Isto" era uma folha de papel que tinha sido enviada via fax para o seu escritório. Dizia: "Jean, acredito que a essa altura você já esteja convencida de que conheço Lily. Estou num dilema. Devo beijá-la ou matá-la? Não se preocupe, estou só brincando. Darei notícias."

Por um momento, Jean sentiu-se incapaz de se mover ou de pensar. Matá-la? Mas por quê? Por quê?

ELE ESTAVA NO BAR, atento, esperando que ela chegasse. Havia anos via sua foto nas orelhas de seus livros e sentia, a cada vez, um choque ao perceber que Jeannie Sheridan se transformara em uma mulher de muita classe.

Em Stonecroft, era uma aluna inteligente, embora calada. Mostrava-se inclusive gentil com ele, ainda que de maneira discreta. Chegou a gostar de fato dela até o dia em que Alison contou que elas zombavam dele. Sabia quem eram "elas": Laura, Catherine, Debra, Cindy, Gloria, Alison e Jean. Costumavam almoçar juntas na mesma mesa.

Eram bonitas, não?, perguntou a si mesmo enquanto sentia a bílis subir-lhe à garganta. Agora Catherine, Debra, Cindy, Gloria e Alison tinham partido. Guardara Laura para o fim. O mais engraçado é que ainda não tinha certeza sobre Jean. Por alguma razão hesitava em matá-la. Ainda lembrava-se de quando, recém-chegado à escola, tentara entrar para a equipe de beisebol. Fora cortado logo de início e se derramara em lágrimas, as lágrimas de bebê que nunca conseguia conter.

Chorão. Chorão.

Saíra correndo do estádio e, pouco depois, Jeannie fora ao seu encontro.

— Não consegui entrar para o grupo de líderes de torcida — consolou-o. — Qual é o problema?

Sabia que ela o seguira por pena. Por isso, algo lhe dizia que ela não estava entre as que riram dele quando quis levar Laura ao baile de fim de ano. No entanto, ela o tinha ferido de outro modo.

Laura sempre fora a garota mais bonita da classe — cabelos dourados, olhos azuis cristalinos e um corpo fantástico, que nem o uniforme de Stonecroft conseguia esconder. Sempre fora segura do poder que exercia sobre os rapazes. A expressão "de dar água na boca" parecia ter sido criada para ela.

Alison sempre fora cruel. Como redatora do jornal da escola, sua coluna "Nos bastidores" se propunha a falar de atividades escolares, mas ela sempre dava um jeito de alfinetar alguém, como fez na crítica de uma apresentação teatral. Escreveu:

"Para surpresa geral, Romeu, também conhecido como Joel Nieman, conseguiu lembrar-se de quase todas as falas." Naquela época, os alunos mais populares achavam Alison muito engraçada. Os mais esquisitos queriam distância dela.

Esquisitos como eu, pensou, saboreando a lembrança do olhar de pavor estampado no rosto de Alison ao vê-lo sair da cabine ao lado da piscina e se aproximar.

Jean tinha sido uma aluna popular, mas era diferente das demais. Fora eleita para o conselho estudantil, onde permanecia tão calada que até dava a impressão de que não conseguia falar, mas quando abria a boca, ali ou na sala de aula, tinha sempre a resposta adequada. Já naquela época era apaixonada por história. O que mais o surpreendia agora era que ela ficara ainda mais bonita. Seus finos cabelos castanho-claros estavam mais escuros e mais cheios e formavam uma bela moldura para seu rosto delicado.

Estava magra, mas não tanto quanto antes. Com o tempo, aprendera também a se vestir. O conjunto de calças e blazer tinha um corte perfeito. Desejou poder ver a expressão de seu rosto, quando a observou enfiar um fax na bolsa a tiracolo.

"Sou a coruja e vivo numa árvore."

Na sua cabeça, podia ouvir Laura imitá-lo.

— Ela conhece você como ninguém — gritara Alison naquela noite, vinte anos antes. — E nos contou que você mija nas calças.

Lembrou-se de como elas o ridicularizavam; podia ouvir seu riso estridente e zombeteiro.

Acontecera ainda na segunda série, quando tinha sete anos. Participava do elenco da peça de teatro da escola. Era essa a sua fala, a única coisa que precisava dizer. Mas não tinha conseguido. Gaguejara de tal modo que todos os alunos no palco e até alguns pais começaram a rir.

— *Ssssou a ccccorurujjja e vvvivvvo nnnummma aaaár...*

Não conseguira pronunciar a palavra "árvore". Foi então que se debulhara em lágrimas e saíra correndo do palco, um galho de árvore na mão. Seu pai batera nele para aprender a não ser maricas. A mãe dissera:

— Deixe o menino em paz. É um idiota. O que se pode esperar dele? Veja. Mijou nas calças de novo.

A lembrança dessa humilhação, mesclada ao suposto riso zombeteiro das garotas, girava em sua cabeça enquanto observava Jean Sheridan pegar o elevador. Por que devo poupá-la? pensou. Talvez Laura vá primeiro, em seguida será a sua vez. Depois poderão rir bastante de mim, todas juntas, no inferno.

Ouviu alguém chamar seu nome e virou a cabeça. Dick Gormley, o grande herói do beisebol de sua turma, estava ao seu lado, no bar, os olhos fixos em seu crachá.

— Prazer em revê-lo! — exclamou Dick, entusiasmado.

É mentira, pensou, e para mim *não* é um prazer revê-lo.

4

LAURA ACABARA de enfiar a chave na fechadura quando o carregador chegou com a bagagem: um protetor plástico de roupas, duas grandes malas, uma sacola. Podia imaginar o que o homem pensava: *Madame, a reunião dura 48 horas, não duas semanas.*

Mas o que ele disse foi:

— Sra. Wilcox, minha mulher e eu não perdíamos um único episódio de *Henderson County* nas noites de terça-feira. Achávamos a senhora ótima. Alguma chance de o seriado ser apresentado de novo?

Tanta chance quanto a de nevar no verão, pensou Laura, mas a evidente sinceridade do homem deu-lhe uma bem-vinda injeção de ânimo.

— *Henderson County* não, mas devo aparecer em um seriado no Maximum Channel — respondeu. — Estréia no início de janeiro.

Não era verdade, mas estava perto. O Maximum Channel aprovara o programa-piloto e agora selecionava o elenco. Dois dias antes de morrer, no entanto, Alison telefonara:

— Laura, minha querida, não sei como lhe contar, mas surgiu um problema. O Maximum quer alguém mais jovem para o papel de Emmie.

— Mais jovem? — gritara. — Pelo amor de Deus, Alison, estou com 38 anos. A mãe nesse seriado tem uma filha de 12. E estou ótima. Você sabe.

— Não grite comigo — respondera Alison, também exaltada. — Estou fazendo o que posso para convencer o pessoal a lhe dar o papel. Quanto a estar ótima, com cirurgias a laser, botox e *lifting*, todo mundo é jovem e bonito no mundo da televisão. Por isso é tão difícil escalar alguém para um papel de avó. Ninguém mais tem cara de avó.

Combinamos vir juntas ao encontro, lembrou Laura. Alison dissera que, pela lista de confirmações, Gordon Amory também viria, e que ele aparentemente acabara de comprar parte do Maximum. Além disso, tinha influência suficiente para ajudá-la a conseguir o emprego, contanto que fosse convencido a utilizar seu poder.

Laura então pressionara Alison a telefonar imediatamente para Gordie e pedir-lhe que forçasse o Maximum Channel a aceitá-la para o papel. Irritada, Alison respondera:

— Em primeiro lugar, não o chame de Gordie. Ele odeia que o tratem por esse nome. Em segundo, tentei usar um pouco de tato, o que você sabe muito bem que raramente me preocupo em ter. Agora serei direta. Você ainda é bonita, mas não é uma boa atriz. O pessoal do Maximum acha que esse seriado pode se tornar um grande sucesso, mas não com você. Talvez Gordon consiga fazê-los mudar de idéia. Trate de convencê-lo. Ele já foi louco por você, não é mesmo?

O carregador tinha ido buscar um balde de gelo. Logo voltou, bateu na porta e entrou. Sem refletir, Laura abriu a carteira e tirou uma nota de 20 dólares. O entusiástico "Muito obrigado, srta. Wilcox" do empregado a trouxe de volta à razão. Mais uma vez bancava a poderosa. Dez dólares teriam sido mais que suficientes.

Gordie Amory era um dos que tinham demonstrado um real interesse por ela em Stonecroft. Quem poderia imaginar que se tornaria tão importante? Deus do céu, a gente nunca sabe, pensou Laura, enquanto abria o zíper do protetor de roupas. Devíamos ter uma bola de cristal para ler o futuro.

O armário era pequeno. O quarto era pequeno. Com janelas pequenas. Carpete marrom escuro, poltrona estofada em marrom, colcha em tons de abóbora e marrom. Impaciente, Laura tirou do protetor os vestidos de gala e o *tailleur*. Já sabia que usaria o Chanel naquela noite. Precisava brilhar. Deixar os outros morrendo de inveja. Parecer bem-sucedida, ainda que estivesse com os impostos atrasados e a casa penhorada.

Alison dissera que Gordie Amory estava divorciado. Seu último conselho ainda ressoava nos ouvidos de Laura:

— Escute, querida, se não conseguir convencê-lo a lhe dar um papel no seriado, talvez consiga fazer com que se case com você. Parece que ele está com uma aparência ótima, agora. Esqueça como era estranho em Stonecroft.

5

— MAIS ALGUMA COISA, dra. Sheridan? — perguntou o carregador.

Jean balançou a cabeça.

— Está se sentindo bem, doutora? Está pálida.

— Estou ótima. Obrigada.

— Não hesite em nos chamar em caso de necessidade.

A porta por fim se fechou atrás dele e Jean sentou-se na borda da cama. Enfiara o fax no compartimento lateral da bolsa a tiracolo. Agora o pegava e relia as frases enigmáticas: "Jean, acredito que a essa altura você já esteja convencida de que conheço Lily. Estou num dilema. Devo beijá-la ou matá-la? Não se preocupe, estou brincando. Darei notícias."

Vinte anos antes, o dr. Connors fora o médico de Cornwall ao qual ela confidenciara a gravidez. Relutante, ele concordara que seria um erro envolver seus pais no assunto.

— Entregarei o bebê para adoção, não importa o que eles digam. Tenho 18 anos e minha decisão está tomada. Eles ficarão furiosos, de todo jeito, e minha vida será ainda mais difícil do que já é — afirmara, aos prantos.

O dr. Connors falara sobre um casal que desistira de ter seus próprios filhos e planejava adotar uma criança.

— Se estiver certa de que não quer mesmo ficar com o bebê, posso garantir que com esse casal ele terá um lar excelente e muito amor.

O médico conseguira um trabalho para ela em uma clínica de repouso em Chicago até o fim da gravidez. Na época oportuna, foi a Chicago, fez o parto e levou a criança. Em setembro, ela entrou para a faculdade e dez anos depois ficou sabendo que o dr. Connors morrera do coração após um incêndio que consumiu seu consultório. Jean ouvira dizer que todos os seus registros médicos se perderam.

Mas talvez não. Nesse caso, quem os encontrara? E por que fazia contato tantos anos depois? Jean estava angustiada.

Lily... esse era o nome que dera ao bebê que carregara durante nove meses e que conhecera por apenas quatro horas. Três semanas antes da formatura de Reed na academia de West Point e da sua em Stonecroft, tivera a confirmação de que estava grávida. Ambos ficaram em pânico, porém combinaram que se casariam imediatamente após a formatura.

— Meus pais vão adorar você, Jeannie — insistira Reed.

Ela sabia, no entanto, que ele estava preocupado com a reação deles. Admitia que o pai sempre lhe recomendava que não tivesse um envolvimento sério antes dos 25 anos. Nunca chegou a falar nela para eles. Uma semana antes da formatura, foi atropelado e morto por um desconhecido que entrou em alta velocidade no caminho estreito do *campus* de West Point pelo qual caminhava. Ao invés de felicitar Reed pelo quinto lugar obtido em sua turma, o general reformado Carrol Reed Thornton e a esposa receberam o diploma e a espada do filho em uma homenagem especial prestada durante a cerimônia de formatura.

Nunca ficaram sabendo que tinham uma neta.

Ainda que alguém tivesse recuperado o registro de adoção, como teria se aproximado de Lily a ponto de pegar uma escova de cabelo com seus longos fios dourados ainda presos entre as cerdas?, perguntou Jean a si mesma.

O primeiro contato apavorante chegara com a escova e um bilhete que dizia: "Faça o teste de DNA. Pertence a sua filha". Atordoada, Jean mandara para exame de DNA em um laboratório particular alguns fios da mecha de cabelos que guardara de seu bebê, uma amostra de seu próprio DNA e fios recolhidos da escova. O resultado não deixara dúvida: os fios de cabelo da escova eram de sua filha, hoje com 19 anos.

Ou seria possível que aquele casal maravilhoso e protetor que a adotou soubesse quem sou, e essa fosse uma jogada para me pedir dinheiro?

Muita publicidade fora feita quando o livro sobre Abigail Adams virou best-seller e, mais tarde, filme de grande sucesso.

Que seja só uma questão de dinheiro, desejou Jean ao se levantar para pegar a mala que deveria ter sido desfeita havia muito tempo.

6

CARTER STEWART JOGOU a sacola em cima da cama. Além de roupas de baixo e meias, continha dois paletós Armani e várias calças. Cedendo a um impulso, decidiu participar da cerimônia inaugural como estava, de jeans e suéter.

Nos tempos de escola, era um garoto magricelo e desleixado, filho de mãe magricela e desleixada. Quando ela por acaso se lembrava de colocar a roupa na máquina de lavar, quase nunca tinha sabão em pó. Jogava então água sanitária, estragando para sempre tudo que estava dentro. Até começar a esconder da mãe suas roupas para depois levá-las à lavanderia, ia para a escola sujo ou malvestido.

Apresentar-se elegante demais no primeiro encontro com os ex-colegas poderia provocar comentários que evocariam o modo como costumava se trajar. Como o veriam agora? Não como o garoto mirrado que fora durante a maior parte do secundário, mas um homem de estatura média e corpo bem trabalhado. Ao contrário de outros que vira no saguão, não tinha um único fio grisalho misturado aos cabelos escuros bem cortados. Seu crachá mostrava-o com cabelos desgrenhados e olhos quase fechados. Um jornalista se referira tempos atrás a seus "olhos castanhos, nos quais surge um lampejo amarelo sempre que se irrita".

Impaciente, percorreu o quarto com o olhar. Trabalhara naquele hotel no verão de seu penúltimo ano em Stonecroft. Certamente entrara mais de uma vez nesse mesmo quarto sem graça, para entregar os pedidos da copa a homens de negócios, senhoras em excursão pelo vale do Hudson, pais que visitavam os filhos em West Point, ou até mesmo, pensou, a casais que ali se encontravam às escondidas, fugindo de suas casas e famílias. Sempre os identificava. Quando chegava com o café-da-manhã, costumava dar um sorriso malicioso e perguntar se estavam em lua-de-mel. A expressão de culpa estampada em seus rostos era impagável.

Odiava o hotel naquela época e continuava a odiá-lo agora, mas já que estava ali, era melhor descer e dar início ao ritual de tapinhas nas costas e cordialidade fingida.

Após se certificar que levava consigo o retângulo de plástico que servia de chave, saiu do quarto e seguiu pela passagem até o elevador.

O salão Hudson Valley, onde acontecia o coquetel de abertura, ficava no mezanino. Ao sair do elevador, ouviu a música eletrônica que tocava a todo volume e as vozes que tentavam gritar ainda mais alto. Quarenta ou cinqüenta pessoas já estavam reunidas. Dois garçons com bandejas repletas de cálices de vinho postavam-se à entrada. Pegou um cálice do tinto e provou. Um péssimo *merlot*. Devia ter imaginado.

Entrou na sala e sentiu que alguém tocava em seu ombro.

— Sr. Stewart, sou Jake Perkins. Estou fazendo a cobertura do encontro para a *Stonecroft Gazette*. Pode responder a algumas perguntas?

Irritado, Stewart virou-se e olhou para o rapaz visivelmente nervoso e ansioso parado a poucos centímetros de distância. A primeira coisa que você aprende quando quer algo é não ser chato com seu interlocutor, pensou, irritado, quando tentou dar um passo atrás e sentiu que seus ombros roçavam a parede.

— Sugiro sair daqui e procurar um canto tranqüilo, a menos que você consiga fazer leitura labial, Jake.

— Receio não ter esse talento, senhor. É uma ótima idéia sair daqui. Venha comigo.

Após um segundo de hesitação, Stewart decidiu não abandonar o vinho. Ergueu os ombros, indiferente, virou-se e seguiu o estudante pelo corredor.

— Antes de mais nada, sr. Stewart, gostaria de lhe dizer que sou fã de suas peças. Quero ser escritor, também. Isto é, acho que já sou escritor, mas quero ter o seu sucesso.

Oh, meu Deus, pensou Stewart.

— Todos que me entrevistam dizem a mesma coisa. A maioria, se não todos, jamais conseguirá.

Esperou a expressão de raiva ou constrangimento que em geral se seguia a essa declaração. Ao contrário, para sua decepção, o rosto rechonchudo de Jake Perkins abriu-se em um sorriso satisfeito.

— Mas eu sim — disse. — Tenho certeza. Sr. Stewart, fiz uma longa pesquisa sobre o senhor e os outros homenageados. Todos têm uma particularidade em comum. As três mulheres já conheciam o sucesso na época da escola, enquanto nenhum dos quatro homens foi muito brilhante em Stonecroft. No seu caso específico, não consegui encontrar uma única atividade sua no anuário de ex-alunos e suas notas eram medíocres. Nunca escreveu para o jornal da escola nem...

Que garoto petulante, pensou Stewart.

— Na minha época, esse jornal era amador até para uma publicação escolar — rebateu — e estou certo de que ainda é. Nunca fui atleta e meu talento de escritor ficava restrito ao meu diário.

— Esse diário serviu de inspiração para alguma de suas peças?

— Talvez.

— São todas muito lúgubres.

— Não tenho ilusões sobre a vida, assim como não tinha na época da escola.

— Isso quer dizer que os anos passados em Stonecroft não foram felizes?

Carter Stewart tomou um gole de seu *merlot.*

— Não foram felizes — confirmou, com voz indiferente.

— O que o trouxe então à comemoração?

Stewart deu um sorriso frio.

— A oportunidade de ser entrevistado por você. Agora, se me dá licença, percebo que Laura Wilcox, a encantadora rainha de nossa turma, acaba de sair do elevador. Quero ver se me reconhece.

Ignorou a folha de papel que Perkins tentava lhe entregar.

— Só mais um minuto, sr. Stewart. Tenho aqui uma lista que pode lhe interessar.

Perkins estudou a fina silhueta de Carter Stewart que se afastava com passo rápido para alcançar a linda loura que entrava no salão Hudson Valley. Está claro pra mim, pensou Perkins, que ele vem de jeans, suéter e tênis para mostrar seu desprezo por todos os que se emperiquitaram para a recepção. Não é o tipo de cara que apareceria apenas para receber uma medalha ordinária e sem nenhum sentido. Então, o que o trouxe ao encontro?

Essa pergunta seria a última frase de seu artigo. A extensa pesquisa sobre Carter Stewart estava completa. Ele começara a escrever, ainda estudante, peças originais de um único ato, que foram encenadas pelo grupo de teatro e lhe garantiram uma pós-graduação em Yale. Foi então que abandonou o primeiro nome, Howard — ou Howie, como era chamado em Stonecroft. Ainda não tinha 30 anos quando alcançou o primeiro sucesso na Broadway. Era conhecido como o solitário que se refugiava em uma de suas quatro casas espalhadas pelo país enquanto escrevia uma peça. Reservado, antipático, perfeccionista, genial, eram alguns dos qualificativos usados pela imprensa para descrevê-lo. Conheço mais alguns que poderia acrescentar à lista, pensou Jake Perkins, com ar implacável. E acrescentarei.

7

MARK FLEISCHMAN levou mais tempo do que esperava para ir de carro de Boston a Cornwall. Imaginara que teria uma ou duas horas para caminhar pela cidade antes de enfrentar os ex-companheiros de Stonecroft. Gostaria de poder avaliar a diferença entre a lembrança que tinha de si próprio durante os anos de escola e a realidade, segundo sua percepção, do que era agora. Será que espero exorcizar meus próprios demônios?, perguntou-se.

Enquanto dirigia lentamente pela auto-estrada engarrafada de Connecticut, não parou de pensar no que ouvira naquela manhã do pai de um de seus pacientes:

— Doutor, o senhor sabe tão bem quanto eu que as crianças são cruéis. Eram cruéis na minha época, e não mudaram.

São como leões cheios de si que disputam a presa ferida. É o que fazem com meu filho agora. É o que faziam comigo quando eu tinha a idade dele. E sabe de uma coisa, doutor? Sou um sujeito muito bem-sucedido, mas quando acontece de eu ir a uma reunião na escola de meu filho, em dez segundos deixo de ser o principal executivo de uma das 500 empresas da lista da Fortune e volto a ser o garoto esquisito e sem graça de que todos zombavam. Coisa de maluco, não acha?

Enquanto o carro andava de novo a ritmo de tartaruga, Mark decidiu que, para usar a terminologia hospitalar, a auto-estrada de Connecticut se encontrava em constante estado de tratamento intensivo. Havia sempre uma obra gigantesca sendo feita em algum ponto, o tipo de obra que afunilava três pistas em uma só, causando inevitáveis congestionamentos.

Começou a comparar os problemas da auto-estrada aos que via em pacientes, como o menino cujo pai viera para a consulta. O garoto tentara o suicídio no ano anterior. Algum outro, rejeitado e atormentado como ele, poderia ter conseguido uma arma e atirado nos colegas. Raiva, sofrimento e humilhação se espremiam e forçavam uma saída. Algumas pessoas tentavam se destruir quando isso acontecia; outras tentavam destruir os responsáveis por seu tormento.

Psiquiatra especializado em adolescentes, Mark tinha um programa de televisão de aconselhamento psicológico ao vivo, que pouco tempo antes passara a ser transmitido em cadeia. A resposta fora surpreendente. "Alto, magro, alegre, engraçado e sábio, o dr. Mark Fleischman utiliza o bom senso para solucionar problemas do doloroso rito de passagem chamado adolescência", escrevera um crítico a respeito do programa.

Talvez consiga esquecer tudo isso após o fim de semana, pensou.

Não tinha parado para almoçar, e quando finalmente conseguiu chegar ao hotel, foi direto ao bar e pediu um sanduíche e uma cerveja *light*. Quando o bar de repente começou a se encher de participantes do encontro, pediu depressa a conta, deixou metade do sanduíche no prato e subiu para o quarto.

Eram 16h45 e as sombras se acentuavam, cada vez mais espessas. Durante alguns instantes, permaneceu junto à janela. A certeza do que precisava fazer pesava sobre ele. Depois disso, no entanto, deixarei tudo para trás, pensou. A ficha estará zerada. Conseguirei então realmente ser alegre e engraçado... até sábio, talvez.

Sentiu as lágrimas lhe subirem aos olhos e afastou-se bruscamente da janela.

GORDON AMORY ENTROU no elevador levando o crachá no bolso. Só o usaria quando chegasse à festa. Por enquanto, era divertido permanecer incógnito, não ser reconhecido pelos ex-colegas e observar os nomes e as fotos dos que, a cada andar, pegavam o elevador.

Jenny Adams foi a última a entrar. Embora tivesse emagrecido um pouco, a garota gorducha dos tempos de escola ainda era uma mulher grandalhona. Havia algo de inconfundivelmente provinciano no *tailleur* de brocado barato e nas bijuterias de camelô que usava. Estava acompanhada de um indivíduo corpulento, cujos braços robustos forçavam as costuras do paletó justo demais. Ambos abriram um grande sorriso e deram um alô geral para os ocupantes do elevador.

Gordon não respondeu. Os outros seis, todos com crachás, responderam à saudação em coro. Trish Canon, que Gordon lembrava ter feito parte da equipe de corrida e que continuava magra como um palito, gritou:

— Jenny! Você está ótima!

— Trish Canon! — exclamou Jenny, estendendo os braços na direção da antiga colega. — Herb, Trish e eu trocávamos os resultados dos exercícios de matemática. Trish, este é meu marido, Herb.

— E este é Barclay, meu marido — apresentou Trish. — E...

O elevador parou no mezanino. Ao desembarcar, Gordon tirou o crachá do bolso e, relutante, prendeu-o no peito. Uma dispendiosa cirurgia plástica lhe dera a certeza de que nunca mais teria a cara de fuinha do garoto da foto. Seu nariz era agora afilado e os olhos de pálpebras pesadas estavam mais abertos. O queixo parecia esculpido e as orelhas tinham alinhamento harmonioso em relação à cabeça. Implantes e o talento de um especialista em tintura tinham transformado seus cabelos escuros, finos e sem graça em uma espessa cabeleira castanha. Tinha consciência de que agora era um homem vistoso. A única manifestação exterior do garoto complexado de antes era percebida quando, em momentos de grande estresse, não conseguia deixar de roer as unhas.

O Gordie que eles conheceram não existe mais, disse para si mesmo enquanto se dirigia para o salão Hudson Valley. Sentiu que alguém batia em seu ombro e virou-se.

— Sr. Amory.

Um jovem ruivo de rosto redondo estava ao seu lado, com um bloco na mão.

— Sou Jake Perkins, repórter da *Stonecroft Gazette*. Estou entrevistando os homenageados. Posso tomar um minuto de seu tempo?

Gordon forçou um sorriso caloroso.

— Claro.

— Devo começar dizendo que o senhor mudou muito em vinte anos, a julgar pela foto do seu tempo de escola.

— Devo ter mudado.

— O senhor já era proprietário da maioria das ações de quatro canais de televisão a cabo. Por que decidiu comprar também parte do Maximum Channel?

— O Maximum é conhecido por ter uma grande audiência familiar. Imaginei que isso nos permitiria atingir um segmento de público que complementaria o leque de nossa programação.

— Comenta-se sobre um novo seriado e há um boato de que sua ex-colega Laura Wilcox poderá ser a atriz principal. Isso é verdade?

— O elenco para o seriado ao qual se refere ainda não foi escolhido.

— Seu canal "Crime e castigo" tem recebido críticas por ser violento demais. O senhor concorda?

— Não, não concordo. Ele apresenta a realidade e não essas situações ridículas e fabricadas que são o feijão-com-arroz dos canais comerciais. E agora, se me dá licença...

— Só mais uma pergunta, por favor. Poderia dar uma olhada nesta lista?

Com um gesto impaciente, Gordon Amory pegou a folha de papel da mão de Perkins.

— Reconhece esses nomes?

— Parecem ser de algumas de minhas antigas colegas de turma.

— São cinco mulheres, alunas de sua turma, que morreram ou desapareceram nos últimos vinte anos.

— Não sabia.

Perkins insistiu.

— Fiquei espantado quando comecei minha pesquisa. A primeira foi Catherine Kane, 19 anos atrás. Seu carro derrapou e caiu no Potomac quando ela cursava o primeiro ano na universidade George Washington. Cindy Lang sumiu quando esquiava em Snowbird. Gloria Martin teria se suicidado. Seis anos atrás, Debra Parker pilotava seu próprio avião, quando o aparelho caiu e ela morreu. No mês passado, Alison Kendall afogou-se na piscina de casa. O senhor não acha que seria o caso de dizer que essa turma foi muito azarada, e talvez de fazer um programa sobre isso na sua cadeia de TV?

— Prefiro dizer que foi uma turma marcada pela tragédia e, para ser sincero, não, não tenho vontade de fazer um programa sobre ela. Agora insisto que me dê licença.

— Darei sim, depois de uma última pergunta. O que significa para o senhor receber a medalha de Stonecroft?

Gordon Amory sorriu. Para mim significa que, apesar de tudo o que sofri aqui, cheguei ao topo, pensou. No entanto, respondeu:

— É a realização do sonho de ver meu sucesso reconhecido por meus antigos colegas de turma.

8

ROBBY BRENT chegara ao hotel na tarde de quinta-feira. Acabava de cumprir uma temporada de seis dias no Trump Casino em Atlantic City, onde, como sempre, seu show humorístico atraíra um público enorme. Não via sentido em pegar um avião para São Francisco e voltar logo em seguida, e também não estava com vontade de ficar em Atlantic City, nem de parar em Nova York.

Tomei a decisão acertada, pensou, enquanto se vestia para o coquetel de abertura. Escolheu no armário um paletó azul-escuro. Vestiu-o, olhou-se no espelho com ar crítico. Apesar da péssima iluminação, considerou, ainda estava em forma. Tinha sido comparado a Don Rickles, não apenas pela agilidade de seu espetáculo, mas também pela aparência. Rosto redondo, crânio reluzente, um pouco troncudo. Dava para entender a comparação. A aparência, contudo, não impedia que atraísse as mulheres. Pós-Stonecroft, acrescentou para si mesmo, definitivamente pós-Stonecroft.

Dispunha ainda de dois minutos antes de descer. Foi até a janela, olhou para fora e pensou no passeio que fizera pela cidade na véspera, após se registrar no hotel, identificando as residências dos colegas que, como ele, eram os homenageados do encontro.

Passara diante da casa de Jeannie Sheridan e lembrara de como algumas vezes os vizinhos precisavam chamar a polícia por causa das violentas brigas de seus pais. Ouvira dizer que se tinham divorciado anos mais tarde. Sorte para ambos. Todos afirmavam que um dos dois acabaria ferido durante um desses desentendimentos.

A primeira casa de Laura Wilcox ficava bem ao lado da de Jeannie. Mais tarde, seu pai herdou algum dinheiro e a família mudou-se para uma maior, na Concord Avenue, quando cursavam o segundo ano. Lembrou-se de que passava muitas vezes na frente da primeira casa de Laura quando era garoto, na esperança de vê-la sair e de poder conversar com ela.

Uma família de nome Sommers tinha comprado a casa de Laura. Sua filha fora assassinada ali. Acabou sendo vendida. Ninguém continuaria a morar em um lugar onde uma pessoa fora morta a punhaladas. Acontecera no fim de semana do Columbus Day.

O convite para o encontro estava em cima da cama. Deu uma olhada. Os nomes dos homenageados e suas biografias constavam do envelope. Carter Stewart. Quanto tempo se passara, após Stonecroft, até que deixassem de chamá-lo Howie?, pensou Robby. A mãe de Howie se considerava uma artista e era sempre vista pela cidade com seu bloco de desenho. De tempos em tempos convencia a galeria de arte a expor seus trabalhos. Muito ruins, lembrou. O pai de Howie era um brutamontes e sempre batia nele. Não era de admirar que suas peças fossem tão sombrias. Howie costumava fugir de casa e esconder-se do pai no quintal dos vizinhos. Ele pode até ser bem-sucedido hoje, mas no fundo deve continuar o mesmo dissimulado que espiava as pessoas pelas janelas de suas casas. Pensava que ninguém percebia, mas eu mesmo o surpreendi uma ou duas vezes. Sua paixão por Laura era tão forte que parecia sair por todos os poros.

Igual à minha, admitiu Robby, lançando um olhar irônico para a foto de Gordie Amory, o colega da cirurgia plástica. Digna de capa de revista. Na véspera, durante o passeio, fora até a casa de Gordie e constatara que ela passara por uma reforma completa. A casa tinha agora duas vezes o tamanho original e o estranho azul da pintura anterior cedera lugar ao branco cintilante. Como os novos dentes de Gordie, pensou Robby.

A primeira casa de Gordie pegara fogo quando eles ainda eram pequenos. A piada que corria na cidade era que esse tinha sido o único modo de a casa ser limpa de ponta a ponta. A mãe de Gordie mantinha o lugar igual a um chiqueiro. Muitas pessoas pensavam que ele provocara o incêndio de propósito. Eu não descartaria essa hipótese, considerou Robby. Sempre foi um garoto esquisito. Robby não podia esquecer de chamá-lo de "Gordon" quando se encontrassem no coquetel. Ao longo dos anos tinham se encontrado algumas vezes, nunca muito à vontade. Era mais um dos apaixonados por Laura.

Assim como Mark Fleischman, também homenageado. Na escola, Mark não gostava de brincadeiras e dava para sentir que muita coisa o incomodava por dentro. Vivia na sombra do irmão mais velho, Dennis, considerado o tal em Stonecroft, melhor aluno, atleta fora de série. Todos na cidade o conheciam. Morrera em um acidente de carro pouco antes de sua turma entrar para a faculdade. Diferentes como o dia e a noite, os dois irmãos. Era mais do que sabido na cidade que, já que Deus tinha decidido tomar-lhes um dos filhos, os pais de Mark teriam preferido que ele, e não Dennis, tivesse sido o escolhido. Havia tanto ressentimento guardado dentro dele que era um milagre sua cabeça não ter explodido, concluiu Robby, com um sorriso amargo.

Pegou a chave do quarto, por fim pronto para enfrentar a multidão, e abriu a porta. Sempre desprezei ou detestei quase todos os meus colegas de classe, pensou. Por que então aceitei o convite para o encontro? Tocou o botão do elevador. Levarei daqui muito material novo para meu espetáculo, prometeu a si mesmo. Havia outra razão, claro, mas rapidamente tirou-a da cabeça. Não, não vou lá, decidiu, quando a porta do elevador se abriu. Pelo menos não agora.

9

QUANDO CHEGARAM ao coquetel, Jack Emerson, presidente do comitê organizador, convidou os homenageados a se colocarem em um local reservado, nos fundos do salão Hudson Valley. Corado, com aparência de grande bebedor, a julgar pelos vasos capilares dilatados do rosto, era o único da turma que continuava em Cornwall e, por isso, tivera condições de se ocupar dos aspectos práticos do fim de semana.

— Na hora de apresentar os ex-alunos um a um, quero deixar o grupo de vocês por último — explicou.

Jean chegou ao local reservado a tempo de ouvir a observação de Gordon Amory:

— Jack, imagino que seja a você que devemos agradecer pelo privilégio de estar sendo homenageados.

— Sim, foi idéia minha — confirmou Emerson com entusiasmo. — E todos vocês merecem, sem exceção. Gordie, isto é, Gordon, você é uma personalidade importante na televisão a cabo. Mark é psiquiatra, reconhecido especialista em comportamento adolescente. Robby é um comediante fora de série e imitador de grande talento. Howie, quer dizer, Carter Stewart, é um dramaturgo famoso. Jean Sheridan... oh, aqui está você, Jean, prazer em vê-la... é reitora e professora de história da universidade de Georgetown, além de escritora de sucesso. Laura Wilcox foi atriz de um seriado de televisão durante muito tempo. E Alison Kendall tornou-se presidente de uma importante agência de atores. Como vocês sabem, ela seria nossa sétima homenageada. Enviaremos a medalha a seus pais. Ficarão satisfeitos ao saber que sua filha está sendo homenageada pelos colegas de turma.

A turma do azar, pensou Jean com o coração apertado enquanto Emerson se precipitava para plantar-lhe um beijo no rosto. Esses tinham sido os termos sugeridos por Jake Perkins, o repórter da escola, quando a interceptara para uma entrevista. Aquelas palavras tinham mexido com ela. Perdi o contato com todos, após a formatura, a não ser com Alison e Laura, lembrou. No ano em que Catherine morreu eu estava em Chicago, onde decidi trabalhar por um ano antes de ingressar na faculdade. Tinham me falado que o avião de Debby Parker se acidentara, mas eu não sabia sobre Cindy Lang e Gloria Martin. E agora, há apenas um mês, Alison. Meu Deus, estávamos sempre juntas, sentávamos à mesma mesa no refeitório da escola.

Restam então apenas Laura e eu, pensou. Que maldição é essa que paira sobre nós?

Laura telefonara para dizer que a encontraria na festa.

— Jeannie, sei que combinamos nos encontrar um pouco mais cedo, mas ainda não estou pronta. Preciso fazer uma aparição em grande estilo. Meu objetivo para o fim de semana é seduzir e conquistar Gordie Amory, para que me dê o papel principal no seu novo seriado.

Em vez de decepcionada, Jean se sentira aliviada. Esse momento de folga lhe permitira telefonar a Alice Sommers que, anos antes, fora sua vizinha de porta. A sra. Sommers vivia agora em uma casa na cidade, não longe da auto-estrada. Os Sommers tinham se mudado para Cornwall cerca de dois anos antes de a filha Karen ser assassinada. Jean não conseguia esquecer da vez em que a sra. Sommers viera buscá-la na escola.

— Jean, por que não me acompanha nas compras? — sugerira. — Não acho uma boa idéia voltar para casa agora.

Naquele dia, fora poupada da humilhação de ver um carro da polícia na porta de casa e seus pais algemados. Nunca conhecera Karen Sommers de fato. Karen estudava na Faculdade de Medicina de Columbia, em Manhattan, e por isso os Sommers tinham um apartamento em Manhattan. Era lá que os pais passavam algum tempo com a filha. Até a noite de sua morte, Karen raramente visitava Cornwall.

Continuamos a manter contato, lembrou Jean. Sempre que vinham a Washington, telefonavam e me convidavam para jantar. Michael Sommers morrera havia alguns anos, mas Alice ficara sabendo do encontro e ligara para pedir que Jean aparecesse às 10 horas para o café-da-manhã, antes da visita programada para West Point.

No intervalo de tempo previsto para encontrar Laura, Jean tomara uma decisão. No dia seguinte, quando encontrasse Alice, contaria a ela sobre Lily e mostraria o fax e a primeira carta recebida com a escova e os fios de cabelo da filha. Quem sabia da existência do bebê, fosse quem fosse, teria visto os registros do dr. Connors, imaginou. Com certeza era alguém que morava na cidade na época ou conhecia quem tivera acesso aos registros. Alice pode me ajudar a encontrar a pessoa certa com quem falar. Ela sempre dizia que a polícia ainda tentava encontrar o assassino de sua Karen.

— Jean, prazer em revê-la.

Mark Fleischman estava falando com Robby Brent, mas agora era a ela que se dirigia.

— Você está linda, mas parece preocupada — prosseguiu. — Aquele jornalistazinho andou lhe perturbando também?

— Sim — concordou. — Mark, fiquei chocada. Não sabia de nenhuma outra morte, a não ser da de Debby e depois, claro, de Alison.

Fleischman sacudiu a cabeça.

— Eu também não. Não fiquei sabendo nem do caso de Debby. Nunca dei importância à papelada que recebia de Stonecroft até Jack Emerson entrar em contato comigo.

— O que Perkins lhe perguntou?

— Já que as cinco mulheres não morreram em um mesmo acidente, ele queria saber se, como psiquiatra, considero que tantas mortes em um grupo tão pequeno representam um número alto demais. Respondi que não precisava refletir muito para saber que o número ultrapassava todos os limites.

Jean concordou, balançando a cabeça.

— Ele disse que, segundo suas pesquisas, esse tipo de estatística é mais freqüente em tempos de guerra, mas que há exemplos de famílias, colegas de turma ou membros de uma mesma equipe que parecem marcados pelo destino. Mark, não acredito que isso seja coisa do destino. Acho que é sinistro e assustador.

Jack Emerson escutara a conversa. O sorriso exibido enquanto enumerava as façanhas dos convidados desaparecera de seu rosto e dera lugar a uma expressão contrariada.

— Pedi que Perkins desistisse de mostrar aquela lista a todo mundo — explicou.

Carter Stewart chegou ao lugar reservado com Laura Wilcox, a tempo de ouvir a última frase de Emerson.

— Posso garantir que ele está mostrando a lista a todo mundo — confirmou secamente. — Minha sugestão para quem ainda não foi abordado por esse jovem é que se recuse a vê-la. Comigo funcionou.

Jean estava um pouco afastada da entrada, e Laura não a viu quando chegou.

— Tudo bem se eu me juntar a vocês? — brincou. — Ou entrei por engano em um clube só de homens?

Sorridente, foi de um em um, examinou de perto os crachás, e beijou-os no rosto.

— Mark Fleischman, Gordon Amory, Robby Brent, Jack Emerson. E, claro, Carter, que eu conhecia como Howie e que ainda não me deu um beijo. Estão todos ótimos! Vejam que diferença! Alcancei meu auge aos 16 anos, depois comecei a decair. Naquela época, vocês quatro e Howie, isto é, Carter, estavam no início da ascensão.

Ela então avistou Jean e correu para abraçá-la.

Era o que faltava para o gelo ser quebrado. Mark Fleischman sentiu que o clima ficava mais relaxado quando as expressões polidas cederam lugar a divertidas risadas e os melhores vinhos, reservados para os homenageados, começaram a ser consumidos.

Laura continua arrasando, pensou. Tinha 38 ou 39 anos, como quase todos os outros, mas poderia passar por trinta. A roupa de festa que usava era visivelmente cara, muito cara. O seriado de televisão do qual participara tinha sido cancelado dois anos antes. Ele se perguntou quanto trabalho ela tivera desde então. Sabia que seu divórcio tinha sido conturbado, com demandas de um e de outro lado; lera sobre o assunto na coluna de fofocas do *New York Post*. Sorriu quando ela beijou Gordie pela segunda vez.

— Você tinha uma queda por mim, antigamente — brincou, em tom de provocação.

Em seguida chegou a vez dele.

— Mark Fleischman — disse, ofegante. — Sou capaz de jurar que você sentia ciúme quando eu saía com Barry Diamond. Estou certa?

Ele sorriu.

— Sim, Laura, você está certa. Mas isso foi há muito tempo.

— Eu sei, mas não esqueci.

Seu sorriso era radiante.

Certa vez ele lera que a duquesa de Windsor conseguia dar a cada homem com quem falava a impressão de que era o único na sala. Observou-a quando ela se virou para outro rosto familiar.

— Também não esqueci, Laura — disse para si mesmo. — Nem por *um minuto*.

10

ACHOU DIVERTIDO CONSTATAR QUE no coquetel Laura era, como de hábito, o centro das atenções, ainda que, de todos os homenageados, fosse a que menos merecia. No seriado de televisão, seu único trabalho importante, representara uma loura superficial que só se preocupava com a pessoa que via refletida no espelho. O papel perfeito, pensou.

Não havia dúvida de que continuava linda, mas devia aproveitar a última floração antes que as mudanças começassem a aparecer. Pequenas rugas já surgiam ao redor de seus olhos e da boca. Ele lembrou que a mãe dela tinha a mesma textura de pele, lisa como papel, que tendia a envelhecer depressa e mal. Se Laura vivesse mais dez anos, nem cirurgia plástica poderia fazer muito por ela.

Mas é claro que não viveria mais dez anos.

Às vezes, até por vários meses seguidos, O Coruja se retirava para um lugar secreto bem no fundo de si mesmo. Durante esse período, chegava quase a acreditar que todas as coisas que fizera não passavam de um sonho. Outras vezes, no entanto, como agora, sentia a ave viva dentro do peito. Via a cabeça do Coruja, os olhos escuros circundados por halos amarelos. Sentia suas garras presas ao galho de uma árvore. O toque de sua plumagem macia e aveludada, que lhe provocava um arrepio interior. O sopro do ar sob as asas quando atacava uma presa.

A visão de Laura fizera com que O Coruja se precipitasse de seu poleiro. Por que demorara tanto para encontrá-la?, perguntou a si mesmo, mas teve medo de responder. Seria, pensou, porque quando Laura e Jean fossem finalmente destruídas, o poder do Coruja sobre a vida e a morte desapareceria também? Laura devia ter morrido vinte anos antes. Mas esse erro o tinha liberado.

Esse erro, esse incidente do destino, transformara o chorão que gaguejava "*Ssssou a ccccorurujjja e vvvivvvo nnnummma aaaár...*" em um predador, poderoso e implacável.

Alguém examinava seu crachá, um sujeito de óculos e cabelos ralos, com um terno cinza escuro razoavelmente caro. O homem sorriu e estendeu a mão.

— Joel Nieman — disse.

Joel Nieman. Sim, claro, fizera o papel de Romeu na peça da turma do último ano. Fora sobre ele que Alison escrevera em sua coluna: "Para surpresa geral, Romeu, também conhecido como Joel Nieman, conseguiu lembrar-se de quase todas as falas."

— Desistiu do teatro? — perguntou O Coruja, devolvendo o sorriso.

Nieman pareceu surpreso.

— Você tem boa memória. Decidi que o palco poderia viver sem mim — respondeu.

— Lembro-me da crítica que Alison escreveu a seu respeito.

Nieman riu.

— Eu também. Pensei em lhe dizer que me fez um grande favor. Optei pela contabilidade e foi uma escolha bem melhor. Terrível o que aconteceu com ela, não é mesmo?

— Terrível — concordou O Coruja.

— Li que no início pensaram na hipótese de homicídio, mas que a polícia hoje acredita que ela tenha perdido a consciência ao tocar a água.

— Nesse caso acho que os policiais são idiotas.

A expressão de Joel Nieman foi de curiosidade.

— Acredita que Alison foi *assassinada*?

O Coruja percebeu de repente que talvez parecesse veemente demais.

— Pelo que li, ela fez muitos inimigos pelo caminho — explicou, cauteloso. — Mas quem pode saber? Talvez a polícia tenha razão. Por isso sempre dizem que ninguém deve nadar sozinho.

— Romeu, meu Romeu — gritou uma voz esganiçada.

Marcy Rogers, que fizera o papel de Julieta na peça da escola, batia de leve no ombro de Nieman. Ele virou-se com um movimento rápido.

Marcy ainda usava o cabelo crespo emaranhado, porém agora realçado por mechas douradas. Adotou uma pose teatral.

— E o mundo inteiro ficará enamorado da noite.

— Não posso acreditar. É Julieta! — exclamou Joel Nieman, radiante.

Marcy olhou para O Coruja.

— Olá — cumprimentou, e virou-se de novo para Nieman. — Você precisa conhecer meu Romeu da vida real. Está no bar.

Indiferença. Como sempre acontecera com ele em Stonecroft. Marcy nem se preocupara em examinar seu crachá. Simplesmente não estava interessada nele.

O Coruja olhou ao redor. Jean Sheridan e Laura Wilcox estavam de pé, lado a lado, na fila do bufê. Estudou o perfil de Jean. Ao contrário de Laura, era o tipo de mulher que fica mais bonita com o passar dos anos. Parecia, no entanto, diferente, embora suas feições não tivessem mudado. O que mudou foi seu porte, sua voz, seu modo de ser, constatou. Ah, claro, os cabelos e a roupa faziam diferença, mas a mudança nela era mais interior do que exterior. Na adolescência, devia se sentir constrangida pelo comportamento dos pais. Uma ou duas vezes os policiais tinham chegado a algemá-los.

O Coruja percorreu a fila do bufê e pegou um prato. Percebeu que começava a compreender a ambivalência de seus sentimentos com relação a Jean. Na época de Stonecroft, em duas ocasiões, como quando não foi aceito na equipe de beisebol, ela o procurara para consolá-lo. Na primavera do último ano ele pensara seriamente em convidá-la para um encontro. Tinha certeza de que ela não estava saindo com ninguém. Às vezes, nas noites quentes de sábado, ele se escondia atrás de uma árvore, na alameda dos namorados, e esperava pelos carros que paravam ali depois do cinema. Jamais viu Jean em um deles.

Pensamentos positivos à parte, era tarde demais para mudar o curso dos acontecimentos. Há duas horas, ao vê-la chegar ao hotel, finalmente resolvera matá-la também. Agora entendia por que tomara a decisão irrevogável. Sua mãe costumava dizer que águas paradas são profundas. Jeannie podia ter sido simpática com ele algumas vezes, mas no fundo devia ser como Laura, que zombava do pobre palerma que molhava as calças, chorava e gaguejava.

Serviu-se de salada. Pouco importava que ela não freqüentasse a alameda dos namorados com um dos idiotas da sala, pensou. A Miss Frieza tinha namorado um cadete de West Point. Ele sabia de tudo.

Foi tomado pela raiva, sinal de alerta de que logo precisaria libertar O Coruja.

Desprezou a massa, serviu-se de salmão e de vagem com presunto, e olhou ao redor. Laura e Jean acabavam de sentar-se à mesa dos homenageados. Jean percebeu seu olhar e acenou. Lily se parece com você, pensou. A semelhança é surpreendente.

O pensamento lhe deu fome.

11

ÀS DUAS HORAS, JEAN desistiu de tentar dormir, acendeu a luz e pegou um livro. Mas depois de ler durante uma hora e perceber que não prestara atenção em uma só palavra, deixou o livro de lado, impaciente, e voltou a apagar a luz. Sentia todos os músculos do corpo rijos, tensos, e uma pontada de dor de cabeça. Sabia que o esforço para parecer amável a noite inteira, apesar de sua extrema preocupação com a segurança de Lily, a deixara exausta. Contava os minutos que faltavam para as 10 horas, quando visitaria Alice Sommers e falaria sobre a filha.

Os mesmos pensamentos insistiam em ocupar sua cabeça. Durante todos esses anos não falei sobre ela para ninguém, refletiu. A adoção foi feita com todo o sigilo. O dr. Connors está morto, seus arquivos destruídos. Quem teria descoberto a existência da garota? Se seus pais adotivos sabem meu nome e onde me encontrar, talvez tenham comentado com alguém, que agora tenta se aproximar de mim. Mas *por quê*?

A janela que dava para os fundos do hotel estava aberta e começava a fazer frio dentro do quarto. Jean hesitou um instante, suspirou e afastou as cobertas. Se eu tiver esperança de ainda dormir um pouco, é melhor fechá-la, pensou. Saiu da cama e atravessou o quarto. Tremendo, trancou a janela e, inconscientemente, olhou para baixo. Um carro de luzes apagadas entrava na área de estacionamento para hóspedes. Curiosa, viu o vulto de um homem sair do veículo e caminhar com passos rápidos em direção à entrada de serviço.

Estava com a gola do casaco levantada, mas quando abriu a porta seu rosto ficou visível. Jean afastou-se da janela imaginando o que um de seus eminentes colegas teria para fazer na rua até aquela hora da noite.

12

O TELEFONEMA CHEGOU à chefatura de polícia de Goshen às três horas. Helen Whelan desaparecera. Solteira, 40 e poucos anos, fora vista pela última vez por um vizinho. Whelan saíra com seu pastor alemão, Brutus, por volta da meia-noite. Às três horas, um casal que morava a poucas quadras de distância, no limite do parque municipal, foi acordado pelos uivos e latidos de um cachorro. Foram verificar o que estava acontecendo e encontraram um pastor alemão que lutava para se manter de pé. Tinha sido barbaramente espancado na cabeça e no dorso com um instrumento pesado. Um sapato feminino tamanho 36 foi encontrado em uma rua próxima.

ÀS QUATRO HORAS, Sam Deegan foi chamado para integrar a equipe de detetives que investigaria o desaparecimento. Passou primeiro no consultório do dr. Siegel, o veterinário que cuidava do animal ferido.

— Na minha opinião, ele ficou desacordado por cerca de duas horas devido aos golpes que recebeu na cabeça — explicou o médico. — Com um instrumento mais ou menos do tamanho e peso de um ferro de desmontar pneus.

Sam imaginou a cena. Helen Whelan soltara a correia do cachorro para que ele desse um passeio pelo parque. Alguém, vendo-a sozinha no caminho, teria tentado arrastá-la para um carro. O pastor alemão correra para protegê-la, fora espancado e deixado desacordado.

O detetive foi de carro até a rua onde o animal tinha sido encontrado e começou a tocar as campainhas. Na quarta casa, um senhor idoso afirmou ter ouvido um cachorro latir desesperadamente pouco depois da meia-noite.

Helen Whelan era, ou tinha sido, uma professora de educação física muito popular no colégio de Surrey Meadows. Sam soube por vários colegas de Helen que seu hábito de sair tarde da noite para passear com o cachorro era conhecido por todos.

— Nunca se preocupou com isso. Dizia que Brutus seria capaz de morrer antes de deixar alguém fazer mal a ela — contou com tristeza o diretor do colégio.

— Ela tinha razão — concordou Sam. — O veterinário teve que sacrificar o animal.

Naquela manhã, por volta das 10 horas, percebeu que aquele não seria um caso fácil de solucionar. Segundo sua inconsolável irmã, que vivia perto de Newburgh, Helen não tinha inimigos. Durante vários anos se relacionara com um colega, mas ele estava agora em um período sabático na Espanha, de onde só voltaria no fim do semestre.

Desaparecida ou morta? Sam estava convencido de que a pessoa que maltratava de tal modo um cachorro também não teria piedade de uma mulher. A investigação seria difícil, e ele começaria pelos vizinhos de Helen e pela escola. Havia sempre a possibilidade de que algum dos adolescentes problemáticos que as escolas costumam recusar guardasse um ressentimento contra ela. Pela foto, dava para ver que era uma mulher atraente. Teria sido algum vizinho apaixonado e rejeitado?

Ele só esperava que esse não acabasse sendo mais um daqueles crimes cometidos ao acaso por um estranho contra a primeira pessoa que surgisse à sua frente, cuja única falha teria sido estar no lugar errado na hora errada. Esse era o tipo de crime mais difícil de investigar, e em geral nunca era solucionado, o que ele detestava.

Essa linha de pensamento levou-o inevitavelmente a Karen Sommers. Sua morte, no entanto, não era difícil de *solucionar*, pensou Sam; era apenas difícil de *provar*.

O assassino de Karen era Cyrus Lindstrom, o namorado que ela desprezara vinte anos antes. Disso ele não tinha dúvida. Mas a partir da semana seguinte, quando se aposentasse, estaria fora do caso.

E fora deste também, pensou, enquanto estudava com ar piedoso uma foto recente de Helen Whelan, com seus olhos azuis e cabelos castanho-avermelhados, agora oficialmente declarada "desaparecida, presumidamente morta".

13

LAURA FICARA TENTADA a dormir até mais tarde e poupar suas energias para o almoço programado para West Point antes do jogo, mas mudou de idéia quando acordou, sábado de manhã. Seu objetivo de seduzir Gordie Amory alcançara um sucesso moderado no jantar que seguira o coquetel. Os homenageados tinham sido colocados na mesma mesa, e Jack Emerson se juntara a eles. Quieto no início, Gordie acabara se mostrando mais caloroso e chegara até a lhe fazer um elogio.

— Parece que todos os rapazes da sala tiveram uma queda por você em um momento ou outro, Laura — dissera.

— Por que usou o verbo no passado? — ela provocara.

A resposta dele tinha sido animadora.

— Você tem razão. Por quê?

E então a noite oferecera um bônus inesperado. Robby Brent contou ao grupo que tinha sido convidado a participar de uma comédia que seria transmitida pelo HBO e que gostara do texto.

— O público está cansado de todos esses *reality shows* — explicara — e quer rir um pouco. Pensem nas comédias clássicas: *I love Lucy, All in my family, The honeymooners, The Mary Tyler Moore Show*. Tinham humor autêntico, e, acreditem, esse tipo de humor vai voltar.

Olhara então para ela.

— Sabe de uma coisa, Laura, você devia pleitear o papel de minha mulher. Creio que se sairia muito bem.

Ela não tinha certeza se era brincadeira ou se ele falava sério, já que Robby ganhava a vida como comediante. Por outro lado, se *não* estivesse brincando e ela não conseguisse nada com Gordie, quem sabe dessa vez tiraria a sorte grande. Poderia ser sua última chance.

— Última chance.

Sem querer, pronunciou as palavras em voz alta. Elas lhe deram uma sensação estranha, perturbadora. Durante toda a noite tivera sonhos confusos. Sonhara com Jake Perkins, o jovem e insistente repórter que lhe entregara a lista das colegas que almoçavam juntas em Stonecroft e que tinham morrido desde então. Catherine, Debra, Cindy, Gloria e Alison. Cinco. No sonho, ele cortava seus nomes da lista, um a um, até que agora apenas ela e Jeannie continuavam vivas.

Separadamente, ambas nos mantivemos próximas a Alison, pensou, e agora só restamos nós. Embora fôssemos vizinhas na época da escola, Jeannie e eu não tínhamos as semelhanças necessárias para nos sentir realmente próximas. Ela é legal demais. Nunca zombou dos garotos, como eu e as outras.

Chega!, repreendeu-se Laura. Não pense em azar ou maldição. Você tem hoje e amanhã para tentar a sorte grande. Com uma palavra de seus lábios recém-esculpidos Gordie Amory conseguiria mantê-la no seriado do Maximum Channel. E, de repente, Robby Brent surgia como mais um do grupo que poderia fazer algo acontecer. Se ele não estivesse brincando e decidisse que a queria mesmo no programa, ela teria uma oportunidade real de conseguir o papel. E sou boa comediante, garantiu Laura para si mesma. Muito boa.

E ainda tinha Howie... não, Carter. Ele também poderia abrir alguma porta para ela, se quisesse. Não em suas peças, claro. Meu Deus, elas não eram apenas deprimentes, eram também incompreensíveis. A obscuridade artística do autor, no entanto, não o tornava menos influente no meio teatral.

Não me incomodaria de trabalhar em uma peça de sucesso, pensou, sonhadora, se bem que agora, com a morte de Alison, precisaria de um novo agente, também.

Consultou o relógio. Era hora de se vestir. Sabia que tinha sido feliz na escolha da roupa para West Point — o *tailleur* Armani azul com a echarpe Gucci seria perfeito para o frio esperado. Segundo a previsão, a temperatura não passaria dos 10 graus.

Não gosto de ficar ao ar livre, pensou Laura, mas como todos pretendem assistir ao jogo, não posso deixar de ir.

Gordon, frisou, ao dar o laço na echarpe. Gordon, não Gordie. Carter, não Howie. Pelo menos Robby continuava a ser Robby, e Mark continuava a ser Mark. E Jack Emerson, o Donald Trump de Cornwall, não resolvera ser chamado de Jacques.

Quando desceu para o restaurante, ficou desapontada ao ver que apenas Mark Fleischman e Jean estavam na mesa dos homenageados.

— Estou só tomando um cafezinho — explicou Jean. — Combinei tomar um café-da-manhã completo com uma amiga. Nos encontramos no almoço, certo?

— Pretende assistir ao desfile e ao jogo? — perguntou Laura.

— Claro que sim.

— Poucas vezes participei de eventos lá. Ao contrário de você, Jeannie, que sempre se interessou por história. Um cadete que você conhecia muito bem morreu pouco antes de se formar, não foi? Como era mesmo o nome dele?

Mark Fleischman tomou um gole de café e percebeu que o olhar de Jean refletia aflição. Ela hesitou e ele cerrou os lábios. Por pouco não respondeu em seu lugar.

— Reed Thornton — disse ela. — Cadete Carroll Reed Thornton Jr.

14

A SEMANA MAIS DIFÍCIL do ano para Alice Sommers era a que precedia o aniversário da morte da filha. Naquele ano, tinha sido particularmente dolorosa.

Vinte anos, pensou. Duas décadas. Karen teria 42 anos agora. Seria médica; cardiologista, sem dúvida. Era o que pretendia ao entrar para a faculdade de medicina. Estaria provavelmente casada, teria dois filhos.

Na sua imaginação, Alice Sommers via os netos que jamais tivera. O menino, alto e loiro, como Cyrus. Sempre acreditara que ele e Karen acabariam juntos. A única coisa com relação a Sam Deegan que a deixava realmente perturbada era a sua obstinada convicção de que Cyrus era o autor da morte de Karen.

E a filha deles? Seria parecida com Karen, decidiu Alice... miúda, olhos azul-esverdeados e cabelos pretos como carvão. Claro, isso ela nunca saberia.

Faça retornar o tempo, Senhor. Faça com que aquela noite terrível não tenha existido. Era essa a oração que murmurara milhares de vezes ao longo dos anos.

Sam Deegan dizia que não acreditava que Karen tivesse acordado quando o intruso entrou em seu quarto. Alice sempre conservara uma dúvida. Teria Karen aberto os olhos? Percebido um vulto? Visto um braço levantar-se sobre a cama? Teria sentido os terríveis golpes que lhe tiraram a vida?

Perguntas como essas ela conseguia fazer a Sam, embora nunca tivesse ousado fazê-las ao marido. Ele precisara acreditar que sua filha única tinha sido poupada daquele instante de pavor e sofrimento.

Esses pensamentos habitaram a cabeça de Alice Sommers durante vários dias. Sábado de manhã, ao acordar, a tristeza e a dor tinham diminuído graças à perspectiva da visita de Jeannie Sheridan.

Às 10 horas, a campainha tocou. Ela abriu a porta e abraçou Jean com genuíno afeto. Era muito bom poder tomá-la entre os braços. Sabia que seu beijo de boas-vindas era tanto para Karen quanto para Jean.

Ao longo dos anos, observara a evolução da garota tímida e reticente que era Jean aos 16 anos, quando tornaram-se vizinhos em Cornwall, até transformar-se na elegante e bem-sucedida historiadora e escritora de agora.

Durante os dois anos em que tinham habitado lado a lado, antes de Jean terminar o curso secundário, tomar a decisão de trabalhar em Chicago e depois estudar em Bryn Mawr, Alice aprendera a admirar e, ao mesmo tempo, a ter pena da menina. Parecia impossível que tivesse sido mesmo gerada por seus pais, concentrados na aversão mútua a tal ponto que não percebiam o efeito devastador que as brigas em público exerciam sobre a filha única.

Já naquela época ela mostrava muita dignidade, pensou Alice, afastando um pouco Jean para melhor observá-la, abraçando-a de novo em seguida.

— Você acredita que há oito meses não nos vemos? — perguntou. — Jeannie, senti muito a sua falta.

— Também senti a sua.

Jean olhou para a mulher à sua frente com profunda afeição. Alice Sommers era bonita, tinha cabelos prateados e olhos azuis que não conseguiam esconder uma permanente nuvem de tristeza. Seu sorriso, no entanto, era caloroso e espontâneo.

— Você está ótima — prosseguiu.

— Ainda mais se considerar que estou com 63 anos — reconheceu Alice. — Decidi parar de sustentar salões de beleza, tudo o que você vê agora é autêntico.

De braços dados, dirigiram-se para a sala de estar.

— Agora me lembro que você nunca esteve aqui. Sempre nos encontramos em Nova York ou Washington. Venha, vou lhe mostrar a casa, começando pela minha fabulosa vista do Hudson.

Enquanto percorriam os cômodos, Alice explicou:

— Não sei por que moramos na outra casa tanto tempo. Sou tão mais feliz aqui. Acho que Michael sentiu que, se nos mudássemos, de algum modo estaríamos deixando Karen para trás. Ele jamais superou essa perda, você sabe.

Jean pensou na linda casa em estilo Tudor que tanto admirara no seu tempo de garota. Eu a conhecia como a palma de minha mão, lembrou. Entrava e saía a hora que quisesse enquanto Laura morou nela e, além disso, Alice e o sr. Sommers sempre foram muito simpáticos comigo. Gostaria de ter conhecido Karen melhor.

— A casa foi comprada por alguém que conheço? — perguntou.

— Acho que não. O pessoal que a comprou era do norte do estado. Venderam no ano passado. Ouvi dizer que o novo proprietário fez uma reforma e agora quer alugá-la mobiliada. Muita gente acha que o verdadeiro comprador foi Jack Emerson. Dizem que ele já possui várias propriedades na cidade. Com certeza percorreu um longo caminho desde o tempo em que fazia limpeza em escritórios. Agora é um empresário de mão cheia.

— Foi também o organizador do encontro.

— E a força propulsora por trás dele. Nunca se ouviu falar tanto de uma comemoração de vinte anos de formatura em Stonecroft. Mas pelo menos serviu para trazer você até aqui. Espero que esteja com fome. Temos *waffles* e morangos para o café-da-manhã.

Foi na segunda xícara de café que Jean tirou da bolsa o fax e o envelope com a escova de cabelo e mostrou-os a Alice. Depois contou sobre Lily.

— O dr. Connors conhecia um casal que queria um bebê. Eram pacientes dele, por isso imagino que deviam morar por perto. Alice, estou em dúvida se devo ir à polícia ou contratar um detetive particular. Não sei o que fazer.

Alice debruçou-se sobre a mesa e segurou a mão de Jean.

— Está querendo me dizer que teve um bebê aos 18 anos e nunca contou para ninguém?

— Você conheceu meu pai e minha mãe. Teriam ficado loucos até saber quem era o responsável por eu estar naquela enrascada. Dariam um jeito de espalhar a novidade aos quatro cantos da cidade.

— E você nunca comentou com ninguém?

— Com ninguém. Eu tinha ouvido dizer que o dr. Connors ajudava as pessoas a adotar crianças. Ele queria que eu contasse para meus pais, mas eu era maior de idade e ele disse que tinha uma paciente que descobrira que não podia ter filhos. Ela e o marido planejavam adotar um bebê, e eram pessoas maravilhosas. Quando falou com eles, os dois disseram imediatamente que ficariam felizes e comovidos com a adoção. Ele conseguiu um emprego para mim no escritório de uma clínica de repouso em Chicago, o que me serviu de pretexto para dizer que tinha vontade de trabalhar durante um ano antes de entrar para Bryn Mawr.

— Lembro-me de como ficamos orgulhosos quando soubemos de sua bolsa de estudos.

— Viajei para Chicago imediatamente após a formatura. Eu precisava ir embora. E não era só pelo bebê. Eu precisava chorar. Gostaria que vocês tivessem conhecido Reed. Era uma pessoa especial. Acho que foi por isso que nunca me casei.

Lágrimas escorriam dos olhos de Jean.

— Nunca senti nada igual por ninguém.

Balançou a cabeça e pegou o fax.

— Pensei em mostrá-lo à polícia, mas moro em Washington. O que eles poderiam fazer? "*Devo beijá-la ou matá-la? Não se preocupe, estou só brincando.*" Isto não é necessariamente uma ameaça, ou é? Mas parece claro que quem adotou Lily morava nesta região, porque era paciente do dr. Connors. É por isso que acredito que se eu decidir ir à polícia, deve ser nesta cidade. O que você acha, Alice?

— Acho que você tem razão e conheço a pessoa certa para lhe ajudar — respondeu Alice com segurança. — Sam Deegan é um detetive que trabalha no gabinete do promotor público. Ele estava lá na manhã em que encontramos Karen e nunca arquivou o processo de sua morte. Acabou se tornando um grande amigo. Ele encontrará uma forma de ajudá-la.

15

O Ônibus para West Point estava previsto sair às 10 horas. Às 9h45, Jack Emerson deixou o hotel e deu uma rápida passada em casa para pegar a gravata que esquecera de incluir na bagagem. Rita, com quem estava casado havia quinze anos, lia o jornal enquanto tomava pequenos goles de café na mesa da cozinha. Ao perceber a chegada do marido, ergueu os olhos com indiferença.

— Como está sendo o grande encontro, Jack?

O sarcasmo que acompanhava cada palavra que lhe dirigia tornava-se ainda mais evidente naquela pergunta.

— Eu diria que está sendo ótimo, Rita — respondeu em tom amável.

— Seu quarto no hotel é confortável?

— Tão confortável quanto podem ser os quartos no Glen-Ridge. Por que não vai se encontrar comigo lá e confere pessoalmente?

— Talvez eu vá, quem sabe?

Baixou os olhos e concentrou-se de novo no jornal, já sem se importar com o marido.

Por um momento ele ficou imóvel, observando-a. Estava com 37 anos, mas não era uma daquelas mulheres que melhoram com a idade. Rita sempre fora uma pessoa reservada, porém, com o passar do tempo, seus lábios finos tinham adquirido uma curvatura que a deixava com ar taciturno. Aos 20 anos, com os cabelos soltos caídos sobre os ombros, era realmente sedutora. Agora que os usava para trás, presos em um coque, sua pele parecia repuxada. Tudo nela parecia tenso e dominado pelo rancor. De pé, junto dela, Jack teve certeza do quanto a detestava.

Teve raiva ao sentir que precisava justificar sua presença em sua própria casa.

— Não levei a gravata que quero usar no jantar de hoje — explicou, ríspido. — Por isso voltei.

Ela largou o jornal.

— Jack, quando insisti que Sandy fosse para o internato e não para a sua adorada Stonecroft Academy, você deve ter sentido que havia algo no ar.

— Acho que senti.

Vai começar tudo de novo, pensou.

— Estou voltando para Connecticut. Aluguei uma casa em Westport pelos próximos seis meses, enquanto procuro uma que queira comprar. Podemos chegar a um acordo quanto às visitas a Sandy. Apesar de você ser um marido abominável, tem sido um pai razoavelmente correto, e é melhor que nossa separação seja amigável. Sei exatamente o que você tem, portanto é inútil gastar dinheiro demais com advogados.

Levantou-se e prosseguiu:

— Afável, jovial, engraçado, modelo de espírito comunitário, homem de negócios inteligente, esse é Jack Emerson. É assim que muita gente o qualifica, Jack. No entanto, além de seus casos amorosos, há muita coisa podre dentro de você. Por mera curiosidade, gostaria de saber o que é.

Jack Emerson deu um sorriso frio.

— É claro que eu sabia que, quando você insistiu em mandar Sandy para Choate, estava começando a voltar para Connecticut. Hesitei em acreditar. Na verdade, hesitei por dez segundos. Depois comemorei.

E continue a imaginar que sabe quanto tenho, acrescentou mentalmente.

Rita Emerson deu de ombros.

— Você sempre disse que a última palavra seria a sua. Sabe de uma coisa, Jack? Por baixo desse seu aparente verniz, você continua a ser o mesmo reles ajudante de porteiro que era obrigado a esfregar o chão depois da escola. E se não for correto no divórcio, talvez eu precise contar às autoridades que me confessou estar por trás daquele incêndio que destruiu o prédio de consultórios há dez anos.

Ele olhou-a espantado.

— Nunca lhe disse isso.

— Mas acreditarão em mim, não acha? Você trabalhava no prédio, conhecia cada centímetro dele e queria o terreno para o centro comercial que planejava construir. Após o incêndio, conseguiu comprá-lo por uma ninharia.

Ela levantou uma sobrancelha e concluiu:

— Corra, vá pegar sua gravata, Jack. Dentro de duas horas estarei fora desta casa. Talvez você consiga convidar uma de suas ex-colegas e organizar uma festa realmente boa aqui hoje à noite. Fique à vontade.

16

A IDÉIA DE FINALMENTE começar a agir trouxe a Jean um pouco de tranqüilidade. Alice Sommers prometera telefonar para Sam Deegan e tentar marcar um encontro para domingo à tarde.

— De qualquer maneira, muitas vezes ele vem aqui no dia do aniversário da morte de Karen — explicou.

Não preciso voltar para casa amanhã, pensou Jean. Posso continuar no hotel por pelo menos uma semana. Sou muito boa em pesquisas. Talvez consiga encontrar alguém que tenha trabalhado no consultório do dr. Connors, uma enfermeira ou uma secretária que possa me dizer onde ele registrava os nascimentos dos bebês para os quais arrumava um lar adotivo. Talvez guardasse uma cópia dos registros em outro lugar. Sam Deegan poderia me ajudar a descobrir como encontrá-las, supondo que existam.

O dr. Connors levara o bebê quando ela ainda estava em Chicago. Seria possível que ele tivesse registrado lá o nascimento da menina? A mãe adotiva viajara com ele até Chicago ou ele mesmo levara Lily de volta para Cornwall?

Os participantes do encontro que preferissem ir por conta própria para West Point recebiam a recomendação de deixar o carro no estacionamento perto do Hotel Thayer. Jean sentiu um nó na garganta no momento em que cruzou o portão de entrada da Academia. Como fizera tantas vezes nos últimos dias, pensou na derradeira vez em que ali estivera, na formatura da turma de Reed, quando viu o pai e a mãe do rapaz receberem seu diploma e a espada.

A maior parte do grupo de Stonecroft estava dispersa por West Point. O programa previa que se encontrassem às 12h30 no Thayer, para almoço. Depois, assistiriam a uma parada militar e, por fim, ao jogo.

Antes de juntar-se aos colegas, Jean tomou o caminho do cemitério para visitar o túmulo de Reed. O trajeto era longo, mas lhe agradava a idéia de aproveitar aquele momento de calma para refletir. Consigo sentir muita paz aqui, pensou. Como teria sido minha vida se Reed continuasse vivo, se minha filha estivesse comigo agora, e não com estranhos, não sei onde? Não ousara ir ao enterro de Reed. Acontecera no mesmo dia de sua formatura em Stonecroft. Seus pais jamais tinham encontrado Reed e praticamente nada sabiam sobre ele. Não teria tido como explicar que não estaria presente à sua própria formatura.

Passou diante da Cadet Chapel e lembrou-se dos concertos que assistira ali, primeiro só, depois, algumas vezes, com Reed. Passou pelos monumentos onde estavam gravados os nomes de personagens que tinham deixado sua marca na história e seguiu para o setor 23, onde parou junto à lápide com a inscrição *Cadete Carroll Reed Thornton Jr.* Havia uma rosa apoiada no granito e, preso nela, um pequeno envelope. Jean sentiu um aperto no peito. Era o seu nome escrito no envelope. As mãos começaram a tremer quando leu as poucas palavras da mensagem: "Jean, a rosa é sua. Sabia que você viria."

No caminho de volta para o Thayer, tentou se recompor. O bilhete significa que algum participante do encontro sabe sobre Lily e está brincando de gato-e-rato comigo, refletiu. Quem mais poderia imaginar que eu estaria aqui hoje e ainda por cima que visitaria a sepultura de Reed?

Somos 42 ex-alunos reunidos. Isso reduz para 41 o número de pessoas que poderiam tentar um contato comigo. Descobrirei quem é, e onde está Lily. Talvez ela não saiba que foi adotada. Não pretendo interferir em sua vida, mas preciso saber se está bem. Gostaria de vê-la pelo menos uma vez, ainda que a distância.

Acelerou o passo. Dispunha de apenas dois dias para tentar um encontro direto com todos e procurar descobrir quem estivera no cemitério. Falarei com Laura, decidiu. Ela não deixa escapar nada. Se tiver feito o passeio que incluía o cemitério, talvez tenha percebido algo.

NO MOMENTO EM que ela entrou na sala reservada para o almoço, Mark Fleischman foi ao seu encontro.

— Foi uma visita muito interessante — afirmou. — Pena que você tenha perdido. Sinto até vergonha de dizer que, mesmo enquanto morei em Cornwall, poucas vezes vim a West Point e, assim mesmo, só para caminhar. Você, ao contrário, aparecia sempre por aqui no último ano, ou estou enganado? Isto é, lembro-me de você ter escrito alguns artigos sobre a Academia para o jornal da escola.

— É verdade, eu vinha sempre aqui — confirmou Jean, receosa.

Um caleidoscópio de lembranças invadiu de súbito sua mente. As tardes de domingo de primavera, quando percorria o caminho que levava ao Trophy Point e se instalava em um dos bancos para escrever. Os bancos de granito cor-de-rosa tinham sido doados a West Point pela turma de 1939. Ela era capaz de recitar de memória as palavras gravadas neles: DIGNIDADE, DISCIPLINA, CORAGEM, INTEGRIDADE, LEALDADE. Até a inscrição nos bancos me trazia à lembrança a banalidade da vida que meus pais levavam, pensou.

Voltou a dar atenção a Mark.

— O organizador de nosso encontro, Jack Emerson, decretou que hoje os homenageados devem se misturar aos demais convidados e sentar-se onde quiserem — dizia ele —, o que deve ser um problema para Laura. Você reparou como ela anda esbanjando charme? Ontem à noite, durante o jantar, flertou com nosso executivo de televisão, Gordon, com nosso dramaturgo, Carter, e com nosso comediante, Robby. No ônibus, sentou-se ao lado de Jack Emerson e não lhe deu um minuto de sossego. Ouvi dizer que ele se tornou um magnata do ramo imobiliário.

— Você é especialista em comportamento adolescente, Mark. Laura sempre teve uma queda pelos rapazes que faziam sucesso. Não acha que isso acompanha a pessoa na vida adulta? De qualquer modo, ela pode muito bem se concentrar nesses quatro. Seus ex-namorados, como Doug Hanover, ou não vieram ou estão com suas mulheres a reboque.

Jean precisava usar um tom divertido.

Mark sorria, mas ela sentiu uma mudança em sua fisionomia, uma tensão em seu olhar. Você também?, perguntou a si mesma. E percebeu que era decepcionante pensar que Mark fora mais um dos apaixonados por Laura e que talvez continuasse assim até hoje. Bem, ela queria uma oportunidade de falar com Laura, e se ele tinha vontade de estar com ela, ótimo.

— Podemos nos sentar com Laura — sugeriu. — Na escola sempre almoçávamos juntas.

Por um momento, veio à sua lembrança a imagem da mesa do refeitório de Stonecroft. Reviu nela Catherine, Debra, Cindy, Gloria e Alison.

E Laura e eu.

E Laura... e eu...

17

O CORUJA JÁ IMAGINAVA que o desaparecimento de uma mulher em Surrey Meadows, Nova York, não seria divulgado a tempo de virar notícia nos jornais matutinos de sábado, mas alegrou-se ao constatar que o rádio e a televisão mencionavam o fato. Antes e depois do café-da-manhã, enquanto aplicava compressas no braço, ficou atento aos noticiários. O braço doía no local em que o cachorro enfiara os dentes; ele considerava a mordida um castigo por seu descuido. Devia ter percebido a correia na mão da mulher antes de parar o carro e agarrá-la. O pastor alemão surgira do nada e pulara em cima dele, rosnando enquanto atacava. Por sorte conseguira pegar o ferro de desmontar pneus que mantinha ao alcance da mão, no banco dianteiro, sempre que saía para esse tipo de incursão.

Agora Jean estava à sua frente, do outro lado da mesa, e era óbvio que encontrara a rosa junto à sepultura. Estava certo de que ela esperava que Laura tivesse reparado se alguém do grupo levava uma flor na mão ou se afastara durante a visita ao cemitério. Não estava preocupado. Laura não percebera nada. Ele apostaria nisso a própria vida. Estivera ocupada demais tentando imaginar qual de nós teria mais chance de sucumbir aos seus encantos. Estava falida e desesperada, pensou, satisfeito.

Ao tomar conhecimento por acaso da existência de Lily, tempos atrás, percebera que havia inúmeros modos de exercer poder sobre outras pessoas. Algumas vezes, achava divertido exercer esse poder; em outras circunstâncias, apenas esperava. Sua denúncia anônima à fiscalização da Receita, três anos antes, dera origem a uma auditoria na situação financeira de Laura. Agora, estava com a casa penhorada. Dentro de pouco tempo isso não teria mais importância, mas ele ficava satisfeito ao pensar que até na hora em que estivesse para morrer ela teria medo de perder a casa.

Ainda amadurecia a idéia de fazer contato com Jean a propósito de Lily quando conheceu por acaso os pais adotivos da garota. Ainda que não tivesse certeza se mataria Jean ou não, gostaria de fazê-la sofrer, pensou, sem nenhum arrependimento.

Deixar a flor junto à lápide tinha sido uma tacada de gênio. À mesa, durante o almoço no Thayer, vira tristeza nos olhos de Jean. Durante o desfile, antes da partida, conseguira sentar-se ao seu lado.

— É um espetáculo maravilhoso, concorda comigo? — perguntara.

— Sim, maravilhoso.

Ele sabia que ela pensava em Reed Thornton.

Os tambores e as balizas dos Hellcats desfilavam diante da arquibancada em que estavam. Olhe bem, Jean, teve vontade de dizer. Sua filha é a que está bem na ponta, na segunda fila.

18

De volta ao Glen-Ridge House, em Cornwall, Jean deu um jeito de pegar o elevador com Laura e seguiu-a até o quarto.

— Laura, querida, preciso falar com você.

— Oh, Jeannie, a única coisa que quero agora é tomar um bom banho quente e descansar — protestou Laura. — Passear em West Point e depois assistir a um jogo inteiro pode ser um excelente programa, porém não é do meu feitio ficar horas ao ar livre. Podemos conversar mais tarde?

— Não — respondeu Jean, decidida. — Tem de ser agora.

— Só porque você é uma excelente amiga — suspirou Laura, enquanto introduzia o retângulo de plástico na fechadura. — Bem-vinda ao Taj Mahal.

Abriu a porta e tocou de leve o interruptor. As lâmpadas de cabeceira de um lado e do outro da cama se acenderam, lançando uma claridade indistinta sobre o quarto que já mergulhava nas sombras do sol poente.

Jean sentou-se na borda da cama.

— Laura, o que quero saber é muito importante. Você foi até o cemitério durante a visita à Academia, não foi?

Laura começou a desabotoar o casaco de camurça que usara para ir a West Point.

— Hã-hã. Jeannie, sei que você ia ao cemitério com freqüência quando estudávamos em Stonecroft, mas para mim foi a primeira visita. Meu Deus, quando a gente pensa em todas aquelas pessoas famosas que estão enterradas lá. O general Custer. Pensei que ele tivesse falhado no ataque que liderou, mas depois, graças à sua mulher, reconheceram que ele era um herói. Diante de seu túmulo, hoje, pensei em algo que você me contou muito tempo atrás, que os índios chamavam Custer de "Chefe Cabelos Amarelos". Você sempre aparecia com tiradas desse tipo.

— Todos visitaram o cemitério?

— Pelo menos todos os que estavam no ônibus. Outros, que trouxeram os filhos e vieram de carro, preferiram passear por conta própria. Quando você era garota, tinha vontade de examinar as lápides?

Laura pendurou o casaco no armário e continuou:

— Jeannie, adoro você, mas preciso descansar um pouco. Por que não faz o mesmo? Hoje será nossa grande noite. Vamos receber a medalha, a placa ou sei lá o quê. Não nos pedirão para cantar o hino da escola, espero!

Jean levantou-se e colocou as mãos nos ombros de Laura.

— Laura, é muito importante que eu saiba. Você reparou se alguém no ônibus tinha uma rosa na mão, ou viu alguém colher uma rosa no cemitério?

— Uma rosa? Não, claro que não. Isto é, vi algumas pessoas depositando flores em alguns túmulos, mas nenhuma do nosso grupo. Quem de nós conheceria tão bem alguém enterrado lá, a ponto de levar flores?

Eu devia ter imaginado, pensou Jean. Laura não prestava atenção em quem não fosse importante para ela.

— Vou deixar você em paz, agora — prometeu. — A que horas devemos descer?

— O coquetel é às sete horas, o jantar, às oito. As medalhas serão entregues às dez. Para amanhã ficam apenas a homenagem a Alison e o *brunch* em Stonecroft.

— Pretende voltar diretamente para a Califórnia, Laura?

Impulsivamente, Laura abraçou Jean.

— Ainda não defini meus planos, mas digamos que eu talvez tenha uma opção melhor. A gente se vê mais tarde, querida.

Quando a porta se fechou atrás de Jean, Laura tirou do armário o protetor plástico com roupas. Assim que acabasse o jantar, pretendiam escapulir. Ele dissera:

— Estou farto deste hotel, Laura. Deixe uma valise pronta para eu colocar no carro antes do jantar. Mas fique de boca fechada. Não interessa a ninguém saber onde vamos passar a noite. Você vai se arrepender de não ter percebido meu exato valor vinte anos mais cedo.

Enquanto colocava na valise o suéter de *cashmere* que usaria de manhã, Laura sorriu para si mesma. Realmente falei que faço questão de participar da homenagem a Alison, mas não me incomodo se faltarmos ao *brunch*.

Depois, franziu a testa. Ele respondera:

— *Eu* nem sonharia em faltar à homenagem a Alison.

Mas claro que ele pretendia dizer que iríamos juntos.

19

ÀS 15 HORAS, SAM DEEGAN foi surpreendido por um telefonema de Alice Sommers.

— Sam, você estaria livre esta noite para um jantar de gala?

Ele hesitou, surpreso.

— Reconheço que é um convite de última hora — desculpou-se Alice.

— Oh, não se preocupe com isso. A resposta é sim, estou livre, e sim, tenho no armário um *smoking* limpo e passado.

— Como parte das comemorações pelo vigésimo aniversário de formatura de Stonecroft, haverá uma recepção de gala para homenagear alguns ex-alunos. Os convites para o jantar foram colocados à venda para os moradores da cidade. Em verdade, a idéia é angariar fundos para a ampliação que pretendem fazer em Stonecroft. Eu não tinha intenção de ir, mas gostaria de lhe apresentar uma das homenageadas. O nome dela é Jean Sheridan. Foi minha vizinha e gosto muito dela. No momento, está com um problema sério e precisa de conselhos. Meu plano inicial era convidar você para passar aqui em casa e ouvir o que ela tem a dizer. Depois, decidi que seria ótimo estar presente quando Jean receber a medalha e...

Sam percebeu que Alice Sommers o convidara impulsivamente e que agora não apenas tentava se desculpar, como talvez até começasse a se arrepender de ter telefonado.

— Alice, eu adoraria ir — confirmou, com ênfase.

Não contou a ela que começara a trabalhar às 4h30 no caso Helen Whelan, que tinha acabado de chegar em casa e que pretendia ir para a cama cedo. Uma hora ou duas de sono acabariam com o cansaço, imaginou.

— Estava mesmo querendo passar na sua casa amanhã — acrescentou.

Alice Sommers sabia o que essa resposta significava.

— Foi o que calculei. Se conseguir chegar às sete horas, posso lhe oferecer um drinque e depois vamos juntos para o hotel.

— Combinado. Até mais tarde, Alice.

Sam desligou e reconheceu, um pouco envergonhado, que ficara extremamente feliz com o convite; em seguida, refletiu sobre o motivo para ter sido convidado. Que tipo de problema Jean Sheridan, a amiga de Alice, poderia estar enfrentando? Por mais sério que fosse, não devia ser comparável ao que acontecera com Helen Whelan de madrugada, enquanto passeava com o cachorro.

20

— TEREMOS UMA FESTA e tanto, não acha, Jean? — perguntou Gordon Amory.

Estava sentado à direita dela, na segunda fileira no tablado onde os homenageados tinham sido acomodados. Em um nível mais baixo, os deputados locais, o prefeito de Cornwall-on-Hudson, os patrocinadores do jantar, o reitor de Stonecroft e vários membros do conselho diretor observavam, satisfeitos, o salão apinhado.

— Acho — concordou Jean.

— Não pensou em convidar seus pais para esta grande ocasião?

Se um tom malicioso não estivesse evidente na voz de Gordon, Jean teria ficado aborrecida, porém, ao perceber a pitada de humor, respondeu à altura:

— Não. E você, pensou em convidar os *seus*?

— Claro que não. Na verdade, você deve ter notado que nenhum de nossos colegas homenageados parece estar acompanhado de um parente orgulhoso para compartilhar esse momento de glória.

— Pelo que ouvi dizer, quase todos os pais saíram da cidade. Os meus foram embora pouco depois de minha formatura em Stonecroft. Foram embora e se divorciaram, como você deve ter ouvido.

— Como os meus. Ao olhar para nós seis aqui reunidos, provavelmente a nata de nossa turma, digo para mim mesmo que, de todos, Laura foi provavelmente a única que conseguiu ser feliz nesta cidade. Tenho a impressão de que você era tão infeliz quanto eu, Robby, Mark e Carter. Robby foi um aluno medíocre criado no seio de uma família de intelectuais, e vivia ameaçado de perder a bolsa de estudos em Stonecroft. O humor transformou-se em sua armadura e seu refúgio. Os pais de Mark não escondiam de ninguém que prefeririam que seu irmão tivesse sido poupado da morte e não ele. Sua reação foi se tornar psiquiatra e se especializar em comportamento juvenil. Eu me pergunto se ele tem tentado tratar o adolescente que existe dentro dele.

Médico, cura a ti mesmo, pensou Jean, e suspeitou que Gordon tivesse razão.

— Howie, ou Carter, como insiste em ser chamado, tinha um pai que costumava bater nele e em sua mãe — prosseguiu Gordon. — Howie ficava fora de casa o maior tempo possível. Você sabe que ele foi surpreendido várias vezes espiando pelas janelas. O que pretendia ver, uma vida familiar normal? Não acha que pode ser essa a razão para escrever peças tão sombrias?

Jean achou melhor esquivar-se da pergunta.

— Resta quem? Você e eu — concluiu, com voz tranqüila.

— Minha mãe era uma dona-de-casa relaxada. Você deve se lembrar de que quando nossa casa pegou fogo todos diziam que esse seria o único modo de limpá-la. Agora sou dono de três casas e confesso ter verdadeira obsessão pela limpeza delas, o que deve ter contribuído para o fracasso de meu casamento. De qualquer maneira, casar foi um erro desde o início.

— Meu pai e minha mãe tinham brigas homéricas na frente de todo mundo. Não é essa a lembrança que você guarda de mim, Gordon?

Ela sabia que era exatamente isso que ele pensava naquele momento.

— Estava lembrando de como a gente precisou enfrentar dificuldades e que, com exceção de Laura, que sempre foi a menina de ouro de nossa turma, você, Carter, Robby, Mark e eu tivemos uma vida muito dura. Certamente não precisávamos que nossos pais a tornassem mais dura ainda; no entanto, por um motivo ou outro, era o que acontecia. Veja bem, Jean, eu tinha uma vontade tão grande de mudar, que tratei de conseguir um rosto novo. Nos momentos difíceis, porém, às vezes acordo e percebo que continuo a ser o Gordie de sempre, um garoto estranho, com cara de idiota, motivo de chacota para todos. Você conquistou um nome nos círculos acadêmicos e escreveu um livro que é não apenas aclamado pela crítica, como também best-seller. Mas quem é você no seu íntimo?

Quem sou eu? No meu íntimo, ainda sou muitas vezes uma garota atormentada, pensou Jean, mas foi poupada de responder quando o próprio Gordon falou, com um sorriso:

— Nunca se deve filosofar demais durante um jantar. Talvez eu me sinta melhor depois que pendurarem aquela medalha no meu pescoço. O que acha, Laura?

Ao vê-lo falar com Laura, Jean virou-se para Jack Emerson, sentado à sua esquerda.

— Você parecia estar no meio de uma discussão animada com Gordon — observou ele.

Jean percebeu um ar de curiosidade em seu rosto. A última coisa que ela queria agora era continuar com Jack a conversa que tivera com Gordon.

— Oh, estávamos apenas relembrando os anos que passamos aqui — respondeu, com aparente indiferença.

Eu era tão insegura, pensou. Tão magra e desajeitada. Meus cabelos eram muito finos. Estava sempre na expectativa de que minha mãe e meu pai começassem a se agredir de novo. Eu me sentia culpada sempre que diziam que continuavam juntos apenas por minha causa. Tudo o que eu queria era crescer e ir para o lugar mais distante possível. E foi o que fiz.

— Cornwall era um excelente lugar para os jovens — comentou Jack, com entusiasmo. — Nunca consegui entender por que nenhum de vocês quis se estabelecer aqui, ou pelo menos comprar uma casa de campo nas redondezas, agora que são todos bem-sucedidos. A propósito, se algum dia você achar a idéia interessante, Jeannie, tenho algumas propriedades à venda e posso garantir que são verdadeiras jóias.

Jean lembrou-se de que Alice Sommers dissera que comentavam que Jack Emerson era o novo proprietário de sua antiga casa.

— Alguma perto de onde morei? — perguntou.

Ele sacudiu a cabeça.

— Não. Estou falando de locais com vistas fantásticas para o rio. Quando posso levá-la para visitar uma delas?

Nunca, pensou Jean. Jamais voltarei a viver aqui. A única coisa que quero é ir embora. Primeiro, no entanto, preciso descobrir quem está fazendo contato comigo e ameaçando Lily. Pode ser apenas um pressentimento, mas apostaria minha vida como neste exato momento o responsável está sentado nesta sala. Quero que este jantar acabe logo para eu poder falar com Alice e o detetive que veio com ela. Preciso acreditar que ele descobrirá um modo de me ajudar a encontrar Lily e de acabar com essas ameaças. E quando tiver certeza de que ela está bem e feliz, volto ao meu mundo de adulta. Vinte e quatro horas aqui bastaram para eu ter uma certeza: a mulher na qual me transformei, seja para melhor ou para pior, é fruto da vida que levei aqui e com a qual devo me reconciliar.

— Oh, não tenho realmente interesse em comprar uma casa em Cornwall — explicou a Jack Emerson.

— Talvez não agora, Jeannie — retrucou, com um brilho no olhar —, mas aposto que dentro de pouco tempo encontrarei uma bela propriedade para você. Tenho *certeza* do que estou dizendo.

21

NESSE TIPO DE RECEPÇÃO, os homenageados são em geral apresentados em ordem crescente de importância, pensou O Coruja, com um sorriso sarcástico, ao ouvir o nome de Laura ser chamado. Foi ela a primeira a receber a medalha, entregue em conjunto pelo prefeito de Cornwall e pelo reitor de Stonecroft.

O protetor plástico onde Laura carregava os vestidos já estava no carro, como também sua pequena valise. Ele conseguira descer pela escada dos fundos, sair pela porta de serviço e colocar a bagagem no porta-malas sem ser notado. Por precaução, tinha quebrado a lâmpada acima da entrada de serviço e colocado um boné e um casaco que poderiam passar por uniforme caso fosse visto por alguém, ainda que a distância.

Como sempre, Laura estava deslumbrante. Usava um vestido de noite dourado que, como dizia o velho ditado, "não deixava lugar para a imaginação". A maquiagem estava impecável. Seu colar de diamantes era provavelmente falso, mas tinha excelente efeito. Os brincos, ao contrário, eram sem dúvida de diamantes autênticos. Talvez fosse a última, ou quase a última, das jóias que recebera do segundo marido. Um pouco de talento, aliado a uma aparência espetacular, dera a Laura seus 15 minutos de fama. E era preciso admitir que tinha personalidade envolvente, a não ser, claro, com relação a quem merecia seu desprezo.

No momento, ela agradecia ao prefeito, ao reitor de Stonecroft e aos participantes do jantar.

— Cornwall-on-Hudson foi um lugar maravilhoso para crescermos — afirmou, entusiasmada. — Os quatro anos que passei em Stonecroft foram os mais felizes de minha vida.

Com excitação antecipada, ele imaginou o momento em que os dois entrariam na casa, ele fecharia a porta às suas costas e veria o pavor estampado nos olhos dela ao compreender que caíra em uma armadilha.

Todos aplaudiram as palavras de Laura e logo o prefeito anunciou o homenageado seguinte.

A cerimônia acabou e eles puderam enfim levantar-se para ir embora. Ele sentiu que Laura o fitava, mas preferiu não retribuir o olhar. O combinado era se misturar aos demais participantes por alguns minutos, depois subir para seus quartos separadamente enquanto todos se despediam. Pouco depois, ela o encontraria no carro.

Os outros deixariam o hotel de manhã e seguiriam em seus próprios carros para a cerimônia junto ao túmulo de Alison e dali para o *brunch* de encerramento. Ninguém perceberia a ausência de Laura até então, mas logo suporiam que ela se cansara do encontro e preferira voltar para casa mais cedo.

— É a hora dos cumprimentos, suponho — disse Jean, apoiando a mão em seu braço, alguns centímetros acima do pulso.

Ela tocara no ponto mais profundo e mais dolorido das mordidas do pastor alemão. O Coruja sentiu o sangue escorrer da ferida e molhar o casaco do *smoking*, e percebeu que a manga do vestido de gala azul real de Jean roçava na sua.

Com enorme esforço, dissimulou a dor que irradiava do braço. Obviamente sem perceber o que acontecia, Jean virou-se para cumprimentar um casal de sessenta e poucos anos que caminhava na sua direção.

Por um instante, O Coruja pensou no sangue que pingara na calçada na hora do ataque do cão. DNA. Ficou preocupado, porque era a primeira vez que deixava atrás de si uma prova física, à exceção de seu símbolo, claro, porém ao longo dos anos ninguém em lugar algum prestara atenção nele. Por um lado, ficava desapontado com tamanha burrice, mas, por outro, satisfeito. Se alguém interligasse as mortes de todas aquelas mulheres, seria difícil para ele ir em frente. *Se* decidisse ir em frente, depois de Laura e Jean.

Ainda que Jean percebesse que a mancha em sua manga era de sangue, não saberia dizer em que condições isso teria acontecido. Além do mais, nenhum detetive, nem mesmo Sherlock Holmes, relacionaria uma mancha na manga do vestido de uma homenageada da Stonecroft Academy ao sangue encontrado em uma rua a trinta quilômetros de distância.

Nunca, nem em um milhão de anos, convenceu-se O Coruja, afastando de vez a idéia absurda.

22

NO INSTANTE EM QUE foi apresentada a Sam Deegan, Jean compreendeu por que Alice falara dele com tanto entusiasmo. Gostou de sua aparência: rosto enérgico ressaltado por límpidos olhos azul-escuros. Gostou também de seu sorriso cordial e do aperto de mão firme.

— Contei a Sam sobre Lily e o fax que recebeu ontem — começou Alice, em voz baixa.

— Recebi mais um — sussurrou Jean. — Alice, estou apavorada por Lily. Quase não consegui descer para o jantar. É muito difícil me concentrar em uma conversa quando não sei o que pode estar acontecendo a ela.

Antes que Alice tivesse tempo de responder, Jean sentiu um puxão na manga e ouviu uma voz animada.

— Jean Sheridan! Que bom encontrá-la! Você tomou conta de meus filhos quando tinha 13 anos.

Jean esforçou-se para esboçar um sorriso.

— Olá, sra. Rhodeen, prazer em revê-la.

— Bem, Jean, tem gente querendo conversar com você — interrompeu Sam. — Alice e eu estaremos no bar. Vá até lá assim que puder.

Ela levou 15 minutos para se livrar dos moradores da cidade que tinham participado do jantar e se lembravam de seu tempo de menina ou que tinham lido seus livros e queriam comentá-los com a autora. Por fim, conseguiu sentar-se com Alice e Sam em uma mesa do canto, onde poderiam conversar sem o risco de serem ouvidos.

Enquanto bebericavam o champanhe que Sam pedira, ela contou sobre a flor e o bilhete encontrados no cemitério.

— A rosa não podia estar lá há muito tempo — disse, nervosa. — Deve ter sido deixada por algum ex-colega que sabia que eu iria a West Point e certamente faria uma visita ao túmulo de Reed. Mas que graça ele ou ela acha nessa história? Por que essas ameaças vagas? Por que a pessoa não aparece e diz logo por que quer fazer contato comigo agora?

— Posso fazer contato com você agora? — perguntou Mark Fleischman, em tom de brincadeira. Ele estava de pé atrás da cadeira vazia ao lado dela, com um copo na mão.

— Estava à sua procura para convidá-la para um último drinque, Jean — explicou. — Não sabia por onde andava, até que por fim a vi aqui.

Percebeu um ar de hesitação nos rostos das pessoas à mesa, e reconheceu que esperava por isso. Tinha certeza de que discutiam um assunto sério, mas queria saber com quem Jean estava e sobre o que conversavam.

— Claro, sente-se conosco — convidou Jean, fazendo força para se mostrar simpática.

O que ele conseguira ouvir? pensou, enquanto o apresentava a Alice e Sam.

— Mark Fleischman! — exclamou Sam. — *Dr.* Mark Fleischman! Assisto a seu programa, que é excelente. Seus conselhos são muito importantes. Gosto principalmente do modo como trata os adolescentes. Quando são eles os convidados, o senhor consegue fazer com que exprimam seus sentimentos sem nenhum constrangimento. Se mais jovens se manifestassem dessa forma e aproveitassem os conselhos recebidos, veriam que não estão sozinhos, e seus problemas não pareceriam tão graves.

Jean percebeu o rosto de Mark Fleischman se iluminar com um sorriso de satisfação diante da evidente sinceridade do elogio de Sam Deegan.

Era tão calado quando jovem, pensou. Tão tímido. Eu nunca poderia imaginar que ele acabaria sendo uma celebridade da televisão. Estaria Gordon certo quando dizia que Mark se tornara psiquiatra especializado no comportamento de adolescentes devido ao seu próprio problema?

— Sei que cresceu aqui, Mark. Alguém de sua família ainda mora na cidade?

— Meu pai. Nunca saiu de nossa antiga casa. Está aposentado, mas parece que viaja muito.

Jean estava surpresa.

— No jantar, Gordon e eu comentamos que nenhum de nós tinha mais raízes aqui.

— Não tenho raízes aqui, Jean — afirmou Mark, com voz tranqüila. — Não falo com meu pai há anos. Com toda essa badalação em torno de nosso encontro ele certamente sabe que estou aqui e que sou um dos homenageados, mas mesmo assim não tive notícias dele.

Percebeu o tom amargo com que falou e ficou envergonhado. Por que cargas-d'água me abri desse jeito com Jean Sheridan e duas pessoas completamente estranhas?, perguntou a si mesmo. Minha função é apenas ouvir. "O alto, magro, alegre, engraçado e sábio dr. Mark Fleischman" era como o apresentavam na televisão.

— Talvez seu pai não esteja na cidade — sugeriu Alice.

— Nesse caso, está desperdiçando muita eletricidade. As luzes de sua casa estavam todas acesas ontem à noite.

Mark encolheu os ombros, depois sorriu.

— Sinto muito, pessoal. Não tive intenção de desafogar minhas mágoas. Vim apenas cumprimentar Jean pelas suas palavras após a homenagem. Ela foi muito doce, espontânea e, felizmente, compensou as besteiras de dois de nossos colegas homenageados.

— Você também — observou Alice Sommers, com ar sincero. — Senti que Robby Brent estava completamente deslocado e os discursos de Gordon Amory e Carter Stewart me pareceram carregados de amargura. Mas se vai cumprimentar Jeannie, não esqueça de salientar como está encantadora.

— Duvido muito que com Laura lá em cima alguém tenha prestado atenção em mim — replicou Jean, embora sentisse que estava contente com o inesperado elogio de Mark.

— Tenho certeza de que todos repararam em você e concordam que está de fato encantadora — disse Mark, levantando-se. — Eu também não poderia deixar de dizer que foi um grande prazer revê-la, Jeannie, caso a gente não se encontre amanhã. Pretendo participar da cerimônia em memória de Alison, mas talvez não possa ficar para o *brunch.*

Sorriu para Alice Sommers e estendeu a mão para Sam Deegan.

— Prazer em conhecê-lo. E agora, com licença. Vejo duas pessoas que gostaria de cumprimentar logo, pois talvez não consiga encontrá-las amanhã de manhã.

Com passadas largas, atravessou a sala.

— É um homem muito atraente, Jean — observou Alice Sommers, ainda entusiasmada. — E é evidente que está de olho em você.

Essa, porém, pode não ser a única razão para ele ter aparecido, refletiu Sam Deegan. Ele nos observava do bar. Queria saber sobre o que estávamos conversando.

Que importância teria isso para ele?

23

O CORUJA ESTAVA quase fora da gaiola. Afastava-se dela. Sempre conseguia saber quando o afastamento total estava por acontecer. Sua natureza afável e gentil — a pessoa que poderia ter sido em circunstâncias diferentes — começava a recuar. Ele se observava rir, brincar e aceitar ser beijado no rosto por algumas das mulheres reunidas para o encontro.

E então escapou. Pôde sentir a maciez aveludada de sua plumagem quando, vinte minutos mais tarde, instalou-se no carro à espera de Laura. Observou-a escapulir pela porta de serviço do hotel, tomando o cuidado de olhar ao redor para não correr o risco de ser vista por alguém. Tivera até a precaução de usar uma capa de chuva com capuz por cima do vestido de festa.

Logo chegou ao carro e abriu a porta. Deslizou para o banco ao lado do dele.

— Me tire daqui, querido — disse, rindo. — Não é uma situação engraçada?

24

JAKE PERKINS PERMANECEU acordado até tarde escrevendo a reportagem sobre o banquete para a *Stonecroft Academy Gazette*. Sua casa na Riverbank Lane dava para o Hudson, e ele valorizava essa vista como poucas coisas na vida. Aos 16 anos, já se considerava uma espécie de filósofo, além de bom escritor e atento observador do comportamento humano.

Em um momento de profunda reflexão, decidira que as marés e as correntes do rio simbolizavam para ele as paixões e os humores dos seres humanos. Sentia prazer em introduzir esse tipo de dimensão nas matérias que redigia. Sabia, claro, que os artigos que gostaria de produzir jamais seriam aceitos pelo sr. Holland, o professor inglês que era conselheiro e censor da *Gazette* mas, para se divertir, escreveu a reportagem que desejaria poder publicar antes de se concentrar na que submeteria ao jornal.

> *O salão um tanto decrépito do conservador Glen-Ridge House ficou um pouco mais alegre com a decoração de bandeirolas e centros de mesa nas cores azul e branco de Stonecroft. A comida estava horrível, como era de se esperar, a começar por um pretenso coquetel de frutos do mar, seguido de um filé* mignon *apenas morno, acompanhado de batatas fritas, tão duras que poderiam ser usadas como armas letais, e de vagens murchas. Sorvete derretido com calda de chocolate completava os esforços gastronômicos do chef.*
>
> *Os habitantes da cidade demonstraram apoio ao evento comparecendo à homenagem aos ex-alunos, todos moradores de Cornwall em tempos passados. É do conhecimento geral que Jack Emerson, presidente do comitê organizador e mola mestra do evento, pensava em algo mais além de abraçar os antigos companheiros de turma. O banquete serviu também como pontapé inicial para o projeto de ampliação de Stonecroft, um novo prédio a ser erguido no terreno — que hoje é propriedade de Emerson — por um construtor cujo nome, sabidamente, ele mantém na cartola.*
>
> *Os seis homenageados foram acomodados sobre o tablado, ao lado do prefeito Walter Carlson; do reitor da Stonecroft, Alfred Downes; e de membros do conselho diretor...*

Seus nomes não importam nesta versão da matéria, decidiu Jake.

> *Laura Wilcox foi a primeira a receber a medalha de "Ex-aluno eminente". Seu vestido de lamê dourado deixou hipnotizados os homens da platéia, que não conseguiram prestar atenção ao seu pequeno discurso sobre a felicidade de ter sido criada nesta cidade. Como nunca mais retornara e também porque ninguém podia imaginar a elegante sra. Wilcox passeando*

pela Main Street ou fazendo compras na recém-inaugurada loja de tatuagens, seus comentários foram acolhidos com aplausos educados e alguns assobios.

O dr. Mark Fleischman, psiquiatra e hoje personalidade da televisão, fez um discurso esquilibrado e muito bem recebido, durante o qual recomendou que pais e professores dêem força moral às crianças.

— O mundo ficará feliz se conseguir derrotá-las — afirmou. — É de vocês a missão de transmitir-lhes autoconfiança e, ao mesmo tempo, indicar os limites que não devem ser ultrapassados.

Carter Stewart, o dramaturgo, fez um discurso em dois níveis, afirmando que moradores da cidade e estudantes que tinham se transformado em personagens de suas peças estavam presentes ao banquete. Mencionou também que, ao contrário do que afirmara o dr. Fleischman, seu pai acreditava no velho ditado segundo o qual quem bem ama bem castiga. Agradeceu depois a seu falecido pai por ter-lhe dado uma visão pessimista da vida, visão essa que considerava ter sido de grande utilidade.

Os comentários de Stewart foram recebidos com risos nervosos e poucos aplausos.

O comediante Robby Brent conquistou a platéia com hilariantes imitações de antigos professores e professoras que sempre ameaçavam reprová-lo, o que teria causado a perda de sua bolsa de estudos da Stonecroft Academy. Uma dessas professoras estava presente à cerimônia e recebeu com um sorriso corajoso a impiedosa paródia feita por Brent de seus gestos e maneiras, assim como a afetada imitação de sua voz. A srta. Ella Bender, no entanto, titular do departamento de matemática, quase chegou às lágrimas quando Brent provocou uma gargalhada geral com a reprodução perfeita de sua voz estridente e de suas risadinhas nervosas.

— Fui o último e mais idiota dos Brent — concluiu Robby. — Vocês nunca me deixaram esquecer. Minha defesa foi o humor, e agradeço-lhes por isso.

Piscou então os olhos e franziu a boca exatamente como o reitor Downes fazia e entregou-lhe uma nota de um dólar, sua contribuição para a nova ala da Stonecroft.

Em seguida, diante do espanto da platéia, gritou "É brincadeira", e agitou um cheque de dez mil dólares, que logo entregou com gesto cerimonioso.

Alguns dos presentes consideraram a cena impagável. Outros, como a dra. Jean Sheridan, se aborreceram com o grotesco da situação. Mais tarde, alguém a ouviu confessar que não acreditava que o humor devesse ser cruel.

Gordon Amory, nosso magnata da televisão a cabo, foi o orador seguinte.

— Por mais que tentasse, nunca consegui participar de uma equipe esportiva de Stonecroft — desabafou. — Vocês não podem imaginar o quanto rezei para conseguir pelo menos uma chance de ser atleta... o que confirma o velho adágio: "Cuidado com o que pedir em suas preces. Você pode ser atendido." Para compensar, viciei-me em televisão e depois passei a analisar os programas a que assistia. Em pouco tempo, percebi que tinha condições de definir por que certos programas, séries especiais, esquetes humorísticos ou documentários alcançavam sucesso e outros se tornavam um fracasso retumbante. Esse foi o início da minha carreira; com base na rejeição, na decepção e na mágoa. Ah, sim, antes de encerrar, devo esclarecer um boato. Não botei fogo deliberadamente na casa de meus pais. Estava fumando e não percebi que, após desligar a televisão e subir para meu quarto, a guimba ainda acesa havia caído atrás da embalagem vazia da pizza que minha mãe deixara sobre o sofá.

Antes de a platéia ter tempo de reagir, o sr. Amory ofereceu um cheque de cem mil dólares para o fundo de construção e brincou com o reitor Downes:

— Que a nobre missão de moldar mentes e corações a que se dedica a Academia Stonecroft se perpetue.

Ele poderia muito bem ter pedido que todos seguissem seu exemplo, pensou Jake, ao lembrar do sorriso de satisfação de Amory quando voltou para o lugar que ocupava no tablado.

> *A última homenageada, dra. Jean Sheridan, falou sobre sua juventude em Cornwall, cidade que fora um enclave exclusivo de endinheirados e privilegiados 150 anos antes.*
>
> *— Graças a uma bolsa de estudos, recebi uma educação excepcional em Stonecroft. Fora do espaço da escola, no entanto, havia outra fonte de ensinamento: a cidade e seus arredores. Aqui e nas áreas vizinhas adquiri o gosto pela história, que orientou minha vida e minha carreira. Serei eternamente grata por isso.*

A dra. Sheridan não disse que foi feliz em Stonecroft, não mencionou que todos os moradores antigos deviam se lembrar das brigas homéricas de seus pais, conhecidas de um lado ao outro da cidade, refletiu Jake Perkins, nem que era conhecida por cair no choro em plena sala de aula depois de cada cena pública que eles protagonizavam, uma sempre mais escandalosa que a outra.

Bem, amanhã tudo isso acaba. Jake espreguiçou-se e foi até a janela. As luzes de Cold Spring, do outro lado do Hudson, estavam menos visíveis agora que uma espessa neblina se formava. Tomara que se dissipe amanhã, pensou. Ele cobriria a cerimônia em memória de Alison Kendall de manhã e pegaria um cinema de tarde. Ouvira dizer que outras quatro alunas falecidas da mesma turma seriam também lembradas durante a homenagem.

Jake voltou à sua mesa de trabalho e contemplou a foto que recuperara dos arquivos. Por um quase inacreditável capricho do destino, as quatro ex-alunas mortas não apenas partilhavam a mesma mesa no refeitório no último ano com duas das homenageadas, Laura Wilcox e Jean Sheridan, como tinham morrido na ordem em que estavam sentadas.

O que significa que Laura Wilcox será a próxima, deduziu Jake. Seria apenas uma estranha coincidência, ou alguém devia analisar a fundo a questão? Mas isso é um absurdo. Essas mulheres morreram ao longo de vinte anos, em circunstâncias inteiramente distintas, nos quatro cantos do país. Uma delas inclusive estava esquiando quando aparentemente foi surpreendida por uma avalanche.

Destino, só isso, concluiu Jake. Nada mais que destino.

25

— PRETENDO FICAR MAIS alguns dias — informou Jean ao empregado da recepção que falava ao telefone na manhã de domingo. — Algum problema?

Ela sabia que não haveria problema. Todos os outros participantes do encontro tomariam sem dúvida o caminho de casa depois do *brunch* em Stonecroft e muitos quartos ficariam vagos.

Embora ainda fossem 8h15, já estava de pé e vestida, tomara um pouco de café e um copo de suco e agora beliscava um pão doce. Tinha pedido o café-da-manhã no quarto. Combinara voltar para a casa de Alice Sommers após o *brunch* em Stonecroft. Sam Deegan estaria presente e poderiam conversar sem medo de ser interrompidos. Sam afirmara que a adoção, por mais sigilosa que tivesse sido, precisaria necessariamente ter tido um registro, e que um advogado devia ter preparado os papéis.

Perguntara se Jean tinha cópia do documento assinado pelo qual abria mão de seus direitos sobre o bebê.

— O dr. Connors não deixou nenhum papel comigo — explicou. — Ou talvez eu mesma não quisesse ficar com nada que me lembrasse do que estava fazendo. Realmente não me lembro. Estava entorpecida. Parecia que estavam me arrancando o coração do peito na hora em que levaram meu bebê.

Essa conversa, no entanto, dera margem a outra linha de raciocínio. Ela tencionava ir à missa das nove horas na St. Thomas de Canterbury domingo de manhã, antes da cerimônia em memória de Alison. St. Thomas de Canterbury era a paróquia na qual ela crescera; no entanto, ao falar com Sam Deegan, lembrara que o dr. Connors pertencera à mesma paróquia. No meio da noite, durante um de seus longos períodos de insônia, lhe ocorrera que era possível que as pessoas que adotaram o bebê tivessem sido paroquianas da St. Thomas, também.

Falei para o dr. Connors que gostaria que Lily fosse educada na religião católica, lembrou. E se os pais adotivos fossem católicos e paroquianos da igreja de St. Thomas de Canterbury na época, fazia sentido Lily ter sido batizada nela. Se eu pudesse consultar os registros de batismo entre fins de março e metade de junho daquele ano, teria um ponto de partida para minha busca.

Quando acordou, às seis horas, sentiu o rosto banhado de lágrimas e ouviu sua própria voz murmurar a oração que já se tornara parte de seu subconsciente: "Não permita que alguém lhe faça mal. Protegei-a, eu imploro."

Sabia que a secretaria da igreja não estaria aberta no domingo. Mesmo assim, talvez naquela manhã, após a missa, conseguisse falar com o vigário e marcar uma hora para conversar. Preciso sentir que estou fazendo *alguma coisa*, refletiu.

Talvez ainda encontre um padre que há vinte anos já pertencia à paróquia e que poderia saber se algum paroquiano adotou uma menina naquela época.

O pressentimento de que algo estava por acontecer, a certeza cada vez maior de que Lily corria um perigo iminente, era agora tão forte que Jean sabia que não conseguiria passar o dia sem agir.

Às 8h30, desceu para o estacionamento e pegou o carro. O trajeto até a igreja lhe tomaria cinco minutos. Decidira que o melhor momento para abordar o padre seria após a missa, quando ele estaria do lado de fora, despedindo-se dos fiéis.

Tomou o rumo da Hudson Street, percebeu que estava vinte minutos adiantada e, obedecendo a um impulso, mudou de direção para pegar a Mountain Road e rever a casa em que crescera.

A casa ficava quase na metade da rua sinuosa. Na época de Jean, o exterior era de ripas marrons com venezianas beges. Os atuais proprietários tinham não apenas aumentado a casa, mas também pintado as ripas de branco e colocado um arremate verde-floresta nas venezianas. Eles com certeza perceberam que árvores e plantas podem emoldurar e embelezar uma casa relativamente modesta. Parecia quase uma jóia em meio à névoa matinal.

A casa de tijolos e estuque onde tinham morado os Sommers também dava a impressão de ser bem-cuidada, pensou Jean, embora fosse óbvio que estava desabitada. As persianas de todas as janelas estavam abaixadas, mas a pintura dos caixilhos era recente, a cerca viva estava impecável e era novo o cascalho que recobria o longo caminho que dava acesso à casa.

Sempre adorei esta casa, pensou Jean ao parar o carro para melhor apreciá-la. Os pais de Laura cuidaram muito bem de tudo enquanto moraram nela e os Sommers, depois, fizeram o mesmo. Lembro-me de que quando tínhamos nove ou dez anos Laura disse que achava nossa casa feia. Eu achava o marrom feio, também, mas jamais admitiria isso diante dela. Fico imaginando o que diria hoje.

Não que isso tivesse alguma importância. Jean manobrou o carro e começou a descer a rua em direção à Hudson Street. Laura nunca quis deliberadamente me ofender, pensou. Cresceu sendo ensinada a se preocupar só com ela mesma, e não acredito que, no final, isso tenha lhe feito muito bem. Da última vez em que falei com Alison, ela disse que tentava conseguir um papel para Laura em uma nova série de televisão, mas que não era uma tarefa fácil.

Ela disse que Gordie — e então riu e retificou para Gordon — talvez conseguisse, mas que não acreditava que ele tivesse interesse, lembrou Jean. Laura sempre fora a rainha entre os colegas. Era quase patético vê-la bajular todos os rapazes, inclusive, pelo amor de Deus!, Jack Emerson. Existe algo visivelmente *desagradável* na figura dele, disse a si mesma, com um arrepio. O que lhe dá tanta certeza de que um dia ainda comprarei uma casa nesta região?

Mais cedo, a impressão era de que a neblina se dissiparia, mas, como muitas vezes acontece em outubro, as nuvens ficaram mais densas e o nevoeiro se transformou em um chuvisco fino e gelado. Jean lembrou que fazia esse mesmo clima no dia em que descobriu sua gravidez. Seus pais acabavam de ter mais uma das brigas costumeiras, embora essa tivesse acabado em uma paz aparente. Jean entraria para a faculdade com uma bolsa de estudos. Não havia mais motivo para continuarem juntos. Tinham cumprido com suas obrigações de pais e era hora de cada um seguir sua própria vida.

Colocariam a casa à venda. Com um pouco de sorte, conseguiriam vendê-la até agosto.

Jean lembrou-se de ter descido a escada na ponta dos pés, ter saído de casa sem ser notada e caminhado, caminhado, caminhado. Eu não sabia o que Reed diria, pensou. Sabia apenas que ele ficaria com a impressão de ter frustrado as expectativas do pai.

Vinte anos atrás, o pai de Reed era general das forças armadas e servia no Pentágono. Essa era sem dúvida uma das razões para Reed me manter afastada de seus colegas. Não queria que chegasse aos ouvidos do pai que estava tendo um relacionamento sério com alguém.

E eu não queria que ele conhecesse meus pais.

Se ele não tivesse morrido e tivéssemos nos casado, nossa união teria durado? Era uma pergunta que ela se fizera muitas vezes ao longo dos últimos vinte anos, e a conclusão a que chegava era sempre a mesma: teria durado. Apesar da desaprovação da família de Reed, apesar de reconhecer que eu teria provavelmente levado anos para adquirir a educação de que precisava, teria durado.

Ficamos juntos por muito pouco tempo, reconheceu Jean enquanto entrava no estacionamento da igreja. Nunca namorei antes dele. E um dia, quando estava sentada nos degraus do monumento de West Point, ele sentou-se ao meu lado. Meu nome estava na capa do caderno apoiado sobre os joelhos. Ele leu: "Jean Sheridan" e em seguida acrescentou: "Gosto de Stephen Foster, e sabe em qual canção estou pensando agora?" Eu não sabia, claro, e então ele disse: "Começa com *I dream of Jeannie with the light brown hair...*"

Sonho com Jeannie e seus cabelos castanho-claros...

Jean estacionou o carro. Três meses mais tarde ele estava morto, pensou, e eu carregava uma criança na barriga. E quando vi o dr. Connors nesta igreja e lembrei que as pessoas diziam que ele tratava de adoções, foi uma dádiva ser orientada sobre o que fazer.

Eu preciso só mais uma vez de uma dádiva como essa.

26

JAKE PERKINS CALCULOU em menos de trinta o número de pessoas presentes à cerimônia junto ao túmulo de Alison Kendall. As outras tinham preferido ir diretamente para o *brunch.* Não que as censurasse por isso. A chuva estava forte. Seus pés afundavam na grama encharcada e lamacenta. Não há nada pior do que estar morto em um dia de chuva, pensou, e torceu para que se lembrasse de anotar mais tarde essa sábia reflexão.

O prefeito faltara à homenagem, mas o reitor Downes, que já louvara a generosidade e o talento de Alison Kendall, proferia agora uma oração genérica que satisfaria a todos, ele tinha certeza, a não ser a um ateu extremado, se por acaso houvesse algum entre os presentes.

Ela pode ter sido talentosa, refletiu Jake, mas é a sua generosidade que nos reúne aqui hoje, mesmo sob o risco de pegar uma pneumonia. Conheço uma pessoa que *não* correu esse risco. Ele olhou ao redor para se certificar e confirmou que Laura Wilcox não estava entre os presentes. Todos os outros homenageados tinham comparecido. Jean Sheridan se colocara ao lado do reitor Downes e não restava dúvida de que sua tristeza era sincera. Por duas vezes, secara os olhos com um lenço. Os demais membros do grupo pareciam desejar que Downes acabasse logo de falar para que fossem a um lugar abrigado e pedissem um *Bloody Mary* para se aquecer.

— Não podemos deixar de pensar também nas colegas e amigas de Alison que já partiram deste mundo — prosseguiu Downes, com tristeza. — Catherine Kane, Debra Parker, Cindy Lang e Gloria Martin. Essa turma de formandos de vinte anos atrás produziu um grande número de profissionais brilhantes, mas ao mesmo tempo jamais uma mesma turma sofreu tantas perdas.

Amém, pensou Jake, e decidiu de uma vez por todas que usaria a foto das sete garotas na mesa do refeitório para ilustrar a reportagem sobre o encontro. Já encontrara a legenda, oferecida de bandeja por Downes: "Jamais uma mesma turma sofreu tantas perdas."

No início da cerimônia, duas estudantes tinham oferecido uma rosa aos participantes. Agora que Downes terminara o discurso, todos depositavam suas rosas ao pé da sepultura e se afastavam, atravessando o cemitério para voltar à contígua área da escola. Quanto mais se distanciavam do túmulo, mais apressavam o passo. Jake adivinhava o que passava pela cabeça de cada um: "Ufa! Graças a Deus acabou! Tive medo de congelar."

A última a sair foi Jean Sheridan. Imóvel, parecia não apenas triste, mas absorta em seus pensamentos. Jake reparou que o dr. Fleischman parara e esperava por ela. Sheridan estendeu a mão e seus dedos tocaram o nome de Alison gravado na lápide, depois virou-se e Jake percebeu seu contentamento ao avistar o dr. Fleischman. Os dois seguiram juntos em direção à escola.

Antes que tivesse tempo de recusar, a aluna do segundo ano encarregada de distribuir as rosas lhe entregara uma. Jake não gostava muito desse tipo de cerimônia, mas decidiu depositar a rosa ao lado das demais. No momento em que se inclinou para largá-la, notou algo no chão e abaixou-se para pegar.

Era um pequeno broche metálico em forma de coruja, de mais ou menos três centímetros. Jake percebeu logo que não devia valer mais que dois dólares. Parecia um escudo, ou algo assim, do tipo que seria usado por algum garoto ou amante da natureza envolvido em uma cruzada pela salvação das corujas. Jake estava decidido a jogar o broche fora, mas de repente mudou de idéia. Secou-o e colocou-o no bolso. Logo seria Dia das Bruxas. Daria de presente ao seu priminho e diria que o retirara de uma sepultura especialmente para ele.

27

JEAN FICOU ABORRECIDA com a falta de interesse de Laura em participar da homenagem a Alison, mas também não se surpreendeu. Laura jamais se preocupara com os outros, e era bobagem imaginar que passaria a se preocupar a essa altura da vida. Conhecia Laura bastante bem para saber que não estaria disposta a enfrentar frio e chuva. Seguiria diretamente para o *brunch*.

Mas quando o *brunch* já ia pela metade e Laura ainda não aparecera, Jean ficou realmente preocupada. Resolveu partilhar com Gordon Amory sua inquietação.

— Gordon, sei que você teve uma longa conversa com Laura ontem. Ela comentou sobre a possibilidade de não aparecer hoje?

— Conversamos ontem no almoço e durante o jogo — corrigiu. — Ela tentou me convencer a lhe dar o papel principal em nosso novo seriado de televisão. Respondi que nunca interfiro na decisão da equipe que contrato para selecionar o elenco de meus programas. Quando insistiu, confirmei, sem muita delicadeza, que não abro exceção, sobretudo para ex-colegas quase sem nenhum talento. Ela então me presenteou com uma expressão pouco digna de uma dama e preferiu voltar seu charme para o insuportável organizador de nosso evento, Jack Emerson. Como você deve saber, ele se vangloria de ser dono de uma fortuna considerável. Além disso, ontem à noite anunciou com ar de satisfação que sua mulher acabara de abandoná-lo, o que fazia dele, a meu ver, uma boa presa para Laura.

Laura parecia de excelente humor durante o jantar, lembrou Jean. Estava ótima também quando tentei falar com ela em seu quarto, antes do jantar. Alguma coisa não deu certo ontem, no fim da noite? Ou simplesmente decidiu dormir até mais tarde hoje?

Isso, pelo menos, consigo saber agora, pensou. Estava sentada entre Gordon e Carter Stewart à mesa do *brunch*. Após murmurar um "Volto logo", esgueirou-se por entre as mesas, tomando cuidado para não encarar ninguém. O *brunch* estava sendo servido no auditório. Escapuliu pelo corredor que levava à sala onde os calouros estavam tendo uma aula conjunta e ligou para o hotel.

O telefone do quarto de Laura não respondeu. Jean hesitou, mas resolveu pedir que a transferissem para a recepção. Identificou-se e perguntou se por acaso Laura Wilcox tinha deixado o hotel.

— Estou um pouco preocupada — explicou. — A srta. Wilcox ficou de se juntar ao grupo, mas até agora não apareceu.

— Bem, ela não deixou o hotel — respondeu o recepcionista, com voz cordial. — Posso mandar alguém ver se ela está no quarto. Talvez tenha apenas dormido demais, dra. Sheridan. Mas a culpa será sua se ela não gostar.

É o empregado que tem os cabelos cor de cerejeira, pensou Jean, reconhecendo a voz e a entonação.

— Assumo a responsabilidade — garantiu.

Enquanto esperava, Jean observou o corredor com olhos atentos. Meu Deus, tenho a impressão de nunca ter saído daqui. A sra. Clemens era a professora de nossa turma de calouros e minha carteira era a segunda na quarta fila. Ouviu a porta do auditório se abrir, virou-se e viu Jake Perkins, o repórter do jornal da escola.

— Dra. Sheridan.

A voz do recepcionista perdera o tom brincalhão.

— Sim?

Jean percebeu que apertava o telefone celular entre as mãos. Alguma coisa aconteceu, pensou. *Alguma coisa aconteceu.*

— A camareira foi até o quarto da srta. Wilcox. A cama não foi desfeita. Suas roupas continuam no armário, mas a camareira reparou que alguns dos artigos de toalete que estavam na bancada do banheiro sumiram. Acha que pode ter havido algum problema?

— Bem, se ela levou objetos pessoais, eu diria que não. Obrigada.

Caso Laura tivesse saído com alguém, imaginou Jean, a última coisa que ela gostaria era que eu fizesse perguntas a esse respeito. Apertou a tecla que encerrava a ligação e fechou o telefone. Mas com quem teria saído? Não adiantava pensar em Gordon, pois ele a rechaçara e insinuara que ela estava flertando com Jack Emerson sem, no entanto, descartar Mark, Robby e Carter. No dia anterior, durante o almoço, ela brincara com Mark sobre o sucesso de seu programa, dizendo que talvez o procurasse para uma terapia. Ouvi quando ela falou para Carter que adoraria participar de um espetáculo na Broadway e, mais tarde, foi para o bar com Robby para um último drinque.

— Dra. Sheridan, pode me conceder um minuto de atenção?

Surpresa, Jean virou-se. Esquecera completamente da presença de Jake.

— Desculpe incomodá-la — prosseguiu, sem na verdade parecer preocupado em se desculpar. — Saberia me dizer se a srta. Wilcox pretende juntar-se aos demais homenageados ainda hoje?

— Ignoro seus planos — respondeu Jean, com um sorriso seco. — E agora, se me dá licença, devo voltar para minha mesa.

Laura provavelmente fez amizade com algum dos homens presentes ao jantar de ontem e foi para a casa dele, pensou. Se ainda não tivesse ido embora, certamente apareceria no hotel mais tarde.

JAKE PERKINS ESTUDOU a expressão de Jean quando ela passou por ele. Estava preocupada, deduziu. Seria porque Laura ainda não aparecera? Meu Deus, é possível que ela tenha sumido? Tirou do bolso o celular, ligou para o Glen-Ridge House e pediu para falar com a recepção.

— Tenho uma entrega de flores para a sra. Laura Wilcox — mentiu —, porém preciso ter certeza de que ela ainda não deixou o hotel.

— Não, a hóspede ainda não deixou o hotel — confirmou o empregado —, mas como ela se ausentou ontem à noite, não sei quando voltará para pegar a bagagem.

— Ela pretendia ficar o fim de semana inteiro? — perguntou Jake, tentando dar à voz um tom de indiferença.

— O previsto era que deixasse o hotel às 14 horas de hoje. Pediu um carro para levá-la ao aeroporto às 14h15, por isso não sei o que dizer sobre as flores, amigo.

— Acho melhor consultar meu cliente. Obrigado.

Jake desligou o celular e enfiou-o de volta no bolso. Sei exatamente onde estarei às 14 horas, pensou. No saguão do Glen-Ridge, esperando para ver se Laura Wilcox se apresentará para fechar a conta.

Começou a fazer o caminho de volta para o auditório Suponhamos que ela *nunca mais* apareça, pensou. Suponhamos que ela tenha simplesmente sumido. Nesse caso... Um arrepio percorreu seu corpo. Ele sabia o motivo: o faro de um jornalista para uma matéria bombástica. Grande demais para a *Stonecroft Academy Gazette*, pensou. Mas o *New York Post* adoraria. Preciso ampliar a foto da mesa do refeitório para estar com ela na mão na hora de publicar a matéria. Já imaginava a manchete: "A turma azarada: mais uma vítima". Muito bom.

Ou talvez "Só resta uma". Ainda melhor!

Tirei duas ou três fotos excelentes da dra. Sheridan, pensou. Preciso estar com elas prontas para apresentar ao *Post*, também.

No momento em que abriu a porta do auditório, os primeiros versos do hino da escola estavam sendo entoados pelos presentes. "Nós te saudamos, querida Stonecroft, guardiã de nossos sonhos..."

A comemoração pelos vinte anos de formatura estava finalmente encerrada.

28

— CHEGOU A HORA da despedida, Jean. Adorei revê-la.

Mark Fleischman tinha seu cartão de visita na mão.

— Só lhe dou o meu se receber o seu em troca — brincou, com um sorriso.

— Combinado.

Jean mergulhou a mão na bolsa e pegou um cartão de dentro da carteira de dinheiro.

— Fico feliz que tenha afinal conseguido participar do *brunch*.

— Eu também. Você vai embora quando?

— Ainda fico mais alguns dias no hotel. Tenho uma pequena pesquisa a fazer — explicou Jean, esforçando-se para que sua voz soasse natural.

— Devo gravar vários programas em Boston, amanhã. Se não, ficaria aqui e a convidaria para um jantar tranqüilo hoje à noite.

Ele hesitou, depois se curvou e beijou-a no rosto.

— Devo repetir — prosseguiu — que fiquei muito feliz em revê-la.

— Até a próxima, Mark — concluiu Jean, contendo-se para não acrescentar "não deixe de me telefonar se for a Washington".

O aperto de mão que trocaram prolongou-se por alguns instantes, até que Mark partiu.

Carter Stewart e Gordon Amory estavam de pé, lado a lado, e se despediam dos ex-colegas. Jean aproximou-se. Antes que tivesse tempo de começar a falar, Gordon perguntou:

— Alguma notícia de Laura?

— Por enquanto, nada.

— Não se pode confiar nela. Essa é outra razão para sua carreira não ter dado certo. Ela tem o mau hábito de deixar as pessoas esperando, e mesmo assim Alison moveu céus e terras para lhe conseguir um trabalho. É uma pena que Laura não tenha se lembrado disso hoje.

— Bem...

Jean preferia não concordar nem discordar. Virou-se para Carter Stewart.

— Está indo para Nova York, Carter?

— Na verdade, não. Pretendo fechar a conta no Glen-Ridge e me transferir para o Hudson Valley Hotel, do outro lado da cidade. Pierce Ellison, diretor de minha nova peça, mora a dez minutos de lá, em Highland Falls. Precisamos repassar o texto, e ele falou que podemos trabalhar tranqüilamente em sua casa se eu ficar mais alguns dias. Porém não quero continuar no Glen-Ridge. Em cinqüenta anos, o hotel não gastou um centavo na melhoria das instalações.

— Sou testemunha disso — concordou Amory. — Tenho muitas lembranças do tempo em que trabalhei lá como ajudante de garçom e depois no serviço de quartos. Estou de partida para o Country Club. Alguns de meus colaboradores estão para chegar. Pretendemos construir a sede de uma empresa nesta área.

— Fale com Jack Emerson — comentou Stewart com sarcasmo.

— Com qualquer um, menos com ele. Meu pessoal já selecionou alguns lugares para eu visitar.

— Então não se trata de dizermos adeus — interrompeu Jean. — Talvez a gente se encontre pela cidade. De todo modo, foi um prazer ter estado com vocês.

Não chegou a ver Robby Brent nem Jack Emerson, mas não queria esperar mais. Marcara um encontro com Sam Deegan na casa de Alice Sommers às 14 horas, e não podia se demorar.

Com um último sorriso e um Até a próxima murmurado para os colegas com os quais cruzou no caminho, seguiu a passos apressados para o estacionamento. Ao entrar no carro, olhou para o lado oposto, na direção do cemitério. O irrealismo da morte de Alison golpeou-a de novo. Parecia tão estranho abandoná-la naquele local em um dia tão úmido e frio. Eu sempre dizia a Alison que ela devia ter nascido na Califórnia, pensou Jean enquanto colocava a chave na ignição. Ela odiava o frio. Sua idéia de paraíso era sair da cama de manhã, abrir a porta e dar algumas braçadas na piscina.

Era o que Alison fazia na manhã de sua morte.

Foi esse pensamento que acompanhou Jean no trajeto até a casa de Alice Sommers.

29

CARTER STEWART RESERVARA uma suíte no novo Hudson Valley Hotel, próximo ao parque estadual de Storm King. Encarapitada na lateral da montanha e com vista total do Hudson, a construção central com duas torres gêmeas parecia uma águia de asas abertas.

Águia, símbolo de vida, luz, poder e majestade.

O título provisório de sua nova peça era *A águia e a coruja.*

Coruja. Símbolo de escuridão e morte. Ave de rapina. Pierce Ellison, o diretor, gostava do título. Não tenho certeza, pensou Stewart, ao estacionar diante do hotel e descer do carro. Não tenho certeza mesmo.

Óbvio demais? Símbolos servem para ser percebidos por pensadores profundos, não entregues de bandeja na matinê de quarta-feira de um clube de *bridge.* Não que esse grupo fosse o primeiro a correr para comprar ingresso para suas peças.

— Pode deixar a bagagem conosco, senhor.

Carter Stewart escorregou uma nota de cinco dólares para a mão do porteiro. Pelo menos ele não dissera "Bem-vindo de volta ao lar", pensou.

Cinco minutos mais tarde, um uísque do frigobar na mão, encostou-se à janela de sua suíte. O Hudson estava agitado. Era apenas o meio da tarde de um dia de outubro e uma sensação de inverno já dominava o ar. Pelo menos, graças a Deus, o encontro estava acabado. Até gostei de rever alguns ex-colegas, pensou Carter, nem que tenha sido apenas para deixar bem claro até onde consegui chegar desde que saí da Stonecroft Academy.

Pierce Ellison achava que era preciso dar mais força ao personagem de Gwendolyn na peça.

— Consiga uma loira realmente fútil — insistira. — Não uma atriz que *represente* uma loira fútil.

Carter Stewart deu uma boa risada ao pensar em Laura.

— Oh, meu Deus, ela teria preenchido os requisitos como ninguém — comentou em voz alta. — Farei um brinde a essa idéia, embora saiba que nem em cem mil anos ela se concretizaria.

30

NÃO PASSOU DESPERCEBIDO para Robby Brent o fato de muitos ex-colegas o evitarem após seu discurso do jantar. Outros fizeram um elogio mordaz, afirmando que ele era um excelente imitador, ainda que tivesse sido um pouco duro demais com os antigos professores e o diretor. Também chegou aos seus ouvidos o comentário de Jean Sheridan de que o humor não devia ser cruel.

Nada teria deixado Robby Brent mais satisfeito. A professora de matemática, srta. Ella Bender, fora vista chorando no banheiro feminino após o jantar. Professora Bender, a senhorita parece ter se esquecido das inúmeras vezes em que afirmou que eu não tinha nem um décimo da aptidão para matemática de meus irmãos. Fui seu saco de pancadas, professora. O último e pior dos Brent. E agora ainda tem a petulância de se sentir ofendida quando imito suas maneiras afetadas e seu maldito hábito de passar a língua pelos lábios a todo instante. Que se dane.

Ele dera a entender a Jack Emerson que pensava em investir no mercado imobiliário, e Emerson o caçara depois do *brunch*. Jack era arrogante sob muitos aspectos, pensou Robby ao tomar a alameda que levava ao Glen-Ridge, mas sabia o que estava dizendo quando conversaram sobre mercado imobiliário e sobre qual o melhor investimento nessa área.

— Terrenos — afirmou. — Nesta região, não param de valorizar. Os impostos são baixos para os que ainda não foram construídos. Espere vinte anos e eles valerão uma fortuna. Entre no mercado antes que seja tarde, Robby. Tenho lotes fantásticos, todos com vista para o Hudson e alguns à beira do rio. Você vai ficar de queixo caído. Eu mesmo os compraria, se já não tivesse outros. Não quero deixar meu filho rico demais quando crescer. Fique por aqui e amanhã faremos um giro pelas redondezas.

"É a terra, Katie Scarlett, é a terra." Robby sorriu ao lembrar da cara de espanto de Emerson ao ouvi-lo citar a fala de *...E o vento levou*. Mas depois entendera o sentido, ao ouvi-lo explicar que, para o pai de Scarlett, terra era a base da segurança e da riqueza.

— Lembrarei sempre disso, Robby. É importante e é verdade. Terra é dinheiro vivo, tem valor real. Terra não escapa pelos dedos.

Da próxima vez tentarei uma citação de Platão, prometeu Robby para si mesmo, ao parar o carro na porta do Glen-Ridge. É melhor deixar que o manobrista estacione, pensou. Não vou a lugar nenhum hoje, e amanhã sairemos no carro de Emerson.

Jack Emerson devia ser informado da quantidade de imóveis que já possuo, pensou. W.C. Fields costumava depositar dinheiro em bancos de todas as cidades nas quais se apresentava. Compro terrenos vazios em todos os cantos do país e mando colocar uma placa com os dizeres PROPRIEDADE PARTICULAR. NÃO ENTRE.

Durante toda a minha infância e juventude morei em casa alugada, lembrou. Mesmo naquela época, meu pai e minha mãe, pessoas com bom nível intelectual, não conseguiam juntar dinheiro para dar entrada na compra de uma casa de verdade. Hoje, além de minha residência em Las Vegas, eu poderia, se quisesse, mandar construir casas em meus terrenos em Santa Bárbara, Minneapolis, Atlanta, Boston, Nova Orleans, Palm Beach, Aspen, ou nos Hamptons, sem falar nos muitos hectares que possuo no estado de Washington. A terra é meu segredo, pensou Robby com um sorriso presunçoso, ao se encaminhar para o saguão do Glen-Ridge.

E a terra guarda meus segredos.

31

— FUI AO CEMITÉRIO hoje de manhã — disse Alice Sommers a Jean. — Vi o grupo de Stonecroft que participava da cerimônia. O túmulo de Karen não fica longe do de Alison Kendall.

— Não foi tanta gente quanto eu esperava — desabafou Jean. — A maioria preferiu ir diretamente para o *brunch.*

Estavam sentadas na aconchegante sala de estar da casa de Alice Sommers. Ela acendera a lareira e as chamas crepitantes aqueciam não apenas o ambiente, mas também seus corações. Jean percebeu que Alice Sommers chorara muito. Seus olhos estavam vermelhos e inchados, mas havia em seu rosto uma expressão de paz que não existia na véspera.

Como se pudesse ler seus pensamentos, Alice falou:

— Como lhe disse ontem, os dias que precedem o aniversário da morte de Karen são os mais dolorosos. Repasso na mente cada minuto daquele último dia e me pergunto se poderíamos ter feito algo para garantir a segurança de nossa filha. É claro que há vinte anos não tínhamos um sistema de alarme. Hoje, quase ninguém sonharia em ir para a cama sem ligar o alarme na casa inteira.

Pegou o bule de chá e completou as xícaras.

— Mas hoje me sinto melhor — afirmou, com ânimo renovado. — Cheguei à conclusão de que a aposentadoria talvez não seja a melhor coisa para mim. Uma de minhas amigas tem uma loja de flores e precisa de uma auxiliar. Perguntou se posso ajudá-la dois dias por semana e resolvi aceitar.

— É uma ótima idéia! — exclamou Jean, com sinceridade. — Lembro-me de como seu jardim sempre foi bem cuidado.

— Michael costumava me provocar dizendo que se eu passasse tanto tempo na cozinha quanto no jardim eu seria uma *chef* de reputação internacional — brincou Alice.

Olhou pela janela.

— Veja, Sam está chegado. Na hora marcada, como sempre.

Sam Deegan esfregou os pés com cuidado no capacho antes de tocar a campainha. No caminho, parara na sepultura de Karen, e sentira que não conseguiria dizer-lhe que estava desistindo de encontrar seu assassino. Algo parecia bloquear a desculpa ensaiada. Por fim, conseguira murmurar:

"Karen, vou me aposentar. Eu preciso. Deixarei seu caso nas mãos de um colega mais jovem. Talvez alguém mais inteligente que eu consiga prender o criminoso."

Alice abriu a porta antes mesmo de Sam encostar o dedo na campainha. Ele não comentou sobre seus olhos vermelhos, mas segurou suas mãos com energia.

— Não quero deixar um rastro de lama pela casa — desculpou-se.

Esteve no cemitério, imaginou Alice, agradecida. Tenho certeza.

— Entre. E não se preocupe com o chão.

Sam transmite uma sensação de força e tranqüilidade, pensou, enquanto o ajudava a se livrar do casaco. Estava certa quando pedi que tentasse ajudar Jean.

Ele trouxera um bloco de anotações e, após cumprimentar Jean e aceitar a xícara de chá oferecida por Alice, foi direto ao assunto.

— Jean, tenho pensado muito no seu caso. Precisamos considerar seriamente que quem mandou o bilhete sobre Lily, seja lá quem for, é capaz de fazer algum mal a ela. Estava suficientemente perto para se apoderar da escova de cabelo, portanto pode até ser algum membro de sua família adotiva. Ele... e veja bem, poderia da mesma forma ser *ela*... talvez tente extorquir dinheiro, o que, como você mesma afirmou, seria quase um alívio. Esse tipo de situação, no entanto, poderia se arrastar durante anos. Fica evidente, então, que precisamos encontrar essa pessoa o mais depressa possível.

— Fui a St. Thomas de Canterbury hoje de manhã — contou Jean —, mas o padre que rezou a missa só vai lá aos domingos. Ele me aconselhou a ir amanhã à secretaria da igreja e pedir ao pároco permissão para examinar os registros de batismo. Desde então tenho pensado muito nisso. Ele pode ficar desconfiado e relutar em me mostrar os registros. Pode pensar que esse seja apenas meu modo de tentar encontrar Lily.

Olhou diretamente para Sam e prosseguiu:

— Aposto que essa idéia também passou pela sua cabeça.

— Quando Alice me contou, pensei a mesma coisa, sim — confessou Sam. — Mas depois que conheci você, não duvidei por um instante sequer que a situação fosse exatamente a que descreve. No entanto, você tem razão, o pároco precisa ser muito cauteloso, por isso acho melhor que *eu* vá procurá-lo, não você. É provável que ele se sinta muito mais disposto a falar comigo se souber que um bebê adotado foi batizado naquela época.

— Pensei nisso também — concordou Jean, com voz calma. — Você sabe, durante esses vinte anos tenho me perguntado se eu não devia ter ficado com Lily. Há algumas gerações, não muitas, a norma era ser mãe aos 18 anos. Agora que preciso encontrar minha filha, percebo que se pudesse vê-la, ainda que fosse à distância, ficaria satisfeita.

Mordeu o lábio.

— Pelo menos imagino que ficaria satisfeita — concluiu a meia voz.

Sam desviou os olhos de Jean para Alice. Duas mulheres que, de maneiras diferentes, tinham perdido uma filha. O cadete se formaria pouco depois e seria promovido. Se não tivesse morrido naquele acidente, Jean teria casado com ele e ficado com a criança. Se Karen não tivesse decidido visitar os pais e passar a noite com eles vinte anos antes, Alice ainda a teria e provavelmente teria netos, também.

A vida nunca é justa, pensou Sam, mas há coisas que podemos tentar melhorar. Não fora capaz de esclarecer o assassinato de Karen, mas pelo menos tentaria ajudar Jean, agora.

— O dr. Connors deve ter contratado um advogado para tratar dos papéis da adoção — disse. — Alguém com certeza sabe quem era esse advogado. A esposa ou alguém da família dele ainda vive por aqui?

— Não sei — respondeu Jean.

— Bem, vamos começar por aí. Trouxe a escova de cabelo e os faxes?

— Não.

— Gostaria de ter esse material comigo.

— A escova é uma daquelas pequenas, de carregar na bolsa — explicou Jean. — Do tipo que se compra em qualquer drogaria. Os faxes não têm nada que ajude a identificar a procedência, mas é claro que posso lhe entregar os dois.

— Quando eu falar com o pároco, será bom tê-los na mão.

Jean e Sam saíram poucos minutos mais tarde. Combinaram que ele a seguiria no seu próprio carro até o hotel. Da janela, Alice observou-os se afastar e em seguida enfiou a mão no bolso do suéter. De manhã encontrara no túmulo de Karen um berloque caído, sem dúvida, da mão de uma criança. Quando era pequena, Karen adorava bichos de pelúcia e tinha uma variedade deles. Alice pensou na coruja que fora um de seus favoritos, enquanto, com um sorriso melancólico, observava a pequena coruja metálica na palma de sua mão.

32

SENTADO NO SAGUÃO do Glen-Ridge House, Jake Perkins observava os últimos participantes do encontro fechar a conta antes de voltar para suas atividades. A faixa de boas-vindas fora retirada, o bar estava deserto. Nenhuma despedida de última hora, constatou. A essa altura, já deviam estar todos fartos uns dos outros.

Seu primeiro passo ao chegar fora parar na recepção e confirmar que a srta. Wilcox não voltara para fechar a conta e que não cancelara o carro que a levaria ao aeroporto às 14h15.

Às 14h15, viu um motorista uniformizado entrar no saguão do hotel e dirigir-se ao balcão. Jake colocou-se rapidamente ao seu lado e ouviu quando ele disse que estava ali para apanhar Laura Wilcox.

Às 14h30 o motorista saiu, visivelmente contrariado. Jake ouviu-o reclamar por não ter sido avisado do cancelamento, pois nesse caso teria aceitado uma outra corrida, e que seria inútil chamá-lo na próxima vez em que ela precisasse de um carro.

Às 16 horas, Jake continuava no saguão. Foi então que a dra. Sheridan voltou com o homem mais velho com o qual conversara após o jantar. Foram diretamente à recepção. Está perguntando sobre Laura Wilcox, imaginou Jake. Seu palpite estava certo — Laura Wilcox ainda não aparecera.

Decidiu que não haveria mal algum em tentar fazer uma pergunta à dra. Sheridan. Alcançou-a a tempo de ouvir o homem que a acompanhava afirmar:

— Concordo plenamente com você, Jean. Não gosto desse tipo de coisa, mas Laura é adulta e tem o direito de mudar de idéia, de decidir sair do hotel mais tarde, de pegar outro avião.

— Com licença, senhor. Sou Jake Perkins, repórter do jornal de Stonecroft.

— Sam Deegan.

Estava claro para Jake que sua presença não era bem-vinda nem pela dra. Sheridan nem por Sam Deegan. Vá direto ao assunto, disse a si mesmo.

— Dra. Sheridan, sei que a senhora ficou preocupada com a ausência da srta. Wilcox no *brunch*, e agora ela não tomou o carro que contratou para levá-la ao aeroporto. Acredita que algo possa ter acontecido a ela, isto é, considerando a história das alunas que ocupavam a mesma mesa de almoço em Stonecroft?

Percebeu o olhar de surpresa que Jean Sheridan dirigiu a Sam Deegan. Ela não lhe falou sobre o grupo da mesa de almoço, deduziu Jake. Não tinha idéia de quem era esse sujeito, mas seria interessante ficar atento à sua reação ao caso que, Jake agora tinha certeza, causaria alvoroço geral. Tirou do bolso a foto das garotas à mesa de almoço.

— Veja, senhor, este é o grupo que, na companhia da dra. Sheridan, ocupava sempre a mesma mesa durante o último ano em que estudaram em Stonecroft. Nos últimos vinte anos cinco delas morreram. Duas foram mortas em acidentes, uma se suicidou, outra desapareceu, aparentemente levada por uma avalanche em Snowbird. No mês passado, a quinta, Alison Kendall, morreu afogada na piscina de sua casa. Pelo que li, é possível que sua morte não tenha sido acidental. Agora Laura Wilcox parece ter sumido. Não acha que é uma coincidência muito estranha?

Sam pegou a foto e estudou-a. Seu rosto assumiu uma expressão sombria.

— Não acredito em coincidência dessa magnitude — respondeu secamente. — E agora, por favor, nos dê licença, sr. Perkins.

— Oh, tudo bem, senhor. Não se preocupe comigo. Fico por aqui para ver se a srta. Wilcox aparece. Adoraria fazer uma última entrevista com ela.

Sem lhe dar atenção, Sam pegou um cartão de visita do bolso e entregou-o ao recepcionista.

— Quero uma relação dos empregados que estiveram de serviço ontem à noite — ordenou, em tom seco e determinado.

33

— A ESTA HORA EU PRETENDIA já ter ido, mas encontrei uma quantidade enorme de mensagens à minha espera quando voltei do *brunch* — explicou Gordon Amory a Jean. — Estamos gravando um episódio de nosso novo seriado no Canadá, e tivemos alguns problemas sérios. Passei as duas últimas horas ao telefone.

Com as malas ao seu lado, ele se apresentara no balcão da recepção no momento em que o empregado mostrava para Sam as fichas dos empregados do hotel. Olhou com atenção o rosto de Jean.

— Jean, aconteceu alguma coisa?

— Laura desapareceu — respondeu Jean, ouvindo sua própria voz tremer. — Ela devia ter ido para o aeroporto às 14h15 com um carro que contratou. A cama de seu quarto está intacta e a camareira afirma que alguns objetos pessoais sumiram da bancada do banheiro. Talvez ela tenha apenas decidido ir a algum lugar com alguém, o que seria perfeitamente normal, mas ela parecia tão determinada a nos acompanhar hoje de manhã que agora estou muito preocupada.

— Ela estava decidida a participar do *brunch*, quando falou com Jack Emerson ontem à noite — confirmou Gordon. — Como já disse, ela ficou muito fria comigo depois que expliquei que não havia possibilidade de ela conseguir um papel no nosso próximo seriado, mas no bar, após o jantar, ouvi o que ela disse a Jack.

Sam escutou a conversa. Virou-se para Gordon e se apresentou.

— Precisamos reconhecer que Laura Wilcox é uma mulher adulta. Tem todo o direito de sair sozinha, com um amigo ou com quem bem entender, e também de mudar de opinião sobre o horário em que vai deixar o hotel. No entanto, acho que seria prudente buscar informações e tentar saber se alguém... um empregado do hotel ou um amigo... sabia de seus planos.

— Perdão por tê-lo feito esperar, sr. Amory — desculpou-se o recepcionista. — Já fechei sua conta.

Gordon Amory hesitou, depois olhou para Jean.

— Você acha que aconteceu algo a Laura, não é mesmo?

— Acho, sim. Laura era muito ligada a Alison. Ela jamais teria faltado à cerimônia, quaisquer que fossem seus planos para a última noite do encontro.

— Meu quarto continua vago? — perguntou Amory ao recepcionista.

— Sim, senhor.

— Nesse caso, fico pelo menos até termos alguma notícia da srta. Wilcox.

Virou-se para Jean e, por um instante, apesar de toda a preocupação com Laura, ela ficou surpresa ao perceber que belo homem Gordon Amory se tornara. Eu costumava sentir pena dele, lembrou. Era um pobre coitado naquela época, e veja no que conseguiu se transformar.

— Jean, sei que magoei Laura ontem à noite. Foi uma tremenda grosseria de minha parte, uma espécie de vingança, sem dúvida, pelo modo como ela sempre me descartava quando éramos jovens. Eu poderia ter prometido colocá-la no elenco do seriado, ainda que não fosse no papel principal. Receio que ela tenha ficado desesperada, e isso explicaria sua ausência na cerimônia de hoje. Aposto que logo estará de volta, com ou sem explicação sobre o que houve e, quando isso acontecer, juro que lhe ofereço um emprego. Vou esperar aqui para fazer isso pessoalmente.

34

Jake Perkins permaneceu no saguão do Glen-Ridge observando como, um a um, os empregados que tinham trabalhado na noite de sábado entravam no pequeno escritório situado atrás da recepção, onde Sam Deegan os interrogava. À medida que foram sendo liberados, Jake conseguiu falar com alguns, que disseram ter a impressão de que Deegan telefonaria a todos os que estavam de folga naquele dia, mas que tinham trabalhado na noite anterior.

A conclusão, pelo que ouviu, foi que ninguém vira Laura Wilcox deixar o hotel. O porteiro e os manobristas tinham absoluta certeza de que ela não saíra pela porta da frente.

Deduziu corretamente que a jovem de uniforme escuro era a camareira que limpara o quarto de Laura. Tão logo foi liberada por Deegan, Jake seguiu-a pelo saguão, pegou o mesmo elevador e desceu também no quarto andar.

— Sou repórter do jornal de Stonecroft — explicou, entendendo-lhe seu cartão — e também correspondente do *New York Post.*

É quase verdade, pensou. Dentro de pouco tempo, serei.

Não foi difícil convencê-la a falar. Seu nome era Myrna Robinson. Cursava a faculdade municipal e trabalhava no hotel em meio expediente. Um pouco ingênua, considerou Jake com condescendência, observando sua expressão de total excitação por ter sido interrogada por um detetive.

Pegou o bloco de anotações.

— O que o detetive Deegan lhe perguntou exatamente, Myrna?

— Queria saber se eu tinha certeza absoluta de que alguns cosméticos de Laura Wilcox tinham sumido e respondi que sim

— explicou, de um fôlego. — Eu disse: sr. Deegan, o senhor não tem idéia da quantidade de produtos que ela conseguia colocar naquela minúscula bancada do banheiro, e metade sumiu. Coisas como creme de limpeza, loção hidratante e uma escova de dentes, além do estojo de maquiagem.

— Isto é, o tipo de coisa que qualquer mulher levaria se fosse passar uma noite fora — completou Jake, como se quisesse ajudá-la. — E as roupas?

— Não falei sobre roupas com o sr. Deegan — respondeu Myrna, hesitante. Nervosa, mexia sem parar no primeiro botão do uniforme.

— Disse apenas que tinha certeza de que uma de suas malas também estava faltando, mas não queria que ele pensasse que sou bisbilhoteira ou coisa parecida, por isso não mencionei que seu suéter azul de *cashmere*, a calça comprida e as botas de cano alto não estavam no armário.

Myrna tinha mais ou menos o porte de Laura. Aposto como andou experimentando suas roupas, pensou Jake. Faltava uma calça e um suéter — provavelmente o que Laura planejava usar na cerimônia do cemitério e no *brunch*.

— Falou para o sr. Deegan sobre a mala que não está no quarto?

— Hã-hã. Ela trouxe uma bagagem enorme. Sem brincadeira, parecia até que planejava dar a volta ao mundo. Seja como for, a mala menor não estava lá hoje de manhã. É diferente das outras. É Louis Vuitton, por isso dei por falta dela. Adoro aquele desenho, e você? É tão característico. As duas grandes são de couro bege.

Jake se orgulhava de ter bom ouvido para o francês e teve um arrepio ao ouvir Myrna pronunciar "Vuitton".

— Myrna, posso dar uma olhada no quarto de Laura? — perguntou. — Juro que não mexo em nada.

Ele fora longe demais. Percebeu uma expressão de inquietude substituir a excitação antes estampada no rosto de Myrna. Ela olhou o corredor por cima do ombro dele e ele adivinhou seus pensamentos. Se a governanta a surpreendesse deixando alguém entrar no quarto de um hóspede, estaria no olho da rua. Ele rapidamente voltou atrás.

— Myrna, eu jamais devia ter pedido uma coisa dessas. Não pense mais nisso. Ouça, você tem meu cartão. Um telefonema seu para meu número vale vinte dólares no caso de conseguir alguma notícia sobre Laura. Que tal? Quer bancar a repórter?

Myrna mordeu o lábio como se considerasse a oferta.

— Não é pelo dinheiro — começou.

— Claro que não — concordou Jake.

— Se o artigo for publicado no *Post*, meu nome não pode aparecer.

Ela é mais inteligente do que parece, deduziu Jake, balançando vigorosamente a cabeça. Trocaram um aperto de mãos para selar o acordo.

Faltava pouco para as 18 horas. Quando Jake voltou para o saguão, encontrou-o quase deserto. Foi à recepção e perguntou se o sr. Deegan já deixara o hotel.

O recepcionista parecia cansado e aflito.

— Escute, meu caro, ele foi embora e, a não ser que queira um quarto, acho bom ir para casa, também.

— Tenho certeza de que ele pediu para você avisá-lo caso a srta. Wilcox volte ou dê notícias — sugeriu Jake. — Posso deixar meu cartão? Fiz amizade com a srta. Wilcox durante o fim de semana, e também estou preocupado com ela.

O recepcionista pegou o cartão e o examinou.

— Repórter da *Stonecroft Academy Gazette* e jornalista de assuntos gerais, hein?

Rasgou o cartão pelo meio.

— Você já está passando dos limites, garoto. Dê o fora, por favor!

35

O CORPO DE HELEN WHELAN foi descoberto às 17h30 de domingo, em uma região arborizada de Washingtonville, pequena cidade a vinte quilômetros de Surrey Meadows. Quem o encontrou foi um garoto de 12 anos que pegara um atalho pelo bosque para chegar à casa de um amigo.

Sam recebeu a notícia quando terminava de interrogar os empregados do Glen-Ridge House. Ligou para o quarto de Jean. Ela subira para telefonar para Mark Fleischman, Carter Stewart e Jack Emerson, na esperança de que um deles soubesse dos planos de Laura. Já falara no saguão com Robby Brent, que garantira desconhecer o paradeiro da colega.

— Jean, preciso ir embora — explicou Sam. — Conseguiu falar com alguém?

— Falei com Carter. Ele está muito preocupado, mas não tem idéia de onde Laura possa estar. Contei que vou jantar com Gordon e ele quer ir junto. Se a gente conseguir preparar uma lista das pessoas com quem Laura foi vista, talvez chegue a algum resultado. Jack Emerson não está em casa. Deixei recado na secretária eletrônica. A mesma coisa com Mark Fleischman.

— É o máximo que você pode fazer no momento — resignou-se Sam. — Legalmente, estamos de mãos amarradas. Se ninguém tiver notícias dela até amanhã, posso tentar um mandado de busca para examinar seu quarto e ver se ela deixou alguma indicação de onde possa ter ido. Caso contrário, só nos resta esperar.

— Você vai à secretaria da igreja de manhã?

— Sem falta — prometeu Sam.

Fechou o telefone celular e saiu depressa para pegar o carro. Não via sentido em contar a Jean que estava a caminho da cena de um crime cuja vítima era outra mulher que tinha sido dada como desaparecida.

HELEN WHELAN RECEBERA uma pancada violenta na parte posterior da cabeça antes de ser apunhalada repetidas vezes.

— Ele provavelmente golpeou-a com o mesmo objeto contundente que usou para atingir o cachorro — explicou Cal Grey, o médico-legista, a Sam, logo que este chegou à cena do crime. O corpo estava sendo removido e, sob a luz de holofotes, os investigadores examinavam minuciosamente a área isolada por cordas, à procura de alguma pista que levasse ao assassino.

— Não posso ter certeza antes de realizar a autópsia, mas à primeira vista parece que a pancada na cabeça deixou-a inconsciente. As punhaladas foram desferidas depois que foi trazida para cá. Tomara que pelo menos não tenha percebido o que estava acontecendo.

Sam observou o corpo esbelto ser colocado dentro do saco plástico de transportar cadáveres.

— Suas roupas estão intactas, ao que parece — comentou.

— É verdade. Na minha opinião, o agressor trouxe a moça diretamente para cá e a matou. Ela ainda está com a correia do cachorro ao redor do pulso.

— Espere um minuto — ordenou Sam ao ajudante que abria a padiola. Abaixou-se e sentiu os pés afundarem no chão lamacento.

— Passe a lanterna, por favor, Cal.

— Está vendo algo?

— Sim, uma mancha de sangue na perna da calça. Duvido que seja dos ferimentos que ela tem no peito e no pescoço. Acredito que o assassino estivesse sangrando muito, provavelmente por ter sido mordido pelo cachorro.

Levantou-se.

— O que indica que ele talvez tenha procurado um pronto-socorro — prosseguiu. — Darei um alerta aos hospitais da redondeza para que informem todas as mordidas de cachorro que tenham tratado no fim de semana ou que venham a tratar nos próximos dias. E não deixem de pedir ao laboratório uma análise do sangue. Passo no seu escritório mais tarde, Cal.

No trajeto até o escritório do legista, Sam sentiu uma enorme revolta pela morte de Helen Whelan. Era como se tivesse levado um soco na boca do estômago. Isso acontecia toda vez que se deparava com esse tipo de violência. Quero pegar esse cara, pensou, e colocar eu mesmo as algemas nele. Peço a Deus que, onde quer que tenha sido mordido, ele esteja sofrendo o diabo neste momento.

Essa linha de pensamento levou-o a outra. Talvez ele seja esperto demais para procurar um pronto-socorro, mas terá de qualquer modo de tratar do ferimento. Será como procurar uma agulha no palheiro, mas talvez valha a pena notificar todas as farmácias da região e pedir que observem se alguém aparece para comprar produtos como água oxigenada, ataduras e bactericidas.

No entanto, se for esperto o suficiente para evitar um hospital, será igualmente esperto para saber que é melhor comprar esses produtos em farmácias de grandes redes, onde há longas filas nas caixas registradoras e os empregados não prestam atenção ao que está na cesta do freguês a não ser para a leitura do código de barras.

De qualquer modo, vale a pena tentar, decidiu Sam, com ar sombrio, lembrando-se da foto sorridente de Helen Whelan que vira no seu apartamento. Tinha 22 anos a mais do que a idade de Karen quando foi assassinada, mas morrera da mesma maneira. Cruelmente apunhalada.

A bruma intermitente daquele dia se transformava agora em chuva forte. Sam franziu a testa quando ligou o limpador de pára-brisa. Mesmo assim, não devia haver relação entre os dois casos, pensou. Há vinte anos não se tinha notícia de um crime semelhante naquela região. Karen estava dentro de casa. Helen Whelan na rua, passeando com o cachorro. Seria possível que algum maníaco passasse todos esses anos sem se manifestar?

Tudo era possível, decidiu Sam. Só nos resta esperar que o assassino tenha cometido um deslize. Que tenha deixado alguma pista que nos conduza a ele. Provavelmente conseguiremos seu DNA. Deve ser dele o sangue encontrado no focinho do pastor alemão e talvez também o da calça da vítima.

Ao chegar ao escritório do médico-legista parou no estacionamento, trancou o carro e entrou no prédio. A noite seria longa e o dia seguinte, mais longo ainda. Ele precisava conversar com o pároco de St. Thomas e convencê-lo a mostrar os registros dos batismos ocorridos havia quase vinte anos. Precisava entrar em contato com as famílias das cinco mulheres de Stonecroft que tinham morrido na ordem em que sentavam à mesa de almoço. Precisava conhecer mais detalhes sobre as mortes. E precisava descobrir o que acontecera com Laura Wilcox. Se não fosse pela morte das outras cinco da turma, eu diria que ela simplesmente saiu com algum cara, pensou. Pelo que sei, é uma pessoa muito animada e nunca fica muito tempo sem um homem ao lado.

O médico-legista e a ambulância com o corpo de Helen Whelan chegaram logo depois. Meia hora mais tarde, Sam examinava os pertences retirados do cadáver. Um relógio e um anel eram as únicas jóias que a vítima portava. Provavelmente não saíra de bolsa, uma vez que as chaves de casa e um lenço estavam no bolso direito da jaqueta.

Sobre a mesa, ao lado das chaves, um outro objeto: uma pequena coruja metálica de três centímetros de altura. Sam pegou a pinça que o assistente usara para manusear as chaves e a coruja, segurou com ela o objeto e examinou-o de perto. Os olhos fixos, frios e arregalados da ave encontraram os seus.

— Estava no fundo do bolso da calça — informou o assistente. — Quase não percebi.

Sam lembrou-se de ter visto uma abóbora do lado de fora da porta do apartamento de Helen Whelan e um esqueleto de papel dentro de uma caixa no *hall*, que ela certamente planejava pendurar em algum lugar.

— Estava preparando a casa para o Dia das Bruxas — explicou. — A coruja devia fazer parte da decoração. Ponha tudo em um saco que eu levo para o laboratório.

Quarenta minutos mais tarde, viu as roupas de Helen Whelan ser examinadas no microscópio, em busca de algo que ajudasse na identificação do assassino. Outro auxiliar examinava as chaves do carro, na tentativa de encontrar impressões digitais.

— Todas as impressões são dela — informou, erguendo a coruja metálica com a pinça.

Prosseguiu:

— É curioso. Não há impressão digital no objeto, nem vestígio. O que me diz disso? Ele não saltou sozinho para dentro do bolso. Só pode ter sido colocado por alguém que usava luvas.

Sam refletiu por um instante. Teria o assassino enfiado a coruja no bolso da vítima deliberadamente? Estava certo que sim.

— Prefiro que isso fique entre nós — disse em tom seco.

Tomou a pinça da mão do assistente, ergueu a coruja e examinou-a com redobrada atenção.

— Você é que vai me levar a esse cara — afirmou. — Ainda não sei como, mas *vai*.

36

TINHAM PROGRAMADO se encontrar às 19 horas no restaurante do hotel. No último minuto Jean decidiu trocar de roupa e vestiu calças compridas azul-escuras e suéter azul-claro com uma grande gola frouxa, que comprara em uma liquidação da loja Escada. Desde cedo tentava inutilmente se livrar da friagem do cemitério. Até o conjunto de calças e jaqueta que usava parecia ainda reter o frio e a umidade que sentira durante a cerimônia.

Isso é ridículo, claro, tentou convencer-se, enquanto retocava a maquiagem e escovava os cabelos. De pé na frente do espelho do banheiro, interrompeu o gesto e contemplou a escova em sua mão. Quem estivera tão perto de Lily a ponto de tirar uma escova de sua bolsa ou de sua casa?

Ou seria possível que Lily tivesse descoberto quem sou e quisesse me punir por tê-la abandonado?, perguntou Jean a si mesma, angustiada com a idéia. Ela está com 19 anos agora. Que tipo de vida terá levado? O casal que a adotou teria sido realmente tão maravilhoso quanto descrevera o dr. Connors ou teriam se tornado maus pais após receber o bebê?

O instinto, no entanto, deu imediata certeza a Jean de que Lily não estava fazendo nenhum jogo para atormentá-la. Isso é coisa de outra pessoa, de alguém que quer fazer mal a *mim*. Peça dinheiro, implorou em silêncio. Darei a quantia que me pedir, mas não faça mal a *ela*.

Virou-se de novo para o espelho e estudou seu reflexo. Em várias ocasiões lhe tinham dito que se parecia com Katie Couric, apresentadora do *Today*, e sentia-se lisonjeada com a comparação. Lily se parece comigo?, pensou. Ou puxou mais a Reed? Aqueles fios de cabelo são muito loiros e ele costumava brincar, contando que sua mãe dizia que seus cabelos tinham a cor do trigo de inverno. O que significa que ela tem os cabelos do pai. Os olhos de Reed eram azuis, como os meus, então ela certamente também tem olhos azuis.

Essa linha de especulação era território bem conhecido. Sacudindo a cabeça, Jean largou a escova na bancada, apagou a luz do banheiro, pegou a bolsa e desceu para encontrar os colegas e jantar.

Gordon Amory, Robby Brent e Jack Emerson já estavam à mesa no salão quase vazio. Quando se levantaram para cumprimentá-la, Jean percebeu o marcante contraste que havia entre eles, tanto na aparência quanto no modo de vestir. Amory usava camisa pólo de *cashmere* e um caro *blazer* de *tweed*. Era da cabeça aos pés a imagem do executivo bem-sucedido. Robby Brent trocara o suéter tricotado que usara no *brunch*. Para Jean, a camisa de gola alta que ele agora vestia realçava ainda mais seu pescoço curto e o corpo atarracado. Uma fina camada de transpiração na testa e nas faces dava-lhe um aspecto reluzente que ela considerou constrangedor. O *blazer* de veludo cotelê de Jack Emerson tinha bom corte, mas não combinava com a camisa vermelha e branca e a gravata colorida que escolhera. Com seu rosto redondo e as faces coradas, Jack Emerson incorporava, na opinião de Jean, um antigo *slogan* político anti-Nixon, que dizia: “Você compraria um carro usado deste sujeito?”

Jack puxou a cadeira vazia ao lado da sua e segurou levemente o braço de Jean quando ela se preparou para sentar. Instintivamente, ela enrijeceu o corpo e afastou o braço.

— Já escolhemos os aperitivos, Jeannie — informou Emerson. — Tomei a liberdade de pedir um *chardonnay* para você.

— Ótimo. Vocês chegaram adiantados ou estou atrasada?

— Chegamos um pouco adiantados. Você está sendo pontual e Carter ainda não apareceu.

Vinte minutos mais tarde, enquanto decidiam se faziam ou não o pedido, Carter chegou.

— Desculpem-me pelo atraso, mas não contava com outro encontro assim tão depressa — observou secamente.

Vestia jeans e moletom com capuz.

— Nenhum de nós contava — confirmou Gordon Amory. — Por que não pede logo uma bebida e vamos ao assunto que nos trouxe aqui desta vez?

Carter concordou. Chamou com os olhos o garçom e apontou para o martíni diante de Emerson.

— Vá em frente — ordenou a Gordon, com tom seco.

— Devo começar dizendo que, após muitas considerações, acredito e espero que nossa preocupação com Laura seja desnecessária. Lembro-me de uma história que contavam anos atrás, segundo a qual ela aceitou um convite para visitar um cara cheio da grana, cujo nome devemos omitir, na casa dele em Palm Beach e, pelo que consta, no meio do jantar ela foi embora com ele, em seu avião particular. Daquela vez, como todos ficaram sabendo, ela nem se preocupou em levar a escova de dentes, muito menos os cosméticos.

— Não acredito que alguém tenha vindo a Stonecroft em avião particular — observou Robby Brent. — Para falar a verdade, a julgar pelas aparências, alguns devem ter vindo mesmo como mochileiros.

— O que é isso, Robby — protestou Jack Emerson. — Uma grande parte de nossos ex-colegas se deu muito bem na vida. Por isso é que muitos compraram casa nesta região para servir como segunda residência.

— Vamos acabar com essa conversa mole de vendedor, por esta noite ao menos — cortou Gordon, irritado. — Escute, você tem muita grana e é o único, ao que nos consta, que tem uma casa na cidade e poderia ter convidado Laura para um encontro tranqüilo, sem ninguém para incomodar.

O rosto já corado de Jack Emerson ficou vermelho.

— Espero que isso tenha sido uma brincadeira, Gordon.

— Não quero tomar o lugar de Robby como o comediante do grupo — retrucou Gordon, servindo-se de uma azeitona do prato que o garçom deixara sobre a mesa. — Claro que eu estava brincando com relação a você e Laura, mas não quanto à conversa mole de vendedor.

Jean calculou que era hora de tentar mudar o rumo da conversa.

— Deixei um recado no celular de Mark — informou. — Ele retornou a ligação quando eu estava vindo para cá. Se não tivermos notícias de Laura até amanhã, ele dará um jeito de mudar sua agenda e voltar.

— Ele tinha uma queda por Laura quando éramos jovens — lembrou Robby. — Não ficaria surpreso se ainda tivesse. Fez questão de sentar-se ao lado dela durante a cerimônia, ontem à noite. Inclusive trocou os cartões com os nomes para ficar perto dela.

Então é por isso que ele está voltando às pressas, pensou Jean, percebendo que compreendera mal suas palavras ao telefone.

— Jeannie — dissera ele —, preciso acreditar que Laura está bem, mas se algo aconteceu a ela, poderia ser a prova de que existe uma lógica terrível por trás da morte das colegas de refeitório. É um fato que você não pode ignorar.

Imaginei que sua preocupação fosse comigo, refletiu. Cheguei a pensar em contar a ele sobre Lily. Como é psiquiatra, deduzi que talvez pudesse me orientar quanto ao tipo de pessoa que está fazendo contato comigo a respeito de minha filha.

Foi um alívio quando o garçom, um senhor idoso e ágil, entregou os cardápios.

— Posso lhes apresentar as sugestões de hoje?

Robby ergueu os olhos para o garçom e sorriu aliviado.

— Mal posso esperar — murmurou.

— Filé *mignon* com *champignons*, filé de linguado recheado com carne de siri...

Logo que o garçom acabou a descrição dos pratos, Robby falou:

— Posso lhe fazer uma pergunta?

— Sim, por favor.

— É hábito deste estabelecimento transformar sobras da véspera em sugestões do dia?

— Oh, senhor, posso lhe garantir que não — respondeu precipitadamente o garçom, como se quisesse se desculpar. — Estou aqui há quarenta anos e temos grande orgulho de nossa cozinha.

— Tudo bem, tudo bem. Foi apenas uma brincadeira para descontrair o clima da mesa. Jean, você primeiro.

— *Ceasar Salad* e costeleta de cordeiro ao ponto — pediu Jean com voz baixa.

Robby não é apenas sarcástico, pensou, é também mau e cruel. Gosta de machucar as pessoas que não podem revidar, pessoas como a srta. Bender, a professora de matemática, no jantar de ontem, e agora este pobre homem. Ele diz que Mark tinha uma queda por Laura. Mas ninguém tinha uma queda maior por ela do que ele.

De repente, uma idéia perturbadora invadiu sua mente. Robby estava muito rico. Famoso. Se convidasse Laura para ir ao seu encontro em algum lugar, ela iria, sem dúvida. Jean percebeu com horror que acreditava seriamente na possibilidade de Robby ter atraído Laura para uma cilada.

Jack Emerson foi o último a fazer o pedido. Ao devolver o cardápio para o garçom, disse:

— Prometi a alguns amigos que tomaria um último drinque com eles, por isso acho que devemos discutir logo os nomes das pessoas a quem Laura pode ter dado uma atenção especial no fim de semana.

Olhou de relance para Gordon.

— Além de você, claro, Gordie. Você é o primeiro da lista.

Meu Deus, pensou Jean, se a discussão continuar nesse tom, daqui a pouco um vai pular no pescoço do outro. Virou-se para Carter Stewart:

— Carter, por que não começamos por você? Alguma sugestão?

— Percebi que ela conversou durante um longo tempo com Joel Nieman, mais conhecido como o Romeu que esqueceu metade de suas falas na peça da escola, Sua esposa veio apenas para o coquetel e o jantar de sexta-feira, e em seguida voltou para casa. Ela é executiva da Target e devia pegar o avião para Hong Kong sábado de manhã.

— Eles não moram nesta área, Jack? — perguntou Gordon.

— Moram em Rye.

— Não é longe daqui.

— Conversei com Joel e sua esposa na recepção, sexta-feira à noite — cortou Jean. — Ele não parece o tipo de homem que convidaria Laura para ir à sua casa um minuto depois de a esposa virar as costas.

— Pode não parecer, mas sei que ele andou tendo um ou dois casos — insinuou Emerson. — Sei também que por muito pouco não foi indiciado por causa de algumas transações escusas que sua empresa de contabilidade andou fazendo. Por isso não o incluímos na lista de homenageados.

— E nosso homenageado ausente, Mark Fleischman? — perguntou Robby Brent. — Ele pode ser, como descreveu o apresentador, "alto, magro, alegre, engraçado e sábio", mas também ficou grudado em Laura o tempo que pôde. Quase quebrou o pescoço na corrida que deu para sentar-se ao lado dela no ônibus para West Point.

Jack Emerson acabou seu martíni e fez um sinal para que o garçom lhe trouxesse outro. Depois, ergueu as sobrancelhas e dirigiu-se aos colegas.

— Estou pensando numa coisa. Mark teria um lugar para onde convidar Laura. Sei que o pai dele, Cliff Fleischman, está fora da cidade. Encontrei com ele no correio na semana passada e perguntei se participaria da homenagem ao filho. Respondeu que há tempos tinha programado visitar alguns amigos em Chicago, mas que telefonaria para Mark. Talvez tenha oferecido a casa ao filho. Cliff não voltará antes de terça-feira.

— Acredito então que o sr. Fleischman tenha mudado de idéia — observou Jean. — Mark disse que passou pela sua antiga casa e viu muitas luzes acesas. Não mencionou ter recebido um telefonema do pai.

— Cliff Fleischman sempre deixa luzes acesas quando está fora — explicou Emerson. — Sua casa foi arrombada durante as férias, há uns dez anos. Ele culpou a escuridão do local. Disse que era sinal evidente de que a casa estava vazia.

Gordon partiu um pedaço de pão.

— Tive a impressão de que Mark está brigado com o pai.

— Está sim, e sei o motivo — esclareceu Emerson. — Após a morte da mãe de Mark, seu pai dispensou a empregada e ela foi trabalhar conosco durante algum tempo. Era uma grande fofoqueira e nos contou muita coisa sobre os Fleischman. Todo mundo sabia que Dennis, o filho mais velho, era a menina-dos-olhos da mãe. Ela nunca se recuperou da perda do filho e culpa Mark pelo acidente. O carro costumava ficar no alto da longa alameda que levava à garagem, e Mark sempre pedia a Dennis para que o ensinasse a dirigir. Mark estava com 13 anos apenas e não tinha permissão para ligar o carro, a não ser que o irmão estivesse ao seu lado. Naquela tarde, ligou-o e esqueceu de puxar o freio de mão antes de desembarcar. O carro começou a descer a alameda, mas Dennis não percebeu.

— Como a mãe ficou sabendo? — perguntou Jean.

— Segundo a empregada, uma noite, pouco antes de ela morrer, algo aconteceu que a deixou definitivamente contra Mark. Ele nem foi ao enterro da mãe. Ela inclusive o excluiu do testamento, apesar de ter muito dinheiro de família. Mark estudava medicina, na época.

— Mas ele tinha apenas 13 anos quando aconteceu o acidente — protestou Jean.

— E muito ciúme do irmão — completou Carter Stewart. — Isso eu garanto. No entanto, ele pode ter procurado o pai, talvez ainda tivesse uma chave da casa ou soubesse que o pai estava fora.

Mark teria mentido ao dizer que precisava voltar para Boston?, perguntou-se Jean. Ele desviou seu caminho para falar comigo no bar onde me encontrei com Alice e Sam e contou que passara diante da casa do pai. Será possível que esteja aqui na cidade com Laura?

Não quero acreditar que isso seja verdade, admitiu. No mesmo instante, Gordon falou:

— Estamos todos supondo que Laura *saiu com* alguém. É também possível que ela *tenha ido se encontrar com* alguém. Não estamos longe de Greenwich, Bedford e Westport, onde muitos de seus amigos famosos têm casa.

Jack Emerson trouxera uma lista dos participantes do encontro. Decidiram que cada um telefonaria para um determinado número de pessoas, explicaria por que estavam preocupados e perguntaria se tinham idéia de onde poderia estar Laura.

Quando deixaram o restaurante, após a promessa de um novo contato na manhã seguinte, Carter Stewart e Jack Emerson foram pegar seus carros. No saguão, Jean disse a Gordon Amory e Robby Brent que precisava parar por um instante na recepção.

— Boa noite, então — despediu-se Gordon. — Ainda tenho alguns telefonemas a dar.

— Hoje é domingo, Gordie — argumentou Robby Brent. — O que há de tão importante que não pode esperar até amanhã de manhã?

Gordon Amory contemplou o rosto falsamente ingênuo de Robby.

— Como sabe, prefiro que me chamem de Gordon — corrigiu, com voz neutra. — Boa noite, Jean.

— É um sujeito muito presunçoso — comentou Robby, enquanto observava Gordon atravessar o saguão e apertar o botão do elevador. — Aposto que vai subir e ligar a televisão. Hoje é a estréia de um seriado em um de seus canais. Ou talvez queira apenas admirar no espelho seu novo visual. Sinceramente, Jeannie, esse cirurgião plástico deve ser um gênio. Lembra-se da cara de idiota de Gordie quando garoto?

Pouco me interessa a razão pela qual ele decidiu ir para o quarto, pensou Jean. Quero apenas saber se por acaso Laura telefonou, e depois também vou para a cama.

— Melhor para ele se teve condições de dar uma virada em sua vida. Sua juventude não foi nada fácil.

— A de nenhum de nós foi — comentou Robby, com desdém. — A não ser, claro, a de nossa bela rainha desaparecida. Vou pegar uma jaqueta e andar um pouco. Sou fanático pela boa forma e, a não ser por uma ou outra caminhada, não fiz um único exercício durante todo o fim de semana. A sala de ginástica daqui é um lixo.

— Existe algo nesta cidade, neste hotel ou no povo daqui que você não considere um lixo? — perguntou Jean, sem se preocupar com o tom brusco de sua voz.

— Quase nada — respondeu Robby, rindo —, a não ser você, Jeannie, claro. Tive pena quando percebi sua cara de decepção ao comentarmos que Mark tinha arrastado a asa para Laura durante o fim de semana. E cá entre nós, também senti que Mark andava atrás de você. É um cara difícil de a gente entender, mas a maioria dos psiquiatras é mais maluca que os pacientes. Se Mark realmente soltou o freio de mão do carro que matou o irmão, eu me pergunto se, consciente ou inconscientemente, não teria sido uma ação deliberada. Afinal de contas, era o carro novo do irmão, um presente dos pais pela sua formatura em Stonecroft. Pense nisso.

Com uma piscada e um aceno de mão, dirigiu-se aos elevadores. Furiosa e humilhada por ele ter diagnosticado tão bem sua reação aos comentários sobre Mark e Laura, Jean foi até o balcão da recepção. A recepcionista de serviço era Amy Sachs, uma mulher miúda e de voz muito baixa, com cabelos curtos que começavam a embranquecer e óculos enormes pendurados na ponta do nariz.

— Não, realmente não tivemos notícias da srta. Wilcox — disse a Jean. — Mas chegou um fax para a senhora, dra. Sheridan — continuou, virando-se para pegar um envelope na prateleira às suas costas.

Jean sentiu a boca seca. Ao mesmo tempo em que dizia para si mesma que devia esperar para ler o conteúdo no quarto, rasgou o envelope e o abriu.

A mensagem continha oito palavras: LÍRIOS QUE APODRECEM CHEIRAM PIOR QUE ERVA DANINHA.

Lírios que apodrecem, refletiu jean. *Lírios mortos.*

— Algum problema, dra. Sheridan? — perguntou, inquieta, a recepcionista. — Espero que não seja má notícia.

— Como? Oh, não... está tudo bem, obrigada.

Atônita, Jean subiu para o quarto, abriu a bolsa e vasculhou a carteira de dinheiro à procura do número do telefone celular de Sam Deegan. O lacônico "Sam Deegan" que ouviu fez com que se lembrasse de que eram quase 22 horas e que ele talvez já estivesse dormindo.

— Sam, devo ter lhe acordado...

— Não, não. O que houve, Jean? Alguma notícia de Laura?

— Não, é Lily. Mais um fax.

— Leia para mim.

Com voz trêmula, leu para ele as oito palavras, depois falou:

— Sam, isso é um verso de um soneto de Shakespeare. Faz referência a lírios mortos. Sam, a pessoa que mandou este fax ameaça matar minha filha.

Jean percebeu o tom cada vez mais nervoso de sua voz e ouviu seus próprios gritos:

— O que posso fazer para impedi-lo? O quê?

37

A ESSA HORA, ELA JÁ devia ter recebido o fax. Ele ainda não sabia por que sentia tanto prazer em atormentar Jean, sobretudo agora que tomara a decisão de matá-la. Por que remexer na ferida ameaçando Meredith... ou Lily... como Jean a chamava? Durante quase vinte anos manteve segredo que sabia de seu nascimento e da adoção. Um pequeno segredo que parecia inútil, como aqueles presentes que, embora não possam ser devolvidos, jamais são tirados da prateleira.

Somente no ano anterior, depois de conhecer os pais adotivos de Lily durante um almoço e saber de quem se tratava, resolvera não medir esforços para fazer amizade com eles. Em agosto, convidou o casal para passar um fim de semana prolongado com ele, dizendo-lhes para levar Meredith, que estava em casa, de férias. Foi então que teve a idéia de ficar com algo que permitisse determinar seu DNA.

A oportunidade de roubar a escova de cabelo lhe tinha sido oferecida de bandeja. Estavam todos na piscina, e o telefone celular de Meredith tocou no exato momento em que ela escovava os cabelos após um mergulho. Ela atendeu e afastou-se para falar com mais privacidade. Ele enfiou a escova às pressas no bolso e começou a circular entre os convidados. No dia seguinte, mandou a escova e a primeira mensagem para Jean.

O poder de vida e de morte; poder que até então exercera sobre cinco das colegas de refeitório e sobre muitas outras mulheres, escolhidas ao acaso. Ele se perguntava quanto tempo levariam para descobrir o corpo de Helen Whelan. Teria sido um erro colocar a coruja no bolso dela? Até agora, ele sempre deixara seu símbolo em um lugar escondido, discreto, impossível de ser percebido. Como no mês passado, quando o largara na gaveta de um móvel na cabine ao lado da piscina, onde esperara por Alison.

AS LUZES DA CASA estavam apagadas. Tirou do bolso os óculos de visão noturna, colocou-os, introduziu a chave na fechadura, abriu a porta de serviço e entrou. Trancou a porta, atravessou a cozinha até a escada dos fundos e subiu os degraus sem fazer barulho.

Laura estava no quarto que fora seu antes de a família se mudar para a Concord Avenue, quando tinha 16 anos. Ele amarrara as mãos e os pés dela e lhe colocara uma mordaça. Estava estendida na cama e seu vestido dourado brilhava no escuro.

Ela não percebera sua entrada, e quando ele inclinou-se sobre ela, ouviu seu grito sufocado.

— Voltei, Laura — sussurrou. — Não está contente?

Ela tentou se afastar.

— *Ssssou ummma ccccorurujjja e vvvivvvo em em em ummma árvore* — sussurrou ele. — Você achava engraçado me imitar, não é mesmo? Acha engraçado agora, Laura? Acha?

Com os óculos de visão noturna conseguia ver pavor nos olhos dela. Sons inarticulados saíam de sua garganta enquanto balançava a cabeça para um lado e para o outro.

— Esta não é a resposta correta, Laura. Você acha engraçado, sim. Vamos, me mostre.

Ela começou a sacudir a cabeça para cima e para baixo. Com um movimento rápido, ele desamarrou a mordaça.

— Não levante a voz, Laura — murmurou. — Ninguém vai ouvir, mas se insistir em gritar, serei obrigado a enfiar este travesseiro no seu rosto. Está me entendendo?

— Por favor — sussurrou Laura. — Por favor...

— Não, Laura, não quero que peça "por favor". Quero que me imite, que repita a minha fala no palco, e depois quero que ria.

— *Sooou uuuma ccccorurujjja e vvvivvvo nnumma aaaárvore.*

Ele sacudiu a cabeça, satisfeito.

— É quase assim. Você é uma excelente imitadora. Agora faça de conta que está na mesa do refeitório com suas colegas. Deboche, me imite, zombe de mim, ria. Quero ver como todas se divertiam depois de me ridicularizar.

— Não consigo... me desculpe...

Ele levantou o travesseiro e o manteve suspenso acima de seu rosto.

Em desespero, Laura começou a rir, descontrolada, emitindo sons altos, agudos, histéricos.

— Ha... ha... ha.

Lágrimas rolavam pelo seu rosto.

— Por favor...

Ele colocou a mão sobre sua boca.

— Você quase disse meu nome. Isso é proibido. Quero que me chame apenas de Coruja. Você precisa aprender a imitar as risadas de suas amigas. Agora vou desamarrar suas mãos para que possa comer. Trouxe sopa e um pãozinho. Não é uma gentileza e tanto de minha parte? Em seguida, vou deixar que use o banheiro. Depois, quando estiver de novo instalada na cama para dormir, ligarei do meu telefone celular para o hotel. Você dirá ao pessoal da recepção que está com amigos, que ainda não definiu seus planos e que, por favor, guardem o quarto até sua volta. Está entendendo, Laura?

Sua resposta foi um quase inaudível "sim".

— Se tentar encontrar um jeito de pedir ajuda, mato você imediatamente. Está claro?

— Siiim.

— Muito bem.

Vinte minutos mais tarde, o sistema computadorizado de atendimento telefônico do Glen-Ridge House respondia a uma ligação externa e direcionava para o setor de reservas a pessoa que escolhera a opção "3".

O telefone tocou no balcão da recepção. A recepcionista atendeu e identificou-se:

— Recepção, Amy na linha.

Em seguida, quase soltou um grito.

— Srta. Wilcox, que prazer ouvi-la! Estávamos preocupados. Oh, seus amigos ficarão muito felizes quando souberem que telefonou. É claro que manteremos o seu quarto. Tem certeza de que está tudo bem?

O Coruja cortou a ligação.

— Você se saiu muito bem, Laura. A voz parecia um pouco angustiada, mas isso é natural, eu acho. Talvez você realmente seja uma comediante nata.

Amarrou de novo a mordaça.

— Voltarei mais tarde — prosseguiu. — Tente dormir um pouco. Pode sonhar comigo.

38

JAKE PERKINS SABIA que o turno do empregado do Glen-Ridge que o expulsara acabava às vinte horas. Isso significava que poderia voltar ao hotel a partir daquele horário e fazer "ponto" na recepção, onde Amy Sachs estaria de serviço, para descobrir se algo de novo acontecera.

Após jantar com os pais, que ficaram encantados com o relato do que se passava no hotel, releu as anotações que pretendia entregar ao *Post*. Decidira esperar até a manhã seguinte para telefonar ao jornal. Já faria então um dia inteiro que Laura Wilcox desaparecera.

Às 22 horas, voltou ao Glen-Ridge e entrou no saguão deserto. Até um avião conseguiria atravessar este *hall* sem atingir ninguém, pensou, enquanto se dirigia para a recepção. Amy Sachs estava em seu posto.

Amy gostava dele. Ele tinha certeza. Na primavera anterior, enquanto fazia a cobertura de um almoço para o jornal de Stonecroft, dissera que ele se parecia com seu irmão mais novo.

— A única diferença é que Danny tem 46 anos e você, 16 — acrescentara, rindo. — Ele sempre quis trabalhar na imprensa, também, o que, de certo modo, agora ele faz. É dono de uma frota de caminhões que distribui jornais.

Jake se perguntava quantas pessoas perceberiam que, sob uma aparência tímida e servil, Amy era perspicaz e tinha grande senso de humor.

Cumprimentou-o com um sorriso pálido.

— Olá, Jake.

— Olá, Amy. Passei só para saber se Laura Wilcox deu notícias.

— Não. Nenhuma.

Naquele exato momento, o telefone tocou ao seu lado e ela atendeu.

— Recepção, Amy na linha — falou, com voz baixa e gentil.

Jake percebeu, então, que sua expressão se alterava.

— Oh, srta. Wilcox... — exclamou.

Jake debruçou-se sobre o balcão e fez sinal para que Amy afastasse o receptor do ouvido a fim de que ele também pudesse escutar. Ouviu Laura dizer que estava com amigos, que seus planos ainda eram indefinidos e que, por favor, mantivessem a reserva do quarto.

Ela não está no seu estado normal, pensou. Parece transtornada. Sua voz treme sem parar.

A conversa durou apenas vinte segundos. Quando Amy recolocou o fone no gancho, ela e Jake se entreolharam.

— Esteja onde estiver, ela não está se divertindo — disse ele, categórico.

— Ou talvez esteja apenas de ressaca — sugeriu Amy. — Li um artigo sobre ela na *People* no ano passado, em que diziam que ela freqüentou um programa de reabilitação para se livrar de problemas com a bebida.

— Poderia ser essa a explicação — admitiu Jake.

Ergueu os ombros. Mais um dado para meu artigo sensacional, pensou.

— Onde acha que ela foi, Amy? Você esteve de serviço durante todo o fim de semana. Ela circulou por aí com alguém em especial?

Os óculos exageradamente grandes de Amy balançaram sobre seu nariz quando ela franziu a testa.

— Ela passou duas vezes por aqui de braços dados com o dr. Fleischman. E ele foi o primeiro a deixar o hotel no domingo de manhã, antes mesmo do *brunch* em Stonecroft. Talvez ela tivesse ficado em algum lugar curando a ressaca e ele quisesse voltar logo para a sua companhia.

Ela abriu a gaveta e pegou um cartão.

— Prometi àquele detetive... sr. Deegan... que lhe telefonaria se tivéssemos notícias da srta. Wilcox.

— Estou indo — despediu-se Jake. — A gente se vê, Amy.

Com um aceno de mão, tomou o rumo da porta de entrada enquanto ela discava um número. Ele saiu, parou indeciso na calçada, foi até a metade do caminho em direção ao carro, deu meia-volta e tornou à recepção.

— Conseguiu falar com o sr. Deegan? — perguntou.

— Consegui. Contei a ele o que me disse a srta. Wilcox. Pareceu satisfeito com a notícia e pediu que eu o informe quando ela voltar para buscar a bagagem.

— É exatamente isso que eu temia. Amy, preciso do telefone de Sam Deegan.

Ela pareceu assustada.

— Por quê?

— Porque acho que Laura Wilcox estava apavorada e não de ressaca, e que o sr. Deegan precisa ser informado.

— Se alguém descobrir que deixei você escutar nossa conversa, perco o emprego.

— Não perde, não. Digo que tomei o telefone de sua mão quando ouvi você pronunciar o nome de Laura para poder escutar também. Amy, cinco das colegas de Laura estão mortas. Se ela está com alguém à força, não se sabe onde, talvez não lhe reste muito tempo de vida também.

SAM DEEGAN ACABARA de desligar o telefone após falar com Jean quando a recepcionista do Glen-Ridge ligou. Sua reação imediata foi que Laura Wilcox era uma mulher extremamente egoísta, que não apenas faltara à cerimônia em memória da amiga, como também deixara preocupados os outros amigos e dera prejuízo ao motorista de táxi por não ter cancelado a corrida. Mesmo essa primeira reação, no entanto, tinha sido atenuada pelo curioso fato de que havia algo suspeito na história contada à recepcionista e na avaliação da recepcionista de que Laura parecia nervosa ou de ressaca.

O imediato telefonema de Jake Perkins confirmou essa impressão, em especial porque Jake foi enfático ao confirmar que Laura parecia apavorada.

— Concorda com a srta. Sachs que eram exatamente 22h30 quando Laura Wilcox telefonou para o hotel? — perguntou Sam.

— Exatamente 22h30 — confirmou Jake. — Está pensando em rastrear a ligação, sr. Deegan? Isto é, se ela usou o próprio celular, o senhor teria condições de descobrir a área de onde veio a chamada, é isso?

— Isso mesmo — confirmou Sam, irritado.

O moleque era um verdadeiro sabe-tudo. Tentava, no entanto, apenas ser útil, por isso Sam decidiu que seria um pouco mais tolerante.

— Será um prazer continuar antenado para poder ajudá-lo — afirmou Jake, com a voz agora alegre.

A idéia de que Laura Wilcox poderia estar em perigo e que ele participava da investigação para localizá-la fazia com que se sentisse importante.

— Tudo bem — respondeu Sam —, e obrigado, Jake — acrescentou em seguida, relutante.

Sam apertou a tecla que desligava o telefone, levantou o corpo e jogou as pernas para fora da cama. Sabia que pelo menos nas próximas horas não poderia sequer pensar em dormir. Precisava avisar Jean que Laura fizera contato com a recepcionista e que ele tentaria conseguir um mandado do juiz para examinar os registros telefônicos do hotel. Sabia que o Glen-Ridge utilizava um identificador de chamadas. Quando conseguisse o número do telefone, notificaria a companhia telefônica para que informasse o nome do assinante e a localização da antena emissora da ligação.

Hagen, em Goshen, era provavelmente o juiz mais próximo no condado de Orange autorizado a expedir o mandado. Quando discou o número do procurador para conseguir o telefone de Hagen, Sam percebeu que era sua enorme inquietação a respeito de Laura que o fazia agora pensar em perturbar o sono de um notório rabugento em vez de esperar amanhecer o dia para começar a tentar localizar a mulher desaparecida.

39

JEAN COLOCARA O volume do telefone celular no máximo, com medo de perder alguma chamada quando fosse para a cama. Sam dera a entender que a pessoa que a contatava com relação a Lily poderia avançar um passo e telefonar.

— Tenha em mente que é apenas uma questão de dinheiro. Alguém quer que você acredite que Lily está em perigo. Vamos esperar que a próxima iniciativa seja ligar para você. Se isso acontecer, poderemos determinar de onde vem a chamada.

Conseguira com isso acalmá-la um pouco.

— Jean, se permitir ser dominada pela angústia, você mesma acabará sendo sua pior inimiga. Já me disse que não contou para ninguém que tinha uma filha e que em Chicago todos a conheciam pelo nome de solteira de sua mãe. Alguém, no entanto, descobriu a verdade, e isso pode ter acontecido recentemente ou há 19 anos, quando o bebê nasceu. Quem sabe? Você precisa agir agora. Tente lembrar se costumava ver alguém em especial no consultório de dr. Connors quando se consultava com ele, talvez uma enfermeira ou uma secretária curiosa o suficiente para descobrir o destino do bebê. Não esqueça, você agora se tornou uma celebridade graças ao seu best-seller. Os termos do novo contrato assinado com seu editor vieram a público durante suas entrevistas. Aposto que alguém em condições de se aproximar de Lily decidiu chantagear você fazendo ameaças a ela. Vou ver o pároco de St.

Thomas amanhã de manhã e você deve começar a preparar uma lista de todas as pessoas com as quais fez amizade na época, especialmente as que possam ter tido acesso aos registros médicos.

A argumentação tranqüila de Sam teve como efeito frear o crescente pânico de Jean. Depois que se despediram, ela sentou-se atrás da escrivaninha com uma caneta na mão e escreveu na primeira página de um bloco: CONSULTÓRIO DO DR. CONNORS.

A enfermeira era uma cinqüentona corpulenta e alegre, lembrou. Peggy. Era esse seu primeiro nome. O sobrenome era irlandês e começava com k. Kelly... Kennedy... Keegan... Ainda vou lembrar, sei que vou.

Já era um começo.

O toque alto do telefone celular a fez dar um pulo. Consultou o relógio no momento em que atendeu. Quase 23 horas. Talvez ela tenha voltado, imaginou.

O telefonema de Sam avisando que Laura telefonara para a recepcionista devia ter sido tranqüilizador, porém Jean percebeu preocupação em sua voz.

— Você não tem certeza de que ela está bem, é isso? — perguntou.

— Ainda não, mas pelo menos ela telefonou.

O que significa que ainda está viva, deduziu Jean. É o que ele quer dizer. Escolheu as palavras com cuidado.

— Você acredita que, por alguma razão, Laura possa estar impedida de voltar para o hotel?

— Jean, minha intenção ao lhe telefonar era acalmá-la com relação a Laura, mas acho melhor ser franco com você. O fato é que duas pessoas que ouviram a conversa confirmaram que ela parecia transtornada. Laura e você são as duas únicas companheiras de mesa que continuam vivas. Até sabermos exatamente onde ela está e na companhia de quem, você precisa ter muito, muito cuidado.

40

ELE IRIA MATÁ-LA. Ela sabia. Era apenas uma questão de tempo. Por incrível que pareça, conseguiu adormecer depois que ele saiu. A claridade se infiltrava pelas persianas fechadas, portanto devia ser de manhã. É segunda ou terça-feira?, refletiu Laura, tentando não despertar por inteiro.

Sábado à noite, ao chegarem, ele servira champanhe para os dois e brindara com ela. Depois dissera:

— O Dia das Bruxas está chegando. Quer ver a máscara que comprei?

Era uma cabeça de coruja com dois olhos enormes dotados de imensas pupilas pretas no centro de íris amarelas, circundada por penas acinzentadas que escureciam até chegar ao marrom-escuro, ao redor do bico pontiagudo e da boca estreita. Ri, lembrou-se Laura, porque pensei que era isso que ele esperava. Percebi, porém, que algo acontecera, que ele estava mudado. Antes mesmo de tirar a máscara e agarrar minhas mãos, tive a certeza de ter caído em uma armadilha.

Ele a arrastara escada acima, amarrara seus pulsos e tornozelos e cobrira sua boca com uma mordaça, sem apertar muito para evitar sufocá-la. Depois, passara uma corda ao redor de sua cintura e a prendera na estrutura da cama.

— Já leu *Mamãezinha querida*? — perguntara. — Joan Crawford costumava amarrar seus filhos à cama para ter certeza de que não se levantariam durante a noite. Chamava isso de "sono seguro".

Em seguida ele a fizera repetir a fala sobre a coruja na árvore, a mesma fala da peça apresentada na escola. Ele a forçara a repetir isso muitas vezes e depois a obrigara a imitar as garotas à mesa do refeitório, debochando dele. E a cada vez ela via seus olhos faiscarem de ódio.

— Todas zombavam de mim. Desprezo você, Laura, sua presença é repugnante.

Antes de sair, deixou deliberadamente o telefone celular em cima da cômoda.

— Pense bem, Laura. Se conseguisse alcançar o telefone, poderia pedir ajuda. Mas nem tente. As cordas vão se apertar se você tentar livrar-se delas. Acredite em mim.

Laura tentara, apesar de tudo, e agora seus pulsos e tornozelos latejavam de dor. Seus lábios estavam ressecados. Tentou umedecê-los. Sua língua tocou o tecido áspero da meia que cobria sua boca, presa com fita adesiva, e ela sentiu um gosto amargo de bílis subir à sua garganta. Se vomitasse, sufocaria. Oh, meu Deus, por favor, me ajude, rezou, tomada pelo pânico e esforçando-se para controlar a náusea.

Da primeira vez que ele voltou, havia um pouco de claridade no quarto. Devia ser domingo à tarde, calculou. Ele desamarrou meus pulsos e me deu sopa e um pãozinho. E permitiu que eu fosse ao banheiro. Depois, só voltou bem mais tarde. Estava muito escuro, sem dúvida já era noite. Foi então que me obrigou a dar o telefonema. Por que está me fazendo sofrer tanto? Por que não me mata e acaba logo com tudo?

Suas idéias se tornavam mais claras. Quando tentava movimentar os pulsos e os tornozelos, a dor latejante se tornava insuportável. Noite de sábado. Manhã de domingo. Noite de domingo. Devia ser a manhã de segunda-feira, agora. Ela contemplou o telefone celular. Seria impossível alcançá-lo. Se ele a fizesse ligar para alguém de novo, deveria tentar gritar o nome de seu agressor?

Ela imaginou o travesseiro abafando o som ainda em sua garganta, sufocando-a até a morte, pressionado contra suas narinas e boca. Não posso, pensou Laura, não posso. Talvez se eu não o contrariar, alguém perceba que estou em perigo e tente me encontrar. É possível rastrear as chamadas de telefones celulares. *Sei* que é possível. É possível descobrir quem é o proprietário do aparelho.

Essa esperança era sua única chance, e bastou para lhe dar um tênue alívio. Jean, pensou. Ele pretende matá-la, também. Dizem que as pessoas conseguem projetar pensamentos. Tentarei transmitir os meus para Jean. Fechou os olhos e imaginou Jean tal como ela aparecera no jantar, com seu vestido de noite azul real. Movimentando os lábios por baixo da mordaça, começou a pronunciar o nome dele em voz alta.

— Jean, estou em poder dele. Foi ele quem matou as outras garotas. E agora vai nos matar. Socorro, Jean, me ajude. Estou na minha antiga casa. Dê um jeito de me encontrar, Jean!

Várias vezes murmurou o nome dele.

— Proíbo que diga meu nome.

Não o ouvira voltar. Mesmo com a mordaça, o grito de Laura rompeu o silêncio do quarto que fora seu durante os 16 primeiros anos de sua vida.

41

SEGUNDA-FEIRA, ao raiar do dia, Jean finalmente caiu em um sono pesado, porém inquieto, entrecortado por sonhos confusos, em que ameaças iminentes se misturavam a uma sensação de impotência e a levavam, por instantes, de volta à consciência. Quando despertou por completo, ficou espantada ao ver que eram quase 9h30.

Pensou em chamar o serviço de quarto, mas renunciou à idéia de tomar o café-da-manhã entre quatro paredes. O ambiente parecia opressivo, ela se sentia confinada, e as cores sombrias das paredes, cortinas e colcha deixavam-na com saudade de sua confortável casa em Alexandria. Dez anos antes, em um leilão, comprara um sobrado de setenta anos, em estilo antigo, que fora habitado por um único proprietário ermitão durante quarenta anos. Caíra de amores pela casa, apesar de suja, malcuidada e atulhada de velharias. Os amigos tinham tentado dissuadi-la, sob a alegação de que uma empreitada desse tipo era um poço sem fundo de despesas e chateações, mas hoje todos reconheciam que estavam enganados.

Apesar da sujeira de ratos, do papel de parede descolado, do carpete manchado, das torneiras pingando, da imundície do fogão e da geladeira, ela só prestara atenção aos tetos altos, às enormes janelas, às peças espaçosas e à espetacular vista do Potomac, encoberta na ocasião por árvores que pediam uma poda.

Jean quase foi à falência ao comprar a casa e mandar refazer o telhado. Depois disso, ela mesma se ocupou dos reparos menores, esfregou, pintou, colocou o papel de parede. Até lixou o piso de madeira, um bônus inesperado descoberto ao arrancar o carpete antigo.

Restaurar a casa foi uma verdadeira terapia para mim, pensou Jean enquanto lavava os cabelos embaixo do chuveiro. Era o lugar em que sonhara morar quando jovem. Sua mãe era alérgica a flores e plantas. Com um sorriso inconsciente, pensou na estufa, na frente da cozinha, onde todos os dias brotavam flores novas.

As cores escolhidas para a casa eram as que lhe transmitiam alegria e calor: amarelo, azul, verde e vermelho. Nem uma única parede bege, brincavam os amigos. O adiantamento recebido na assinatura do último contrato lhe permitira revestir de madeira a biblioteca e o escritório, além de reformar a cozinha e os banheiros. Sua casa era seu porto seguro, seu refúgio, a prova de sua realização. Como não ficava distante de Mount Vernon, dera-lhe de brincadeira o nome de Mount Vernon Júnior.

Estar ali, naquele hotel, ainda que fosse pela necessidade de encontrar Lily, provocava a volta de dolorosas lembranças dos anos vividos em Cornwall. Fazia com que se sentisse de novo a garota cujos pais eram motivo de chacota na cidade.

Fazia também com que se recordasse da paixão que sentira por Reed e da tristeza, depois, ao precisar esconder de todos a dor pela sua morte. Ao longo de todos esses anos, pensou, perguntei a mim mesma se errei ao abandonar Lily. De volta aqui, começo a entender que, sem a ajuda de meus pais, teria sido quase impossível cuidar dela de forma decente.

Enquanto secava e escovava os cabelos, convenceu-se de que acreditava na premissa de Sam de que a ameaça a Lily estava relacionada apenas a dinheiro.

— Jean — dissera ele —, pense bem. Existe alguma pessoa com um motivo que seja para querer lhe fazer mal? Você alguma vez conseguiu o emprego que outro candidato pleiteava? Já “sacaneou” alguém, como se diz?

— Nunca — respondera com franqueza.

Sam conseguira mais ou menos convencê-la de que a pessoa que fazia contato com ela logo pediria dinheiro. Mas se realmente *for* uma questão de dinheiro, raciocinou Jean, acredito que alguém próximo a mim tenha sabido de minha gravidez e descoberto quem adotou o bebê. E talvez porque houve muita publicidade em torno do encontro e do meu nome como um dos ex-alunos homenageados, essa pessoa decidiu que era chegado o momento de me procurar.

Ao olhar-se no espelho do banheiro, percebeu que estava assustadoramente pálida. Em geral usava uma maquiagem leve durante o dia, mas decidiu aplicar *blush* nas faces e escolheu de propósito um batom um pouco mais vivo que o habitual.

A idéia de que provavelmente ficaria em Cornwall mais alguns dias a fizera trazer várias mudas de roupa. Decidiu vestir um de seus suéteres preferidos, o cor de ameixa de gola rulê, e calças cinza-escuras.

Sua determinação de fazer o que fosse necessário para encontrar Lily dissipara um pouco sua terrível sensação de impotência. Colocou brincos e deu uma escovada final nos cabelos. Largou a escova na penteadeira e, no mesmo instante, percebeu que era do mesmo tamanho e formato da que recebera pelo correio com os fios de cabelo de Lily.

Naquele exato momento, lembrou-se do nome da enfermeira que trabalhava no consultório do dr. Connors: Peggy Kimball.

Com um gesto rápido, abriu a gaveta da mesa de cabeceira e pegou o catálogo telefônico. Uma ligeira olhada revelou vários Kimball, mas decidiu tentar primeiro o que aparecia como "Kimball, Stephen e Margaret". Não era cedo demais para ligar. Uma voz feminina respondeu na secretária eletrônica: Olá. Steve e Peggy não estão no momento. Por favor, deixe sua mensagem e seu número de telefone após o sinal sonoro, que retornaremos sua ligação.

É possível alguém se lembrar de uma voz vinte anos depois, ou estou apenas na expectativa de ter reconhecido aquela voz?, perguntou-se Jean enquanto escolhia as palavras com cuidado.

— Peggy, aqui é Jean Sheridan. Se trabalhou como enfermeira no consultório do dr. Connors há vinte anos, preciso muito falar com você. Ligue para mim neste número logo que possível, por favor.

Aproveitando que o catálogo estava aberto, foi até a letra C. Se estivesse vivo, o dr. Edward Connors teria hoje pelo menos 75 anos. Era provável que sua esposa tivesse aproximadamente a mesma idade. Sam Deegan perguntaria por ela ao pároco de St. Thomas, mas talvez seu nome ainda constasse da lista. O médico morava no Winding Way; havia uma sra. Dorothy Connors na mesma rua. Cheia de esperança, Jean discou o número. A voz fraca de uma mulher idosa atendeu. Quando desligou, poucos minutos mais tarde, Jean tinha combinado uma visita à sra. Dorothy Connors para as 11h30 daquela manhã.

42

SEGUNDA-FEIRA, ÀS 10H30, Sam Deegan estava no escritório de Rich Stevens, procurador do condado de Orange, dando parte do desaparecimento de Laura Wilcox e da ameaça a Lily.

— Solicitei um mandado para verificar os telefonemas para o Glen-Ridge House no final da noite de ontem — disse. — Tanto a recepcionista quanto o rapaz do jornal de Stonecroft são categóricos ao afirmar que foi Laura Wilcox quem ligou, e ambos concordam que ela parecia desesperada. Os registros do hotel mostraram que havia uma chamada de um número 917 no identificador, o que significa que ela chamou de um telefone celular. O juiz não ficou nem um pouco satisfeito de eu ter interrompido seu sono.

Ele prosseguiu:

— De posse do mandado, tentei obter o nome e o endereço do assinante, porém precisei esperar até a repartição abrir, às nove horas.

— O que mais conseguiu saber a partir dos registros? — indagou Stevens.

— O tipo de informação que me dá a certeza de que Laura Wilcox corre perigo. O telefone é um daqueles comprados com crédito de 100 minutos de utilização e que depois não servem mais.

— Como os usados por traficantes de drogas e terroristas — acrescentou Stevens.

— Ou, neste caso, talvez por um seqüestrador. O celular é de Beacon, no condado de Dutchess, e você sabe como é extensa essa área. Já conversei com nosso pessoal da área técnica, e eles disseram que há duas outras centrais, em Wodbury e New Windsor. Se recebermos uma nova ligação, podemos triangulá-la e determinar o local exato de onde está sendo feita. Poderíamos também fazer isso se o aparelho continuasse em serviço, mas infelizmente ele foi desligado.

— Nunca desligo meu celular — comentou Stevens.

— Nem eu. A maioria das pessoas não desliga. Essa é mais uma razão para eu acreditar que Laura Wilcox foi forçada a fazer a ligação. Ela tem um telefone celular em nome dela. Por que não usou esse, então, e por que o outro está desligado agora?

Descreveu, a seguir, o plano de ação que tinha em mente.

— Quero a folha corrida de todos os ex-alunos que participaram do encontro, homens e mulheres. Muitos deles não botaram os pés aqui nos últimos vinte anos. Talvez a gente encontre algo no passado de um ou outro, alguém que tenha cometido um ato de violência ou sofrido alguma condenação.

Quero que os parentes das cinco colegas do grupo da mesa de almoço sejam ouvidos, para saber se houve algum fato suspeito com relação às suas mortes. Estamos também tentando entrar em contato como os pais de Laura. Eles estão fazendo um cruzeiro.

— Cinco da mesma mesa estão mortas e uma sexta está desaparecida — completou Stevens, incrédulo. — Se não existe nenhuma suspeita, é porque ninguém percebeu. Se eu fosse você, começaria pela última. O caso é tão recente que, se a polícia de Los Angeles ficar sabendo das outras vítimas, talvez pense duas vezes antes de classificar a morte de Alison Kendall como afogamento acidental. Requisitaremos os registros policiais de todos os casos.

— A administração da Stonecroft Academy nos mandará uma relação dos ex-alunos que compareceram ao encontro, assim como dos outros participantes do jantar — explicou Sam. — Eles têm os endereços e números de telefone de todos os ex-alunos e de pelo menos boa parte dos habitantes da cidade que assistiram à cerimônia. É claro, algumas pessoas compraram mesa e não informaram os nomes dos convidados, por isso precisamos de mais algum tempo para identificá-los.

Exausto, Sam não conseguiu disfarçar um bocejo.

Foi a percepção da urgência transmitida ao procurador que fez com que Rich Stevens não sugerisse ao seu tarimbado investigador que fosse dormir um pouco. Disse apenas:

— Encarregue outros policiais da equipe de se enfronhar no caso, Sam. Para onde vai agora?

Sam deu um sorriso triste.

— Tenho um encontro com um padre — respondeu — e espero que seja ele a se confessar.

43

A DESCOBERTA DO CORPO de Helen Whelan foi a principal matéria de todos os meios de comunicação. O desaparecimento da conhecida professora, 48 horas antes, já recebera extensa cobertura, mas a confirmação de seu assassinato se tornava agora assunto de extremo interesse, porque propagava o alarme por todas as cidadezinhas do vale do Hudson.

O fato de o cachorro ter sido barbaramente atacado e de sua correia estar ainda enrolada no pulso da vítima quando o corpo foi encontrado contribuiu para dar veracidade à hipótese de que um assassino em série andava solto por uma região repleta de história e tradição.

O Coruja dera pequenos cochilos durante toda a noite de domingo. Após sua primeira visita a Laura, às 22h30, conseguira algumas horas de repouso. Depois, a visita ao raiar do dia lhe dera a satisfação de vê-la limitada a vacilantes súplicas de clemência, a clemência que ela lhe negara na escola, conforme fez questão de lembrar. Após essa segunda visita tomara uma ducha demorada, na esperança de que a água quente ajudasse a aliviar a dor lancinante que sentia no braço. O ferimento causado pela mordida do cachorro estava infeccionado. Ele tinha entrado em uma antiga farmácia da cidade, onde costumava comprar quando era garoto, mas saíra imediatamente. Estivera a ponto de pegar um frasco de água oxigenada, pomada antibiótica e ataduras. Mas logo lhe ocorrera que os tiras não eram necessariamente burros. Deviam sem dúvida ter avisado os farmacêuticos da vizinhança que prestassem atenção a qualquer pessoa que comprasse esse tipo de medicamento.

Decidira então ir a uma drogaria de uma grande cadeia, onde comprou artigos para barba, pasta de dente, vitaminas, biscoitos salgados e doces e refrigerantes. Depois, em um momento de inspiração, acrescentou produtos cosméticos, creme de limpeza, loção hidratante e desodorante. Somente então colocou na cesta os produtos de que precisava — água oxigenada, ataduras, pomada.

Esperava não estar com febre. Sentia o corpo quente e sabia que seu rosto estava vermelho. Com todos esses inúteis itens de camuflagem, acabara esquecendo de comprar aspirina. Mas isso ele podia comprar com segurança em qualquer lugar. Durante a maior parte do tempo, o mundo inteiro sente dor de cabeça, pensou, sorrindo para si mesmo, satisfeito com a imagem que essa reflexão evocava.

Aumentou o volume da televisão. Mostravam imagens da cena do crime. Observou com atenção como o local estava enlameado. Não se lembrava de que a área fosse tão alagadiça. Isso significava que os pneus do carro alugado deviam estar cobertos por uma camada daquele barro. Seria prudente deixar o carro na garagem da casa na qual ele, por enquanto, permitia que Laura continuasse a viver. Alugaria outro, de preço médio, tamanho médio, um sedan preto, discreto. Dessa forma, se por um motivo ou outro alguém decidisse verificar os carros utilizados pelos participantes do encontro, o seu não chamaria a atenção.

No momento em que O Coruja escolhia um *blazer* do armário, uma notícia de primeira mão apareceu na tela: "Um jovem jornalista da Stonecroft Academy de Cornwall-on-Hudson revela que o desaparecimento da atriz Laura Wilcox pode ter relação com um monstro que ele chama de *o assassino em série da mesa do refeitório*."

44

— Monsenhor, não insistirei sobre a urgência de nosso pedido — disse Sam Deegan a Robert Dillon, pároco da ingreja de St. Thomas de Canterbury.

Estavam no presbitério. O padre, um homem magro, com cabelos prematuramente brancos e óculos sem moldura que iluminavam inteligentes olhos acinzentados, estava em sua mesa. Sobre ela, os faxes que Jean recebera. Sentado à sua frente, Sam colocava a escova de cabelo de Lily de volta em um saco plástico.

— Como o senhor pode constatar, o último comunicado sugere que a filha da dra. Jean Sheridan corre grande perigo. Nossa intenção é tentar encontrar a certidão de nascimento original, mas não temos certeza sequer se o registro foi feito aqui ou em Chicago, onde o bebê nasceu — continuou Sam.

No instante em que pronunciou essas palavras, compreendeu que seria inútil tentar conseguir uma resposta rápida. Monsenhor Dillon não parecia ter muito mais de quarenta anos. Com certeza não estava aqui há vinte anos, quando Lily podia ter sido batizada nesta igreja e, além disso, é claro que os pais adotivos a teriam registrado com o sobrenome deles e escolhido um novo primeiro nome.

— Compreendo a urgência do caso e estou certo de que você também compreende que preciso agir com cautela — explicou o padre com voz pausada. — No entanto, Sam, o maior problema é que as pessoas não necessariamente batizam seus filhos antes de algumas semanas ou alguns meses de vida, às vezes até mais. Antigamente, as crianças eram batizadas no máximo seis semanas após o nascimento. Hoje, vemos que algumas já começam a dar os primeiros passos quando recebem o sacramento. Não aprovamos essa tendência, mas ela existe e já era assim há vinte anos. Esta paróquia é muito grande e ativa, e não apenas os paroquianos foram batizados aqui, como com freqüência seus netos ainda o são.

— Entendo perfeitamente, mas se o senhor concordasse em começar pelos três meses seguintes ao nascimento de Lily, talvez pudéssemos pelo menos tentar identificar os bebês do sexo feminino. A maioria das pessoas não faz segredo sobre as adoções, não é mesmo?

— Não, em geral sentem orgulho da condição de pais adotivos.

— Então, a não ser que os próprios pais adotivos estejam por trás dos faxes enviados à dra. Sheridan, acredito que teriam interesse em saber de uma possível ameaça feita à filha.

— Sim, com certeza teriam. Pedirei à minha secretária que prepare a lista, mas você precisa entender que, antes de passá-la às suas mãos, terei de fazer contato com cada uma das pessoas relacionadas e explicar-lhes apenas que uma menina adotada naquela época pode estar em perigo.

— Monsenhor, isso poderia levar tempo, e é justamente o que não temos — protestou Sam.

— Padre Arella pode me ajudar. Minha secretária fará as ligações e, enquanto eu estiver conversando com uma pessoa, ela pedirá à seguinte que aguarde um instante para falar comigo. Não será demorado.

— E o que fará com as que não conseguir localizar? Monsenhor, essa jovem de 19 anos pode estar em sério perigo.

Monsenhor Dillon pegou o fax e examinou-o com expressão cada vez mais sombria.

— Sam, está certo, a última mensagem é assustadora, mas você deve entender por que precisamos agir com cautela. Para nos proteger de possíveis problemas legais, consiga um mandado judicial. Desse modo, podemos liberar os nomes imediatamente. No entanto, peço que me permita falar com o maior número possível dessas famílias.

— Obrigado, monsenhor. Não tomarei mais seu tempo, por enquanto.

Os dois se levantaram.

— Ocorreu-me agora que o remetente deve conhecer Shakespeare a fundo — observou monsenhor Dillon. — Poucas pessoas teriam usado um verso tão obscuro quanto esse sobre os lírios.

— Foi também o que imaginei, monsenhor. Eu devia ter lhe feito de imediato a seguinte pergunta: algum dos padres ligados a esta paróquia na época em que o bebê de Jean foi batizado ainda pertence a esta diocese?

— Padre Doyle era o vigário, mas morreu alguns anos atrás. Monsenhor Sullivan era o pároco naquela época. Mudou-se para a Flórida com a irmã e o cunhado. Posso dar-lhe o último endereço que temos dele.

— Eu lhe agradeço. Gostaria de fazer contato com ele.

— Tenho aqui comigo.

Abriu a gaveta, tirou uma pasta, consultou-a e escreveu um nome, um endereço e um número de telefone em um pedaço de papel. Entregou-o a Sam e completou:

— A viúva do dr. Connors é uma de nossas paroquianas. Se quiser, posso telefonar para ela e pedir que o receba. Ela deve se lembrar de alguma coisa a respeito da adoção.

— Obrigado, mas não será necessário. Falei com Jean Sheridan antes de vir para cá. Ela encontrou o endereço da sra. Connors na lista telefônica e deve estar agora a caminho de sua casa.

Enquanto se dirigiam para a porta, monsenhor Dillon falou:

— Sam, lembrei-me de uma coisa agora. Alice Sommers é nossa paroquiana, também. É você o investigador que não desiste de trabalhar no caso de sua filha?

— Sim, eu mesmo.

— Ela me falou de você. Espero que saiba como sua obstinação em tentar encontrar o assassino de Karen a confortou.

— Estou contente que a tenha ajudado. Alice Sommers é muito corajosa.

Os dois pararam junto da porta.

— Fiquei estarrecido ao ouvir no rádio hoje de manhã que foi encontrado o corpo da mulher que estava passeando com o cachorro — observou monsenhor Dillon. — Seu departamento está envolvido no caso?

— Está.

— Pelo que entendi, foi um crime ao acaso e que, como Karen Sommers, a vítima foi apunhalada. Sei que parece pouco plausível, mas acredita que possa haver uma relação entre os dois homicídios?

— Monsenhor, Karen Sommers morreu há vinte anos — lembrou Sam, com ar indiferente.

Não queria deixar transparecer que essa idéia não lhe saía da cabeça, principalmente porque os golpes tinham sido desferidos na mesma região do tórax.

O prelado balançou a cabeça.

— Acho que o melhor é deixar a investigação por sua conta. Foi apenas uma idéia que me ocorreu e, como está tão envolvido no caso Sommers, senti que devia lhe falar.

Abriu a porta da frente e apertou a mão de Sam.

— Deus o abençoe, Sam. Rezarei por Lily e avisarei quando a lista de nomes ficar pronta.

— Obrigado, monsenhor. Reze por Lily, sim, e não se esqueça de pensar em Laura Wilcox.

— A atriz?

— Sim. Estamos temerosos de que ela também esteja em perigo. Ninguém tem notícia dela desde sábado à noite.

Monsenhor Dillon observou Sam partir. Laura Wilcox participou do encontro de Stonecroft, pensou, incrédulo. Algo teria ocorrido a ela, também? Meu Deus, o que está acontecendo aqui?

Com uma ardente prece silenciosa por Lily e Laura, voltou à sua sala e telefonou para a secretária.

— Janet, por favor, largue tudo o que estiver fazendo e pegue os registros de batismo de 19 anos atrás, de março a junho. Assim que o padre Arella voltar, diga-lhe que tenho uma missão para ele e que cancele tudo o que tiver programado para hoje.

— Entendido, monsenhor.

Janet desligou o telefone e olhou com pesar o sanduíche quente de queijo e bacon e o copo com café que acabara de chegar à sua mesa. Empurrou a cadeira para trás, levantou-se de má vontade e resmungou entre dentes:

— Meu Deus, pelo tom de sua voz eu diria que se trata de uma questão de vida ou morte.

45

DOROTHY CONNORS era uma septuagenária frágil que sofria de artrite reumatóide, conforme Jean percebeu logo à primeira vista. Ela se movimentava lentamente, as articulações dos dedos estavam inchadas e seu rosto era marcado por rugas de dor. Usava os cabelos muito curtos e isso, imaginou Jean, porque levantar os braços devia representar para ela um esforço e tanto.

Sua casa era uma das belas propriedades com vista para o Hudson. Convidou Jean para ir ao jardim de inverno contíguo à sala de estar onde, como explicou, passava a maior parte do tempo.

Seus vivos olhos castanhos brilharam quando falou no marido.

— Edward era o mais maravilhoso dos homens, um marido espetacular e o melhor médico do mundo — entusiasmou-se. — Foi aquele terrível incêndio que o matou... a perda do consultório e de todos os arquivos. Foi isso que provocou seu ataque cardíaco.

— Sra. Connors, eu lhe disse ao telefone que tenho recebido ameaças à minha filha. Ela tem 19 anos agora. Estou desesperada para encontrar seus pais adotivos e preveni-los sobre o possível perigo que corre. Cresci nesta cidade. Por favor, me ajude. Alguma vez o dr. Connors falou sobre mim? Posso até dizer em que circunstância seria. Meu pai e minha mãe eram alvos de zombaria na cidade por causa de suas brigas em público, e ficaram juntos só até eu entrar para a faculdade. Foi por isso que seu marido compreendeu que eu jamais poderia recorrer a eles em busca de ajuda. Ele inventou uma história que serviu como pretexto para me mandar para Chicago. Chegou inclusive a ir fazer meu parto no setor de emergência de uma casa de repouso.

— Sim, ele fez isso por um grande número de jovens. Seu objetivo era ajudá-las a manter a privacidade. Jean, há cinqüenta anos não era fácil para uma garota ter um bebê fora do vínculo conjugal. Você sabia que a atriz Ingrid Bergman foi denunciada no Congresso porque deu à luz uma criança ilegítima? Os padrões de comportamento mudam... se para melhor ou para pior, cabe a cada um decidir. Hoje, a maior parte das pessoas não estranha o fato de uma mulher solteira ter e criar um filho, porém meu marido era antiquado. Vinte anos atrás ele se preocupava muito em proteger a privacidade das jovens grávidas, e assim agia inclusive com relação a mim. Até ouvir sua história, eu nunca soube que você tinha sido paciente dele.

— Mas a senhora *sabia* quem eram meus pais.

Dorothy Connors observou Jean durante um longo momento.

— Sabia que eles tinham problemas. Eu também os via na igreja e conversava com eles uma vez ou outra. Na minha opinião, minha querida, você guarda lembranças apenas dos maus momentos. Eles também eram pessoas encantadoras e inteligentes, mas, infelizmente, não pareciam ter sido feitos um para o outro.

Jean percebeu um toque de repreensão nessas palavras e teve a estranha sensação de que se colocava na defensiva.

— Posso lhe assegurar que não foram feitos um para o outro — afirmou, esperando que sua voz não refletisse a raiva que sentia. — Sra. Connors, agradeço muitíssimo por ter me recebido tão depressa, mas agora serei breve. Minha filha talvez corra um grande perigo. Sei que a senhora preserva com excepcional fidelidade a memória do dr. Connors, mas se tiver alguma informação sobre o casal a quem ele a deu em adoção, a senhora tem o dever, por ela e por mim, de ser honesta comigo.

— Juro por Deus que Edward jamais discutiu comigo sobre pacientes na sua situação, e nunca o ouvi mencionar seu nome.

— Ele não guardava informações em casa e todos os registros de seu consultório se perderam, é isso?

— Isso mesmo. O prédio foi inteiramente consumido pelo fogo, tanto que a suspeita de um incêndio criminoso nunca foi descartada, embora nada tenha ficado provado. Com certeza não restou um único registro.

Estava claro que Dorothy Connors não tinha condições de ajudar. Jean levantou-se para ir embora.

— Lembro-me de que Peggy Kimball era a enfermeira de dr. Connors quando o consultei. Deixei um recado para ela e espero que me ligue de volta. Talvez ela saiba alguma coisa. Obrigada, sra. Connors. Por favor, não se levante. Pode deixar que encontrarei a saída.

Estendeu a mão para Dorothy Connors e percebeu, inquieta, que a expressão da velha senhora traduzia uma imensa preocupação.

46

MARK FLEISCHMAN chegou ao Glen-Ridge House às 13 horas, largou a bagagem, telefonou para o quarto de Jean, não obteve resposta e desceu para o restaurante. Surpreso e contente por ver que Jean estava sozinha em uma mesa de canto, cruzou o salão com passos apressados.

— Está à espera de alguém ou posso lhe fazer companhia? — perguntou, observando em seguida que a sombria expressão de seu rosto era substituída por um sorriso caloroso.

— Mark, não esperava vê-lo! Claro, sente-se. Eu ia agora mesmo fazer o pedido e não, ninguém mais vai me fazer companhia.

— Pois então, considere-se acompanhada.

Puxou a cadeira e sentou-se no lado oposto da mesa.

— Por engano, coloquei minha pasta com o telefone celular no porta-malas do carro — prosseguiu —, por isso só vi sua mensagem na hora de desfazer as malas ontem à noite. Liguei para o hotel hoje cedo e a telefonista me disse que Laura não tinha voltado e que a polícia examinava os registros das chamadas telefônicas. Foi então que decidi reorganizar minha agenda e voltar. Peguei o avião e aluguei um carro.

— Foi muito gentil de sua parte — agradeceu Jean com sinceridade. — Estamos todos terrivelmente preocupados com Laura.

Fez um breve relato do que acontecera desde sua partida, após o *brunch* da véspera.

— Quer dizer que você voltou ao hotel na companhia de Sam Deegan, o cara com quem estava tomando um drinque na outra noite e que, quando constatou a ausência de Laura, ele começou a investigar? — indagou Mark.

— Sim — respondeu Jean, ciente de que despertara a curiosidade de Mark quanto à razão da presença de Sam ao seu lado. — Sam acompanhou-me até o hotel porque eu devia dar-lhe algo que nossa amiga Alice Sommers está interessada em ver.

Alice *está* interessada em ver os faxes, disse a si mesma, portanto não estou dizendo uma mentira completa. Olhou para Mark, sentado à sua frente e, ao perceber preocupação em seu olhar, sentiu vontade de contar-lhe sobre Lily, de perguntar-lhe se, como psiquiatra, acreditava que as ameaças eram verdadeiras ou se alguém estaria apenas preparando-a para uma chantagem.

— Querem fazer os pedidos? — interrompeu o garçom.

— Sim, obrigado.

Pediram sanduíches e chá.

— Café no desjejum, chá no almoço e um cálice de vinho antes do jantar — disse Mark. — Reparei que esta parece ser sua rotina, também, Jeannie.

— Acho que é.

— Reparei muitas coisas a seu respeito durante o fim de semana, e elas me trouxeram lembranças de nosso tempo em Stonecroft.

— Quais, por exemplo?

— Bem, você sempre foi brilhante na escola. Era também muito calada. Lembro-me ainda de que era muito meiga... e isso não mudou. Depois pensei no período em que, durante nosso primeiro ano, andei deprimido e você foi especialmente gentil comigo.

— Não me lembro disso.

— Não quero entrar em detalhes, mas foi isso que aconteceu e eu também admirava o modo como você mantinha a cabeça erguida quando se aborrecia com seus pais.

— Nem sempre.

Jean sentiu um aperto no coração ao lembrar-se das vezes em que se debulhara em lágrimas na sala de aula por não suportar mais as brigas dos pais.

Como se lesse seus pensamentos, Mark prosseguiu:

— Tentei lhe emprestar meu lenço, um dia em que a vi chorar muito, mas você limitou-se a sacudir a cabeça e esfregar furiosamente os olhos com um lenço de papel. Eu queria ajudá-la naquela ocasião e quero ajudá-la agora. No caminho do aeroporto para cá, ouvi no rádio que o garoto jornalista que não nos deu folga durante todo o encontro anda falando para toda a mídia sobre o que ele intitula "o assassino em série da mesa do refeitório". Ainda que você não esteja preocupada com essa possibilidade, eu estou. E com o desaparecimento de Laura, você é a única que resta do grupo.

— Gostaria de estar preocupada apenas comigo — respondeu Jean.

— O que mais a preocupa, então? Vamos, Jean, fale. Minha profissão me ensinou a identificar as pessoas angustiadas, e se identifiquei alguém nessa situação, esse alguém foi você naquela noite em que a vi conversando com Sam Deegan, que agora fiquei sabendo tratar-se de um investigador da promotoria pública.

O ajudante de garçom enchia os copos de água, o que dava a Jean algum tempo para refletir. É claro que me lembro de Mark ter me oferecido um lenço, pensou. Eu estava tão irritada comigo mesma por ter chorado quanto com ele por ter percebido. Ele quis me ajudar naquela ocasião. Quer me ajudar agora. Devo contar-lhe sobre Lily?

Sentiu que ele a olhava e que esperava que ela se abrisse. Quer que eu confie nele, com certeza. Será que devo? Olhou no fundo de seus olhos. Ele é um daqueles homens que são charmosos com ou sem óculos, pensou. Tinha olhos lindos. Castanhos com minúsculas manchas douradas que brilhavam como raios de sol.

Deu de ombros e ergueu as sobrancelhas.

— Você me lembra um de meus professores da faculdade que, quando fazia uma pergunta, fixava o aluno até receber a resposta.

— É exatamente o que estou fazendo, Jean. Um de meus pacientes diz que esse é meu olhar de coruja.

A garçonete chegou com os sanduíches.

— O chá vem em seguida — informou, com um sorriso.

Jean esperou até que o chá fosse servido, depois falou com voz tranqüila.

— Seu olhar de coruja me convenceu, Mark. Acho que vou lhe contar sobre Lily.

47

A PRIMEIRA COISA que Sam Deegan fez ao chegar no escritório foi ligar para o promotor público em Los Angeles e pedir para falar com Carmen Russo, a investigadora que comandara o inquérito sobre a morte de Alison Kendall.

— Morte acidental por afogamento foi o que a investigação mostrou, e aceitamos o resultado — informou Carmen Russo. — Os amigos confirmaram que ela costumava nadar todos os dias de manhã cedo. A porta da casa estava aberta, mas nada foi levado. Jóias caras continuavam em cima da penteadeira; quinhentos dólares em dinheiro e cartões de crédito, na carteira. Era uma pessoa extremamente organizada. Nada estava fora do lugar na casa, no jardim, na cabine ao lado da piscina. A não ser pelo fato de ter morrido, estava em excelente estado de saúde. Seu coração era forte. Não havia vestígio de álcool nem de drogas.

— Nenhum sinal de violência? — perguntou Sam.

— Uma leve contusão no ombro, só isso. Sem nenhum outro indício de violência, é difícil imaginar que tenha sido homicídio. Tiramos fotos, claro, mas depois liberamos o corpo.

— Entendo. Suas cinzas foram enterradas no jazigo da família. Obrigado, Carmen.

Percebeu que relutava em terminar a ligação.

— O que aconteceu com a casa dela?

— Seus pais moram em Palm Springs. Já estão com bastante idade. Pelo que sei, a empregada da sra. Kendall continua a tomar conta da propriedade, até que decidam vendê-la. Não devem precisar de dinheiro. Com aquela localização, a casa vale pelo menos dois milhões de dólares.

Desanimado, Sam desligou o telefone. Seu instinto dizia que Alison Kendall não morrera de morte natural. Ao salientar que as cinco colegas de aula mortas tinham o hábito de ocupar a mesma mesa do refeitório, Jake Perkins pusera o dedo em alguma coisa. Sam estava convencido. No entanto, se a morte de Alison não levantara suspeita, que chance teria ele de tentar determinar um padrão de assassinato para os quatro outros casos, ocorridos ao longo de quase vinte anos?

Seu telefone tocou. Era Rich Stevens, o promotor público.

— Sam, graças à boca grande de Perkins, fomos obrigados a convocar uma entrevista coletiva para dar algum tipo de declaração. Venha até aqui para decidirmos o que dizer.

Cinco minutos mais tarde, no escritório de Stevens, os dois discutiam a melhor maneira de divulgar a notícia.

— Estamos talvez diante de um assassino em série. Precisamos fazer com que o cara se sinta seguro — declarou Sam. — Devemos nos limitar aos fatos. A morte de Alison Kendall foi causada por um afogamento acidental. Mesmo sabendo que quatro outras mulheres que foram suas amigas íntimas estão mortas, a polícia de Los Angeles não vê nada de suspeito na sua morte. Laura Wilcox telefonou ao hotel para informar que ainda não definira seus planos. A informação de que sua voz parecia nervosa não passa de conjetura de uma empregada do hotel. Ela é uma mulher adulta com direito à privacidade e é assim que deve ser tratada. Estamos investigando as mortes das outras mulheres que partilhavam a mesa de almoço anos atrás, mas é óbvio que os acidentes que lhes custaram a vida... ou, no caso de Gloria Martin, o suicídio... não indicam um padrão que sugira um assassino em série.

— Uma declaração desse tipo nos fará parecer incrivelmente ingênuos — disse Rich Stevens, em tom seco.

— *Quero* que nos achem ingênuos. Quero que quem estiver por trás dessa história acredite que somos um bando de idiotas. Se Laura ainda continuar viva, não quero que o culpado entre em pânico antes de conseguirmos salvá-la.

Alguém bateu à porta. Um dos novos jovens investigadores estava visivelmente excitado.

— Senhor, examinamos os dossiês de todos os ex-alunos de Stonecroft que participaram do encontro e talvez haja algo em relação a um deles, Joel Nieman.

— O que descobriram sobre ele? — perguntou Stevens.

— Quando estava no último ano, foi interrogado sobre a violação do armário de Alison Kendall. Os parafusos tinham sido retirados das dobradiças e a porta caiu em cima dela no momento em que tentou abri-la, derrubando-a. A jovem teve uma leve concussão.

— Por que suspeitaram dele? — perguntou Sam.

— Porque estava furioso com o que ela escrevera no jornal da escola. A peça de teatro de fim de curso era *Romeu e Julieta*. Nieman fazia o papel de Romeu e Kendall usou palavras muito indelicadas para dizer que ele não tinha capacidade de decorar sua fala. Ele se orgulhava de saber Shakespeare de cor, e espalhou pela escola inteira o que gostaria de fazer com ela. Disse a todo mundo que apenas tivera um branco durante dois segundos e que isso não significava que tivesse esquecido sua fala. Logo depois, a porta caiu na cabeça de Alison. E não é só isso. Ele tem um temperamento terrível e foi interpelado após duas brigas em bares. No ano passado, por pouco não foi indiciado por fraude na contabilidade de sua empresa, e além disso sua esposa está ausente a maior parte do tempo, como agora.

— Monsenhor Dillon e eu reparamos que a pessoa que envia os faxes para Jean com ameaças a Lily citou um soneto obscuro de Shakespeare — lembrou Sam.

Ele se levantou.

— Romeu, Romeu, por que és tu, Romeu?

Quando Rich Stevens e o jovem investigador o olharam estupefatos, Sam explicou:

— É exatamente o que vou descobrir agora. Depois veremos quais outros versos de Shakespeare Joel Nieman será capaz de citar para nós.

48

ÀS 6H30, O CORUJA voltou e subiu a escada sem fazer barulho. Dessa vez Laura percebera sua presença ou pressentira que ele viria visitá-la, pois já tremia quando ele entrou no quarto e direcionou para ela o facho da lanterna.

— Olá, Laura — sussurrou. — Contente com minha volta?

Ela respirava com dificuldade. Ele percebeu que ela tentava se encolher no fundo do colchão.

— Laura, responda. Venha cá, vou desamarrar essa mordaça. Melhor ainda, vou tirá-la. Trouxe algo para você comer. Agora me diga, está contente com minha volta?

— Ss...sim, estou contente — murmurou.

— Laura, você está gaguejando. Isso me deixa muito surpreso. Você ri das pessoas que gaguejam. Mostre-me como ri delas. Não, deixe pra lá. Não posso me demorar. Trouxe um sanduíche de manteiga de amendoim com geléia e um copo de leite. Era o que você comia todos os dias na escola. Ainda se lembra?

— Sim... sim.

— Que bom que ainda se lembra. É importante não esquecermos o passado. Agora pode usar o banheiro. Depois, coma seu sanduíche e tome o copo de leite.

Com um gesto ligeiro, puxou-a para que se sentasse e cortou a corda que prendia seus pulsos. O movimento foi tão rápido que Laura se desequilibrou e estendeu a mão. Quase sem querer, agarrou o braço do Coruja.

Ele reteve um grito de dor e cerrou o pulso, como se quisesse atingi-la, mas logo se conteve.

— Você não podia saber que meu braço está machucado, por isso não vou usá-lo contra você. Mas não me toque nunca mais. Entendeu?

Laura assentiu com um movimento de cabeça.

— Levante-se. Depois de usar o banheiro, pode se sentar na cadeira e comer.

Com passos vacilantes, Laura obedeceu. A luz de uma lamparina acesa no banheiro permitiu-lhe enxergar a torneira da pia e abri-la. Com um gesto apressado, borrifou água no rosto, lavou as mãos e puxou os cabelos para trás. Se eu pelo menos conseguir me manter viva, pensou. Devem estar à minha procura. Por piedade, meu Deus, faça com que estejam à minha procura.

A maçaneta da porta do banheiro girou.

— Laura, está na hora.

Está na hora. Ele a mataria agora? Deus... eu suplico...

A porta se abriu. O Coruja apontou uma cadeira ao lado da penteadeira. Lentamente e em silêncio, Laura dirigiu-se até ela e sentou-se.

— Vamos — ordenou ele. — Coma.

Pegou a lanterna e direcionou o facho para o pescoço de Laura, a fim de estudar sua expressão sem cegá-la. Ficou contente ao ver que ela voltara a chorar.

— Está morrendo de medo, não é mesmo, Laura? E aposto que está se perguntando como fiquei sabendo que você ria de mim. Vou lhe contar uma história. Há exatamente vinte anos formávamos um grupo de estudantes que se reuniu uma noite, na saída de suas diferentes faculdades. Para ir a uma festa. Como você sabe, nunca fiz parte do grupo, daquele círculo restrito. Nem pensar. No entanto, por uma razão qualquer, fui convidado para a tal festa e você estava lá. Encantadora Laura. Naquela noite vi que estava sentada no colo de sua mais recente conquista, Dick Gormley, nosso antigo astro do beisebol. Meu coração se partiu, Laura, tamanha era minha paixão por você. Alison também estava na festa, claro. Completamente bêbada. Veio ao meu encontro. Nunca gostei dela. Para falar a verdade, eu tinha medo da língua dela... afiada como navalha quando se voltava contra alguém. Ela me lembrou que, no início de nosso último ano, tive a ousadia de convidar você para sair. "Você..." disse ela na ocasião, com um riso de desprezo. "O Coruja que queria sair com Laura". E Alison então me mostrou como você me imitava na peça que apresentamos no fim do curso. "Sou ummmmma... cococoruja... e... e... vivo... nunununuma...." Laura, sua imitação deve ter sido realmente perfeita. Alison me garantiu que as colegas que almoçavam com você morriam de rir cada vez que lembravam da história. E depois você ainda falou que mijei nas calças em pleno palco antes de sair correndo. Você mesma contou essa história para elas.

Laura apenas beliscou o sanduíche. Ele logo a viu largá-lo no colo.

— Desculpe...

— Laura, você ainda não entendeu que viveu vinte anos a mais do que devia. Vou lhe explicar por quê. Na noite da festa eu estava bêbado também. Tão bêbado que esqueci que você tinha mudado de casa. Vim aqui naquela noite para matá-la.

Eu sabia que sua família guardava uma cópia da chave embaixo daquela pedra decorativa em feitio de coelho. Os novos moradores a deixavam ali, também. Entrei na casa e subi até este quarto. Vi longos cabelos esparramados no travesseiro e pensei que fosse você. Laura, cometi um erro quando apunhalei Karen Sommers. Eu estava matando *você*! Na manhã seguinte, acordei com uma vaga lembrança de ter estado aqui. Então descobri o que acontecera e percebi que tinha ficado famoso.

A voz do Coruja tornou-se estridente com a excitação provocada pela lembrança.

— Eu não conhecia Karen Sommers. Ninguém poderia sequer pensar em estabelecer uma relação entre meu nome e o dela, mas esse erro me liberou. Naquela manhã, compreendi que possuo o poder da vida e da morte. E o tenho exercitado desde então. Desde então, Laura. Com mulheres de todo o país.

Levantou-se. Os olhos de Laura estavam arregalados de medo; sua boca continuava aberta, o sanduíche no colo. Ele aproximou-se.

— Agora preciso ir, mas pense em mim, Laura. Pense na sorte que teve ao receber um bônus de vinte anos de vida.

Com movimentos rápidos e bruscos, amarrou as mãos de Laura, cobriu sua boca com a mordaça, arrancou-a da cadeira, empurrou-a de volta para a cama e passou a longa corda ao redor de seu corpo.

— Tudo começou neste quarto, e é neste quarto que tudo acabará, Laura — anunciou. — A etapa final do plano está pronta para se desenrolar. Tente adivinhar qual será.

Ele saiu. Do lado de fora surgia a lua e, da cama, Laura conseguia distinguir a forma vaga do telefone celular deixado em cima da penteadeira.

49

ÀS 18H30 JEAN ESTAVA em seu quarto no hotel quando recebeu o telefonema que esperava ansiosa. Era de Peggy Kimball, a enfermeira de dr. Connors na época em que freqüentava seu consultório.

— Sua mensagem dizia que o assunto era urgente, srta. Sheridan. De que se trata?

— Peggy, nos conhecemos vinte anos atrás. Eu era paciente do dr. Connors, e ele tratou da adoção de meu bebê. É sobre isso que preciso lhe falar.

Peggy Kimball permaneceu em silêncio durante um longo tempo. Jean podia ouvir vozes de crianças ao fundo.

— Sinto muito, srta. Sheridan — desculpou-se Kimball, sem rodeios. — Não tenho condições de discutir as adoções intermediadas pelo dr. Connors. Se sua intenção é localizar sua filha, deve seguir os meios legais disponíveis.

Jean sentiu que Kimball queria desligar.

— Já entrei em contato com Sam Deegan, um investigador do gabinete do promotor público — explicou depressa. — Recebi três mensagens anônimas que só podem ser interpretadas como ameaças à minha filha. Seus pais adotivos precisam ser avisados para que possam protegê-la. Por favor, Peggy. Você foi muito simpática comigo naquela época. Ajude-me agora, eu lhe imploro.

Foi interrompida por um grito alarmado de Peggy Kimball:

— Tommy, já lhe falei! Não mexa nesse prato!

Jean ouviu um ruído de louça quebrada.

— Oh, meu Deus — exclamou Peggy Kimball com um suspiro. — Escute, srta. Sheridan, estou tomando conta de meus netos. Não posso falar agora.

— Peggy, podemos nos encontrar amanhã? Quero lhe mostrar os faxes que recebi com as ameaças. Pode pedir referências minhas. Sou professora e responsável pelo departamento de história em Georgetown. Vou lhe passar o número de telefone do reitor da universidade. O de Sam Deegan também.

— Tommy, Betsy, não se aproximem dos cacos! Espere um instante. Você por acaso é a Jean Sheridan que escreveu o livro sobre Abigail Adams?

— Sim.

— Oh, mal posso acreditar! Adorei seu livro. Sei tudo a seu respeito. Eu a vi no programa *Today* com Katie Couric. Vocês duas podiam ser irmãs. Ainda estará no Glen-Ridge amanhã de manhã?

— Estarei, claro.

— Trabalho no serviço neonatal do hospital. O Glen-Ridge fica no meu caminho. Não acredito que possa ajudá-la, mas podemos nos encontrar para um café por volta das 10 horas?

— Com muito prazer — disse Jean. — Muito obrigada, Peggy, muito obrigada.

— Telefonarei da recepção — concluiu Peggy rapidamente, para depois sua voz se tornar severa:

— Betsy, já avisei! Não puxe os cabelos de Tommy. Oh, meu Deus! Desculpe, Jean, isto aqui está virando uma verdadeira luta livre. Até amanhã.

Jean desligou lentamente o telefone. A confusão está grande por lá, pensou, mas ainda que pareça estranho, invejo Peggy Kimball. Invejo os problemas normais de pessoas normais. Pessoas que tomam conta de netos, que precisam limpar bebês emporcalhados, comida derramada, pratos quebrados. Pessoas que podem ver e tocar suas filhas e dizer-lhes que dirijam com cuidado e que voltem para casa à meia-noite.

Estava sentada diante da pequena escrivaninha de seu quarto de hotel quando Kimball telefonou. Espalhadas à sua frente estavam as listas de nomes que tentava elaborar, a maioria de pessoas que a tinham auxiliado na clínica de repouso e também de professores da universidade de Chicago, onde fizera vários cursos extracurriculares durante seu tempo livre.

Agora massageava as têmporas, na esperança de fazer sumir um início de dor de cabeça. Dentro de uma hora, às 19h30, a pedido de Sam, se reuniriam em um restaurante privado no mezanino do hotel. Os convidados eram os homenageados Gordon, Carter, Robby, Mark e eu, pensou Jean, além de Jack, claro, o organizador daquele maldito encontro de ex-alunos. O que Sam espera conseguir ao nos reunir de novo?

Percebeu que desabafar com Mark lhe proporcionara um grande alívio. Havia espanto no olhar dele quando perguntou:

— Quer dizer então que no dia de sua formatura, aos 18 anos, quando subiu ao palco para receber sua medalha de História e uma bolsa de estudos para Bryn Mawr, você já sabia que esperava um filho e que o amor de sua vida estava dentro de um caixão?

— Não espero elogio nem censura por isso — respondera.

— Pelo amor de Deus, Jean. Não quero elogiar nem censurar você — replicara ele. — Mas que provação! Eu costumava caminhar por West Point e vi você uma ou duas vezes com Reed Thornton, mas não podia imaginar que houvesse algo mais que uma simples amizade. O que você fez depois da entrega dos diplomas?

— Almocei com meu pai e minha mãe. Foi uma verdadeira comemoração. Eles tinham cumprido sua obrigação para comigo e podiam por fim se separar com a consciência tranqüila. Quando saímos do restaurante, fui até West Point. A missa e o funeral de Reed tinham sido realizados de manhã.

Depositei em seu túmulo as flores recebidas de meus pais na cerimônia de formatura.

— E pouco depois encontrou o dr. Connors pela primeira vez?

— Na semana seguinte.

— Jeannie — dissera Mark —, sempre tive a impressão de que, como eu, você era uma espécie de sobrevivente, mas não consigo imaginar o que suportou sozinha durante esse período.

— Sozinha não. Suponho que alguém já sabia de meu segredo ou o descobriu naquela época.

Ele balançara a cabeça.

— Li muita coisa sobre sua vida profissional, mas praticamente nada sobre o lado pessoal. Há ou houve alguém em especial em quem você tenha confiado?

Jean pensou na resposta que dera.

— Mark, lembre-se do que diz o poema de Robert Frost: "Mas tenho promessas a cumprir e milhas a percorrer antes de adormecer..." De certo modo, é assim que me sinto. Até hoje, sempre que precisei falar sobre Lily, nunca houve alguém a quem eu tenha tido realmente vontade de contar sobre ela. Minha vida é completa. Adoro meu trabalho e adoro escrever. Tenho muitos amigos, homens e mulheres. Mas devo ser sincera. Sempre tive a sensação de que algo em minha vida deixou de ser resolvido. Tenho a impressão de que, de certo modo, minha vida se manteve em suspenso. Algo precisa ser encerrado antes de eu deixar esta etapa para trás. Acho que começo a compreender a razão disso. Ainda me pergunto se eu não devia ter ficado com minha filha e agora, que ela talvez precise de mim e que me sinto tão impotente, quero fazer voltar o tempo e ter a oportunidade de ficar com ela.

Percebera então a expressão do rosto de Mark. *Ou você está inventando um cenário por causa de sua necessidade de encontrá-la?*

Ele poderia ter soltado essa pergunta, mas limitou-se a dizer:

— Jean, é claro que sua busca deve continuar, e fico feliz que Sam Deegan se disponha a ajudá-la, pois é evidente que você está sendo perseguida por um indivíduo desequilibrado. No entanto, como psiquiatra, devo aconselhá-la a ter muito cuidado. Se, por causa dessas ameaças implícitas, lhe for franqueado o acesso a registros confidenciais, você corre o risco de se intrometer na vida de uma jovem que pode não estar preparada ou não ter vontade de conhecer *você.*

— Acredita que enviei os faxes para mim mesma, não é isso? — perguntou Jean, com um sobressalto, lembrando-se de como ficara furiosa ao perceber que algumas pessoas chegavam a essa conclusão.

— Claro que não — cortara Mark prontamente. — Mas me responda uma coisa: se você recebesse uma ligação neste exato momento pedindo-lhe para encontrar Lily, você iria?

— Claro que sim.

— Jean, ouça o que vou lhe dizer. A pessoa que, de algum modo, descobriu a existência de Lily pode estar deliberadamente atiçando você para que deixe de lado toda a cautela e corra ao seu encontro. Jean, tome cuidado. Laura desapareceu. As outras garotas de sua mesa estão mortas.

Nesse ponto ele a deixara.

Jean levantou-se. Devia descer para o jantar em quarenta minutos. Talvez uma aspirina acabasse com sua dor de cabeça e um banho quente a deixasse revigorada.

O telefone tocou às 19h10, no momento em que saía da banheira. Hesitou um instante até decidir atendê-lo, mas logo pegou uma toalha e correu para o quarto.

— Alô?

— Alô, Jeannie — respondeu uma voz alegre.

Laura! Era Laura.

— Laura, onde você está?

— Num lugar em que estou me divertindo muito. Jeannie, diga a esses tiras que peguem suas coisas e vão embora. Tenho passado momentos maravilhosos. Ligarei de novo qualquer hora dessas. Tchau, querida.

50

NO FIM DA TARDE de segunda-feira, Sam foi interrogar Joel Nieman no seu escritório em Rye, Nova York.

Após fazê-lo esperar na recepção por quase meia hora, Nieman convidou-o para entrar em seu luxuoso escritório particular. Sua atitude deixou transparecer o quanto a interrupção o desagradava.

Ele não tem muito a ver com Romeu, pensou Sam, enquanto estudava o rosto rechonchudo de Nieman e seus cabelos pintados de ruivo.

Nieman rejeitou com um gesto a idéia de que teria proposto um encontro com Laura durante a reunião de ex-alunos.

— Ouvi no rádio esse disparate sobre o assassino da mesa do refeitório — antecipou-se. — Aquele garoto repórter, Perkins, foi quem inventou essa história, eu acho. Deviam botar uma focinheira no cara e deixá-lo dentro de casa até que cresça. Escute, estudei na mesma turma dessas garotas. Conheci todas elas. Pensar que as mortes têm alguma relação entre si é um absurdo. Comece com Catherine Kane. Seu carro derrapou e caiu no Potomac quando estávamos no primeiro ano da faculdade. Catherine sempre dirigiu depressa demais. Veja o número de multas por excesso de velocidade que recebeu no último ano em Cornwall e entenderá o que quero dizer.

— Pode ser — argumentou Sam —, mas não acha espantoso que um raio caia no mesmo lugar não duas, mas *cinco* vezes?

— Sem dúvida. É arrepiante pensar que cinco colegas tenham morrido, mas eu poderia lhe apresentar o rapaz que faz a manutenção de nossos computadores. A mãe e a avó dele morreram de ataque cardíaco no mesmo dia, com trinta anos de diferença. Um dia após o Natal. Talvez tenham se dado conta da fortuna gasta com presentes e o choque tenha acabado com elas. Pode ter sido isso, não acha?

Sam olhou para Joel Nieman com profundo desprezo, mas ao mesmo tempo teve a sensação de que sua arrogância escondia um certo embaraço.

— Sei que sua esposa deixou a reunião sábado de manhã para fazer uma viagem de negócios.

— Isso mesmo.

— Ficou sozinho em casa sábado à noite, após o jantar, sr. Nieman?

— Na verdade, sim. Toda aquela lengalenga me deixou com sono.

Esse cara não é do tipo que vai para casa sozinho quando a mulher não está, pensou Sam. Deu um tiro no escuro:

— Sr. Nieman, alguém o viu sair do estacionamento com uma mulher dentro do carro.

Joel Nieman ergueu as sobrancelhas.

— Bem, talvez eu tenha saído com uma mulher, mas ela estava longe de ter 40 anos. Sr. Deegan, se está querendo me envolver em um escândalo porque Laura se mandou com um cara qualquer e ainda não apareceu, sugiro que procure meu advogado. E agora me desculpe, por favor, pois tenho vários telefonemas a dar.

Sam levantou-se e dirigiu-se para a porta, sem nenhuma pressa. Ao passar diante da estante de livros, parou e olhou a prateleira do meio.

— O senhor tem uma bela coleção de Shakespeare, sr. Nieman.

— Sempre gostei de ler o Bardo.

— Ouvi dizer que o senhor fez o papel de Romeu na apresentação de final de curso em Stonecroft.

— É verdade.

Sam escolheu as palavras com cuidado.

— Não foi Alison Kendall quem criticou sua apresentação?

— Ela disse que esqueci minha fala, mas não foi verdade. Tive apenas um ou dois momentos de nervosismo no palco. Só isso.

— Alison sofreu um acidente na escola poucos dias após a apresentação da peça, certo?

— Certo. Nunca esqueci como foi. A porta do armário caiu em cima dela. Todos os rapazes foram interrogados na ocasião. Sempre pensei que deviam ter questionado as moças também. Muitas não a suportavam. Escute, isso não vai levá-lo a nada. Como lhe disse, eu apostaria meu último dólar como as outras quatro mortes das colegas de mesa foram acidentais. Não há absolutamente nenhuma relação entre elas. Por outro lado, Alison era uma peste quando criança. Não tinha consideração por ninguém. Pelo que li a seu respeito, ela jamais mudou. Posso entender que alguém tenha decidido que ela já nadara o suficiente no dia em que se afogou.

Caminhou até a porta e abriu-a com um gesto deliberado.

— Apresse a saída dos convidados — citou. — Isso é Shakespeare, também.

Sam se esforçou para ser profissional o suficiente para não permitir que seu rosto demonstrasse exatamente o que pensava de Nieman e de seu desdém pela morte de Alison Kendall.

— Há também um provérbio dinamarquês que diz que peixe e visitas em três dias fedem — observou.

Especialmente visitas mortas, disse para si mesmo.

— Provérbio que se tornou mais famoso parafraseado por Benjamin Franklin — acrescentou depressa Joel Nieman.

— Conhece a citação de Shakespeare sobre lírios mortos? — perguntou Sam. — Segue mais ou menos a mesma veia.

O riso de Nieman parecia um latido desagradável e sem nenhuma alegria.

— Lírios que apodrecem cheiram pior que erva daninha. É um verso de um de seus sonetos. Claro que conheço. Na verdade, penso nele com freqüência. Minha sogra se chama Lily.

SAM DIRIGIU DE RYE até o Glen-Ridge House mais depressa do que deveria, sem se importar com o ponteiro do velocímetro. Pedira que os homenageados e Jack Emerson o encontrassem para jantar às 19h30. Sua intuição o levava a crer que um dos cinco homens — Carter Stewart, Robby Brent, Mark Fleischman, Gordie Amory ou Emerson — tinha a chave para esclarecer o desaparecimento de Laura. Agora, após falar com Joel Nieman, não tinha tanta certeza.

Nieman admitira não ter ido para casa sozinho na noite do jantar. Em Stonecroft, fora o principal suspeito no incidente do armário. Por pouco não fora preso por agredir um outro homem durante uma briga em um bar. Não fizera nenhuma questão de esconder sua satisfação com a notícia da morte de Alison Kendall.

No mínimo, Joel Nieman merecia que ficassem de olho nele, raciocinou Sam.

Eram exatamente 19h30 quando Sam entrou no Glen-Ridge House. A caminho do restaurante, passou diante do onipresente Jake Perkins, esparramado em uma poltrona da recepção. Perkins levantou-se de um salto.

— Alguma novidade, senhor? — perguntou, alegre.

Se houvesse, você seria o último a saber, pensou Sam, porém conseguiu que sua voz não mostrasse sua contrariedade.

— Nada de especial, Jake. Por que não vai para casa?

— Irei daqui a pouco. Oh, lá está a dra. Sheridan. Gostaria de falar com ela por um instante.

Jean saía do elevador. Mesmo à distância, Sam percebeu que havia algo nela que sugeria angústia. Bastava ver a pressa com que atravessou o saguão rumo ao restaurante. Essa sensação de urgência fez com que ele próprio apertasse o passo para alcançá-la.

Encontraram-se na porta.

— Sam, tenho notícias de... — começou a dizer.

Ao perceber a presença de Jake Perkins, interrompeu a frase.

O repórter ouvira.

— Notícias de quem, dra. Sheridan? De Laura Wilcox?

— Vá embora — ordenou Sam com voz firme.

Segurou o braço de Jean, cruzou com ela a porta do restaurante e fechou-a em seguida.

Carter Stewart, Gordon Amory, Mark Fleischman, Jack Emerson e Robby Brent já os aguardavam. Um pequeno bar tinha sido montado, ao redor do qual se concentravam os cinco homens, com copos nas mãos. Todos se viraram quando a porta se fechou, mas quando perceberam a expressão de Jean, as boas-vindas que se preparavam para dar foram esquecidas.

— Acabo de ter notícias de Laura — informou. — Acabo de ter notícias de Laura.

No decorrer do jantar, o alívio inicial que todos sentiram começou a ser substituído pela incerteza.

— Fiquei perturbada ao ouvir a voz de Laura — contou Jean. — Mas ela desligou antes que eu pudesse perguntar alguma coisa.

— Achou que ela estava nervosa ou preocupada? — perguntou Jack Emerson.

— Não. Eu diria até que parecia eufórica. Mas não me deu chance de fazer uma única pergunta.

— Tem certeza de que era Laura?

Gordon Amory fez a pergunta que Sam sabia estar na mente de todos.

— *Acho* que era — respondeu Jean devagar. — No entanto, se você me pedisse para jurar que era Laura, eu não poderia. A voz *parecia* ser a dela, porém...

Hesitou.

— Um casal de amigos meus, da Virgínia, tem exatamente a mesma voz ao telefone. Estão casados há cinqüenta anos e não consigo saber com qual dos dois estou falando. Quando digo "Olá, Jane", David ri e responde "Adivinhe quem é!" Depois de trocar algumas palavras, é claro que consigo reconhecer as diferenças de entonação. Tive essa mesma sensação ao receber a ligação de Laura. A voz era a mesma, mas talvez não exatamente a mesma. Não falamos tempo suficiente para eu me certificar se era ela ou não.

Gordon Amory interrompeu:

— O caso é o seguinte: se o telefonema *foi* de Laura e se ela sabe que está sendo considerada desaparecida, por que não teria dado mais detalhes sobre seus planos? Eu não me surpreenderia se alguém como esse jovem Perkins bolasse algo desse tipo para apimentar sua matéria. Laura trabalhou em seriados de televisão durante dois anos. Ela tem uma voz característica. Talvez Perkins tenha pedido a algum estudante de teatro conhecido seu que imitasse a voz dela.

— O que acha, Sam? — perguntou Mark Fleischman.

— Se quiser minha opinião como policial, tenha ou não o telefonema sido dado por Laura Wilcox, ele não me satisfaz.

Fleischman concordou.

— É exatamente o que penso.

Carter Stewart cortava seu filé com determinação.

— Há outro fator que deve ser considerado. Laura é uma atriz em declínio. Fiquei sabendo que ela corre o risco de não ter nem onde morar.

Percorreu a mesa com o olhar e pareceu satisfeito de ver uma expressão de espanto no rosto de todos.

— Meu agente telefonou. Ele leu uma nota interessante na seção de negócios do *L.A. Times* de hoje. O fisco vai executar a casa de Laura para garantir o pagamento de impostos.

Interrompeu o que dizia para levar o garfo à boca, depois prosseguiu:

— O que significa que Laura pode estar desesperada. Publicidade é tudo para uma atriz. Publicidade boa ou má, na verdade tanto faz. O que importa é criar alguma coisa para manter o nome nas manchetes. Talvez seja esse o modo de ela manter o seu. Um desaparecimento misterioso. Um telefonema misterioso. Para ser sincero, acho que perdemos nosso tempo nos preocupando com ela.

— Nunca me passou pela cabeça que você se preocupasse com ela, Carter — comentou Robby Brent. — Acho que, além de Jean, a única pessoa que pode realmente estar apreensiva é nosso caro Jack Emerson. Estou certo, Jack?

— O que quer dizer com isso? — pensou Sam em voz alta.

Robby deu um sorriso inocente.

— Jack e eu combinamos visitar hoje de manhã um imóvel no qual eu pudesse investir, ou pelo menos pensar em investir, se não estivesse muito caro. Jack estava no telefone quando cheguei à sua casa, e enquanto esperava que ele acabasse a conversa com outras vítimas potenciais, dei uma olhada nas fotos que estavam no seu living. Uma de Laura tinha uma bela dedicatória sentimental, de exatamente duas semanas atrás. "Amor, beijos e abraços para meu colega predileto." Isso me faz pensar, Jack. Quantos beijos e abraços ela lhe deu durante o fim de semana? E quanto, continua a dar?

Por um instante Jean pensou que Jack Emerson agrediria Robby Brent. Emerson levantou-se de repente, bateu com as duas mãos na mesa e encarou Robby, à sua frente. Depois, com um terrível esforço para se controlar, cerrou os dentes e sentou-se de novo, devagar.

— Há uma senhora entre nós — disse com voz branda. — Se não fosse isso, eu usaria o tipo de linguagem que você entende melhor, sapo miserável. Talvez você tenha se dado bem na vida ridicularizando pessoas que conseguiram ser bem-sucedidas, mas para mim você continua a ser o mesmo idiota com cérebro de passarinho que não conseguia encontrar o caminho para o banheiro em Stonecroft.

Aflita com a troca de hostilidades, Jean varreu a sala com o olhar para se certificar de que nenhum garçom escutara a explosão de Emerson. Quando seus olhos chegaram à porta, percebeu que ela estava entreaberta. Não teve dúvida de quem estava do outro lado, anotando cada palavra do que estava sendo dito.

Trocou olhares com Sam Deegan. Sam levantou-se.

— Peço que me desculpem, mas devo recusar o café. Preciso retornar uma ligação.

51

PEGGY KIMBALL ERA corpulenta, beirava os 60 anos e emanava um ar de cordialidade e inteligência. Seus cabelos grisalhos eram naturalmente ondulados; a pele do rosto sedosa, a não ser pelas finas rugas que exibia ao redor da boca e dos olhos. Jean teve a imediata sensação de que Peggy era uma pessoa sensata e que não se perturbaria por pouca coisa.

Ambas recusaram o cardápio e pediram café.

— Faz uma hora que minha filha pegou as crianças — informou Peggy. — Tomei chocolate com cereais com elas às sete horas, ou teria sido às 6h30? — continuou, com um sorriso. — Você deve ter pensado que estávamos em pleno apocalipse lá em casa, ontem à noite.

— Dou aula no primeiro ano de faculdade e às vezes tenho a sensação de que os alunos são verdadeiras crianças. Com certeza conseguem fazer mais barulho que elas.

A garçonete serviu o café. Peggy Kimball olhou Jean bem de frente, já sem o ar brincalhão.

— Lembro-me de você, Jean. O dr. Connors tratou de diversas adoções para jovens na sua situação. Tive pena de você, porque era uma das poucas que sempre iam ao consultório sozinhas. As outras estavam em geral acompanhadas de algum parente ou de outra pessoa adulta, às vezes do próprio pai do bebê, que com freqüência era também um jovem tão assustado quanto a mãe.

— Isso pertence ao passado — considerou Jean, com calma. — Estamos aqui porque sou uma pessoa adulta preocupada com a garota de 19 anos de idade que é minha filha e que talvez precise de ajuda.

Sam Deegan ficara com os originais dos faxes, mas ela tinha uma cópia, e também do relatório de DNA, que confirmava que os fios de cabelo encontrados na escova pertenciam a Lily. Tirou-as da bolsa e mostrou-as a Kimball.

— Peggy, digamos que fosse sua filha. Você não ficaria em pânico? Não consideraria tudo isso uma ameaça? — perguntou, olhando-a nos olhos.

— Sim, claro.

— Peggy, sabe quem adotou Lily?

— Não.

— Um advogado deve ter tratado da papelada. Sabe quem foi ou qual escritório de advocacia o dr. Connors usava?

Peggy Kimball hesitou, depois respondeu, com voz tranqüila.

— Duvido que houvesse um advogado envolvido no caso, Jean.

Tem alguma coisa que ela está com medo de me contar, pensou Jean.

— Peggy, o dr. Connors pegou o avião para Chicago poucos dias antes do fim de minha gravidez, induziu o parto e levou Lily algumas horas depois. Sabe se ele registrou o nascimento em Chicago ou aqui, quando voltou?

Kimball olhou, pensativa, para a xícara de café que segurava entre as mãos, depois voltou a atenção para Jean.

— Não conheço seu caso específico, Jean, porém sei que às vezes o dr. Connors registrava o nascimento diretamente no nome dos pais adotivos, como se a mulher fosse a mãe biológica.

— Mas isso é ilegal — protestou Jean. — Ele não tinha o direito de fazer uma coisa dessas.

— Sei que não, e no entanto o dr. Connors tinha um amigo que sabia ter sido adotado e que passou toda a sua vida adulta tentando encontrar os pais verdadeiros. Isso tornou-se uma obsessão para ele, ainda que fosse profundamente amado pelos pais adotivos, que o tratavam exatamente igual aos outros filhos. O dr. Connors afirmava que tinha sido um erro terem lhe contado sobre a adoção.

— Está querendo dizer então que pode não ter havido uma certidão de nascimento original nem o envolvimento de um advogado? Lily deve acreditar que as pessoas que a adotaram são seus pais verdadeiros!

— É possível, sobretudo porque o dr. Connors foi a Chicago especialmente para fazer o parto. Ao longo dos anos, ele encaminhou várias jovens para aquele local. Isso em geral significava que ele omitia o nome da mãe natural no registro. Jean, há outra coisa que você precisa levar em consideração. O nascimento de Lily pode não ter sido necessariamente registrado aqui ou em Chicago. Pode ter sido considerado "parto em casa" em Connecticut ou New Jersey, por exemplo. O dr. Connors era muito conhecido na região por arranjar adoções particulares.

Ela estendeu o braço e, num impulso, segurou a mão de Jean.

— Jean, você conversou comigo na ocasião. Lembro-me de tê-la ouvido dizer que torcia para que seu bebê fosse feliz e amado, e que esperava que ele crescesse com um pai e uma mãe que fossem malucos um pelo outro e que considerassem a criança o centro do mundo. Estou certa de que falou a mesma coisa para o dr. Connors. Talvez, de certo modo, ele pensasse estar realizando seu desejo de poupar Lily da curiosidade de encontrá-la.

Jean teve a impressão de que pesadas portas de ferro se fechavam de repente bem na sua cara.

— Só que agora *preciso* encontrá-la — disse devagar, com a garganta apertada. — *Preciso* encontrá-la. Peggy, você deu a entender que o dr. Connors não tratava todas as adoções do mesmo modo.

— Exatamente.

— Então usava um advogado para algumas?

— Sim. Usava os serviços do advogado Craig Michaelson. Ele ainda está em atividade, mas mudou-se há anos para Highland Falls. Você sabe onde é, tenho certeza.

Highland Falls era a cidade mais próxima de West Point.

— Claro que sei — confirmou Jean.

Peggy tomou um último gole de café.

— Preciso ir. Devo estar no hospital dentro de meia hora — desculpou-se. — Gostaria de ter podido ajudar mais, Jean.

— Talvez ainda possa. O certo é que alguém descobriu a verdade sobre Lily e talvez isso tenha acontecido ainda durante minha gravidez. Havia alguém mais trabalhando no consultório do dr. Connors que pudesse ter pesquisado os registros?

— Não — respondeu Peggy. — O dr. Connors mantinha seus arquivos fechados a chave.

A garçonete trouxe a conta. Jean assinou-a e, lado a lado, as duas se dirigiram para o saguão. Jack Emerson estava sentado em uma poltrona perto do balcão da recepção e tinha um jornal aberto sobre os joelhos. Fez um sinal com a cabeça para Jean no momento em que ela parou na porta para se despedir de Peggy, depois interceptou seu caminho quando ela tomou a direção do elevador.

— Jean, mais alguma notícia de Laura?

— Não.

Ela estava curiosa para saber por que Jack Emerson aparecera no hotel. Com certeza após a desagradável discussão da véspera à mesa de jantar ele não teria vontade de cruzar com Robby Brent. Então, quando ele falou, ela se perguntou se ele conseguira ler seus pensamentos.

— Peço desculpas pela discussão com Robby ontem à noite. Espero que entenda que ele fez uma insinuação maldosa. Não pedi aquela foto a Laura. Eu tinha escrito convidando-a para fazer parte do grupo de homenageados, e ela mandou a foto com um bilhete dizendo que aceitava. É provável que tenha distribuído mil fotos dessas, escrevendo em todas a mesma dedicatória contendo abraços, beijos e muito amor.

Jack Emerson estaria atento, querendo descobrir se ela engolira a explicação sobre a foto no seu *living*? Jean não tinha certeza.

— Talvez você tenha razão — comentou, com ar indiferente. — E agora me desculpe, preciso correr.

A curiosidade, no entanto, levou a melhor e ela hesitou.

— Você parece estar esperando alguém.

— Gordie, isto é, *Gordon*, me pediu que o levasse para visitar algumas propriedades. Ele não gostou do que os figurões do Country Club lhe mostraram ontem. Tenho a exclusividade de um ou dois locais que seriam perfeitos para a sede de uma empresa.

— Boa sorte. Oh, o elevador chegou. Até logo, Jack.

Jean encaminhou-se rapidamente para o elevador e esperou que as pessoas saíssem. Gordon Amory foi o último.

— Soube mais alguma coisa de Laura? — perguntou, apressado.

— Não.

— Qualquer novidade, me avise.

Jean entrou no elevador e apertou o botão de seu andar. Craig Michaelson, pensou. Ligo para ele assim que chegar ao quarto.

QUANDO DEIXOU O HOTEL, Peggy Kimball entrou no carro e afivelou o cinto de segurança. Com o cenho franzido pela concentração, tentou lembrar quem era o homem que cumprimentara Jean Sheridan no saguão. Mas é claro, disse para si mesma. Era Jack Emerson, o sujeito que fez fortuna no ramo imobiliário e que comprou o terreno depois que nosso prédio foi destruído pelo fogo há dez anos.

Ligou o carro. Jack Emerson, murmurou, com desprezo. Houve um boato, na época, de que ele poderia ter algo a ver com o incêndio. Ele não apenas queria o terreno; também conhecia o prédio como a palma de sua mão. Durante o curso secundário, ele se mantinha com o dinheiro que ganhava trabalhando duas noites por semana com a equipe de limpeza. Será que ele trabalhava no prédio na época em que Jean consultava o dr. Connors?, pensou Peggy. Sempre marcávamos hora no início da noite para as jovens na situação dela, para evitar que encontrassem outros pacientes. Emerson pode ter reconhecido Jean e tirado suas conclusões.

Saiu lentamente do estacionamento. Jean queria saber quem mais teria trabalhado no consultório, refletiu. Talvez valesse a pena mencionar o nome de Jack Emerson, ainda que ela tivesse absoluta certeza de que nem ele nem ninguém poderia ter consultado os arquivos trancados a chave.

52

O MANDADO QUE AUTORIZAVA Sam Deegan a verificar os registros telefônicos que mostrariam a área de onde se originara a ligação de Laura para Jean teve um resultado exatamente igual ao da véspera. A segunda ligação de Laura fora feita também de um telefone celular que podia ser comprado com crédito de cem minutos de chamadas e que não exigia um nome de assinante.

Às 11h15 de terça-feira, Sam estava no gabinete do promotor público e relatava a situação.

— Não é o mesmo telefone que Laura Wilcox usou domingo à noite — explicou a Rich Stevens. — Este foi comprado no condado de Orange. Tem o prefixo 845. Eddie Zarro saiu para verificar os locais na área de Cornwall que vendem esse tipo de celular. É claro que ele foi desligado em seguida, exatamente como o que Laura usou para telefonar para a recepção do Glen-Ridge domingo à noite.

O procurador girava uma caneta entre os dedos.

— Jean Sheridan parece não estar 100% certa de que falou com Laura Wilcox.

— É verdade.

— E a enfermeira... como é mesmo o nome dela, Peggy Kimball?... contou para Jean Sheridan que o dr. Connors pode ter conseguido uma adoção particular ilegal para o bebê?

— É o que a sra. Kimball imagina.

— Conseguiu alguma informação sobre os registros de batismo com o pároco de St. Thomas?

— Por enquanto está tudo na estaca zero. Minha equipe conseguiu falar com paroquianos que batizaram suas filhas durante aquele período de três meses, mas em nenhum caso alguém admitiu que o bebê tivesse sido adotado. O padre, monsenhor Dillon, agiu com inteligência. Falou com alguns dos conselheiros paroquiais antigos, que já estavam lá vinte anos atrás. Eles conheciam famílias que tinham adotado crianças, mas nenhuma tem uma filha com 19 anos hoje.

— Monsenhor Dillon continua a pesquisar?

Sam passou a mão na cabeça e lembrou-se de como Kate costumava dizer-lhe que esse gesto fazia enfraquecer a raiz dos cabelos. Creditou à fadiga o fato de seu pensamento pular de Kate para Alice Sommers. Tinha a sensação de que fazia duas semanas que a vira, não apenas dois dias. A verdade era que, desde sábado cedo, quando o desaparecimento de Helen Whelan foi comunicado, tudo acontecera no ritmo de um turbilhão incontrolável.

— Monsenhor Dillon continua a pesquisar os batismos, Sam? — insistiu Rich Stevens.

— Desculpe, Rich. Acho que estava com a cabeça no mundo da lua. A resposta é sim, e ele também ligou para algumas paróquias vizinhas e pediu uma verificação sigilosa nas anotações de cada uma. Se acharem algo que possa interessar, monsenhor Dillon nos informará e entraremos com um mandado para examinar os registros a fundo.

— E Jean Sheridan entrou em contato com Craig Michaelson, o advogado que tratou da parte legal de algumas adoções intermediadas pelo dr. Connors?

— Vai ao escritório dele às 14 horas.

— Qual é o próximo passo, Sam?

Foram interrompidos pela campainha do celular de Sam. Ele o tirou do bolso, olhou o número no visor e a expressão de cansaço desapareceu de repente de seu rosto.

— É Eddie Zarro — disse, apertando a tecla de falar.

— O que conseguiu, Eddie? — perguntou de pronto.

O promotor público percebeu espanto no rosto de Sam.

— Você só pode estar brincando. Meu Deus, me sinto um verdadeiro idiota. Por que não pensei nisso, e o que foi que esse fuinha descobriu? Sim, entendi. Encontro você no Glen-Ridge. Tomara que ele não tenha decidido ir embora hoje.

Sam fechou o aparelho e olhou para o chefe.

— Um telefone celular com crédito de 100 minutos foi comprado em uma loja de utilidades na Main Street, em

Cornwall, pouco depois das 19 horas de ontem. O vendedor se recorda muito bem de quem o comprou, porque já o viu na televisão. Foi Robby Brent.

— O comediante? Acha que ele e Laura Wilcox estão juntos?

— Não, senhor. Não acho. O empregado da loja observou Brent depois que ele saiu da loja. Ele parou na calçada e fez uma ligação. Segundo o tal empregado, foi exatamente na hora em que Jean Sheridan recebeu o telefonema supostamente dado por Laura Wilcox.

— Você quer dizer que pensa...

Sam interrompeu.

— Robby Brent é um comediante de primeira, mas acima de tudo é um imitador incomparável. Minha opinião é que ele imitou a voz de Laura na ligação para Jean Sheridan. Vou direto para o Glen-Ridge. Quero encontrar aquele idiota e pedir que me explique o que andou fazendo.

— Vá mesmo — concordou Rich Stevens. — É bom que ele tenha uma história muito boa para contar, caso contrário o acusaremos de dificultar uma investigação policial.

53

QUANTO TEMPO SE PASSARA? Laura tinha a impressão de que entrava e saía de um constante estado de profunda sonolência. Desde quando O Coruja estava lá? Ela não tinha certeza. Na noite anterior, mais ou menos na hora em que adivinhara que ele estaria de volta, algo acontecera. Ouvira sons na escada, depois uma voz... uma voz que ela conhecia.

— *Não!*

Depois a voz gritara o nome que ela estava proibida de sequer sussurrar.

Era de Robby Brent o grito e parecia dominado pelo pavor.

O Coruja teria atacado Robby na véspera?

Acho que sim, decidiu Laura, ao mesmo tempo que desejava mergulhar mais uma vez em um mundo no qual não precisasse lembrar que O Coruja poderia voltar e que numa das vezes em que voltasse pegaria o travesseiro, colocaria sobre seu rosto, apertaria e...

O que acontecera com Robby? Pouco depois de ouvir sua voz na noite anterior, O Coruja se aproximara dela e lhe dera algo para comer. Ele estava furioso, tão furioso que sua voz tremera ao contar que Robby Brent se fizera passar por ela ao telefone.

— Fiquei preocupado durante todo o jantar, imaginando se você conseguira de algum modo alcançar o telefone, mas logo o bom senso me disse que, se tivesse feito isso, teria ligado para a polícia, claro, e não para Jean, para dizer que estava bem. Eu desconfiava de Brent, Laura, mas como aquele jornalista bisbilhoteiro estava lá, pensei que ele estivesse aprontando alguma. Robby foi tão burro, Laura, tão burro. Ele me seguiu até aqui. Deixei a porta aberta e ele entrou. Oh, Laura, ele foi muito burro.

Sonhei tudo isso? perguntou Laura a si mesma, confusa. Inventei tudo isso?

Ouviu um clique. Seria uma porta? Fechou os olhos com força, congelada pelo pânico.

— Acorde, Laura. Levante a cabeça. Mostre que está contente com minha volta. Preciso falar com você e quero sentir que está interessada no que vou lhe dizer.

O Coruja falava depressa e alto.

— Robby suspeitou de mim e tentou me preparar uma armadilha. Não sei em que momento ele me pegou desprevenido, mas logo dei um jeito nele. Já lhe contei, Laura. Agora Jean esta chegando perto demais da verdade, mas sei o que posso fazer para enganá-la e depois lhe armar uma cilada. Você quer me ajudar, não é mesmo? *Não é mesmo*? — insistiu, aos gritos.

— Quero — sussurrou Laura, tentando tornar sua voz audível através da mordaça.

O Coruja pareceu se acalmar.

— Laura, sei que está com fome. Trouxe comida para você. Mas primeiro preciso lhe falar sobre Lily, a filha de Jean, e explicar por que você tem mandado mensagens contendo ameaças a ela. Você se lembra de ter mandado as ameaças, não é mesmo, Laura?

Jean... a filha dela... Laura olhou para ele, espantada.

O Coruja acendera a pequena lanterna e a colocara sobre a mesa de cabeceira, virada para ela. A luz iluminava seu pescoço e formava um halo na escuridão imediatamente ao redor. Ao erguer os olhos, pôde ver que ele a fitava imóvel, à beira da cama. Ele então levantou os braços.

— Eu me lembro — conseguiu balbuciar com dificuldade, esforçando-se para que ele ouvisse.

Lentamente, ele abaixou os braços. Laura fechou os olhos, fraca, porém aliviada. Quase chegara o seu fim. Ela não respondera com a rapidez que ele queria.

— Laura — murmurou. — Você ainda não entendeu. Sou uma ave de rapina. Quando algo me perturba, só existe um modo de eu reencontrar a calma. Não me tente com sua obstinação. Agora me diga o que vamos fazer.

A garganta de Laura estava seca. A mordaça pressionava sua língua. Além de estar com pés e mãos amortecidos, todos os músculos de seu corpo latejavam, contraídos pelo medo. Fechou os olhos, lutou para se concentrar.

— Jean... a filha dela... mandei ameaças.

Quando reabriu os olhos, a lanterna estava apagada. Não havia ninguém por perto. Ouviu o clique da porta. Ele se fora.

De algum lugar próximo chegava o leve aroma do café que ele esquecera de lhe dar.

54

O ESCRITÓRIO DO ADVOGADO Craig Michaelson estava localizado na Old State Road, a uma distância não maior que duas quadras do motel onde Jean e o cadete Carroll Reed Thornton tinham passado suas poucas noites juntos. Ao se aproximar do motel, Jean reduziu a velocidade e piscou repetidas vezes para conter as lágrimas.

A imagem de Reed era muito forte na sua mente, e a lembrança dos momentos passados ao seu lado, intensa. Parecia que se entrasse no quarto 108 ele estaria lá, esperando por ela. Reed, com seus cabelos louros e olhos azuis, os braços fortes que a envolviam e faziam-na sentir uma felicidade que em seus 18 anos de vida jamais imaginara possível.

"Sonho com Jeannie..."

Durante muito tempo após a morte de Reed ela acordava com essa canção na cabeça. Estávamos tão apaixonados, pensou. Ele era o Príncipe Encantado e eu, a Cinderela. Era bondoso e inteligente, com uma maturidade bem superior aos seus 22 anos. Amava a vida militar. Sempre me incentivava a escrever. Brincava comigo que um dia, quando fosse general, eu escreveria sua biografia. Quando lhe contei que estava grávida ficou preocupado, porque tinha certeza de qual seria a reação de seu pai a um casamento apressado. Depois, no entanto, falou:

— Vamos manter nossos planos, Jeannie, só isso. Não serei o primeiro de minha família a casar jovem. Meu avô se casou logo que acabou o curso em West Point, e minha avó tinha apenas 19 anos.

— Mas você me disse que seus avós se conheciam desde que eram crianças — argumentara. — Isso é muito diferente. Eles me verão como uma aproveitadora que engravidou só para obrigá-lo a se casar comigo.

Reed cobrira sua boca com a mão.

— Não quero mais ouvir essa bobagem — dissera, com energia. — Quando a conhecerem, meus pais vão adorá-la. A propósito, seria muito bom que me apresentasse logo a seu pai e sua mãe.

Eu pretendia já estar cursando a Bryn Mawr quando conhecesse os pais de Reed, pensou Jean. Meu pai e minha mãe estariam então separados. Se os pais de Reed os conhecessem separadamente, sem dúvida teriam gostado deles. Não precisariam saber de seus problemas.

Se Reed estivesse vivo.

Ou, ainda que tivesse morrido cedo, porém depois de nosso casamento, eu poderia ter ficado com Lily. Reed era filho único. Seus pais poderiam desaprovar nosso casamento, mas com certeza teriam ficado contentes de ter uma neta.

Foi uma perda enorme para todos nós, pensou Jean, com o coração apertado. Pisou fundo no acelerador e deixou o motel para trás.

O ESCRITÓRIO DE Craig Michaelson ocupava um andar inteiro de um prédio que não existia na época em que Jean e Reed namoravam. A recepção era acolhedora, com paredes de lambris e poltronas grandes e confortáveis, revestidas de um tecido com estampa de tapeçaria antiga. A julgar pela aparência, os negócios do escritório de advocacia Craig Michaelson vão de vento em popa, deduziu Jean.

Ela não sabia exatamente o que esperar. No trajeto de Highland Falls até Cornwall decidira que, se Michaelson tivesse participado do esquema do dr. Connors de registro irregular de nascimentos, ela estaria diante de um trapaceiro que com certeza se colocaria na defensiva.

Após uma demora de dez minutos, Craig Michaelson foi à recepção e acompanhou-a pessoalmente até seu escritório particular. Era um homem alto, de sessenta e poucos anos, constituição física grande e ombros um pouco caídos. Seus abundantes cabelos mais cinza-escuros do que prateados pareciam ter acabado de sair das mãos de um cabeleireiro. O terno cor de chumbo tinha um corte perfeito e era completado por uma discreta gravata cinza e azul. Tudo na sua aparência, assim como nos móveis e nos quadros que decoravam o escritório, passava a imagem de um homem discreto e conservador.

Jean se perguntou se não seria essa a pior situação possível. Se Craig Michaelson *não* estivesse envolvido na adoção de Lily, ela estaria de novo diante de um impasse na busca para encontrá-la.

Olhando o advogado de frente, contou-lhe sobre Lily e mostrou-lhe as cópias dos faxes e do resultado do exame de DNA. Falou também brevemente sobre sua própria vida, ressaltando com relutância seu posto na universidade, os títulos e prêmios que recebera, e o fato de, devido à grande vendagem de seu livro, seu sucesso financeiro ser comentado por toda a mídia.

Em nenhum momento Michaelson desviou os olhos do rosto de Jean, a não ser quando examinou os faxes. Sabia que ele a estudava, que tentava descobrir se o que ela dizia era verdade ou apenas uma bem tramada armação.

— Graças à enfermeira do dr. Connors, Peggy Kimball, sei que algumas das adoções arranjadas pelo médico foram ilegais — ressaltou. — O que preciso saber, e imploro que me responda, é o seguinte: o senhor participou da adoção de minha filha, ou sabe quem a adotou?

— Dra. Sheridan, quero em primeiro lugar deixar claro que jamais atuei em uma adoção que não seguisse rigorosamente o que determina a lei. Se em algum momento o dr. Connors transgrediu os preceitos legais, foi sem meu conhecimento ou envolvimento.

— Está dizendo então que, se tiver tratado da adoção de minha filha, ela foi registrada com meu nome como mãe e o nome de Carroll Reed Thornton como pai?

— O que estou dizendo é que todas as adoções de que tratei foram legais.

Os anos de convívio com alunos, alguns deles peritos na arte da dissimulação e das meias-verdades, tinham ensinado Jean a reconhecer à primeira vista esse tipo de comportamento que era o do advogado à sua frente.

— Dr. Michaelson, uma jovem de 19 anos pode estar em perigo neste momento. Se o senhor tratou do aspecto legal da adoção, sabe quem a adotou. Poderia tentar protegê-la agora. Acho que o senhor tem a obrigação moral de tentar protegê-la.

Foi a coisa mais errada que poderia ter dito. Por trás dos óculos de armação prateada, o olhar de Craig Michaelson congelou.

— Dra. Sheridan, a senhora insistiu que eu a recebesse hoje. Contou-me uma história cuja veracidade está apenas na sua palavra. Praticamente sugeriu que no passado infringi a lei, e *insiste* que eu a infrinja agora para ajudá-la. Há meios legais de se ter acesso a registros de nascimentos. A senhora deve se dirigir ao gabinete do promotor público. Acredito que lá poderá ser feita uma petição para que consiga examinar esses registros. Posso assegurar-lhe que é a única maneira de obter um resultado para a sua busca. Como a senhora mesma ressaltou, é possível que na época de sua gravidez alguém a tenha visto no consultório do dr. Connors e de algum modo conseguido seu dossiê. A senhora também mencionou que pode tratar-se de uma questão meramente financeira. Para ser sincero, acho que a senhora está certa. Alguém sabe quem é sua filha e acredita que a senhora pagará por alguma informação.

Levantou-se.

Por um momento Jean permaneceu sentada.

— Dr. Michaelson, em geral minhas intuições não falham, e algo me diz que o senhor tratou da adoção de minha filha e que provavelmente o fez pelos caminhos legais. Minha outra intuição muito forte é que a pessoa que tem mandado as mensagens e que está próxima o suficiente de Lily para roubar sua escova de cabelo é perigosa. Irei ao tribunal pedir que me permitam examinar os registros. No entanto, ainda existe a possibilidade de, nesse ínterim, algo acontecer a minha filha porque o senhor se recusa a cooperar comigo. Se de fato algo acontecer e eu descobrir, não poderei ser responsabilizada pelo que lhe fizer.

Jean não conseguia controlar as lágrimas que corriam pelo seu rosto. Virou-se e deixou o escritório, não se importando com o olhar atônito que lhe lançaram a recepcionista e as várias pessoas que aguardavam na sala de espera. Ao chegar ao carro, abriu com violência a porta, entrou e afundou o rosto nas mãos.

Foi logo tomada por um frio glacial. Tão claramente como se Laura estivesse no carro com ela, ouviu a voz da amiga suplicar: "Jean, me ajude! Por favor, Jean, me ajude!"

55

DA JANELA DA FRENTE de seu escritório, o rosto crispado, Craig Michaelson observou Jean Sheridan precipitar-se para o carro. Ela falou a verdade, pensou. Não se trata de uma mulher que busca a qualquer custo encontrar a filha e que por isso fabrica uma história mirabolante. Devo prevenir Charles e Gano? Se algo acontecesse a Meredith ambos ficariam arrasados.

Ele não queria, não podia revelar-lhes a identidade de Jean Sheridan, mas podia pelo menos fazer com que Charles tomasse conhecimento das ameaças à sua filha adotiva. Caberia a ele a decisão de contar a Meredith ou de encontrar um modo de protegê-la. Se a história da escova de cabelo fosse verdadeira, talvez Meredith se lembrasse de onde estava quando a perdeu. Devia haver um meio de descobrir a identidade do remetente dos faxes.

Jean Sheridan dissera que se algo acontecesse com sua filha, algo que eu pudesse ter impedido, ela não seria responsável pelo que faria comigo, lembrou-se. Charles e Gano teriam exatamente a mesma reação.

Decisão tomada, Craig Michaelson foi até sua mesa e pegou o telefone. Não precisou procurar o número. Que coincidência maluca, pensou, enquanto discava. Jean Sheridan não mora longe de Charles e Gano. Ela vive em Alexandria. Eles, em Chevy Chase.

O telefone foi atendido ao primeiro toque.

— Escritório do general Buckley — respondeu uma voz seca.

— Aqui é Craig Michaelson, amigo do general Buckley. Preciso falar com ele sobre um assunto de extrema importância. Ele está?

— Sinto muito, senhor. O general está no exterior em missão oficial. Deseja falar com outra pessoa?

— Não, obrigado. Você entrará em contato com o general?

— Sim, senhor. Falamos com ele regularmente.

— Diga-lhe então que tenho um assunto urgente para lhe falar e que ele me telefone logo que possível.

Craig soletrou seu sobrenome e informou os números de seu celular e de seu escritório. Hesitou, depois decidiu não mencionar que o assunto dizia respeito a Meredith. Charles responderia a um recado urgente tão logo o recebesse. Não restava dúvida.

De todo modo, pensou Craig Michaelson ao desligar o telefone, Meredith está mais segura em West Point do que estaria em qualquer outro lugar.

Um indesejável pensamento atravessou-lhe então a mente: nem o fato de estar em West Point fora suficiente para impedir a morte do pai natural de Meredith, o cadete Carroll Reed Thornton Jr.

56

A PRIMEIRA PESSOA que Carter Stewart viu ao entrar no Glen-Ridge House às 15h30 foi Jake Perkins, esparramado, como de hábito, em uma poltrona do saguão. Será que esse rapaz não tem casa?, perguntou-se Stewart enquanto se encaminhava para o telefone colocado na extremidade do balcão da recepção e discava o número do quarto de Robby Brent.

Não obteve resposta.

— Robby, pensei que tivéssemos combinado sair juntos às 15h30 — disse Stewart secamente em resposta à sugestão computadorizada de deixar uma mensagem de voz. — Estarei à sua espera no saguão por mais 15 minutos.

Ao desligar, avistou o investigador Sam Deegan sentado no escritório atrás da recepção. Seus olhares se cruzaram e Deegan levantou-se, com a evidente intenção de falar com ele. Pelo passo decidido, ficou evidente para Stewart que Deegan não estava ali para jogar conversa fora.

Ficaram frente a frente.

— Sr. Stewart — começou Sam. — Prazer em revê-lo. Deixei um recado no seu hotel e esperava que me retornasse a ligação.

— Tenho trabalhado com o diretor no roteiro de minha nova peça — respondeu Carter Stewart, com voz ríspida.

— Vi que usou o telefone interno. Espera alguém?

Stewart sentiu-se ofendido com a pergunta de Sam Deegan. Não é de sua conta, teve vontade de responder, porém algo na atitude de Deegan fez com que a observação morresse em seus lábios.

— Devo encontrar-me com Robby Brent às 15h30. Antes que queira saber o porquê desse encontro e faça sua óbvia próxima pergunta, posso satisfazer sua curiosidade. Brent concordou em estrelar um novo seriado. Leu os primeiros roteiros e achou que não estavam bons... na verdade, achou-os péssimos. Pediu então que eu lesse tudo e opinasse sobre o que pode ou não ser aproveitado.

— Sr. Stewart, o senhor tem sido comparado a dramaturgos famosos como Tennessee Williams e Edward Albee — cortou Sam. — Não passo de uma pessoa comum, porém acho que a maioria desses seriados é um insulto à inteligência de qualquer pessoa. Fico espantado que tenha interesse em opinar sobre um deles.

— Não foi escolha minha — a voz de Stewart soou glacial. — Após o jantar de ontem, Robby Brent pediu que eu lesse os roteiros. Ofereceu-se para levá-los ao meu hotel, porém, como o senhor deve entender, isso me obrigaria a despachá-lo de minha suíte após examinar o material. Era muito mais fácil eu vir aqui quando saísse da casa de meu diretor. E embora eu não *escreva* esse tipo de seriado, sei avaliar muito bem *qualquer* tipo de texto. Sabe se Robby vai demorar?

— Não tenho a menor idéia de seus planos — respondeu Sam. — Também estou aqui para falar com ele. Como não respondeu ao meu telefonema e ninguém o viu durante o dia inteiro, pedi que a camareira fosse ao seu quarto. A cama não foi desfeita. Parece que o sr. Brent está desaparecido.

Sam não tinha certeza se queria dar tantas informações a Carter Stewart, mas seu instinto lhe dizia que o fizesse e observasse sua reação, que acabou sendo mais forte do que imaginara.

— *Desaparecido?* Oh, sr. Deegan, que história é essa? Não acha que esse roteiro está batido demais? Posso explicar: há um papel nesse seriado para uma loura sexy que se pareceria muito com a sumida Laura Wilcox. No outro dia em West Point, especificamente na mesa de almoço, Brent disse a Laura que ela ficaria perfeita no papel. Começo a pensar que todo esse circo que envolve seu desaparecimento nada mais é do que uma jogada publicitária. E agora me desculpe, pois não vou perder mais um minuto de meu tempo à espera de Robby.

Não gosto desse cara, pensou Sam enquanto observava Carter Stewart se afastar. Stewart usava um conjunto de moletom cinza escuro surrado e tênis sujos, um traje de maltrapilho que Sam calculou ter custado provavelmente uma fortuna.

Deixando de lado a antipatia que sinto por esse cara, não haveria um dedo dele em tudo o que está acontecendo?, perguntou-se Sam. Durante as mais de três horas em que permanecera no escritório, refletira muito e só conseguira ficar cada vez mais irritado.

Sabemos que Brent foi o autor do telefonema e que se fez passar por Laura, pensou. Comprou um telefone celular, do qual parece ter sido feita a ligação para Jean. O vendedor que o atendeu viu-o teclar um número exatamente na hora em que Jean imaginou estar falando com Laura. Começo a acreditar que Stewart talvez tenha razão, que tudo não passe de um esquema para conseguir publicidade. E, nesse caso, por que estou perdendo meu tempo aqui quando tenho um assassino solto no condado de Orange, que arrastou uma mulher inocente para o seu carro e a apunhalou até a morte?

Ao chegar ao Glen-Ridge House, Eddie Zarro esperava por ele, mas Sam o mandara de volta para o escritório, sob a alegação de que não havia necessidade de que os dois aguardassem Brent. Sam relutou, mas decidiu que agora chamaria Zarro para substituí-lo e iria para casa. Preciso de uma boa noite de sono, decidiu. Estou tão cansado que nem consigo raciocinar direito.

Ao abrir o telefone para ligar para o escritório, sentiu que Amy Sachs, a recepcionista, estava colada nele.

— Sr. Deegan — começou ela, com um fiapo de voz —, o senhor está aqui desde antes do meio-dia e sei que ainda não comeu nada. Posso pedir que lhe tragam um café e um sanduíche?

— Obrigado, mas estou de saída — agradeceu Sam.

Enquanto falava, imaginou a que distância estaria Amy Sachs enquanto ele conversava com Stewart. Ela parecia não fazer ruído ao caminhar, e mal se ouvia sua voz quando abria a boca. O que me leva a apostar que ela tem o ouvido afiado?, pensou Sam ao vê-la trocar olhares com Jake Perkins. E o que me leva a apostar que no minuto em que eu der as costas ela contará a Jack que ninguém sabe por onde anda Brent e que Stewart acredita que toda essa confusão é uma jogada publicitária?

Sam voltou para o escritório do hotel. De lá, tinha uma boa visão da entrada principal. Poucos minutos depois, viu Gordon Amory chegar e apressou-se para alcançá-lo antes que pegasse o elevador.

Amory visivelmente não estava disposto a falar sobre Robby Brent.

— Não o vejo desde o vexame de ontem à noite — explicou. — Na verdade, já que presenciou o ocorrido, sr. Deegan, e também ouviu o ataque de Robby a Jack Emerson, acho que deveria saber que, a partir das 10 horas de hoje, Emerson me acompanhou na visita a uma propriedade. Ele é o corretor exclusivo de alguns terrenos de primeiríssima linha. Fez questão de me mostrar também as propriedades que submeteu à apreciação de Robby. Devo confessar que tinham preços razoáveis e que, na minha opinião, representam um excelente investimento de longo prazo, o que significa dizer que quaisquer insinuações, palavras ou atos de Robby Brent devem ser examinados à luz de uma motivação que não é a óbvia. E agora, com licença, tenho vários telefonemas a dar.

A porta do elevador se abriu. Antes que Amory conseguisse entrar, Sam o interpelou.

— Um instante, sr. Amory, por favor.

Com um sorriso resignado que era quase um espasmo, Amory virou-se para ele.

— Sr. Amory, Robby Brent não dormiu em seu quarto esta noite. Acreditamos que tenha sido ele quem imitou Laura Wilcox no telefonema dado a Jean Sheridan. Na opinião de seu colega Stewart, Robby Brent e Laura Wilcox podem ter armado uma jogada para atrair publicidade para o novo seriado de televisão do sr. Brent. O que acha?

Gordon Amory ergueu uma sobrancelha. Por um instante, pareceu atônito; mas logo uma expressão de alegria surgiu em seu rosto.

— Uma jogada publicitária! Claro, faz sentido. Na verdade, se você ler a página seis do *New York Post*, verá que é exatamente isso o que já pensam com relação ao sumiço de Laura. Agora é Robby quem desaparece e você me diz que foi ele quem telefonou para Jean ontem à noite. E durante esse tempo todo, nós aqui, preocupados com os dois.

— Acha então que nossa preocupação com Laura é uma perda de tempo?

— Não, não é uma perda de tempo, sr. Deegan. A única coisa positiva é que o suposto desaparecimento de Laura provou para mim mesmo que ainda existe calor humano dentro de meu peito. Fiquei tão preocupado com ela que decidi lhe oferecer um papel em meu novo seriado. Aposto que o senhor tem razão. Nossa querida amiga queria vender seu peixe e está conseguindo fazê-lo muito bem. Agora preciso realmente ir.

— Acredito que pretenda deixar o hotel em breve — sugeriu Sam.

— Não, ainda estou procurando um terreno. Penso, porém, que não nos veremos com muita freqüência, uma vez que agora o senhor se dedicará a solucionar crimes reais. Passe bem.

Sam observou Amory entrar no elevador. Mais um que acredita ser intelectualmente superior a um policial, pensou. Bem, esperemos para ver. Sam sentia os nervos em frangalhos ao atravessar o saguão. Fosse ou não o desaparecimento de Laura um golpe publicitário, o que não se podia negar era que cinco mulheres que ocupavam com ela a mesma mesa de almoço estavam mortas.

Esperava que Jean voltasse antes de ele ir embora, por isso ficou feliz ao vê-la no balcão da recepção. Foi depressa ao seu encontro, ansioso por saber de sua conversa com o advogado.

Estava perguntando se havia algum recado para ela. Sempre com medo de receber outro fax que diga respeito a Lily, imaginou Sam. Quem a culparia por isso? Colocou a mão em seu braço. Quando ela se virou, seus olhos mostravam que tinha chorado.

— Que tal um café? — ofereceu.

— Prefiro um chá.

— Sra. Sachs, quando o sr. Zarro voltar, diga que nos encontre no bar, por favor — pediu Sam à recepcionista.

No bar, esperou que o chá de Jean e seu café fossem servidos para voltar a falar. Tinha a sensação de que Jean ainda tentava recuperar a calma. Por fim disse:

— Parece que seu encontro com o advogado Craig Michaelson não foi muito bom.

— Foi e não foi — respondeu Jean devagar. — Sam, eu apostaria minha vida como Michaelson tratou da adoção e sabe onde Lily está agora. Fui grosseira com ele. Praticamente o ameacei. No caminho de volta, parei no acostamento e liguei para ele para me desculpar. Aproveitei para dizer que, se ele sabe onde minha filha está e se ela se lembra de onde perdeu a escova de cabelo, temos um ponto de partida para estabelecer um elo com o autor das ameaças.

— Como foi a reação de Michaelson?

— Estranha. Disse que isso já lhe passara pela cabeça. Sam, posso lhe garantir que ele sabe onde está Lily ou, pelo menos, como descobrir seu paradeiro. Insistiu que é muito importante que você ou pelo menos o promotor requeira a um juiz o acesso imediato aos arquivos e alerte os pais adotivos sobre a situação.

— Eu diria então que ele levou suas palavras a sério.

Jean confirmou com a cabeça.

— Não achei que tivesse levado a sério enquanto estive em seu escritório, mas talvez a minha explosão... juro que fiquei a ponto de jogar nele o que encontrasse pela frente... o tenha convencido. Sua atitude foi radicalmente diferente quando lhe telefonei vinte minutos mais tarde.

Levantou a cabeça e apontou:

— Veja, lá está Mark.

Mark Fleischman vinha na direção da mesa deles.

— Contei a Mark sobre Lily — apressou-se a dizer —, de modo que podemos falar na frente dele.

— Contou, Jean? Por quê? — perguntou Sam, desanimado.

— Ele é psiquiatra — justificou-se. — Imaginei que pudesse me ajudar de algum modo a descobrir se os faxes representam ou não uma ameaça real.

Quando Mark Fleischman se aproximou, Sam notou que o rosto de Jean se iluminou com um sorriso de satisfação. Cuidado, Jean, teve vontade de recomendar. Aos meus olhos, esse cara tem culpa no cartório. Por trás dessa fachada existe uma tensão que um policial como eu percebe a quilômetros de distância.

Também não escapou a Sam o modo como Fleischman pousou de leve a mão sobre a de Jean quando ela o convidou a fazer-lhes companhia.

— Não vou incomodar? — perguntou Mark, olhando em seguida para Sam.

— Claro que não. É um prazer encontrá-lo — respondeu Sam. — Ia perguntar a Jean se ela teve notícias de Robby Brent hoje. Agora faço a pergunta aos dois.

Jean balançou a cabeça.

— Eu não tive.

— Eu também não, graças a Deus — respondeu Fleischman. — Há alguma razão para você pensar que pudéssemos ter notícias dele?

— Eu ia lhe contar, Jean. Robby Brent deve ter deixado o hotel após o jantar de ontem. Até agora não voltou. Temos quase certeza de que a ligação que você pensou ser de Laura foi feita do telefone celular pré-pago que Brent tinha acabado de comprar, e estamos convencidos de que a voz que você ouviu era na verdade a dele. Como sabe, ele é um imitador fantástico.

Jean olhou para Sam, espanto e aflição refletidos no rosto.

— Mas *por quê?*

— Sábado, no almoço em West Point, vocês ouviram Brent falar com Laura sobre a possibilidade de lhe conseguir um papel no seu novo seriado de televisão?

— Eu ouvi — respondeu Mark Fleischman. — Mas não sabia se ele falava sério ou não.

— Ele até disse que tinha um papel que ela certamente adoraria fazer — confirmou Jean.

— Carter Stewart e Gordon Amory acreditam que Brent e Laura podem estar pregando uma peça em nós. O que acham?

Os olhos de Sam se apertaram enquanto observava Mark Fleischman.

Por trás dos óculos, o olhar de Mark se tornou pensativo. Olhou para longe, por cima do ombro de Sam, depois o encarou.

— Acho que é possível — respondeu devagar.

— Pois eu discordo — protestou Jean, enfática. — Discordo inteiramente. Laura está em dificuldades, eu sinto, eu sei. — Hesitou, mas preferiu não lhes contar que tinha a impressão de ter ouvido Laura suplicar por ajuda. — Por favor, Sam, não pense assim — pediu. — Não desista de tentar encontrar Laura. Desconheço o que Robby Brent tem a ver com a história, mas talvez tentasse apenas nos desviar da pista, fazendo-se passar por Laura e dizendo que ela está bem. Ela *não* está bem. Sei que não está.

— Tenha calma, Jeannie — pediu Mark, com voz suave.

Sam levantou-se.

— Jean, nos vemos amanhã bem cedo. Quero que vá ao meu escritório para falarmos sobre aquele outro assunto.

Dez minutos mais tarde, com Eddie Zarro a postos para a eventualidade de Robby Brent voltar ao hotel, Sam foi a passos lentos pegar o carro. Ligou o motor, hesitou, refletiu por um instante, depois teclou o número de Alice Sommers. Quando ela atendeu, ele foi de novo surpreendido pelo tom suave de sua voz.

— Alguma chance de você oferecer uma bebida a um detetive exausto? — perguntou.

Meia hora mais tarde ele estava sentado em uma confortável poltrona de couro, os pés sobre uma banqueta, diante da lareira da sala de Alice Sommers. Tomou o último gole de seu drinque e repousou o copo sobre a mesinha lateral. Alice não precisara insistir para convencê-lo a tirar uma soneca enquanto ela preparava um jantar rápido.

— Você precisa se alimentar. Depois, pode ir direto para casa e dormir um sono decente.

No momento em que suas pálpebras começavam a se fechar, Sam lançou um olhar sonolento para o móvel envidraçado repleto de objetos curiosos ao lado da lareira. Adormeceu antes que um dos objetos vistos de relance pudesse provocar alguma reação em seu subconsciente.

57

O TURNO DE AMY SACHS terminou às 16 horas, pouco depois de Sam Deegan deixar o Glen-Ridge House. Ela e Jake Perkins tinham marcado um encontro no McDonald's que ficava a um quilômetro e meio do hotel. Enquanto comiam seus hambúrgueres, ela o colocou a par das atividades de Sam Deegan e contou sobre a conversa que conseguira escutar entre o policial e, nas suas próprias palavras, "aquele dramaturgo arrogante, Carter Stewart."

— O sr. Deegan foi ao hotel procurar o sr. Brent — explicou. — Eddie Zarro, o outro policial, esperava por ele. Os dois pareciam furiosos. Quando o sr. Deegan não conseguiu falar com Brent pelo telefone, pediu que Pete, o carregador, os acompanhasse até o quarto. Como Brent não abriu a porta, o sr. Deegan mandou que Pete abrisse. Foi então que descobriram que o sr. Brent não voltara na noite anterior.

Entre uma mordida e outra no hambúrguer, Jake fazia anotações em seu bloco.

— Pensei que Carter Stewart tivesse deixado o hotel após a reunião. Por que voltou hoje? Com quem se encontrou?

— Stewart disse ao sr. Deegan que aceitara ler os roteiros do novo seriado que Robby Brent faria na televisão. Depois, falaram sobre um telefone celular. Não consegui entender tudo o que disseram, porque o sr. Deegan não fala alto. O sr. Stewart também não, mas pelo menos sua voz é clara e, por sorte, tenho bom ouvido. Você sabe, Jake, que diziam que minha avó, mesmo aos 90 anos, conseguia ouvir uma minhoca deslizar pela grama?

— Minha avó sempre diz que falo para dentro — observou Jake.

— É verdade, você *fala* para dentro — sussurrou Amy Sachs. — Bem, Jake, em todo caso, quando o sr. Deegan perguntou ao sr. Stewart se ele achava que tudo não passava de uma jogada publicitária de Laura Wilcox e Robby Brent, ele pareceu concordar. Talvez eu tenha entendido mal, mas a dra. Sheridan não recebeu uma ligação de Laura Wilcox ontem à noite?

Jake estava praticamente babando com a enxurrada de informações. Passara a tarde inteira com a sensação de estar assistindo a um filme mudo. Ficara sentado no hall do hotel observando o que acontecia à sua volta, mas sem ousar se aproximar do balcão da recepção nem, é óbvio, tentar escutar as conversas.

— Sim, Jean Sheridan *recebeu* uma ligação de Laura Wilcox. Por acaso eu estava perto quando comentaram sobre o assunto no restaurante.

— Jake, não sei se entendi bem essa história. Sabe como é, a gente ouve um pouco de uma coisa, um pouco de outra. É preciso chegar bem perto das pessoas, mas sem deixar que percebam. Tenho a impressão, no entanto, de que Robby Brent pode ter telefonado ontem à noite e fingido que era Laura Wilcox.

A mão de Jake ficou parada no ar, segurando com firmeza o pedaço ainda por comer do hambúrguer. Com gesto lento, depositou-o na bandeja. Era óbvio que analisava mentalmente o que Amy acabava de contar.

— Robby Brent fez a ligação e agora ninguém sabe onde ele está, e ainda acham que tudo não passa de um golpe para dar publicidade a um novo seriado de televisão?

Os gigantescos óculos de Amy dançaram sobre seu nariz quando ela concordou, entusiasmada.

— Parece um *reality show*, não é mesmo? — perguntou. — Acha que pode haver alguma câmera escondida filmando tudo o que se passa no hotel neste momento?

— É um assunto para se pensar — brincou Jake. — Você não é nada boba, Amy. Quando tiver meu próprio jornal, transformo você em colunista. Percebeu mais alguma coisa?

Ela franziu os lábios.

— Uma só. Mark Fleischman, você sabe quem é, o homenageado boa-pinta que é psiquiatra...

— Sei quem é, claro. O que há com ele?

— *Garanto* que está interessado na dra. Sheridan. Saiu hoje de manhã cedo e, quando voltou, a primeira coisa que fez foi correr até o balcão e telefonar para ela. Ouvi quando pediu a ligação.

— Não duvido — comentou Jake, com um sorriso zombeteiro.

— Falei que ela estava no bar. Ele me agradeceu, mas antes de se afastar, perguntou se a dra. Sheridan recebera outro fax. Pareceu um pouco desapontado quando respondi que não, e insistiu se eu tinha *certeza* de que não recebera mesmo. Ainda que ele se amarre nela, acho que é um pouco demais perguntar sobre sua correspondência, concorda comigo?

— De certo modo, concordo.

— Mas ele é simpático, e perguntei se passara bem o dia. Respondeu que sim, que visitara alguns velhos amigos em West Point.

58

Após a saída de Sam Deegan, Jean Sheridan e Mark Fleischman permaneceram ainda por quase uma hora no bar do hotel. Ele estendeu o braço e cobriu a mão de Jean com a sua enquanto a ouvia falar sobre o encontro com Craig Michaelson, sobre sua convicção de que o advogado tratara da adoção de Lily e sobre como o agredira verbalmente ao sentir que ele se recusava a acreditar que Lily corria um perigo real.

— Telefonei em seguida para me desculpar — explicou. — Aproveitei para salientar que era possível que Lily se lembrasse de onde e quando sua escova de cabelo desaparecera. Poderíamos, nesse caso, estabelecer um elo direto com quem a roubou, a não ser, claro, que os pais adotivos estejam por trás de tudo.

— Isso é possível — concordou Mark. — Pretende seguir o conselho de Michaelson e fazer uma petição ao tribunal para ter acesso aos arquivos?

— Com certeza. Vou encontrar com Sam Deegan em seu gabinete amanhã de manhã.

— Ótimo. Jean, e o que me diz de Laura? Não acredita que seja tudo um golpe publicitário, não é mesmo?

— Não, não acredito.

Jean hesitou. Eram quase 16h30 e o sol do fim da tarde lançava sombras oblíquas no bar quase deserto. Observou Mark sentado à sua frente. Vestia camisa esporte com o colarinho aberto e suéter verde-escuro. É o tipo de homem que manterá sempre um ar juvenil, pensou. Com exceção do olhar.

— Qual era o nome de nosso professor que dizia que você tinha "alma de velho"? — perguntou.

— Hastings. Professor Hastings. Por que seria?

— Ele dizia que você era perspicaz demais para a sua idade.

— Não tenho certeza se isso era um elogio. Você está com alguma coisa em mente, Jeannie.

— Acho que sim. Na minha opinião, a pessoa que tem "alma de velho" é dotada de grande perspicácia. Quando entrei no carro após deixar o escritório de Craig Michaelson, estava transtornada. Já lhe contei isso. Naquele momento, Mark, se Laura estivesse no carro comigo eu não poderia tê-la ouvido com mais clareza. Escutei sua voz dizer: "Jean, me ajude! Por favor, Jean, me ajude!"

Ela observou sua expressão e prosseguiu, na defensiva.

— Você não acredita em mim, ou talvez ache que sou maluca.

— Não é verdade, Jeannie. Se existe alguém que acredita no poder de comunicação que a mente tem, sou eu. No entanto, se Laura está realmente em perigo, onde é que Robby Brent se encaixa na história?

— Não tenho idéia.

Jean levantou a mão em sinal de impotência, depois a baixou e olhou ao redor.

— É melhor sairmos daqui. Já estão preparando as mesas para o jantar.

Mark fez um sinal para o garçom e pediu a conta.

— Gostaria de poder convidá-la para jantar, mas hoje terei o privilégio único de jantar com meu pai.

Jean olhou-o com atenção, sem saber o que responder. A expressão no rosto de Mark era indecifrável. Por fim, falou:

— Ouvi dizer que vocês tinham brigado. Ele telefonou?

— Passei pela sua casa hoje. O carro estava na porta. Por impulso, por puro impulso mesmo, subi e toquei a campainha.

Tivemos uma longa conversa... não longa o suficiente para acertar nossas diferenças, porém ele me convidou para jantar. Aceitei, com a condição que se dispusesse a me responder algumas perguntas.

— Ele concordou?

— Concordou. Vamos ver se mantém a palavra.

— Espero que consigam aparar todas as arestas.

— Também espero, Jeannie, mas não conto muito com isso.

Tomaram o elevador juntos. Mark apertou o botão do quarto andar, depois o do sexto.

— Espero que a vista de seu quarto seja melhor que a do meu — disse Jean. — Tudo o que vejo é o estacionamento dos fundos.

— Então *é* melhor. Minha janela dá para a rua. Se estiver no quarto na hora certa, consigo ver o pôr-do-sol.

— E eu, se estiver acordada, consigo ver quem chega de carro ao raiar do dia — observou Jean quando o elevador parou no quarto andar. — Até logo, Mark.

A luz que indicava haver recado no telefone piscava. A mensagem era de Peggy Kimball, deixada poucos minutos antes. "Jean, estou no meu intervalo no hospital, por isso serei breve. Depois que fui embora, lembrei que Jack Emerson fazia parte da equipe de limpeza do prédio mais ou menos na época em que você ia ao consultório do dr. Connors. Já lhe falei que o médico sempre guardava as chaves do arquivo no bolso, porém devia esconder uma cópia em algum lugar, porque um dia ele esqueceu de levar o chaveiro e mesmo assim conseguiu abrir as gavetas. É possível, portanto, que Emerson ou outra pessoa tenha tido acesso aos registros. Em todo caso, achei que você devia saber. Boa sorte."

Jack Emerson, raciocinou Jean enquanto se afastava do telefone e se jogava na cama. Seria ele o protagonista de toda essa confusão? Ele sempre morou em Cornwall. Se as pessoas que adotaram Lily também moram aqui, ele deve conhecê-las.

Ouviu um ruído e virou-se a tempo de ver um envelope pardo deslizar por baixo da porta. Atravessou depressa o quarto e abriu bruscamente a porta.

Um camareiro endireitava-se e, constrangido, se desculpou.

— Dra. Sheridan, chegou um fax para a senhora logo depois que recebemos vários para um outro hóspede, e o seu acabou indo parar nas mãos dele. Assim que percebeu o engano, o hóspede devolveu-o à recepção.

— Não tem importância — disse Jean com calma, a garganta apertada pelo medo. Fechou a porta, pegou o envelope e, com mãos trêmulas, o abriu. Tinha certeza de que era sobre Lily.

Era sobre Lily. Dizia:

> *Jean, estou morta de vergonha. Sempre soube da existência de Lily e conheço o casal que a adotou. Ela é uma garota maravilhosa. É inteligente; está no segundo ano da faculdade e é muito feliz. Não tive a intenção de fazer você pensar que se tratava de uma ameaça. Preciso desesperadamente de dinheiro e pensei que essa poderia ser uma forma de consegui-lo. Não se preocupe com Lily, por favor. Ela está ótima. Logo farei novo contato com você. Por favor, me desculpe e diga a todos que estou bem. A jogada publicitária foi idéia de Robby Brent. Ele tentará consertar tudo. Quer falar com seus produtores antes de fazer uma declaração à imprensa.*
>
> *Laura*

Seus joelhos fraquejaram e ela sentou-se na cama. Depois, chorando de alívio e alegria, ligou para o celular de Sam.

O TELEFONEMA DE JEAN assustou Sam e o despertou da soneca tranqüila que aproveitara para tirar enquanto Alice Sommers se ocupava da cozinha.

— Mais um fax, Jean? Calma, calma, leia para mim.

Ela leu.

— Meu Deus! — exclamou Sam. — Não consigo acreditar que essa mulher tenha feito isso com você.

— Está falando com Jean? Ela está bem?

Alice estava parada no vão da porta.

— Sim, está bem. Laura Wilcox é a autora dos faxes. Ela se desculpou, dizendo que nunca teve a intenção de fazer mal a Lily.

Alice tomou o telefone de sua mão.

— Jean, você não está nervosa demais para dirigir?

Escutou a resposta.

— Então venha para cá — concluiu.

Quando Jean chegou, Alice observou seu rosto e viu nele a luminosa alegria que ela própria teria sentido se alguns anos antes Karen tivesse sido poupada. Abraçou-a.

— Oh, Jean, tenho rezado tanto por você.

Jean retribuiu o abraço.

— Eu sei. Não consigo acreditar que Laura tenha feito uma coisa dessas comigo, mas tenho certeza de que jamais faria mal a Lily. Era mesmo uma questão de dinheiro, Sam. Meu Deus, se Laura estava desesperada, por que não me pediu simplesmente que a ajudasse? Meia hora atrás eu estava pronta para acusar Jack Emerson.

— Entre, Jean, sente-se aqui e tente se acalmar. Beba alguma coisa e explique melhor o que está acontecendo. O que Jack Emerson tem a ver com a história?

— Acabei de tomar conhecimento de um fato que me levou a acreditar que ele tinha tramado tudo.

Docilmente, Jean tirou o casaco, entrou na sala, sentou-se na poltrona mais perto da lareira e, tentando manter a voz firme, contou-lhes sobre o telefonema de Peggy Kimball.

— Jack trabalhou na limpeza do prédio na época em que eu era paciente do dr. Connors. Ele organizou de propósito esse encontro de ex-alunos. No seu gabinete está a foto de Laura da qual Robby Brent falou. Tudo parecia se encaixar... até chegar o fax. Oh, não contei para vocês. O fax foi recebido por volta do meio-dia, mas por engano acabou sendo entregue para outro hóspede.

— Você devia ter recebido o fax ao *meio-dia*? — interrompeu Sam, espantado.

— Sim, e nesse caso eu não teria tido o encontro com Craig Michaelson. Assim que o recebi tentei ligar para o advogado, porque, se ele tivesse pensado em fazer contato com os pais adotivos de Lily, eu poderia pedir que esperasse até eu receber mais notícias de Laura. Não há necessidade de alarmar nenhum dos três agora.

— Contou para mais alguém sobre esse fax de Laura? — perguntou Sam, com voz branda.

— Não. Recebi logo que subi para o quarto. Mark e eu continuamos a conversar durante quase uma hora depois que você foi embora. Acho que devo ligar antes que ele saia para jantar com o pai. Ficará contente com a notícia. Ele sabe tanto quanto vocês como tenho andado preocupada.

Jean abriu o jogo com Fleischman e contou que havia uma possibilidade de descobrir onde Lily perdera a escova de cabelo ou com quem estivera naquele dia, pensou Sam, apreensivo, ao vê-la tirar o celular da bolsa.

Trocou olhares com Alice e percebeu que partilhavam a mesma preocupação. Teria esse fax sido realmente enviado por Laura, ou estariam diante de um novo e estranho episódio de um pesadelo sem fim?

A história então é outra, raciocinou Sam. Se Jean estiver certa e Craig Michaelson tiver de fato tratado da adoção, é possível que ele já tenha feito contato com os pais adotivos de Lily e falado sobre a escova perdida.

A não ser que o fax de Laura fosse autêntico, Lily se tornara um perigo para o remetente das outras mensagens. E quem quer que as tivesse enviado, poderia imaginar que a escova serviria de pista para que chegassem a ele.

Não consigo acreditar que esses faxes tenham sido enviados por Laura, pensou Sam. Não por enquanto, pelo menos. Jack Emerson trabalhou na limpeza do consultório de dr. Connors, sempre viveu nesta cidade e poderia facilmente ter feito amizade com o casal que depois adotou Lily.

Mark Fleischman pode ter conquistado a confiança de Jean, mas ainda não me convenceu. Há algo nesse cara que não combina com a imagem do psiquiatra que aparece na televisão e dá conselhos a famílias desajustadas.

Jean estava deixando um recado para Fleischman.

— Ele não está no hotel — explicou, depois respirou fundo e virou-se para Alice com um sorriso estampado no rosto. — Que cheiro bom! Se não me convidar para jantar, eu mesma me convido. Oh, meu Deus, estou tão feliz. *Tão feliz*!

59

A NOITE É A MINHA HORA, pensou O Coruja enquanto esperava com impaciência que escurecesse. Fora tolice arriscar-se a voltar para a casa de dia. Podia ter sido visto. Mas tivera a estranha sensação de que talvez Robby Brent não estivesse morto e que, como bom ator que era, fingira estar inconsciente. Podia imaginá-lo se arrastando para fora do carro, chegando à rua ou, talvez, até mesmo subindo a escada, descobrindo Laura e ligando para o 911.

A imagem de Robby vivo e em condições de pedir socorro se tornara tão intensa que O Coruja não teve outra escolha senão voltar para confirmar com os próprios olhos que ele de fato estava morto, que continuava onde o deixara, isto é, no porta-malas do carro.

Foi quase como a primeira vez em que matei alguém, naquela noite, na casa de Laura, pensou O Coruja. Na confusão de sua memória, lembrou-se de ter subido na ponta dos pés a escada dos fundos e de ter ido para o quarto onde esperava encontrar Laura. Isso acontecera havia vinte anos.

Na noite anterior, sabendo que Robby Brent o seguia, não tinha sido difícil ser mais esperto que ele. Mas depois precisara vasculhar o bolso de Robby para encontrar a chave e levar o carro para dentro da garagem. O primeiro que tinha alugado e que estava com os pneus enlameados, ocupava uma vaga na garagem. Colocara o carro de Robby Brent na outra vaga e arrastara até ele o corpo do colega que matara junto à escada.

De algum modo ele tinha se revelado para Robby Brent. De algum modo Robby compreendera o que se passava. E os outros? O círculo estaria se fechando a tal ponto que em breve ele não conseguiria mais fugir para a noite? Não gostava de ficar na dúvida. Precisava ter certeza, a certeza que tinha apenas quando praticava atos que reafirmavam seu poder sobre a vida e a morte.

Às 23h, pegou a estrada e atravessou o condado de Orange. Não perto demais de Cornwall, decidiu. Também não perto demais de Washingtonville, onde o corpo de Helen Whelan foi encontrado. Talvez Highland Falls fosse uma boa escolha. Os arredores do motel em que Jean Sheridan se hospedava com o cadete era um ponto a ser explorado.

Talvez uma das ruelas vizinhas ao motel fosse o lugar onde o destino lhe faria encontrar sua vítima.

Às 23h30, quando atravessava uma rua margeada por árvores, percebeu duas mulheres na varanda de uma casa, iluminadas por uma lâmpada acima de suas cabeças. Viu quando se despediram e uma delas entrou e fechou a porta. A outra começou a descer a pequena escada da varanda. O Coruja estacionou junto ao meio-fio, desligou as luzes do carro e esperou que ela atravessasse o gramado que a levaria à calçada.

Caminhava com passo apressado, a cabeça baixa, e não o viu sair do carro e se esconder na sombra de uma árvore. Ele deu um passo à frente quando ela se aproximou. Sentiu O Coruja se libertar da gaiola no instante em que, cobrindo a boca da vítima com uma das mãos, passou o fio ao redor de seu pescoço.

— Sinto muito — murmurou —, mas você foi a escolhida.

60

O CORPO DE YVONNE TEPPER foi descoberto às 6 horas por Bessie Koch, uma viúva de 70 anos que complementava o dinheiro de sua pensão entregando o *New York Times* na área de Highland Falls, no condado de Orange.

Ela se preparava para entrar de carro na alameda da casa dos Tepper, obedecendo ao seu argumento de venda que apregoava "o fim dos pés descalços". "Você não precisa mais ir até o portão pegar o jornal. Ele será entregue na sua porta", dizia um de seus panfletos. A campanha era uma homenagem carinhosa ao seu falecido marido que, a vida toda, saíra de casa de pés descalços para pegar o jornal onde o entregador o tivesse atirado, em geral mais perto do meio-fio que dos degraus da varanda.

A princípio, Bessie recusou-se a aceitar o que estava evidente diante de seus olhos. Havia geado durante a noite e Yvonne Tepper estava estendida entre dois arbustos, sobre a grama onde ainda cintilavam partículas de gelo. Tinha as pernas dobradas e as mãos enfiadas nos bolsos da japona azul marinho. Aparentava tanto capricho e asseio que a primeira impressão de Bessie foi de que ela acabara de cair.

Quando percebeu o que de fato ocorrera, Bessie parou o carro com uma freada brusca. Abriu com violência a porta e percorreu a passos largos a pequena distância que a separava do corpo de Yvonne Tepper. Por alguns instantes permaneceu curvada sobre ele, paralisada diante da visão dos olhos arregalados, da boca aberta e do fio ao redor do pescoço.

Bessie tentou pedir socorro, mas nenhum som saiu de sua garganta. Ergueu-se então e, com passos trôpegos, voltou para o carro. Entrou e apoiou-se na buzina. Luzes começaram a se acender nas casas vizinhas e moradores furiosos correram para suas janelas. Diversos homens saíram para ver a causa de tamanha agitação... ironicamente, todos de pés descalços.

O marido da vizinha que Yvonne Tepper visitara antes de ser agredida pelo Coruja precipitou-se para o carro de Bessie e tirou à força suas mãos da buzina ensurdecedora.

Foi nesse momento que Bessie conseguiu finalmente gritar.

61

SAM DEEGAN ESTAVA TÃO exausto que dormiu o sono dos justos, ainda que a intuição que fizera dele um bom policial o deixasse em dúvida sobre a autenticidade do último fax recebido por Jean.

O despertador acordou-o às seis horas e ele continuou deitado, de olhos fechados, por mais alguns minutos. O fax foi a primeira coisa que lhe veio à cabeça. Completo demais, pensou de novo. Abrange tudo. Mas é difícil que algum juiz expeça uma autorização imediata para a abertura do dossiê de Lily.

Talvez fosse esse o objetivo do fax. Talvez alguém tivesse entrado em pânico e temesse ser envolvido caso um juiz autorizasse o acesso aos registros e Lily fosse interrogada sobre o sumiço da escova de cabelo.

Era essa hipótese que preocupava Sam. Abriu os olhos, sentou-se na cama e afastou as cobertas. Por outro lado, refletiu, bancando mentalmente o advogado do diabo, fazia sentido que Laura, de algum modo, tivesse sabido da gravidez de Jean. Durante o jantar, Jean contara a ele e a Alice que, antes de desaparecer, Laura fizera menção a Reed Thornton.

— Não posso jurar que ela tenha dito o nome dele — dissera —, porém fiquei surpresa que soubesse que eu saía com um cadete de West Point.

Não acredito naquele fax, e ainda acho que é coincidência demais cinco mulheres terem morrido na ordem exata em que costumavam sentar-se à mesa de almoço, raciocinou Sam. Caminhou lentamente até a cozinha, ligou a cafeteira elétrica e foi para o banheiro tomar uma ducha.

O café estava pronto quando voltou à cozinha vestido para o trabalho, de calça esporte e *blazer*. Encheu um copo com suco de laranja e enfiou um *muffim* na torradeira. Quando Kate ainda estava viva, ele sempre comia mingau de aveia de manhã. Ainda que tivesse tentado se convencer de que era fácil prepará-lo — colocar um terço de xícara de aveia em uma tigela, acrescentar uma xícara de leite desnatado e levar ao forno de microondas por dois minutos — nunca tinha dado certo. O de Kate era muito melhor. Depois de algum tempo desistira de tentar.

Há quase três anos Kate perdera sua longa batalha contra o câncer. Felizmente a casa não era tão grande que ele tivesse sentido necessidade de vendê-la após a partida dos filhos. Não se pode morar em uma casa imensa com o salário de policial, costumava dizer Sam. Outras mulheres talvez se queixassem, mas não Kate, que adorava a casa. Fizera dela um verdadeiro lar e, por pior que tivesse sido seu dia, Sam sentia-se feliz e agradecido ao voltar para ela todas as noites.

Continua a mesma casa de sempre, pensou Sam ao recolher o jornal do lado de fora da porta da cozinha e antes de sentar-se para o café-da-manhã. Mas é muito diferente sem Kate. Na noite anterior, enquanto cochilava na sala de Alice, tivera a mesma sensação que costumava ter em casa. De conforto. De calor. O ruído de Alice preparando o jantar. O aroma delicioso do assado que invadia o ambiente.

Lembrou-se então de que, quase adormecido, sentira que algo chamava sua atenção. O que teria sido? Teria a ver com o móvel envidraçado de Alice, cheio de objetos curiosos? Na próxima visita olharia melhor. Talvez fossem as xícaras de cafezinho que ela colecionava. Sua mãe também tinha essa mania. Ele conservava algumas na cristaleira de casa.

Devia passar manteiga no *muffin* ou comê-lo puro?

A contragosto, decidiu dispensar a manteiga. Saí da dieta ontem à noite, lembrou. O *Yorkshire pudding* de Alice estava fantástico. Jean também tinha se deliciado. Ela estivera a ponto de desmoronar diante de tanta tensão e preocupação com Lily. Agora era ótimo vê-la assim relaxada, como se tivesse tirado um peso dos ombros.

Tomara que o fax seja autêntico e que Laura dê mais notícias logo.

O telefone tocou no instante em que abriu o jornal. Era Eddie Zarro.

— Sam, o chefe de polícia de Highland Falls acaba de ligar. Encontraram uma mulher estrangulada no gramado de casa. O procurador quer todos no seu gabinete o mais depressa possível.

Sam teve a impressão de que Eddie escondia algo.

— O que mais? — perguntou secamente.

— Havia uma pequena coruja de metal no seu bolso. Sam, temos que enfrentar agora um psicopata, além de todo o resto. Você também precisa saber que o rádio noticiou hoje que o sumiço de Laura Wilcox foi uma jogada publicitária que ela armou com aquele comediante, o tal Robby Brent. Rich Stevens está muito chateado por termos perdido tanto tempo com Laura Wilcox enquanto um maníaco assassino circula pelo condado de Orange. Por isso, para o seu bem, é melhor nem pronunciar o nome dela.

62

QUANDO JEAN ACORDOU, ficou espantada de ver que já eram 9 horas. Teve um arrepio ao sair da cama. A janela estava entreaberta e um vento frio invadia o quarto. Correu para fechá-la e em seguida ergueu a persiana. Do lado de fora, o sol dissipava as nuvens e refletia, na sua opinião, seu próprio estado de espírito. O sol dissipava as nuvens de sua vida e lhe proporcionava uma sensação de total euforia. Era então Laura quem mandava as mensagens sobre Lily, concluiu, e se há uma coisa da qual tenho certeza, é de que ela seria incapaz de fazer mal a minha filha. Foi tudo uma questão de dinheiro.

Ainda assim, espero que faça novo contato logo, pensou Jean. Eu devia estar chateada pelo que ela me fez passar, porém entendo seu desespero. Seu comportamento não estava normal sábado à noite. Estranhei sua reação quando tentei falar com ela em seu quarto, antes de nosso jantar festivo. Perguntei se vira alguém com uma rosa na mão no cemitério. Ela tentou de todos os modos fugir do assunto e por fim praticamente me botou porta afora. Teria sido porque percebeu que eu estava transtornada e se sentiu culpada pelo que estava me fazendo?, perguntou-se Jean. Aposto como foi ela quem colocou a rosa na sepultura. Deve ter imaginado que eu visitaria o túmulo de Reed.

O último pensamento consciente de Jean antes de adormecer na noite anterior tinha sido que ela precisava contar para Craig Michaelson sobre o fax de Laura. Se por conta própria ele tivesse decidido procurar os pais adotivos de Lily, não era justo que continuassem preocupados.

Enfiou o robe, foi até a escrivaninha, tirou da carteira o cartão de visita de Michaelson e telefonou para seu escritório. O advogado atendeu ao primeiro toque e ela sentiu o coração apertado com a reação dele ao que lhe contou.

— Dra. Sheridan, a senhora confirmou que o último fax foi de fato enviado por Laura Wilcox?

— Não, e nem tenho como. Mas quer saber se acredito que foi mesmo enviado por ela? Claro que sim. Confesso que fiquei chocada ao saber que Laura tinha conhecimento da existência de Lily e provavelmente também de meu envolvimento com Reed. Ela nunca tocou no assunto. De todo modo, sabemos também, graças ao celular que Robby Brent comprou e ao horário em que recebi o suposto telefonema de Laura, que foi Robby quem ligou para mim, imitando a voz dela. Por isso, acho que temos dois elementos a considerar. Laura sabe da existência de Lily, e está completamente falida e desesperada por dinheiro. Robby então arquiteta o desaparecimento de Laura porque pretende lhe oferecer um papel em seu novo seriado e quer o máximo possível de publicidade. Se conhecesse Robby Brent, o senhor entenderia que é o tipo de jogo... um tanto sórdido, talvez... ao qual ele se presta como poucos.

De novo esperou pela reação de Craig Michaelson.

— Dra. Sheridan — disse ele por fim —, posso entender que esteja aliviada. Como supôs ontem com justa razão, quando esteve em meu escritório não me deixou plenamente convencido de que essa história não passasse de uma invenção para justificar uma necessidade obsessiva de encontrar sua filha. Para ser franco, foi a sua atitude explosiva que me convenceu de que estava sendo sincera. Por isso, serei também sincero agora.

Com certeza foi ele quem tratou da adoção, deduziu Jean. Ele sabe quem é Lily e *onde* ela está.

— Considero o perigo potencial que corre a jovem suficientemente sério para que eu previna seu pai adotivo. Ele está no exterior no momento, porém posso lhe assegurar que manteremos contato em breve. Relatarei a ele tudo o que me contou, inclusive sua identidade. Como sabe, entre nós não existe o relacionamento advogado-cliente que me obrigaria ao segredo profissional, e sinto-me, portanto, no dever de participar ao general e a sua esposa que a senhora é pessoa confiável e responsável.

— Estou plenamente de acordo — afirmou Jean. — Não quero, no entanto, que eles passem pelo tormento que passei nos últimos dias. Não quero lhes dar a impressão de que Lily está em perigo no momento, porque acredito que não esteja.

— Espero que não, dra. Sheridan. No entanto, até que a srta. Wilcox volte a se manifestar, devemos evitar ser otimistas demais e imaginar que todos os problemas acabaram. Mostrou o fax para o investigador sobre o qual me falou?

— Sam Deegan? Sim, mostrei. Na verdade, entreguei-o a ele.

— Gostaria de ter o número de telefone dele.

— Sim, claro.

Jean memorizara o telefone de Sam, porém a evidente preocupação na voz de Craig Michaelson a deixara tão perturbada que precisou consultar a agenda para ter certeza de que informava o número correto.

— Dr. Michaelson, parece até que invertemos os papéis. Por que está tão preocupado agora que me sinto aliviada?

— É por causa da escova de cabelo, dra. Sheridan. Se Lily lembrar de algum detalhe... *onde* estava ou *com quem* estava quando a perdeu... será fácil estabelecer um elo direto com a pessoa que a remeteu. Se ela lembrar que esteve na companhia de Laura Wilcox, podemos confiar no conteúdo do último fax. No entanto, conhecendo os pais adotivos e conhecendo pela imprensa o tipo de vida que leva a srta. Wilcox, é difícil acreditar que sua filha e ela tivessem algum vínculo.

— Compreendo — afirmou Jean, sentindo um repentino calafrio diante do raciocínio lógico do advogado.

Encerrou a conversa com Michaelson após confirmar que manteria contato. Ligou em seguida para o celular de Sam, porém não obteve resposta.

O telefonema seguinte foi para Alice Sommers.

— Alice — começou, respirando fundo. — Responda com sinceridade. Acha possível que o fax de Laura, ou supostamente de Laura, seja uma estratégia para nos acalmar, para me fazer desistir de procurar os pais adotivos de Lily e de perguntar sobre a escova de cabelo?

A resposta foi a que temia, ainda que instintivamente soubesse que iria receber.

— Não acreditei no fax, Jeannie — confessou Alice. — Não me pergunte por quê, mas aquela história não me convenceu, e posso garantir que Sam teve a mesma impressão.

63

CONFORME PREVIRA Eddie Zarro, o promotor público Rich Stevens estava furioso.

— Esses malditos atores falidos vêm para nosso condado e nos fazem perder tempo com suas jogadas publicitárias, enquanto temos um maníaco bem na nossa cara — gritou. — Farei uma declaração à imprensa afirmando que Robby Brent e Laura Wilcox estarão sujeitos às penas da lei por terem montado essa farsa. Laura Wilcox admitiu ter enviado os faxes que ameaçavam a filha da dra. Sheridan. E não me interessa saber se a dra. Sheridan está disposta a perdoá-la. *Eu* não estou. É crime mandar cartas contendo ameaças, e Laura Wilcox responderá por ele.

Assustado, Sam apressou-se a acalmar Stevens.

— Espere, Rich. A imprensa ainda não sabe sobre a filha da dra. Sheridan nem sobre as ameaças. Não é agora que vamos revelar.

— Eu sei — aceitou Rich Stevens. — Falaremos apenas do golpe promocional que Laura Wilcox reconhece ter montado, conforme diz o último fax.

Entregou para Sam a pasta que estava sobre a mesa.

— Fotos da cena do crime — informou. — Dê uma olhada. Joy foi a primeira de nossa equipe a chegar ao local após o chamado. Sei que os outros já tomaram conhecimento do ocorrido, mas Joy, por favor, conte para Sam quem é a vítima e o que disseram os vizinhos.

Havia quatro outros policiais além de Sam e Eddie Zarro na sala do promotor público. Joy Lacko, a única mulher do grupo, era investigadora havia menos de um ano, porém Sam tinha um enorme respeito por sua inteligência e habilidade para extrair informações de testemunhas em estado de choque ou dominadas por uma dor profunda.

— A vítima, Yvonne Tepper, tinha 63 anos, era divorciada, mãe de dois filhos adultos, ambos casados e residentes na Califórnia.

Joy tinha na mão seu bloco de anotações, porém não o consultou e manteve o olhar fixo em Sam.

— Yvonne Tepper trabalhava em seu próprio salão de beleza, era estimada por todos e, ao que parece, não tinha inimigos. Seu ex-marido casou de novo e mora em Illinois.

Fez uma pausa.

— Sam, tudo isso talvez seja irrelevante diante da coruja metálica que encontramos em seu bolso.

— Nenhuma impressão digital nela, imagino — sugeriu Sam.

— Nenhuma. Estamos certos de que se trata da mesma pessoa que atacou Helen Whelan na noite de sexta-feira.

— Com quem você falou na vizinhança?

— Falei com todos os moradores daquela quadra, mas só quem soube dizer alguma coisa foi a vizinha que Tepper tinha visitado e de cuja casa sem dúvida acabava de sair quando foi atacada. Seu nome é Rita Hall. Eram amigas íntimas. Tepper trouxera alguns cosméticos do salão para a sra. Hall e foi vê-la logo que chegou em casa ontem à noite, por volta das 22h. As duas conversaram durante algum tempo e assistiram juntas ao noticiário das 23h. O marido de Hall, Matthew, já tinha ido se deitar. A propósito, hoje de manhã foi ele o primeiro a correr até Bessie Koch, a mulher que encontrou o corpo e buzinou feito uma desesperada para pedir ajuda. Ele teve a presença de espírito de pedir que os outros vizinhos se mantivessem afastados do corpo e de ligar para o 911.

— Yvonne Tepper deixou a casa da sra. Hall logo que acabou o noticiário? — perguntou Sam.

— Sim. A sra. Hall acompanhou-a até a porta e depois saiu com ela para a varanda porque queria lhe contar uma história que ouvira sobre um antigo vizinho. Disse que não permaneceram ali por mais de um minuto, que a lâmpada de fora estava acesa e que, portanto, podiam ter sido vistas. Disse também que percebeu um carro reduzir a velocidade e estacionar junto ao meio-fio, mas que não deu importância ao fato. Parece que as pessoas que moram do outro lado da rua têm filhos adolescentes que chegam e saem o tempo inteiro.

— A sra. Hall consegue lembrar de algum detalhe com relação ao carro? — perguntou Sam.

— Apenas que era um carro de passeio de tamanho médio, azul-escuro ou preto. A sra. Hall voltou para dentro de casa e fechou a porta, enquanto a sra. Tepper atravessou o gramado em direção à calçada.

— Na minha opinião, ela foi morta menos de um minuto depois — sugeriu Rich Stevens. — O motivo não foi roubo.

Sua bolsa estava no chão. Ela tinha 200 dólares na carteira e usava anel e brincos de diamante. O cara queria uma única coisa: matá-la. Ele a agarrou, arrastou-a para o gramado de sua própria casa, estrangulou-a, deixou o corpo atrás de um arbusto, pegou o carro e foi embora.

— Teve tempo suficiente para enfiar a coruja em seu bolso — observou Sam.

Rich Stevens olhou um a um seus investigadores.

— Tenho pensado muito se devo ou não liberar para a mídia a informação sobre a coruja. Talvez alguém tenha conhecimento de um indivíduo que seja obcecado por corujas ou que as crie como passatempo.

— Imagine que prato cheio teria a imprensa se ficasse sabendo da coruja deixada no bolso das vítimas — cortou Sam. — Se esse maluco está querendo aparecer, e acho que está, entregaremos de bandeja o que ele quer, sem falar na possibilidade de a idéia ser aproveitada por algum outro assassino que ande solto por aí.

— Além disso, essa informação não serviria de alerta para as mulheres — salientou Joy Lacko. — Ele deixa a coruja *após* matar suas vítimas, não antes.

No final da reunião, ficou decidido que a melhor linha de ação seria aconselhar as mulheres a não andar pela rua sozinhas após o anoitecer, e reconhecer que as circunstâncias indicavam que Helen Whelan e Yvonne Tepper tinham sido assassinadas pelo mesmo desconhecido ou desconhecidos.

Quando se levantaram para ir embora, Joy Lacko acrescentou:

— O que me assusta é pensar que neste exato momento alguma mulher inteiramente inocente continua a levar sua vida rotineira, sem perceber que um dia, apenas por estar no lugar errado na hora errada, esse cara pode cruzar seu caminho e lhe tirar a vida.

— Ainda não cheguei a esse ponto — cortou Rich Stevens secamente.

Eu sim, pensou Sam. Eu sim.

64

QUARTA-FEIRA DE MANHÃ, Jake Perkins assistiu às aulas programadas, com exceção das de redação criativa, matéria em que se julgava mais capacitado para ensinar do que o atual professor. Pouco antes do intervalo para o almoço, na qualidade de repórter da *Stonecroft Gazette*, foi ao gabinete do reitor Downes para uma entrevista já agendada, ocasião em que Downes faria suas considerações sobre o enorme sucesso do encontro de ex-alunos.

Era fácil perceber, no entanto, que Alfred Downes não estava de bom humor.

— Jake, reconheço que prometi recebê-lo agora, mas este não é o momento ideal.

— Compreendo perfeitamente, senhor reitor — respondeu Jake com calma. — Imagino que tenha sabido pelos noticiários que o procurador do condado poderá incriminar dois de nossos homenageados como responsáveis por uma farsa publicitária.

— Estou ciente do fato — respondeu Downes em tom glacial.

Se Jake percebeu a frieza da voz, não demonstrou.

— Acredita que toda essa publicidade adversa possa ter uma repercussão negativa para a Academia Stonecroft? — perguntou.

— Acho que isso é óbvio, Jake — cortou Downes. — Se tem a intenção de me fazer perder tempo respondendo a perguntas idiotas, retire-se agora.

— Não tenho a intenção de fazer perguntas idiotas — desculpou-se Jake. — O que pretendia era comentar que, durante o jantar, Robby Brent entregou-lhe um cheque de 10 mil dólares para nossa escola. Levando em consideração o que ele parece ter feito nos últimos dias, o senhor está inclinado a devolver a doação?

Era o tipo de pergunta que com certeza deixaria o reitor constrangido. Jake sabia que Downes queria a todo custo que o anexo da escola fosse construído durante seu mandato. Ninguém ignorava que, embora a idéia do encontro e das homenagens tivesse partido de Jack Emerson, Alfred Downes a endossara com entusiasmo. Seria uma forma de publicidade para a escola, a ocasião de mostrar o sucesso de antigos alunos — passando a mensagem, claro, de que tinham aprendido tudo o que precisavam saber na boa e velha Stonecroft — e seria também uma oportunidade de recolher donativos deles e de outros ex-alunos que participassem do encontro.

Agora a mídia especulava sobre a sinistra coincidência das cinco colegas mortas desde a formatura em Stonecroft, e Jake sabia que isso não incentivaria ninguém a mandar os filhos para lá. E a jogada publicitária de Laura Wilcox e Robby Brent representava mais um golpe para o prestígio da escola. Com o rosto sério e os cabelos ruivos ainda mais eriçados que de costume, Jake falou:

— Reitor Downes, como o senhor sabe, meu prazo para entregar o artigo à *Gazette* está se esgotando. Preciso apenas de um comentário seu com relação ao encontro de ex-alunos.

Alfred Downes olhou para o rapaz quase com aversão.

— Estou preparando uma declaração e você terá uma cópia amanhã de manhã, Jake.

— Muito obrigado, reitor.

Jake sentiu quase simpatia pelo homem sentado à sua frente. Está preocupado em manter o emprego, imaginou. O conselho diretor poderá lhe mostrar o caminho da rua. Eles sabem que foi Jack Emerson quem sugeriu esse encontro desastrado, porque é ele o dono do terreno que precisarão comprar para construir a nova ala, e sabem também que Downes o apoiou.

— Senhor reitor, eu estava pensando...

— Não pense, Jake. Apenas vá embora.

— Daqui a pouco, mas primeiro ouça minha sugestão, por favor. Sei que a dra. Sheridan, o dr. Fleischman e Gordon Amory continuam no Glen-Ridge e que Carter Stewart está do outro lado da cidade, no Hudson Valley. Talvez se os convidasse para jantar e tirasse algumas fotos com eles, o senhor teria a oportunidade de voltar a mostrar Stonecroft sob uma luz favorável. Ninguém pode questionar que são todos bem-sucedidos, e colocá-los em evidência compensaria o efeito negativo da má conduta dos outros dois homenageados.

Alfred Downes observou Jake Perkins e pensou que nos seus 35 anos de magistério jamais encontrara um aluno tão atrevido e tão astuto quanto aquele. Reclinou-se na poltrona e esperou um longo minuto antes de responder.

— Quando é que você se forma, Jake?

— Terei créditos suficientes no final deste ano, reitor. Como o senhor sabe, acumulei aulas extras ao longo de todos os semestres. Meus pais, contudo, não me consideram preparado para enfrentar uma universidade já no próximo ano, por isso terei o prazer de continuar aqui e acabarei o curso com minha turma.

Jake olhou para o reitor Downes e percebeu que ele não parecia compartilhar sua alegria.

— Tenho outra idéia para um artigo que poderá interessá-lo — prosseguiu. Pesquisei muito sobre Laura Wilcox... isto é, examinei números antigos da *Gazette* e do *Cornwall Times* da época em que morava na cidade e, segundo noticiou o *Times*, ela sempre foi o centro das atenções. Sua família tinha dinheiro; os pais eram loucos pela filha. Quero escrever um artigo para a *Gazette* retratando como, apesar de todas as vantagens de que dispunha Laura Wilcox, hoje é ela quem está em pior situação.

Jake sentiu que estava para ser interrompido, por isso se apressou.

— Penso que um artigo como esse servirá a dois propósitos, reitor. Mostrará à garotada de Stonecroft que dispor de todas as vantagens não é garantia de sucesso e deixará claro, ao mesmo tempo, que os homenageados que precisaram batalhar a vida toda se deram bem. Isto é, Stonecroft tem alunos bolsistas e também aqueles que trabalham depois da aula para ajudar a pagar os estudos. Isso servirá como motivação e terá um bom efeito. Os meios de comunicação de primeira linha andam atrás de histórias que tenham um seguimento; é o tipo de matéria que todos terão interesse em publicar.

Com o olhar fixo em sua própria fotografia pendurada na parede atrás de Jake, Alfred Downes refletiu sobre a proposta do jovem.

— É possível — admitiu com relutância.

— Quero fotografar as casas em Cornwall onde Laura morou durante a juventude. A primeira está vazia no momento, mas foi reformada há pouco e ficou uma beleza. A segunda em que a família se instalou, na Concord Avenue, é o que eu chamaria de "megarresidência".

— Megarresidência? — perguntou Downes, confuso.

— O senhor sabe do que estou falando, são aqueles conjuntos de casas que ocupam uma quadra inteira e que são grandes ou ostentosas demais para o bairro.

— Nunca ouvi essa expressão — confessou Downes, mais para si mesmo do que para Jake.

Jake levantou-se de um salto.

— Não tem importância, reitor. Preciso, no entanto, lhe dizer uma coisa. Quanto mais penso, mais gosto da idéia de publicar um artigo sobre Laura com suas casas ao fundo, e fotos dela da época em que estudou aqui em Stonecroft e de quando ficou famosa. Agora sim vou embora e o senhor se livra de mim, reitor. Mas talvez eu deva lhe dar um outro conselho. Se conseguir organizar o tal jantar, sugiro que não convide o sr. Emerson. Tenho a impressão de que nenhum dos outros homenageados o suporta.

65

ÀS DEZ HORAS, Craig Michaelson recebeu a ligação pela qual ansiava.

— O general Buckley na linha — anunciou a secretária.

Craig pegou o telefone.

— Charles, como vai?

— Muito bem, Craig — respondeu com voz preocupada —, mas por que tanta urgência? O que houve?

Craig Michaelson reteve a respiração. Eu devia ter imaginado que ninguém consegue enrolar Charles, pensou. Ele não chegou a general três estrelas sem razão.

— Antes de mais nada, talvez o assunto não seja tão sério quanto pensei — começou —, mas acho que um pouco de cautela é sempre importante. Como você já suspeitava, trata-se de Meredith. Ontem a dra. Sheridan me procurou. Já ouviu falar nela?

— A historiadora? Sim. Seu primeiro livro foi sobre West Point. Gostei muito e acredito até que tenha lido tudo o que ela publicou depois. É uma boa escritora.

— É mais que isso — cortou Craig Michaelson, com frieza. — É a mãe biológica de Meredith e se lhe telefonei foi por causa das revelações que ela me fez.

— Jean Sheridan é a mãe de Meredith!

O general Charles Buckley escutou com atenção o que Michaelson tinha a lhe contar sobre a história de Jean Sheridan, o encontro de ex-alunos de Stonecroft e a suposta ameaça a Meredith. Ele o interrompeu poucas vezes, apenas para pedir um ou outro esclarecimento a respeito do que ouvia. Por fim disse:

— Craig, não é novidade para você que Meredith sabe que é adotada. Desde a adolescência ela tem interesse em conhecer a mãe biológica. Na época em que você e o dr. Connors trataram da adoção, disseram-nos que o pai da menina tinha morrido em um acidente antes de terminar o curso universitário e que a mãe era uma garota de 18 anos às vésperas de entrar para a universidade como bolsista. É tudo o que Meredith sabe.

— Jean Sheridan tem conhecimento de que estou lhe revelando sua identidade. O que não lhe contei vinte anos atrás foi que o pai natural de Meredith era um cadete que morreu atropelado dentro de West Point. O responsável fugiu. Teria sido fácil demais saber de quem se tratava.

— Um cadete! Não, você nunca me contou.

— Seu nome era Carroll Reed Thornton Jr.

— Conheço o pai dele — disse Charles Buckley pausadamente. — Carrol jamais se recuperou da morte do filho. Não consigo acreditar que ele seja o avô de Meredith.

— Acredite em mim, Charles. No momento, Jean Sheridan está tão aliviada por acreditar que foi Laura Wilcox quem fez as ameaças a Lily, como ela chama Meredith, que se dispôs a aceitar sem pestanejar o último fax que recebeu com as supostas desculpas de Laura.

— Não posso imaginar onde Meredith teria encontrado Laura Wilcox — observou Charles Buckley, medindo as palavras.

— Minha reação foi exatamente essa. E tem mais: se Laura Wilcox é de fato a autora das ameaças, posso lhe assegurar que o promotor deste condado irá incriminá-la.

— Jean Sheridan ainda está em Cornwall?

— Sim. Ficará no Glen-Ridge House até receber novas notícias de Laura.

— Vou telefonar para Meredith e perguntar se ela alguma vez encontrou Laura Wilcox e se consegue lembrar de onde deixou a escova de cabelo que sumiu. Devo participar de diversas reuniões aqui no Pentágono hoje e não tenho condições de me ausentar, mas Gano e eu pegaremos o avião para Cornwall amanhã de manhã. Você poderia entrar em contato com Jean Sheridan e dizer-lhe que os pais adotivos de sua filha gostariam de convidá-la para jantar amanhã?

— Sim, com prazer.

— Não quero alarmar Meredith, mas posso pedir-lhe que prometa não sair de West Point até estarmos com ela, sexta-feira.

— Tem certeza de que ela cumprirá a promessa?

Pela primeira vez desde o início da conversa Craig Michaelson sentia que seu velho amigo, o general Charles Buckley, estava aliviado.

— Tenho, claro. Além de ser seu pai, sou também seu superior na cadeia de comando. Agora sabemos que Meredith é duas vezes filha de militar, por parte do pai verdadeiro e de sua família adotiva, mas lembre-se de que ela é também cadete de West Point. Quando dá sua palavra a um oficial superior, a mantém.

Espero que ele esteja certo, pensou Craig Michaelson.

— Não deixe de me dizer o que ela falou, Charles.

— Combinado.

UMA HORA MAIS TARDE, o general Charles Buckley voltou a telefonar.

— Craig — disse, com voz trêmula —, receio que você tenha razão de duvidar daquele fax. Meredith tem absoluta certeza de jamais ter encontrado Laura Wilcox, e não tem a menor idéia de onde perdeu a escova de cabelo. Eu poderia ter insistido um pouco mais, mas ela tem uma prova importante amanhã de manhã e está preocupada, por isso achei que não era o momento de perturbá-la. Ficou radiante com a notícia de que sua mãe e eu... — hesitou, depois prosseguiu com voz firme — ...de que sua mãe e eu vamos visitá-la. Durante o fim de semana, se tudo correr bem, contaremos a ela sobre Jean Sheridan e tentaremos achar um modo de as duas se encontrarem. Pedi a Meredith que me prometesse ficar na Academia até chegarmos, e ela riu de mim. Disse que tem mais uma prova sexta-feira e tanta coisa para estudar que não verá a luz do dia até sábado de manhã. Mesmo assim, prometeu não se afastar até nossa chegada.

Já é alguma coisa, refletiu Craig Michaelson ao desligar o telefone, mas a fria e cruel realidade é que Laura Wilcox *não* enviou aquele fax, e Jean Sheridan precisa saber disso.

Para facilitar o contato, colocara o cartão de Jean junto ao telefone da escrivaninha. Pegou-o e começou a teclar o número, porém logo parou. Não era para ela que devia ligar. Ela lhe dera o telefone do investigador do gabinete do promotor público. Onde o enfiara? Qual era mesmo seu nome?

Revirou rapidamente a papelada sobre sua mesa e logo encontrou a anotação que fizera com o nome de Sam Deegan seguido de um número de telefone. Era isso que eu procurava, pensou, e fez a ligação.

66

ONTEM À NOITE — ou teria sido hoje de manhã?, pensou — ele jogara um cobertor por cima dela.

— Você está com frio, Laura. Sem necessidade. Que falta de atenção a minha.

Ele está sendo gentil, pensou Laura, entorpecida. Até levou geléia com o pão e lembrou-se de que ela gostava de leite desnatado no café. Estava tão calmo que ela quase relaxou.

Era disso que queria se lembrar, não do que ele lhe dissera enquanto, sentada na cadeira, tomava pequenos goles de café, as pernas ainda amarradas, mas as mãos livres.

— Laura, gostaria que você entendesse o que sinto quando percorro de carro as ruas desertas, em busca de uma presa. É uma tarefa que requer arte, Laura. Jamais dirigir devagar demais. Os policiais que controlam o excesso de velocidade também ficam de olho no carro que anda como lesma. Pessoas que bebem demais cometem o erro de andar muito devagar, sinal evidente de que não confiam em seu próprio critério, e sinal evidente para a polícia, também. Ontem à noite, Laura, saí à procura de uma presa. Em homenagem a Jean, decidi ir a Highland Falls. Era lá que ela se encontrava em segredo com o cadete. Você sabia, Laura?

Laura sacudiu a cabeça à guisa de resposta. Ele ficou irritado.

— Vamos, Laura, fale. Sabia que Jean tinha um caso com aquele cadete?

— Vi os dois juntos uma vez, quando fui a um concerto em West Point, mas não dei muita importância — respondera. — Jeannie jamais falou sobre ele para nenhum colega. Sabíamos que ela ia com freqüência a West Point porque já naquela época pensava em escrever um livro sobre a Academia.

O Coruja balançara a cabeça, satisfeito com a resposta.

— Eu sabia que Jean costumava visitar o local aos domingos. Andava com um bloco de anotações e sentava-se em um dos bancos que davam para o rio. Fui atrás dela um domingo e vi quando se encontraram. Segui os dois quando saíram para uma caminhada. Quando se imaginaram sozinhos, ele a beijou. Fiquei de olho nos dois depois disso, Laura. Oh, quanta dificuldade enfrentaram para que ninguém os visse juntos. Ela nem sequer ia aos bailes acompanhada dele. Observei Jean com muita atenção durante aquela primavera. Gostaria que você pudesse ter visto a expressão dela quando estavam juntos, afastados das outras pessoas. Ficava radiante! A doce e tranqüila Jean, que eu considerava minha companheira de infortúnio pela tumultuada situação de sua casa, minha alma gêmea, levava uma vida da qual tinha me *excluído.*

Acreditei que tivesse interesse em mim, pensou Laura, mas que me detestasse por eu zombar dele. No entanto, era Jeannie que ele amava. O horror do que ouvira dele ainda doía em seu peito.

— A morte de Reed Thornton não foi um acidente, Laura. Eu estava no volante de meu carro naquele último domingo de maio, vinte anos atrás, na expectativa de surpreender os dois. Vistoso, loiro, Reed seguia sozinho pelo caminho que leva à área de piquenique. Talvez pretendessem se encontrar lá. Se minha intenção era matá-lo? Claro que sim. Ele tinha tudo o que me faltava... boa aparência, boa origem e um futuro promissor. E ainda por cima o amor de Jean. Não era justo. Concorde comigo, Laura! *Não era justo!*

Ela balbuciou uma resposta, ansiosa por concordar com ele e evitar sua raiva. Depois, ele descreveu em detalhes a mulher que matara na noite anterior. Disse que tinha pedido desculpas a ela, mas que quando chegasse a hora de Laura morrer, e a de Jean, não haveria desculpas.

Afirmou que Meredith seria a última de suas presas. Que com ela completaria de uma vez por todas a sua necessidade... pelo menos, era o que esperava.

Quem será Meredith, pensou Laura, sonolenta. Adormeceu em seguida e seu sono foi recheado de imagens de corujas que voavam na sua direção, atacavam-na com pios lúgubres, as asas batendo em silêncio, enquanto tentava escapar, suas pernas não querendo, não conseguindo, se mover.

67

JEAN, ME AJUDE! Por favor, Jean, me ajude! A súplica de Laura, que lhe soara tão real quando estava no carro diante do imóvel de Craig Michaelson no dia anterior, voltava com força à mente de Jean, como se fizesse eco às dúvidas manifestadas por Alice quanto à autenticidade do fax.

Durante longos minutos após se despedir de Alice, Jean permaneceu sentada à sua mesa de trabalho, obcecada pela voz de Laura, tentando racionalmente decidir se Sam e Alice estariam certos. Talvez tivesse se precipitado em aceitar o fax como verdadeiro porque precisava acreditar que Lily estava a salvo.

Por fim levantou-se, foi para o banheiro e permaneceu um longo tempo embaixo do chuveiro, deixando a água cair sobre sua cabeça e rosto. Passou xampu nos cabelos e massageou com força o couro cabeludo, como se a pressão dos dedos pudesse acabar com a desordem que reinava em sua mente.

Preciso de uma longa caminhada, pensou, enquanto se enrolava em um roupão de banho felpudo e pegava o secador de cabelo. *É a única forma de desanuviar meu espírito.* Ao arrumar a mala para o fim de semana jogara dentro dela, quase que por instinto, o conjunto de moletom vermelho de que tanto gostava. Agora estava satisfeita de tê-lo trazido, porém a lembrança do frio que sentira com a janela aberta levou-a a ter o cuidado de vestir um suéter por baixo.

Consultou a hora quando colocou o relógio no pulso. Eram 10h15 e percebeu que não tinha tomado sequer uma xícara de café. *Não é de estranhar que meu cérebro esteja embotado. Acho que é melhor pegar um copo descartável no bar e beber pelo caminho. Não estou com fome e me sinto sufocada aqui dentro.*

Enquanto fechava o zíper do casaco, um pensamento perturbador atravessou-lhe a mente. *Cada vez que saio do hotel, corro o risco de perder um telefonema de Laura. E não tenho condições de ficar aqui dia e noite. Mas espere um instante! Acho que posso deixar uma mensagem minha no telefone do quarto.*

Leu as instruções, tirou o fone do gancho e apertou o botão de registro de mensagens. Tomou cuidado para falar com clareza e, com um tom de voz um pouco mais alto do que o habitual, disse: "Aqui é Jean Sheridan. Se tiver urgência em falar comigo, ligue, por favor, para meu celular, 202-555-5314. Repito: 202-555-5314." Hesitou antes de acrescentar precipitadamente: "Laura, quero ajudá-la. Por favor, me telefone!"

Recolocou o fone no gancho com uma mão e esfregou os olhos com a outra. Toda a euforia que a invadira antes, diante da idéia de que Lily estava em segurança, evaporara, mas algo em seu íntimo se recusava a acreditar que o fax não viera de Laura. A recepcionista que atendeu a primeira ligação afirmou que Laura parecia nervosa. Sam disse que Jake Perkins, que conseguiu escutar a conversa, confirmou. O telefonema de Robby Brent imitando Laura e dizendo que tudo estava bem foi mais uma de suas brincadeiras, decidiu. Ele provavelmente conseguiu convencer Laura a entrar em seu jogo publicitário e agora ela temia as conseqüências. Acredito que, se não foi ela mesma quem ameaçou Lily, pelo menos sabe quem foi. Por isso precisa acreditar que estou disposta a ajudá-la.

Levantou-se, pegou a bolsa a tiracolo, mas logo decidiu que não seria cômodo carregá-la. Colocou então um lenço, o celular e a chave do quarto no bolso. No último minuto, tirou uma nota de vinte dólares da carteira. Assim, se me der fome, posso parar em algum lugar e pedir um *croissant*, pensou.

Estava pronta para sair quando sentiu que estava esquecendo algo. Claro, os óculos escuros. Irritada com sua falta de concentração, voltou até a penteadeira, pegou os óculos da bolsa, caminhou rapidamente até a porta, abriu-a e, decidida, fechou-a às suas costas.

O elevador estava vazio quando parou no seu andar... ao contrário do fim de semana, pensou, quando a cada vez que entrava ou saía dava de cara com alguém que não encontrava há vinte anos.

No saguão, faixas com boas-vindas aos cem melhores vendedores da Starbright Electrical Fixtures Company estavam sendo colocadas no balcão da recepção e nas portas que levavam ao restaurante. De Stonecroft para Starbright, pensou Jean. Fico me perguntando *quantos* desse grupo serão homenageados. Todos?

A recepcionista de óculos grandes e voz sussurrante estava atrás do balcão, concentrada na leitura de um livro. Tenho certeza de que foi ela quem atendeu a ligação de Laura, pensou Jean. Quero falar com ela. Caminhou até a recepção e leu o nome no crachá preso ao uniforme: "Amy Sachs."

— Amy — disse Jean com um sorriso amável. — Sou amiga de Laura Wilcox e, como todos, estou muito preocupada. Fiquei sabendo que você e Jake Perkins falaram com ela domingo à noite.

— Jake arrancou o telefone da minha mão quando me ouviu dizer o nome da srta. Wilcox.

Na defensiva, ergueu a voz até um nível quase normal.

— Compreendo — observou Jean, com tom apaziguador. — Conheci Jake e sei como ele é. Amy, estou contente que ele tenha ouvido a voz de Laura. É um rapaz inteligente, e confio na sua intuição. Sei que você encontrou a srta. Wilcox poucas vezes, mas tem certeza de que foi com ela que falou?

— Oh, dra. Sheridan, claro que tenho — respondeu Amy Sachs com ar sério. Não se esqueça de que conheço a voz dela desde o tempo em que trabalhava no *Henderson County*. Durante três anos não perdi um único episódio. Toda terça-feira, às vinte horas, minha mãe e eu nos plantávamos religiosamente diante da televisão.

Fez uma pausa, para depois acrescentar:

— A não ser que eu estivesse trabalhando, claro, o que tentava não fazer nas noites do seriado. Às vezes, no entanto, me pediam para vir porque alguém estava doente e então minha mãe gravava o programa para mim.

— Bem, nesse caso acredito que tenha mesmo reconhecido que era Laura no telefone. O que achou da voz dela?

— Dra. Sheridan, devo lhe dizer que achei a voz dela *engraçada*. Engraçada no sentido de diferente. Cá entre nós, minha primeira impressão foi de que ela estava de ressaca, porque sei que teve um problema com álcool há dois anos. Li na *People*. Mas agora acho realmente que Jake tinha razão. A srta. Wilcox não parecia ter bebido; parecia nervosa... muito, muito nervosa.

A voz de Amy estava de novo normal, quase um sussurro.

— Na verdade, quando voltei para casa domingo à noite, após falar com a srta. Wilcox, contei para minha mãe que sua voz parecia a minha quando a professora de oratória na escola secundária tentava me fazer falar mais alto. Eu tinha tanto medo dela que minha voz tremia, porque eu fazia força para não chorar. É a melhor maneira de descrever a impressão que tive da srta. Wilcox.

— Sei bem como é.

Jean, me ajude! Por favor, Jean, me ajude!

Eu estava certa, admitiu Jean. Isso não tem nada a ver com jogada publicitária.

O sorriso satisfeito de Amy por ter conseguido descrever sua reação à voz de Laura desapareceu quase no mesmo momento em que surgiu.

— Dra. Sheridan, lamento que o fax que lhe mandaram ontem tenha ido parar nas mãos do sr. Cullen. O hotel sempre se orgulhou da rápida e meticulosa distribuição dos faxes endereçados aos hóspedes. Preciso explicar isso ao dr. Fleischman quando encontrá-lo.

— Ao dr. Fleischman? — espantou-se Jean. — Por quê? Por alguma razão especial?

— Bem, sim. Ontem à tarde, quando voltou de uma caminhada, ele parou na recepção e telefonou para o seu quarto. Eu sabia que a senhora estava no bar e foi isso que lhe informei. Ele então perguntou se a senhora tinha recebido um outro fax, e pareceu surpreso quando respondi que não. Tive a impressão de que ele sabia que a senhora esperava um.

— Compreendo. Obrigada, Amy.

Jean esforçou-se para não demonstrar sua preocupação com o que ouvira da recepcionista. Por que razão Mark teria feito uma pergunta dessas? Atônita e esquecendo-se de que pretendia pegar um copo descartável de café, atravessou o saguão e saiu.

Fazia ainda mais frio do que imaginara, mas como o sol estava forte e não havia vento, achou que não teria problema. Colocou os óculos escuros e afastou-se do hotel, sem um destino determinado. Não conseguia tirar da cabeça uma possibilidade que se recusava a aceitar. Seria Mark o autor dos faxes sobre Lily? E a escova de cabelo que recebera, teria sido também enviada por ele? Mark, que tanto a confortara no momento de sua confidência, que repousara a mão sobre a sua e lhe dera a impressão de querer partilhar sua angústia?

Mark sabia que eu me encontrava com Reed, pensou. Ele próprio me contou que nos viu juntos enquanto caminhava em West Point. Teria ficado sabendo da existência de Lily? A não ser que fosse ele o autor dos faxes, por que ficaria preocupado ao saber que até a metade da tarde eu não tinha recebido nenhuma outra mensagem? Será ele que está por trás de tudo? E se estiver, pretende fazer algum mal a minha filha?

Não quero acreditar nessa possibilidade, pensou, angustiada com a perspectiva. *Não posso* acreditar! No entanto, por que perguntaria à recepcionista se eu tinha recebido um fax. Por que não perguntou para mim?

Sem pensar para onde estava indo, Jean percorreu ruas que conhecera tão bem quando criança. Passou pela prefeitura sem vê-la, seguiu pela Angola Road até o acesso à auto-estrada, voltou pelo mesmo caminho e, por fim, uma hora mais tarde, entrou em um misto de café e loja de conveniência no início da Mountain Road. Sentou-se em uma banqueta junto ao balcão e pediu café. Desanimada e de novo extremamente preocupada, percebeu que nem o ar frio nem a longa caminhada tinham ajudado a clarear suas idéias. Estou pior do que quando saí, pensou. Não sei no que acreditar, em quem confiar.

De acordo com o nome bordado em vermelho no bolso do casaco, chamava-se Duke Mackenzie o homem esquelético e grisalho atrás do balcão. E estava visivelmente disposto a conversar.

— É nova na redondeza, senhorita? — perguntou, enquanto servia o café.

— Não. Cresci aqui.

— Por acaso faz parte do grupo de ex-alunos de Stonecroft que comemorou os vinte anos de formatura?

Não havia motivo para não responder.

— Isso mesmo.

— Em que região da cidade morou?

Jean fez um gesto vago indicando os fundos do café.

— Um pouco adiante, na Mountain Road.

— É mesmo? Ainda não estávamos instalados, naquela época. Aqui era uma lavanderia.

— Eu me lembro.

Embora o café estivesse quente demais, Jean começou a tomá-lo em pequenos goles.

— Minha esposa e eu adoramos a cidade e compramos este lugar há vinte anos. Tivemos de fazer uma reforma total. Sue e eu damos um duro danado, mas gostamos daqui. Abrimos às seis horas e não fechamos antes das 21. Sue está na cozinha, no momento, preparando as saladas e outros pratos. Servimos apenas refeições ligeiras no balcão, mas a senhorita ficaria surpresa se visse o número de pessoas que vêm aqui tomar café e comer um sanduíche.

Ouvindo apenas a metade da torrente de palavras, Jean fez um sinal positivo com a cabeça.

— Durante o fim de semana alguns ex-alunos de Stonecroft pararam aqui, enquanto circulavam pela cidade — prosseguiu Duke. — Ficaram espantados ao ver como os imóveis subiram de preço nesta área. Em que número da Mountain Road a senhora disse que morava?

Contrariada, Jean informou o endereço da casa onde passara a infância. Depois, ansiosa por ir embora, bebeu o resto do café, mesmo quase queimando a boca. Levantou-se, colocou uma nota de vinte dólares sobre o balcão e pediu a conta.

— O segundo café é grátis.

Era evidente que Duke não queria que ela o deixasse falando com as paredes.

— Obrigada. Estou atrasada.

Enquanto Duke pegava o troco na caixa registradora, o celular de Jean tocou. Era Craig Michaelson.

— Foi bom ter deixado um outro número de contato, dra. Sheridan. Pode falar sem que a ouçam?

Jean afastou-se do balcão.

— Posso.

— Acabo de conversar com o pai adotivo de sua filha. Ele e a esposa estarão aqui amanhã, e gostariam de convidá-la para jantar. Lily, como você chama sua filha, sabe que é adotada e sempre demonstrou interesse em conhecer a mãe natural. Os pais estão de acordo. Não quero entrar em detalhes pelo telefone, mas devo lhe dizer o seguinte: é praticamente impossível que sua filha tenha algum dia encontrado Laura Wilcox, e por essa razão acho que o último fax é falso. Mas pode ficar tranqüila, pois no lugar onde se encontra agora a segurança é total.

Por um momento, Jean ficou tão atordoada que não conseguiu pronunciar uma só palavra.

— Dra. Sheridan?

— Sim, dr. Michaelson — murmurou.

— Está livre amanhã para jantar?

— Sim, claro.

— Passo para apanhá-la às 19 horas. Sugiro que o jantar seja na minha casa para que possam ter privacidade. Depois, dentro de pouco tempo, talvez ainda neste fim de semana, poderá encontrar Meredith.

— Meredith? É esse o nome dela? É esse o nome de minha filha?

Jean percebeu que falava em voz muito alta, mas não conseguia se controlar. Em breve poderei vê-la, pensou. Poderei olhar dentro de seus olhos, abraçá-la. Pouco lhe importava que as lágrimas corressem pelo seu rosto ou que Duke a observasse do bar e prestasse atenção em cada palavra que dizia.

— Correto. É esse o seu nome. Não pretendia lhe contar agora, mas não tem importância.

A voz de Craig Michaelson estava afável.

— Compreendo como se sente. Estarei então no seu hotel amanhã às 19 horas.

— Amanhã às 19 horas — confirmou.

Desligou o telefone e, por um momento, permaneceu imóvel. Depois, com as costas das mãos, secou as lágrimas que rolavam por suas faces. *Meredith, Meredith, Meredith,* repetiu mentalmente.

— Parece que a notícia foi boa — intrometeu-se Duke.

— Foi, sim. Oh, meu Deus, foi muito boa.

Jean pegou o troco, deixou um dólar no balcão e, em estado de êxtase, saiu do café.

DUKE MACKENZIE observou atentamente Jean se afastar. Parecia deprimida quando chegou, refletiu, mas depois desse telefonema daria para dizer que ganhou na loteria. Que maluquice foi essa de perguntar o nome da própria filha?

Parado junto à janela, acompanhou Jean com os olhos e viu-a subir a Mountain Road. Se não tivesse saído tão apressada, teria lhe perguntado se sabia quem era o sujeito de óculos escuros e boné que nos últimos dias aparecia no café às seis horas, logo que abriam. Pedia sempre a mesma coisa: suco, pão com manteiga e café, tudo para levar. Quando voltava para o carro, subia a Mountain Road. Na noite anterior estivera lá de novo, quase na hora de fechar, e pedira um sanduíche e café.

Que cara estranho, pensou Duke, insistindo em esfregar com a esponja o balcão já limpo. Perguntei se participava da reunião de ex-alunos de Stonecroft e ele resolveu bancar o engraçadinho. "*Sou* a reunião", respondeu.

Duke segurou a esponja embaixo da torneira de água quente, depois a espremeu. Amanhã, se ele voltar, deixo Sue no balcão e pego o carro para ir atrás dele e ver até que altura da Mountain Road ele vai, decidiu. Talvez até a casa de Margaret

Mills. Ela está divorciada há alguns anos e todos sabem que anda louca por um namorado. Não custa conferir.

Duke se serviu de café. Muita coisa tem acontecido por aqui desde que esse pessoal chegou para o encontro do fim de semana, pensou. Se aquele sujeito caladão voltar hoje à noite para comprar sanduíche e café, pergunto se ele sabe quem é essa dona que saiu daqui agora. Como veio para o encontro e é muito bonita, ele deve saber quem é. Acho incrível que alguém pergunte o nome da própria filha. Talvez ele saiba o que está acontecendo.

Satisfeito, Duke tomou mais um gole de café. Sue sempre lhe dizia que a curiosidade matou o gato. Não sou curioso, tranqüilizou-se Duke. Apenas gosto de saber o que está acontecendo.

68

AO MEIO-DIA, Sam Deegan bateu à porta do escritório do promotor público e entrou sem esperar resposta.

Rich Stevens estudava com atenção as anotações espalhadas sobre sua mesa. Levantou os olhos, o semblante visivelmente contrariado pela repentina interrupção.

— Rich, sinto muito entrar sem pedir licença, mas o assunto é importante. Estaríamos cometendo um erro enorme se não levássemos a sério a ameaça à filha de Jean Sheridan. Recebi um recado para ligar para Craig Michaelson, o advogado que tratou da adoção. Acabo de falar com ele. Michaelson tem mantido contato com o casal que adotou a menina. O pai é um general três estrelas do Pentágono. A filha está no segundo ano da Escola de Cadetes de West Point. O general perguntou se ela alguma vez tinha encontrado Laura Wilcox. A resposta foi um sonoro não. E ela não se lembra de onde perdeu a escova de cabelo.

Não havia mais nenhum sinal de irritação no rosto de Rich Stevens quando ele se reclinou na poltrona e entrelaçou os dedos, sinal, para quem o conhecia, de que estava profundamente preocupado.

— Era só o que nos faltava — desabafou. — A filha de um general três estrelas ameaçada por um maluco. Ela está com guarda-costas em West Point?

— Segundo Michaelson, ela fará dois exames importantes, um amanhã, outro sexta-feira, e riu da idéia de que pudesse sair do *campus*. O pai não quis alarmá-la contando sobre as ameaças. Ele e a esposa pegam o avião amanhã para se encontrar com Jean Sheridan. O general quer vir falar com você sexta-feira de manhã.

— Como ele se chama?

— Michaelson não quis passar essa informação por telefone. A garota sabe que é adotada, mas até hoje de manhã o general e a esposa não tinham idéia da identidade dos pais naturais. Jean Sheridan jura que jamais falou para alguém sobre o bebê até começar a receber os faxes. Garanto que se alguém tomou conhecimento da existência da criança e sabe quem a adotou, foi na época do nascimento. Michaelson afirma que é impossível alguém ter examinado os registros. Jean Sheridan suspeita que a notícia tenha vazado no consultório do médico que fez o parto, o que pelo menos é um ponto de partida para tentarmos descobrir quem teve acesso aos dados.

— Em resumo, se Laura Wilcox não está envolvida nas ameaças e não mandou o último fax com o pedido de desculpas, arrisquei minha cabeça ao afirmar que seu desaparecimento era uma jogada publicitária — observou Rich Stevens, desanimado.

— Ainda não temos certeza, Rich, mas o que podemos afirmar com absoluta segurança é que não é ela quem ameaça a garota. O que nos leva então a perguntar se, já que não é Laura a autora daquele fax, ele poderia ter sido enviado apenas para nos fazer desistir da investigação?

— Que foi o que o aconselhei a fazer. Tudo bem, Sam. Vou deixá-lo de fora dos homicídios. Se pelo menos soubéssemos o sobrenome da cadete. Vou repetir minha pergunta: o general tem certeza de que ela está a salvo?

— Michaelson diz que sim, por causa das provas. Diz também que, quando a filha não está na sala de aula, está estudando no quarto. Garantiu ao pai que não sairia do *campus* de West Point.

— Em princípio, com toda a segurança existente em West Point, ela deveria estar bem, pelo menos por enquanto. Isso é um alívio.

— Não tenho tanta certeza. Estar dentro do *campus* de West Point não garantiu a vida de seu pai verdadeiro — objetou Sam, com voz lúgubre. — Ele era cadete. Duas semanas antes da formatura, foi vítima de um atropelamento. Nunca se descobriu quem o matou.

— Alguma dúvida de que tenha sido mesmo um acidente? — cortou Stevens.

— Pelo que me falou Jean Sheridan, jamais passou pela cabeça de alguém que Reed Thornton... era esse o seu nome... pudesse ter sido atropelado de propósito. O que imaginaram foi que o motorista tivesse primeiro entrado em pânico e depois ficado com medo de se apresentar. No entanto, à luz do que tem acontecido, não seria absurdo examinar o caso com atenção.

— Corra, então, Sam. Deus do céu, alguém consegue imaginar o que a mídia faria se tivesse uma história dessas nas mãos? Cadete de West Point, filha de general três estrelas, sofre ameaças. Seu pai biológico, também cadete, morreu em misterioso acidente dentro do *campus* da Academia. A mãe verdadeira é historiadora de renome e autora de sucesso.

— E tem mais — interrompeu Sam. — O pai de Reed Thornton é general aposentado. Ainda não sabe que tem uma neta.

— Sam, vou perguntar mais uma vez: você tem certeza, mas certeza absoluta, de que a garota não corre perigo?

— Preciso aceitar o fato de que o pai adotivo acredita que ela não corre perigo.

Ao se levantar, Sam reparou na quantidade de papel espalhada sobre a mesa de Rich Stevens.

— Alguma outra informação sobre os homicídios?

— Sam, nas duas horas em que você ficou ausente, perdi a conta das ligações que recebemos informando sobre homens com atitudes suspeitas. Uma delas foi de uma mulher que jurou ter sido seguida na saída de um supermercado. Ela anotou a placa do carro. O suspeito era um agente do FBI que tinha ido visitar a mãe. Tivemos dois telefonemas descrevendo carros estranhos no pátio de escolas. Acontece que ambos pertenciam a pais que estavam à espera dos filhos. Temos também um maluco que confessou ter cometido os assassinatos. O único problema é que ele está atrás das grades há um mês.

— Nenhum vidente telefonou ainda?

— Claro que sim. Três.

O telefone da mesa de Stevens tocou. Ele atendeu, escutou e cobriu o fone com a mão.

— O governador quer falar comigo — informou, erguendo as sobrancelhas.

No momento em que saía da sala, Sam ouviu Rich Stevens dizer:

— Bom dia, governador. Sim, é um problema muito sério, mas estamos trabalhando dia e noite...

...para descobrir o criminoso e entregá-lo à justiça, completou Sam mentalmente. Vamos torcer para que isso aconteça antes que sejam encontradas novas corujas de metal sobre cadáveres de mulheres.

Incluindo o de uma cadete de West Point de 19 anos. Essa possibilidade assustadora atravessou sua mente enquanto seguia pelo corredor na direção de sua sala.

69

LILY... MEREDITH. Lily... Meredith, não se cansava de murmurar Jean enquanto subia a Mountain Road, as mãos enfiadas nos bolsos, os óculos escuros escondendo as lágrimas de felicidade que não conseguia conter.

Ignorava a razão que a levara a tomar essa rua. O que sabia era que, ao sair do café, sentira que não estava preparada para voltar ao hotel. Passou diante de casas que tinham pertencido a seus vizinhos anos atrás. Quantos deles ainda vivem aqui? perguntou-se. Só espero não dar de cara com algum conhecido.

Diminuiu o passo quando se aproximou da casa em que vivera. Ao passar de carro diante dela domingo de manhã, não tivera tempo de reparar na reforma que os atuais proprietários tinham feito. Olhou ao redor. Não havia ninguém na rua para observá-la. Parou por um instante, a mão apoiada na cerca que agora rodeava a propriedade.

Devem ter acrescentado pelo menos mais dois quartos quando reformaram, imaginou, após estudar a casa. Quando morávamos aqui, havia apenas três, um para cada um de nós... meu pai, minha mãe e eu. Quando éramos pequenas, Laura sempre me perguntava: "Seu pai e sua mãe não dormem mais juntos? Eles não se *amam* mais?

Eu lera na coluna de aconselhamento de uma revista feminina que as mulheres não deviam dormir no mesmo quarto que o marido se ele roncasse muito. Contei para Laura que meu pai roncava. Ela comentou:

— O meu também, mas minha mãe continua a dormir com ele.

— Bem, isso acontece na minha casa, também, às vezes — respondi.

Contemplou as duas janelas centrais do andar de cima. São as janelas de meu quarto, suspirou Jean. Meu Deus, eu detestava aquele papel de parede florido. Era muito chamativo. Aos 15 anos, implorei a meu pai que cobrisse as paredes com prateleiras para livros. Ele tinha muito jeito para esse tipo de trabalho. Minha mãe se opôs, mas ele foi em frente. Depois disso, batizei meu quarto de *biblioteca.*

Lembro-me do dia em que tive certeza do atraso de minhas regras, e dos dias seguintes, quando rezei para que elas viessem. Prometi a Deus que faria o que Ele quisesse se me permitisse não estar grávida.

Bem, agora me sinto feliz que a gravidez tenha se confirmado, pensou Jean, entusiasmada. Lily... Meredith. Vou encontrá-la em breve, talvez ainda neste fim de semana. Pode ser que em algum momento eu me atrapalhe e a chame de Lily, mas então explicarei e ela entenderá. Que altura terá agora? Reed media mais de 1,80 m, e me dizia que seu pai e seu avô eram mais altos ainda.

Lily está a salvo... essa é com certeza a coisa mais importante do mundo. Craig Michaelson, porém, afirma que ela nunca se encontrou com Laura. Como, então, Laura teria descoberto os faxes?

Jean pretendia dar meia-volta e retornar ao Glen-Ridge, porém mudou de idéia de repente, passou diante de sua antiga casa e seguiu até onde tinha morado Laura. Ao chegar, parou e se manteve imóvel.

Como constatara domingo, ao passar de carro, a casa e o terreno estavam bem cuidados. A pintura parecia recente, flores de outono margeavam o caminho de lajotas e não havia uma única folha morta no gramado. No entanto, com todas as persianas cerradas, a casa assumia um ar lúgubre, pouco acolhedor. Por que alguém compraria uma casa, faria uma reforma geral, manteria tudo em perfeitas condições e não desfrutaria dela?, perguntou-se Jean. Corria um boato de que Jack Emerson era o atual dono. Ele tinha fama de ser um destruidor de corações femininos. Talvez mantivesse a casa como um refúgio para seus encontros amorosos. Se for ele mesmo o proprietário, seria interessante saber se ainda precisará dela agora que sua esposa foi embora para Connecticut.

Não que isso me interesse, claro, pensou Jean, virando-se para pegar o caminho de volta para o hotel. Com um esforço consciente, tentou controlar a ansiedade pelo iminente encontro com Lily e concentrar-se em Laura e no novo cenário que agora dominava sua mente.

Robby Brent.

Seria possível que Robby Brent estivesse por trás dos faxes sobre Lily? Pode ser que ele tenha ficado sabendo de minha gravidez, na época. Talvez tenha percebido agora que pode ser processado por mandar ameaças e queira que Laura leve a culpa, porque sabe que eu a desculparia.

É possível, concluiu Jean no momento em que passava diante do café e acenava com relutância para Duke, que batia na janela com gestos frenéticos. Robby Brent é perigoso o suficiente para ter descoberto a existência de Lily e, depois, mandado os faxes como uma brincadeira cruel. Sei que ele faz um ou dois espetáculos beneficentes por ano. É possível que tenha conhecido a família de Lily em uma dessas ocasiões. Que maldade ridicularizar o dr. Downes e a srta. Bender daquele jeito no jantar. Até o modo como ofereceu o cheque para a ampliação de Stonecroft foi um insulto.

O roteiro fazia sentido para ela. Se Robby mandou os faxes e a escova de cabelo, precisava mesmo se preocupar com uma possível ação criminal, refletiu. Se ele planejou o golpe publicitário com Laura, o tiro saiu pela culatra. Nesse caso, é provável que entre em contato com seus produtores para inventar uma história qualquer. A imprensa não os deixará em paz até que se expliquem.

Por outro lado, Jack Emerson trabalhava de noite no consultório do dr. Connors e pode ter tido acesso aos seus arquivos. Além disso, preciso descobrir por que Mark perguntou à recepcionista se eu tinha recebido um fax e ficou decepcionado ao receber uma resposta negativa. Bem, pelo menos posso elucidar isso rapidamente, pensou Jean, tomando o caminho para o Glen-Ridge.

No momento em que entrou no saguão, o calor do ambiente envolveu-a, e ela percebeu que estivera tremendo. Estou louca para subir e me enfiar dentro uma banheira de água quente, pensou. No entanto, dirigiu-se para o balcão da recepção, onde Amy Sachs estava ocupada registrando os hóspedes que chegavam para o evento da Starbright Electrical Fixtures Company. Pegou o telefone interno, mas, aproveitando que Amy aguardava que o cliente que estava sendo atendido encontrasse a carteira dentro da bolsa de viagem, conseguiu atrair seu olhar e perguntar se chegara alguma correspondência para ela.

— Nada — sussurrou Amy. — Pode confiar em mim, dra. Sheridan. Não teremos mais problemas com seus faxes.

Jean agradeceu fazendo um sinal com a cabeça e forneceu ao operador o nome de Mark. Ele atendeu ao primeiro toque.

— Jean, estava preocupado com você.

— Eu também estava preocupada — respondeu com frieza. — São quase 13 horas e ainda não comi nada, só tomei meia xícara de café. Vou até o bar do hotel agora. Se quiser se encontrar comigo lá, será um prazer. Mas não se preocupe em parar na recepção para perguntar se chegou algum fax para mim. Não chegou.

70

CUMPRINDO SUA PALAVRA, quando saiu do gabinete do reitor Downes, Jake Perkins foi diretamente para a sala de aula que se transformara em redação do jornal. Revirou os arquivos da *Gazette* à procura de fotos que tivessem sido tiradas durante os quatro anos em que Laura Wilcox estudara em Stonecroft. Ao se preparar para a cobertura do encontro, examinara os livros do ano e encontrara fotos dela. Mas agora queria outras, talvez uma que parecesse um pouco mais real do que os instantâneos oficiais.

Ao longo da hora seguinte, encontrou algumas fotos que serviam ao seu objetivo. Na escola, Laura participara de diversas peças de teatro. Uma delas era musical, e ele encontrou uma ótima foto dela com um grupo de dançarinas, a perna levantada e um sorriso fascinante. Não dava para negar, ela arrasava, pensou Jake. Se freqüentasse a escola hoje, não haveria um único aluno que não estivesse tentando atrair sua atenção.

Riu sozinho ao pensar de que modo um rapaz tentaria, na época, conquistar uma garota, provavelmente oferecendo-se para carregar seus livros. Hoje ele se ofereceria para levá-la em casa no seu Corvette, pensou.

Foi no momento em que viu a foto de formatura da turma de Laura que os olhos de Jake se arregalaram. Usou uma lupa para examinar os rostos dos formandos. Laura, claro, estava linda com os longos cabelos caídos sobre os ombros. Ela consegue ser atraente até com aquela beca ridícula. Foi a foto de Jean Sheridan que o deixou surpreso. Suas mãos estavam crispadas, os olhos inchados. Parece triste, pensou Jake, muito triste. Ninguém diria que tinha recebido o primeiro prêmio de história e uma bolsa de estudos integral para Bryn Mawr. Pela expressão de seu rosto, daria para jurar que tinha acabado de receber a notícia de que lhe restavam apenas dois dias de vida. Talvez lamentasse deixar a escola. Vá entender uma coisa dessas.

Moveu a lupa de um formando para outro, na tentativa de localizar os homenageados. Identificou um a um. Estão todos muito mudados, pensou. Dois tinham jeito de fracassados naquela época. Gordon Amory, por exemplo, estava quase irreconhecível. Meu Deus, como ele era feio! Jack Emerson já era gorducho. Carter Stewart precisava de um bom corte de cabelo... não, melhor seria uma mudança radical. Robby Brent, quase sem pescoço, já apresentava um início de calvície. Mark Fleischman mais parece um caniço com cabeça. Joel Nieman estava de pé, ao lado de Fleischman. Que Romeu! Se eu fosse Julieta, teria me matado só de pensar em acabar meus dias com ele.

Então um detalhe chamou sua atenção. A maioria dos formandos tinha no rosto um sorriso vazio, do tipo que as pessoas reservam para fotografias em grupo. O maior sorriso, no entanto, estava no rosto de um sujeito que não olhava diretamente para a câmera, mas contemplava Jean Sheridan. Um contraste e tanto, pensou Jake. Ela com jeito de quem perdeu a última amiga, e ele, sorrindo de orelha a orelha.

Jake sacudiu a cabeça enquanto examinava as fotos empilhadas à sua frente. Por hoje basta, decidiu. A próxima etapa seria falar com Jill Ferris, a professora responsável pela *Gazette*. Ela é muito simpática, pensou. Posso convencê-la a me deixar usar na capa do próximo número a foto de Laura dançando e, na última página, a do grupo de formandos. No meio, o tema da matéria... o declínio da garota que teve tudo o que quis e os esquisitões que alcançaram o sucesso.

Sua próxima parada foi no estúdio onde era mantido o equipamento de fotografia. Lá encontrou a srta. Ferris, que lhe permitiu levar a pesada e antiquada máquina de que tanto gostava. Na sua opinião, nenhuma câmera digital se igualava a essa. O fato de ser grande e difícil de carregar não o incomodava quando saía em alguma missão importante, especialmente se fosse concebida por ele mesmo.

Admitiu que a carteira de motorista recém-tirada e o carro já de dez anos, presente dos pais, tornaram suas incursões pela cidade bem mais fáceis do que quando fazia reportagens circulando de bicicleta.

Câmera no ombro, bloco e caneta em um bolso, gravador no outro para o caso de cruzar com alguém que valesse a pena entrevistar, Jake se pôs a caminho.

Não vejo a hora de fotografar a casa em que Laura Wilcox cresceu. Quero pegar a fachada e os fundos. Afinal de contas, é a casa onde aquela estudante de medicina, Karen Sommers, foi assassinada, e a polícia na época ficou convencida de que o assassino tinha entrado pela porta dos fundos. Isso acrescentará mais um toque de interesse humano à matéria, decidiu.

71

CARTER STEWART PASSOU grande parte da manhã de quarta-feira na sua suíte do Hotel Hudson Valley. Conseguira marcar para aquela tarde uma reunião na casa de Pierce Ellison, diretor de sua nova peça. Deviam discutir alguns ajustes solicitados pelo diretor, mas primeiro Stewart queria fazer por conta própria pequenas alterações no texto original.

Obrigado, Laura, pensou, com um sorriso malicioso, enquanto fazia algumas mudanças no personagem da loira desmiolada que era morta no segundo ato. Desespero, é isso que está faltando, decidiu. Por fora, ela parece radiante, mas precisamos passar a idéia de que está apavorada, em pânico, e que daria tudo para se sentir segura.

Carter detestava ser interrompido enquanto escrevia, o que seu agente, Tim Davis, sabia muito bem. Às 11 horas, no entanto, a campainha estridente do telefone interrompeu sua concentração. Era Tim.

Começou com uma longa desculpa.

— Carter, sei que você está trabalhando e que prometi não incomodá-lo a não ser por um motivo realmente importante, mas...

— É bom que seja *realmente* importante, Tim — cortou Carter.

— Acontece que acabo de receber um telefonema de Angus Schell, o agente de Robby Brent, e ele está quase maluco.

Robby prometeu enviar no máximo até ontem as mudanças no roteiro de seu novo seriado na tevê, mas até agora, nada. Angus deixou uma dúzia de recados para Robby e não recebeu resposta. Os patrocinadores, que já estavam furiosos com a tal jogada publicitária que a imprensa diz ter sido armada por Robby e Laura Wilcox, agora ameaçam cortar o patrocínio.

— O que para mim não tem a menor importância — retrucou Carter Stewart, com voz gelada.

— Carter, você me contou outro dia que Robby queria lhe mostrar as alterações feitas. Chegou a vê-las?

— Não. No dia em que decidi ir ao seu hotel para opinar sobre as alterações, ele não estava, e desde então não nos falamos mais. E agora, se me dá licença, eu estava no meio do trabalho quando me interrompeu.

— Carter, por favor. Tente entender. Acredita que Robby *fez* as modificações prometidas ao patrocinador?

— Tim, tente *você* entender a situação. Sim, acredito que Robby tenha feito as modificações. Pelo menos foi o que me disse, e depois perguntou se eu poderia dar uma revisada. Respondi que sim, mas ele não estava quando fui ao hotel. Em outras palavras, e repetindo, para que fique bem claro, ele fez as alterações e eu perdi um tempo precioso.

— Carter, sinto muito. Sinto muito mesmo — desculpou-se Tim Davis, ansioso por acalmar o cliente. — Joe Dean e Bárbara Monroe já foram escolhidos para o elenco e para eles é vital que o seriado vá ao ar. Conforme deu nos jornais, Wilcox e Robby deixaram praticamente tudo no hotel. Daria para você, por favor... eu lhe peço... verificar se por acaso ele deixou o roteiro modificado no quarto? Na última vez em que falei com Robby, ele estava contente porque, com as alterações, o texto ficaria hilariante. Ele quase não usa esta palavra, mas quando usa, sabe o que está dizendo. Se conseguíssemos receber o material por carta registrado amanhã de manhã, talvez ainda desse para salvar o espetáculo. Os patrocinadores querem uma comédia com sucesso garantido e todos nós sabemos que Robby tem capacidade para isso.

Carter Stewart não disse uma palavra.

— Carter, não quero que considere isto uma cobrança, mas há 12 anos, quando você ainda batia de porta em porta, decidi ajudá-lo e produzi sua primeira peça. Não me interprete mal. Para mim, tudo tem corrido às mil maravilhas desde então, mas neste exato momento quero o troco, não para mim, mas para Joe e Bárbara. Eu lhe dei uma oportunidade. Hoje quero que os ajude a ter a deles também.

— Tim, sua eloqüência quase me faz chorar — respondeu Carter Stewart, a voz agora alegre. — Atrás desse blablablá deve haver algo além da amizade por seu antigo camarada Angus e seus sentimentos paternais por novos talentos. Um dia você me explica o que é. No entanto, já que acabou com minha concentração, vou agora ao hotel de Robby fazer uma tentativa de entrar em seu quarto. Você poderia começar a preparar o terreno. Telefone agora, diga que é o agente de Robby e que ele lhe pediu para ir ao hotel buscar os roteiros.

— Carter, não sei como...

— Me agradecer? Claro que não sabe. Até logo, Tim.

Carter Stewart vestia jeans e suéter. Sua jaqueta e o boné continuavam sobre a cadeira onde os jogara mais cedo. Com um suspiro de irritação levantou-se, vestiu a jaqueta e pegou o boné. Preparava-se para deixar o quarto quando o telefone tocou. Era o reitor Downes, convidando-o para um coquetel seguido de jantar na sua residência em Stonecroft.

É a última coisa na face da terra que eu gostaria de fazer hoje, pensou. No entanto, respondeu:

— Oh, que pena! Já tenho compromisso para o jantar.

Comigo mesmo, acrescentou em silêncio.

— Nesse caso, apareça apenas para o coquetel — insistiu Downes. — Você me faria um grande favor, Carter. Veja bem, estará lá também uma pessoa para tirar fotos de você e dos outros homenageados que continuam na cidade.

Dos outros homenageados que continuam na cidade... É uma bela maneira de se expressar, pensou Carter, com sarcasmo.

— Infelizmente...

— Por favor, Carter. Prometo não atrasá-lo, mas diante dos acontecimentos dos últimos dias, é muito importante que eu tenha fotos dos quatro homenageados realmente merecedores das medalhas recebidas. Preciso delas para substituir as que tiramos do grupo inteiro durante o jantar. Você deve entender como isso será fundamental na hora de lançarmos o projeto do novo prédio.

Não havia sinal de alegria na risada que acompanhou a resposta de Carter Stewart.

— Parece que é hoje o dia de eu pagar todos os meus pecados. A que horas devo chegar?

— Às sete e meia estará ótimo.

A voz do reitor Downes transbordava de gratidão.

— Combinado.

UMA HORA MAIS TARDE, Carter Stewart estava no quarto de Robby Brent no Glen-Ridge House. Justin Lewis, gerente do hotel, e Jerome Warren, seu assistente, o acompanhavam, ambos visivelmente contrariados diante da possibilidade de o hotel ser responsabilizado por permitir que Stewart retirasse algo do quarto de um dos hóspedes.

Stewart foi até a escrivaninha. Havia uma pilha de roteiros espalhados. Folheou alguns.

— Aqui estão. Como expliquei e podem conferir, estes são os textos corrigidos pelo sr. Brent que os produtores precisam receber com urgência. Não ficarão comigo nem um minuto.

Apontou para Justin Lewis.

— Reúna todos, por favor.

Dirigiu-se em seguida para Jerome Warren.

— Você os coloca no envelope. Depois, decidam de comum acordo quem escreve o endereço. Satisfeitos?

— Claro, senhor — respondeu Lewis, nervoso. — Espero que entenda nossa posição e também por que precisamos nos cercar de tanto cuidado.

Carter Stewart não respondeu. Estava concentrado no lembrete que Robby Brent deixara na mesinha do telefone: "Encontro com Howie para mostrar roteiros na terça-feira, às 15 horas."

O gerente também viu a anotação.

— Sr. Stewart — disse. — Pensei que o compromisso do sr. Brent fosse com o senhor.

— E era.

— Posso lhe perguntar então quem é Howie?

— O sr. Brent se referia a mim assim. É uma brincadeira que existe entre nós.

— Compreendo.

— Tenho certeza de que compreende. Sr. Lewis, já ouviu dizer que quem ri por último ri melhor?

— Sim, claro — respondeu Justin Lewis, confirmando com a cabeça.

Carter Stewart se pôs a rir.

— Ótimo. É um ditado que se aplica muito bem à situação. E agora, anote o endereço.

72

Após sair do gabinete de Rich Stevens, Sam desceu ao bar do tribunal e pediu café e um sanduíche de pão de centeio com presunto e queijo para levar.

— "Para viagem", o senhor quer dizer — brincou o novo empregado que servia no balcão e que, ao perceber a expressão de espanto de Sam, explicou: — Hoje em dia não se diz mais "para levar". Se diz "para viagem".

Eu poderia morrer sem saber disso, raciocinou Sam ao voltar para sua sala e tirar o sanduíche da embalagem.

Colocou a frugal refeição à sua frente e ligou o computador. Uma hora mais tarde, o sanduíche comido e o último gole de café esquecido no copo plástico, passou a organizar as informações obtidas sobre Laura.

Devo reconhecer que a gente consegue encontrar muita coisa na internet, pensou Sam, mas também pode perder um tempo precioso. Ele buscava um tipo de informação que não seria encontrada na biografia oficial de Laura, mas até o momento não descobrira nada que fosse muito útil.

Como havia uma longa e desanimadora lista de referências a Laura Wilcox, Sam começou a abrir as que lhe pareciam mais reveladoras. O primeiro casamento de Laura, aos 24 anos, tinha sido com Dominic Rubirosa, cirurgião plástico de Hollywood. "Laura é tão linda que em nossa casa meu talento será desnecessário", teria dito Rubirosa, após a cerimônia.

Sam fez uma careta. Não é uma declaração comovente, ainda mais quando se sabe que o casamento durou exatos 11 meses? O que teria sido feito de Rubirosa? Talvez ainda mantenha contato com Laura. Decidiu saber mais sobre ele e descobriu um artigo que mostrava uma foto sua com a segunda mulher, no dia do casamento. "Mônica é tão linda que jamais precisará recorrer aos meus conhecimentos profissionais", era a citação atribuída a Rubirosa na ocasião.

— Uma pequena variação, mas não suficiente. Que idiota! — exclamara Sam em voz alta, clicando na seta para voltar à página do primeiro casamento de Laura.

Havia uma foto de seus pais na cerimônia... William e Evelyn Wilcox, de Palm Beach. Segunda-feira, como Laura não aparecesse, Eddie Zarro deixara uma mensagem na secretária eletrônica deles, pedindo que entrassem em contato com Sam. Na ausência de resposta, pedira a um policial de Palm Beach que fosse até a casa. Uma vizinha mexeriqueira contou ao policial que o casal estava em um cruzeiro, mas ela não sabia onde. Acrescentou que não tinham falado para ninguém, que eram "velhos bastante excêntricos" e que a impressão dela era que estavam chateados com alguma coisa publicada com relação ao tumultuado segundo divórcio de Laura.

Navios de cruzeiros recebem notícias, pensou Sam. Com toda a cobertura da mídia sobre Laura nos últimos dias, seria de imaginar que seus pais começassem a se preocupar. É estranho que ainda não tenham se manifestado. Pedirei aos policiais de Palm Beach que investiguem mais a fundo e descubram em qual navio embarcaram. A não ser, claro, que Laura lhes tenha dito que não se preocupassem com ela.

Ergueu os olhos quando Joy Lacko entrou.

— O chefe me mandou deixar os homicídios de lado, por enquanto — disse. — Quer que eu o ajude. Falou que você me explicaria.

Pela expressão de seu rosto, ficou claro para Sam que ela não estava satisfeita com o remanejamento.

O ar de insatisfação desapareceu aos poucos à medida que Sam contou o que sabia sobre Jean Sheridan e Lily. Seu interesse aumentou quando ouviu que o pai adotivo da garota era um general três estrelas e que parecia impossível que Laura Wilcox tivesse enviado o último fax para Jean Sheridan, no qual dizia que estava por trás de todas as ameaças.

— E ainda não consigo acreditar que cinco mulheres foram mortas na ordem em que sentavam para o almoço na Stonecroft Academy — concluiu. — Se isso não for um daqueles inacreditáveis golpes do destino, significa que Laura está fadada a ser a próxima a morrer.

— Você quer dizer que duas celebridades sumiram, o que pode ou não ser uma jogada publicitária; que uma cadete de West Point, filha adotiva de um general, está sendo ameaçada; e que cinco mulheres morreram na mesma ordem em que sentavam à mesa de almoço na escola? Não é de admirar que Rich pense que você precisa de ajuda — resumiu Joy, com aparente naturalidade.

— *Preciso* de ajuda — admitiu Sam. — Encontrar Laura é a prioridade máxima, tanto porque obviamente ela corre perigo se aquelas cinco mortes tiverem sido mesmo homicídios, como porque pode ter ficado sabendo da existência de Lily e contado para alguém mais.

— O que se conhece sobre a família de Laura? Sobre os amigos mais chegados? Alguém interrogou seu agente?

Lacko pegara o bloco de anotações. Caneta na mão, aguardava as respostas de Sam.

— Você está fazendo as perguntas certas — observou Sam. — Segunda-feira telefonei para os agentes de Laura. Era Alison Kendall quem tratava pessoalmente de seus interesses. Alison morreu há um mês, mas até agora a agência não indicou outro profissional para substituí-la.

— Que estranho — observou Joy. — Eu poderia jurar que essa seria uma das primeiras coisas que eles fariam.

— Parece que o motivo é o dinheiro que ela devia a eles; a agência vinha fazendo adiantamentos regulares. Alison queria continuar trabalhando com Laura, porém o novo diretor não concordou. Prometeram nos avisar caso tenham alguma notícia, mas não podemos contar com eles. Na minha opinião, a agência não está nem um pouco interessada em Laura.

— Ela não trabalhou em nada importante desde *Henderson County*, que já saiu do ar há pelo menos dois anos. Com todas essas estrelas de vinte e poucos anos invadindo nossa televisão, acredito que ela fosse considerada de terceira idade pelos padrões de Hollywood.

— Você tem razão — concordou Sam. — Também estamos tentando localizar seus pais para saber se ela fez algum contato. Já falei com o policial da Califórnia que investiga a morte de Alison Kendall, e ele diz que não há indícios de que ela tenha sido assassinada. Mas não estou satisfeito. Quando contei a Rich Stevens sobre as cinco colegas de mesa, ele expediu um comunicado determinando que os policiais responsáveis pelas investigações apresentassem os dossiês referentes a cada uma das mortes. O caso mais antigo aconteceu há vinte anos, o que significa que talvez não se consiga reunir o material antes do fim de semana. Em seguida, passaremos um pente fino em todos os dossiês para tentar descobrir algo.

Esperou que Joy acabasse de fazer anotações em seu bloco.

— Quero consultar na internet as páginas dos jornais das cidades em que ocorreram os três supostos acidentes para ver se algum deles deu margem a suspeitas na ocasião. A primeira vítima estava no carro que saiu da estrada e caiu no Potomac; a segunda foi a que desapareceu na avalanche em Snowbird; a terceira morreu quando o avião que pilotava se espatifou.

Alison foi a quarta. Por último, quero saber o que foi publicado sobre a que aparentemente se suicidou.

Antecipou-se à próxima pergunta de Joy.

— Tenho aqui os nomes, as datas e os locais onde foram mortas — informou, apontando para a folha datilografada sobre a mesa. Pode copiar. Depois, quero também descobrir o que a internet pode nos informar de útil sobre Robby Brent. Preste atenção, Joy. Mesmo com duas pessoas trabalhando, podemos levar muito tempo até chegar a uma solução.

Levantou-se e se espreguiçou.

— Quando acabarmos com isto, devo telefonar para a viúva de um certo dr. Connors e dizer que preciso conversar com ela. Foi ele quem fez o parto de Jean Sheridan. Jean encontrou-se outro dia com a sra. Connors e teve a nítida sensação de que ela escondia alguma coisa, de que estava nervosa. Talvez eu descubra o que está acontecendo.

— Sam, tenho prática em buscar informações na internet, e é provável que eu seja cem vezes mais rápida que você. Pode deixar que faço a pesquisa e você visita a esposa do médico.

— A viúva do médico — retificou Sam, e logo se perguntou por que achara necessário corrigir Joy. Talvez fosse porque Kate não saíra de sua cabeça o dia inteiro. Não sou o marido de Kate, pensou. Sou seu viúvo. É essa a diferença.

Se Joy ficou chateada com a correção, não demonstrou. Pegou a lista de cima da mesa.

— Vamos ver o que consigo descobrir. A gente se fala mais tarde.

DOROTHY CONNORS TINHA relutado em receber Jean, e quando Sam telefonou, tentou ser inflexível, insistindo que não dispunha de informações que pudessem ser úteis. Por fim, ele percebeu que precisava realmente ser duro:

— Sra. Connors, cabe a mim julgar se a senhora pode ou não nos ajudar nas investigações. Não tomarei mais de quinze minutos de seu tempo.

Contrariada, concordou que ele a visitasse naquela mesma tarde, às 15 horas.

O telefone tocou quando tentava botar ordem em sua mesa de trabalho. Era Tony Gómez, chefe de polícia de Cornwall. Eram velhos amigos.

— Sam, conhece um garoto chamado Jake Perkins?

Se o conheço? Sam levantou os olhos na direção do céu.

— Conheço, Tony. Por quê?

— Ele tem circulado pela cidade fotografando casas e recebi queixa de duas pessoas que suspeitam que ele possa estar tramando um assalto.

— Não se preocupe — tranqüilizou-o Sam. — É inofensivo. Tem a ilusão de ser um grande repórter investigativo.

— É mais que ilusão. Ele jura que está trabalhando no caso Laura Wilcox e diz que é seu assessor pessoal. Você confirma a informação?

— Meu assessor pessoal? Pelo amor de Deus!

Sam começou a rir.

— Jogue esse garoto na cadeia — sugeriu. — E depois, trate de perder as chaves. Ligo para você mais tarde, Tony.

73

— JEAN, HAVIA UMA BOA razão para eu perguntar na recepção se você tinha recebido um fax — explicou Mark com voz branda quando a encontrou no bar.

— Então me explique qual é, por favor — pediu ela, também com voz tranqüila.

O garçom os colocara na mesma mesa que tinham ocupado durante horas na véspera. Agora, no entanto, faltava a sensação de confiança e crescente intimidade que caracterizara o encontro anterior. Mark parecia preocupado e Jean tinha certeza de que seu rosto deixava transparecer a dúvida e a desconfiança que sentia com relação a ele.

Lily... Meredith... não corre perigo, e vou conhecê-la logo, pensou. Isso era o essencial, o alfa e o ômega do que importava naquele momento. No entanto, a escova de cabelo recebida pelo correio no mês anterior, depois os faxes contendo ameaças e a rosa sobre a sepultura de Reed... todos esses incidentes acabaram deixando-a arrasada de tanta preocupação.

Devo ter recebido o último fax no meio da tarde de ontem, lembrou Jean, olhando para Mark, sentado à sua frente. Teve a sensação de que ambos se avaliavam mutuamente, vendo-se sob uma luz diferente. Pensei que pudesse confiar em você, Mark, pensou. Ontem você se mostrou tão solidário, tão compreensivo quando lhe contei sobre Lily. Estava apenas zombando de mim?

Como ela, ele usava um conjunto de moletom. O seu era verde-escuro e deixava seus olhos mais cor de avelã do que castanhos. Tinha o ar preocupado.

— Jean, sou psiquiatra — afirmou. — Meu trabalho é tentar compreender os mecanismos da mente. Deus sabe o inferno que você tem enfrentado, e não pretendo piorar a situação. Para ser sincero, esperava que o autor ou autora dos faxes continuasse a se manifestar.

— Por quê?

— Porque seria um sinal de que ele ou ela tem interesse em manter contato. Agora você teve notícias de Laura e está satisfeita em saber que ela não faria mal a Lily. Mas o essencial é que ela se comunicou com você. Foi o que tentei saber ontem. Sim, fiquei preocupado quando me disseram na recepção que não tinha chegado mais nenhum fax. Fiquei aflito com a segurança de Lily.

Olhou para ela, e em seu rosto a preocupação cedeu lugar ao espanto.

— Jean, você pensou que fosse eu o autor dos faxes, que eu *sabia* que o último devia ter chegado mais cedo? Isso *realmente* passou pela sua cabeça?

O silêncio foi sua resposta.

Acredito nele?, perguntou-se. Não sei.

O garçom aguardava o pedido ao lado da mesa.

— Um café, mais nada — pediu Jean.

— Você me disse ao telefone que estava sem comer o dia inteiro — observou Mark. — Em Stonecroft, você gostava de queijo grelhado com tomate. Ainda gosta?

Jean fez um sinal afirmativo com a cabeça.

— Dois sanduíches de queijo grelhado com tomate e dois cafés — pediu Mark.

Esperou que o garçom se afastasse para recomeçar a falar.

— Você ainda não disse nada, Jeannie. Não sei se isso significa que acredita em mim, que não acredita ou que está em dúvida. Reconheço que fico decepcionado, mas entendo a situação. Responda-me uma só questão: ainda acredita que foi Laura quem mandou os faxes e que Lily está em segurança?

Não devo contar sobre o telefonema de Craig Michaelson, pensou Jean. Não posso confiar em mais ninguém.

— Estou satisfeita que Lily esteja em segurança — respondeu, com cautela.

É óbvio que Mark percebeu que ela estava sendo evasiva.

— Pobre Jean — disse. — Você não sabe em quem confiar, não é mesmo? Não a condeno por isso, mas o que vai fazer agora? Esperar indefinidamente até que Laura dê sinal de vida?

— Pelo menos alguns dias — respondeu Jean, decidida a manter-se tão vaga quanto possível. — E você?

— Fico até sexta-feira de manhã, depois preciso voltar. Tenho pacientes à minha espera. Felizmente deixei alguns programas gravados, mas está na hora de preparar os próximos. De qualquer forma, a partir de sexta-feira meu quarto já está reservado para alguém que vai participar de uma convenção de eletricidade, ou sei lá o quê.

— Cem vendedores de primeira linha estão sendo homenageados — explicou Jean.

— Mais homenageados — comentou Mark. — Espero que os cem consigam voltar para casa sem problemas. Suponho que você tenha aceitado o convite do reitor Downes para o coquetel e a sessão de fotos na casa dele, hoje à noite.

— Não recebi nenhum convite — respondeu Jean.

— Ele deve ter deixado recado no seu telefone. Não vai ser demorado. Pelo que Downes falou, ele pretendia que fosse um jantar, mas Carter e Gordon já tinham compromisso. Na verdade, eu também tenho. Meu pai quer que eu jante com ele de novo.

— Acredito então que seu pai tenha respondido às perguntas que você pretendia lhe fazer.

— Respondeu. Jeannie, você já conhece metade da história. Merece agora ouvir o resto. Meu irmão, Dennis, morreu um mês após se formar em Stonecroft. Devia entrar para Yale no outono.

— Fiquei sabendo do acidente — adiantou-se Jean.

— Ficou sabendo de *uma parte* — corrigiu Mark. — Eu tinha acabado de concluir a oitava série em St. Thomas e entraria para Stonecroft em setembro. Meus pais deram a Dennis um conversível como presente de formatura. É provável que você não o tenha conhecido, mas ele se destacava em tudo. Era o primeiro da turma, capitão do time de beisebol, presidente do conselho de alunos, boa-pinta e divertido, um cara realmente muito legal. Após quatro abortos, minha mãe conseguira ter um filho que valia ouro.

— Imagino que tenha sido difícil para você competir com ele — observou Jean.

— É o que as pessoas pensam, mas na verdade Dennis era maravilhoso comigo. Era um grande irmão. Eu tinha adoração por ele.

Jean teve a impressão de que Mark se dirigia mais para si mesmo do que para ela.

— Jogava tênis comigo. Depois, me ensinou a jogar golfe. Me levava para passear no seu conversível e, por fim, de tanto incomodá-lo, me ensinou a dirigir.

— Mas você não devia ter mais que 13 ou 14 anos — arriscou Jean.

— Tinha 13. Claro que, nunca dirigi na rua, e ele estava sempre ao meu lado. O terreno de nossa casa é muito grande. No dia do acidente, perturbei Dennis desde cedo para que saísse comigo de carro. Finalmente, por volta das 16 horas, ele jogou as chaves para mim e disse: "Tudo bem, tudo bem, ligue o carro. Daqui a pouco estarei lá." Sentei-me à sua espera — prosseguiu —, contando os minutos para que ele viesse logo e eu pudesse bancar o tal no volante do conversível. Mas então chegaram dois amigos de Dennis e ele me disse que iria encestar algumas bolas com eles. "Prometo dar uma volta com você daqui a uma hora", disse. Em seguida acrescentou: "Desligue o motor e não se esqueça de puxar o freio de mão." Fiquei decepcionado e furioso. Entrei em casa e bati a porta. Minha mãe estava na cozinha. Disse para ela que ficaria contente se o carro de Dennis deslizasse rampa abaixo e se espatifasse contra o muro. Quarenta minutos mais tarde, o carro deslizou rampa abaixo. A tabela de basquete ficava no início da entrada para carros. Os outros rapazes conseguiram sair do caminho a tempo. Dennis não.

— Mark, você é psiquiatra e *sabe* que a culpa não foi sua.

O garçom estava de volta com os sanduíches e os cafés. Mark deu uma mordida no sanduíche e tomou um gole de café. Era evidente o esforço que fazia para controlar a emoção.

— Sei, claro, porém meus pais nunca mais foram os mesmos comigo. Dennis era tudo para minha mãe. É normal. Ele tinha todos os predicados do mundo. Era tão talentoso! Ouvi quando ela disse para meu pai que tinha certeza de que eu deixara o freio de mão solto de propósito, não com a intenção de matar Dennis, é óbvio, mas como castigo por ele ter me decepcionado.

— O que seu pai respondeu?

— Ele *não* respondeu. Eu esperava que me defendesse, mas que nada. Depois alguém me contou que minha mãe dizia que se Deus queria lhe tirar um dos filhos, por que tinha de ser Dennis?

— Ouvi essa história — admitiu Jean.

— Você cresceu querendo escapar de seus pais, Jean, e eu dos meus. Sempre senti que tínhamos muita coisa em comum. Nós dois nos dedicamos aos estudos e não reclamamos de nada. Você vê seus pais com freqüência?

— Meu pai mora no Havaí. Fui visitá-lo no ano passado. Ele namora uma senhora muito amável, mas anuncia aos quatro ventos que um casamento foi suficiente para convencê-lo a não pisar de novo numa igreja. No Natal, passei alguns dias com minha mãe, que agora parece realmente feliz. Ela e o marido têm me visitado uma vez ou outra. Devo admitir que fico de coração partido quando vejo os dois de mãos dadas, trocando carinhos e penso em como ela se comportava com meu pai. Não guardo nenhum rancor, a não ser pelo fato de, aos 18 anos, não ter podido contar com a ajuda deles.

— Minha mãe morreu quando eu ainda estudava medicina — contou Mark. — Não me disseram que ela tinha tido um ataque do coração e que estava morrendo. Eu teria saltado dentro de um avião para vir lhe dizer adeus. Ela, no entanto, nem perguntou por mim. Na verdade, não quis me ver. Pareceu-me uma rejeição final. Não fui ao seu enterro. Depois disso nunca mais voltei para casa, e meu pai e eu temos tido desavenças ao longo dos últimos 14 anos.

Deu de ombros e prosseguiu.

— Talvez por isso tenha decidido me tornar psiquiatra. "Médico, cura a ti mesmo." Continuo tentando.

— Que perguntas você fez a seu pai? Você me disse que ele respondeu a todas.

— A primeira foi por que ele não me avisou que minha mãe estava à morte.

Jean segurou com as duas mãos a xícara de café e a levantou.

— O que ele respondeu?

— Disse que minha mãe começara a ter delírios. Pouco antes do ataque cardíaco ela tinha consultado um médium, que falou que seu filho mais novo tinha soltado o freio do carro de propósito porque estava com ciúme do irmão e queria que ele sofresse. Minha mãe sempre acreditou na possibilidade de eu ter pensado em danificar o carro de Dennis, mas as palavras do médium a levaram à insanidade. Podem até ter provocado o ataque do coração. Quer saber qual foi a outra pergunta que fiz a meu pai?

Jean fez um sinal positivo com a cabeça.

— Minha mãe não suportava bebida alcoólica e meu pai gostava de tomar um drinque no fim da tarde. Ele ia para a garagem, onde escondia algumas garrafas atrás de latas de tinta, aí fingia limpar o interior de seu carro e fazia uma pequena farra particular. Às vezes sentava no carro de Dennis e era lá que tomava seu trago. Tenho certeza de que deixei o freio de mão puxado. Sei que Dennis não se aproximou do carro. Estava treinando basquete com os amigos. É claro que minha mãe não teria entrado no conversível. Perguntei a meu pai se ele tinha entrado no carro de Dennis aquela tarde para tomar seu drinque habitual e se, nesse caso, ele achava possível que, sem querer, tivesse soltado o freio.

— O que ele respondeu?

— Que admitia ter estado no carro e saído apenas um ou dois minutos antes de ele deslizar pela rampa. Nunca teve coragem de contar a verdade para minha mãe, nem mesmo quando aquele médium envenenou-a contra mim.

— Por que teria admitido o fato agora?

— Eu estava andando pela cidade uma noite dessas, pensando em como as pessoas passam pela vida sob o peso de conflitos não resolvidos. Minha agenda está repleta de pacientes que são exemplos vivos do que estou dizendo. Quando vi o carro de meu pai na entrada de veículos... a mesma, a propósito... decidi tomar coragem e, após 14 anos de silêncio, esclarecer o acontecido.

— Vocês se encontraram ontem à noite e vão se encontrar de novo hoje. Isso significa uma reconciliação?

— Ele fará oitenta anos daqui a pouco, Jean, e não está bem. Viveu uma mentira durante 25 anos. Chega a ser patético o modo como ele fala que quer se reconciliar comigo. Isso é impossível, claro, mas talvez esses encontros me ajudem a compreender e a esquecer. Ele tem razão quando diz que, se minha mãe tivesse descoberto que ele tinha ido beber no carro e provocado o acidente, ela o teria deixado na mesma hora.

— No nível emocional, no entanto, foi *você* que ela rejeitou.

— O que, por sua vez, contribuiu para a sensação de total falta de adaptação e o complexo de inferioridade que me lembro de ter sentido em Stonecroft. Tentei ser igual a Dennis, mas não era bonitão como ele. Não era atleta, não era líder. A única época em que experimentei um sentimento de companheirismo foi quando participei de uma equipe que trabalhava à noite durante nosso último ano. Saíamos depois para comer uma pizza. Talvez o lado positivo tenha sido a compaixão que aprendi a ter pelas crianças que levavam uma vida dura e, depois de adulto, ter tentado tornar suas vidas um pouco mais fáceis.

— Pelo que as pessoas dizem, você faz um trabalho excelente.

— Espero que sim. Os produtores querem levar o programa para Nova York e me ofereceram um lugar na equipe do New York Hospital. Acho que estou preparado para essa mudança.

— Um recomeço? — perguntou Jean.

— Exatamente, onde o que não pode ser perdoado ou esquecido pode pelo menos ser relegado ao passado.

Levantou a xícara de café e perguntou:

— Podemos então brindar ao recomeço, Jeannie?

— Podemos, claro.

Por mais que eu tenha sofrido, a vida foi mais cruel com você, Mark, pensou. Meus pais estavam envolvidos demais com seu ódio mútuo para compreender o mal que me faziam. Os seus deixavam claro que preferiam seu irmão e, depois, seu pai deliberadamente deixou que sua mãe acreditasse na única coisa pela qual ela jamais poderia lhe perdoar. O que *isso* fez com sua alma?

Sua vontade era estender a mão e colocá-la sobre a dele, no mesmo gesto com que a confortara na véspera. Mas algo a reteve. Ela não conseguia confiar nele. Percebeu, então, que queria retornar a um detalhe que ele acabara de fornecer.

— Mark, qual era o trabalho noturno que você disse que fazia no último ano da escola?

— Trabalhei com a equipe de limpeza de um prédio que foi depois destruído por um incêndio. O pai de Jack Emerson conseguiu esse emprego para muitos de nós. Acho que você não estava presente quando fizemos uma brincadeira a esse respeito uma noite dessas, dizendo que todos os homenageados já tinham empunhado uma vassoura ou esvaziado cestas de papéis.

— *Todos*? — perguntou Jean. — Carter, Gordon, Robby e você?

— Isso mesmo. Ah, e mais um. Joel Nieman, vulgo Romeu. Todos nós trabalhamos com Jack. Não se esqueça, éramos os únicos que não precisavam participar de torneios nem viajar com suas equipes. Éramos perfeitos para aquele tipo de trabalho.

Fez uma pausa antes de prosseguir.

— Espere um minuto. Você devia conhecer o prédio, Jean, pois era paciente do dr. Connors.

Jean sentiu o sangue gelar.

— Nunca lhe falei sobre isso, Mark.

— Deve ter falado. De que outro modo eu teria descoberto?

De que outro modo, não é mesmo?, perguntou-se Jean, empurrando a cadeira para trás.

— Mark, preciso dar alguns telefonemas. Você se incomoda se eu não esperar a conta?

74

Jill Ferris estava no estúdio quando Jake voltou para a escola.

— E então, Jake, correu tudo bem? — perguntou, observando-o batalhar para fechar a porta ao mesmo tempo em que tentava se desembaraçar com cuidado da pesada câmera que carregava no ombro.

— Foi uma aventura, Jill — admitiu. — Isto é, srta. Ferris — corrigiu rapidamente. — Decidi fazer um relato cronológico sobre Laura Wilcox do berço até hoje. Tirei uma foto fantástica da igreja St. Thomas de Canterbury e, por sorte, havia um carrinho de bebê do lado de fora. Um carrinho de bebê *de verdade*, não uma dessas coisas estranhas e complicadas, algumas com três rodas ou sei lá como é, onde enfiam as crianças hoje em dia.

Tirou o gravador do bolso antes de se livrar do pesado casaco.

— Lá fora está de congelar — queixou-se —, mas pelo menos a delegacia de polícia é bem quentinha.

— Delegacia de polícia, Jake? — espantou-se Jill Ferris.

— Hã-hã. Mas deixe eu lhe explicar a ordem cronológica. Depois da igreja, tirei algumas fotos das redondezas, para passar uma idéia de comunidade às pessoas que não moram aqui. Reconheço que estou preparando esta matéria para a *Gazette*, porém torço para que ela também apareça em publicações mais importantes e que atinja um público mais amplo.

— Compreendo. Jake, não quero apressá-lo, mas eu estava de saída.

— Só mais um minuto, por favor. Depois, fotografei a segunda casa de Laura, a "megarresidência". É impressionante, para quem se interessa por esse estilo pomposo e de mau gosto. Tem um grande jardim na frente e os proprietários atuais cravaram algumas estátuas gregas no gramado. Para mim, é o cúmulo da pretensão, mas assim os leitores compreenderão que Laura *não* teve uma infância de "almoços-surpresa".

— Infância de "almoços-surpresa"? — perguntou Jill Ferris, atônita.

— Posso explicar. Meu avô me contou a história de um comediante chamado Sam Levenson, que dizia que sua família era tão pobre que sua mãe comprava comida enlatada que era vendida em um carrinho de mão por dois centavos a lata. Era assim barato porque os rótulos tinham caído e ninguém sabia o que havia dentro das latas. Ela dizia aos filhos que teriam um "almoço-surpresa". Eles nunca sabiam o que iriam comer. Continuando, as fotos da segunda casa de Laura mostram que ela foi criada em uma família de classe média sólida, já beirando a classe média alta.

A expressão de Jake se entristeceu e ele prosseguiu.

— Após fotografar as casas vizinhas à antiga moradia de Laura, atravessei a cidade e fui até a Mountain Road, onde ela viveu os primeiros 16 anos de sua vida. É uma rua extremamente agradável e, para ser sincero, a casa combina muito mais com meu gosto do que a outra, a das estátuas gregas. Bem, eu mal tinha começado a fotografar quando um carro de polícia parou e um tira muito agressivo quis saber o que eu achava que estava fazendo. Quando expliquei que, no exercício de meu direito de cidadão, estava fotografando a rua, ele me convidou a entrar no carro e me levou para a delegacia.

— Ele *prendeu* você, Jake?

— Não. Não exatamente. O comissário de polícia me interrogou e, como imaginei ter prestado um bom serviço ao investigador Deegan ao preveni-lo que Laura Wilcox parecia extremamente nervosa quando telefonou para pedir que o hotel mantivesse seu quarto, senti que tinha o direito de explicar ao comissário que eu era um assessor especial do sr. Deegan na investigação sobre o desaparecimento de Laura.

Sentirei falta deste garoto quando ele se formar, pensou Jill Ferris. Decidiu que não haveria problema se chegasse um pouco atrasada à consulta com o dentista.

— O comissário acreditou em você, Jake?

— Ele telefonou para o sr. Deegan, que não apenas desmentiu minha história, como sugeriu que o comissário me enfiasse na cadeia e depois perdesse a chave.

Jake lançou um olhar sombrio para a professora.

— Isso não tem nenhuma graça, srta. Ferris. O sr. Deegan traiu minha confiança. O comissário, percebi depois, foi muito mais compreensivo. Disse até que eu poderia concluir o trabalho amanhã, já que me faltava tirar apenas algumas fotos da casa da Mountain Road. De qualquer modo, me aconselhou a não entrar em propriedade alheia. Vou revelar agora o filme de hoje e, com sua permissão, pegarei de novo a câmera amanhã para as últimas fotos.

— Certo, Jake, porém lembre-se de que não se fabricam mais câmeras como essa. Tome cuidado para não acontecer nada a ela, caso contrário *eu* terei problemas, não você. Agora preciso correr.

— Daria a vida por ela — gritou Jake.

Daria mesmo, pensou, enquanto rebobinava o filme e o retirava da câmera. Mas ainda que o comissário tenha me recomendado não entrar em propriedade alheia, para conseguir uma boa cobertura fotográfica para meu artigo precisarei cometer um ato de desobediência civil, disse a si mesmo. Pretendo fotografar os fundos da casa de Laura na Mountain

Road. Como está desabitada, tenho certeza de que não serei visto.

Entrou na câmara escura e começou a revelar as fotos, uma de suas tarefas preferidas. Achava emocionante e criativo observar pessoas e objetos emergirem pouco a pouco dos negativos. Pendurou-os um a um em um fio para secar, depois pegou uma lupa e estudou-os com atenção. Estavam todos bons, reconheceu, mas a única foto que conseguira tirar da casa de Laura na Mountain Road antes de a polícia aparecer era a mais interessante.

Há algo de estranho nessa casa, pensou Jake. Algo que me faz querer enfiar a cabeça embaixo das cobertas e me esconder. O que será? Tudo está na mais perfeita ordem. Talvez seja isso. Tudo está perfeito demais. Olhou então mais de perto. Descobri! São as persianas! As do quarto que fica na extremidade da casa são diferentes das outras. Na foto ficam muito mais escuras. Não percebi quando fotografei, mas naquela hora o sol brilhava forte. Ele assobiou. Ei, espere um minuto. Quando pesquisei a história de Karen Sommers na internet, lembro-me de ter lido que ela foi assassinada no quarto do canto, no lado direito da casa. Lembro-me de uma foto da cena do crime, em que essas janelas estavam marcadas com um círculo.

Por que não publicar uma foto apenas dessas duas janelas no meu artigo?, refletiu. Posso salientar que uma aura escura ronda o quarto fatal onde uma jovem foi assassinada e onde Laura dormiu durante 16 anos. Isso acrescentaria ao texto um toque de mistério.

Para seu grande desapontamento, a ampliação da foto mostrou que a diferença de cor se devia provavelmente à existência de persianas internas escuras, escondidas atrás das decorativas, visíveis apenas da rua.

Devo mesmo ficar desapontado?, perguntou-se Jake. E se a casa estiver habitada por alguém que não quer deixar a claridade passar? Seria um esconderijo perfeito. A casa foi reformada. Há móveis na varanda, o que me faz supor que o resto também esteja mobiliado. Não há morador. Aliás, quem a comprou? Não seria um escândalo saber que Laura Wilcox é a proprietária de sua antiga casa e que está enfiada nela agora com Robby Brent?

Não é a idéia mais doida que já tive, reconheceu. Será que devo comunicá-la ao sr. Deegan?

Claro que não. É provável que seja uma hipótese maluca, mas se houver alguma coisa, o artigo é meu. Deegan disse ao comissário que me jogasse na cadeia. Agora ele vai ver! Nunca mais contará com minha ajuda.

75

A VISITA DE SAM a Dorothy Connors durou exatamente 15 minutos, conforme o prometido. Ao perceber seu péssimo estado de saúde, ele falou com muito cuidado e logo sentiu que a preocupação que ela manifestara dizia respeito à reputação de seu falecido marido. Sabendo disso, foi mais fácil ir diretamente ao assunto.

— Sra. Connors, a dra. Sheridan conversou com Peggy Kimball que, na época, trabalhava com seu marido. Na tentativa de ajudar a dra. Sheridan a encontrar a filha, a sra. Kimball afirmou que o dr. Connors pode, uma vez ou outra, ter burlado a legislação que regula as adoções. Se for essa a sua preocupação, posso lhe garantir agora mesmo que a filha da dra.

Sheridan foi localizada e que sua adoção foi absolutamente legal. Na verdade, a dra. Sheridan foi convidada a jantar hoje com os pais adotivos e em breve conhecerá a filha. Essa parte da investigação está concluída.

A expressão de alívio refletida no rosto da viúva confirmou que ele conseguira dissipar suas preocupações.

— Meu marido era um homem maravilhoso. Teria sido terrível se, dez anos após sua morte, as pessoas começassem a pensar que ele fez algo errado ou ilegal.

E fez, pensou Sam, mas não é por isso que estou aqui agora.

— Sra. Connors, prometo que nada do que me disser será usado de um modo que possa macular a reputação de seu marido. Mas peço, por favor, que me responda à seguinte pergunta: a senhora sabe como alguém pode ter tido acesso ao registro médico de Jean Sheridan arquivado no consultório de seu marido?

Não havia sinal de nervosismo na voz ou nos gestos de Dorothy Connors quando ela olhou bem nos olhos de Sam.

— O senhor tem minha palavra de honra de que jamais tive conhecimento de tal fato e que, se tivesse, lhe contaria agora.

Tinham ficado sentados no jardim de inverno, onde Sam suspeitava que a sra. Connors passava a maior parte do tempo. Ela insistiu em acompanhá-lo até a porta, mas, ao abri-la, teve um momento de hesitação.

— Meu marido tratou de dezenas de adoções durante os quarenta anos em que exerceu a medicina. Sempre tirava uma foto do bebê logo que nascia. Colocava a data do nascimento no verso de cada foto e, se a mãe tivesse dado nome à criança antes de entregá-la para adoção, ele anotava, também.

Fechou a porta.

— Venha comigo até a biblioteca.

Sam seguiu-a através da sala de estar e passou pela porta dupla que se abria para uma pequena peça repleta de estantes de livros.

— Os álbuns de fotografia estão ali — apontou. — Depois que a dra. Sheridan saiu, encontrei a foto de sua filha, com o nome Lily escrito no verso. Confesso que tive muito medo que se tratasse de um dos casos de adoção dos quais não se consegue saber nada. No entanto, agora que a dra. Sheridan localizou a filha e vai conhecê-la, estou certa de que gostaria de ter uma foto de Lily com três horas de vida.

Pilhas de álbuns de fotografia ocupavam uma seção inteira das prateleiras. Cada fileira estava etiquetada com datas de até quarenta anos antes. O álbum que a sra. Connors selecionou tinha um marcador de páginas dentro. Ela o abriu, retirou a foto de seu envelope plástico e entregou-a a Sam.

— Por favor, diga à dra. Sheridan que fico muito feliz por ela.

De volta ao carro, Sam guardou com cuidado no bolso superior interno do paletó a foto de um bebê de olhos arregalados, longos cílios e poucos fios de cabelo emoldurando o rosto. Que gracinha, pensou. Posso imaginar como deve ter sido duro para Jean abandoná-la. Não estou muito longe do Glen-Ridge. Se ela estiver lá, lhe entrego a foto logo. Michaelson ficou de ligar para Jean depois que falou comigo, portanto já deve estar tudo acertado quanto ao encontro com os pais adotivos da garota.

Quando Sam telefonou, Jean estava no quarto e prontamente concordou em encontrá-lo no saguão.

— Preciso de dez minutos apenas — pediu. — Saí agora do banho. Não há nada de errado, não é mesmo, Sam?

— Não, nada de errado, Jean.

Não no momento, pelo menos, pensou, ainda que uma estranha e incômoda sensação não o deixasse ficar tranqüilo.

Esperava encontrar Jean radiante com a perspectiva de conhecer Lily, mas sentiu que algo a perturbava.

— Por que não nos sentamos lá? — perguntou, apontando com a cabeça para o lado oposto do saguão, onde havia poltronas vagas.

Não demorou muito para Jean contar-lhe o motivo de sua preocupação.

— Sam, começo a acreditar que Mark é o autor dos faxes.

Ele viu sofrimento em seu olhar.

— O que a faz pensar assim? — perguntou, com voz tranqüila.

— Ele deixou escapar que sabia que fui paciente do dr. Connors. Nunca lhe falei sobre isso. E tem mais. Ele ontem perguntou na recepção se eu tinha recebido um fax e aparentemente ficou decepcionado quando disseram que não. Era o que foi entregue por engano junto com a correspondência de outro hóspede. Mark me disse que trabalhou de noite no consultório do dr. Connors no período em que ele me atendeu. Por fim, admitiu ter me visto com Reed em West Point. Sabia inclusive o nome de Reed.

— Jean, prometo que vamos ficar de olho em Mark Fleischman, mas devo ser franco. Não gostei de você ter confiado nele. Espero que não tenha contado o que Michaelson lhe disse hoje de manhã.

— Claro que não.

— Não quero alarmá-la, mas acho bom ter cuidado. Aposto que descobriremos que a pessoa que está enviando os faxes estudava na sua sala. Seja quem for... Mark ou outro participante do encontro... não acredito mais que o motivo tenha sido dinheiro. Creio que estamos diante de um psicótico com personalidade potencialmente perigosa.

Estudou-a durante um longo minuto.

— Você estava começando a gostar de Fleischman, não é mesmo?

— Estava — admitiu Jean. — Por isso não consigo acreditar que ele seja uma pessoa inteiramente diferente da que aparenta.

— É muito cedo para afirmar isso. Mas no momento trago algo que deve animá-la.

Tirou a foto de Lily do bolso e explicou do que se tratava antes de entregá-la. No mesmo instante viu, com o canto do olho, que Gordon Amory e Jack Emerson cruzavam a porta de entrada do hotel.

— Talvez você prefira ir para o quarto antes de olhar a foto, Jean — sugeriu. — Amory e Emerson acabam de chegar, e se a virem, com certeza se aproximarão.

— Obrigada, Sam — murmurou Jean, tomando a foto de sua mão e correndo para o elevador.

Sam percebeu que Gordon Amory a vira e que tentaria alcançá-la. Apressou-se a interceptá-lo.

— Sr. Amory, já decidiu até quando fica no hotel?

— Acredito que até o fim da semana, no máximo. Por quê?

— Porque se não tivermos notícias da srta. Wilcox dentro de pouco tempo, seremos obrigados a considerá-la desaparecida. Nesse caso, precisaremos interrogar mais longamente as pessoas que estiveram com ela logo antes do desaparecimento.

Gordon Amory deu de ombros.

— Terão notícias dela, sim — afirmou, com tom sarcástico. — No entanto, para sua informação, se quiser entrar em contato comigo, espero ficar por perto mesmo após deixar o hotel. Por intermédio de Jack Emerson, que agirá como nosso corretor, estamos fazendo uma oferta para a compra de um grande terreno onde penso em construir a sede de minha empresa. Assim, após deixar o hotel, pretendo passar várias semanas em meu apartamento de Manhattan.

Jack Emerson, que acabava de falar com alguém perto da recepção, aproximou-se.

— Alguma notícia do sapo? — perguntou a Sam.

— Sapo?

Sam ergueu as sobrancelhas. Ele tinha certeza de que Emerson se referia a Robby Brent, mas fingiu não saber.

— Nosso comediante particular, Robby Brent. Será que ele não sabe que todo hóspede, desaparecido ou não, assim como peixe, ao cabo de três dias fede? O que quero dizer é que agora basta dessa jogada publicitária.

Ele bebeu duas doses de uísque antes do almoço, imaginou Sam, ao ver o rosto corado de Emerson.

Ignorou a referência a Brent.

— Já que mora em Cornwall, suponho que estará disponível caso eu precise lhe falar a respeito de Laura Wilcox, sr. Emerson. Como acabo de explicar ao sr. Amory, ela será considerada desaparecida se não tivermos notícias dela logo.

— Não tão depressa, sr. Deegan — interrompeu Emerson. — No minuto em que Gordie... isto é, Gordon... e eu acabarmos nossa transação, estou fora daqui. Tenho uma casa em St. Bart que já é hora de visitar. Organizar esse encontro me deu muito trabalho. Hoje à noite tiramos mais algumas fotos na casa do reitor Downes, tomaremos um drinque com ele e então o encontro estará *realmente* acabado. Quem se importa se Laura Wilcox e Robby Brent vão ou não reaparecer um dia? O comitê de ampliação da Stonecroft Academy não precisa desse tipo de publicidade.

Gordon Amory ouvira a conversa com um sorriso divertido nos lábios.

— Devo lhe dizer, sr. Deegan, que na minha opinião Jack resumiu muito bem a situação. Tentei falar com Jean, mas ela já estava no elevador e não consegui alcançá-la. Sabe quais são seus planos?

— Não. E agora, com licença, preciso voltar para meu escritório.

Por nada neste mundo eu diria a esses sujeitos o que Jean está fazendo, pensou ao atravessar o saguão do hotel, e espero que ela siga meu conselho de não confiar em nenhum deles.

Seu telefone celular tocou no momento em que entrava no carro. Era Joy Lacko.

— Sam, encontrei algo importante. Tive a idéia de consultar o relatório sobre o suicídio de Gloria Martin antes de começar a pesquisa sobre as mortes acidentais. Na época em que morreu, saiu um artigo enorme sobre ela no jornal de Bethlehem.

Sam esperou.

— Gloria Martin se suicidou enfiando um saco plástico na cabeça. E agora escuta esta, Sam: quando a encontraram, ela tinha uma pequena coruja de metal na mão.

76

PARA SATISFAÇÃO de Duke Mackenzie, naquela noite, às 20h55, o taciturno participante do encontro de ex-alunos de Stonecroft reapareceu. Pediu um sanduíche quente de queijo e *bacon* e um café com leite desnatado. Enquanto o sanduíche estava na grelha, Duke apressou-se a puxar conversa.

— Uma senhora do seu grupo esteve aqui hoje de manhã — informou. — Ela já morou na Mountain Road.

Ele não conseguia enxergar através dos óculos escuros do freguês, mas algo no modo como ele enrijeceu o corpo deu a Duke a certeza de que atraíra sua atenção.

— Sabe seu nome? — perguntou o visitante, sem aparentar grande interesse.

— Não, senhor. Mas posso descrevê-la, se quiser. Muito bonita, com cabelos castanhos e olhos azuis. Sua filha se chama Meredith.

— Ela lhe contou isso!

— Não, senhor. Não me pergunte como aconteceu, mas foi alguém com quem falou ao telefone que lhe contou. Posso garantir que ficou muito perturbada. Não consigo entender como não sabia o nome da própria filha.

Será que estava falando com algum participante de nosso encontro?, refletiu o visitante.

— Por acaso ela mencionou o nome da pessoa com quem estava falando?

— Não. O que disse foi que iria vê-los... eles ou elas, não sei... amanhã às 19 horas.

Duke virou as costas para o balcão, pegou uma espátula e tirou o sanduíche da grelha. Não percebeu o sorriso frio no rosto do cliente, assim como não o ouviu murmurar baixinho: "Não, Duke, não irá. Com certeza não irá."

— Pronto, senhor — disse Duke, satisfeito. — Vejo que toma seu café com leite desnatado. Dizem que é mais saudável, mas ainda prefiro café com um bom creme à moda antiga. Não tenho motivo para me preocupar. Meu pai ainda disputava campeonatos de boliche aos 87 anos.

O Coruja deixou o dinheiro no balcão e saiu resmungando um boa noite. Sentiu que Duke o acompanhava com o olhar enquanto caminhava até o carro. Não duvido que me siga, pensou. É curioso demais. Não deixa escapar nada. Não posso mais parar aqui, mas não tem importância. Amanhã a esta hora tudo terá acabado.

Subiu lentamente a Mountain Road, mas preferiu não entrar na casa de Laura. É curioso que eu continue falando assim, disse para si mesmo. Foi bem além do portão da casa e olhou pelo retrovisor para ter certeza de que não estava sendo seguido. Fez então o retorno e começou o caminho de volta, sempre atento aos outros carros. Quando chegou ao seu destino, desligou os faróis, pegou depressa a entrada para carros e dirigiu até o quintal relativamente seguro e abrigado.

Somente então conseguiu se concentrar no que acabara de ouvir. *Jean sabia o nome de Meredith!* Era sem dúvida o casal Buckley que ela se preparava para encontrar. Meredith com certeza não conseguira se lembrar de onde deixara a escova de cabelo, caso contrário aquele detetive, Sam Deegan, já teria vindo bater à sua porta. Isso queria dizer que precisava ir embora mais depressa do que imaginara. No dia seguinte seria obrigado a entrar e a sair da casa várias vezes em plena luz do dia. Não poderia, no entanto, deixar o carro do lado de fora. Quanto a isso, não havia dúvida. Ainda que o quintal fosse fechado, algum vizinho poderia ver o carro de uma janela mais alta e ligar para a polícia. A casa de Laura estava teoricamente desabitada.

O carro de Robby, com seu corpo no porta-malas, ocupava metade da garagem. O primeiro carro alugado, que poderia ter deixado marcas comprometedoras de pneu no lugar para onde transportara o corpo de Helen Whelan, estava na outra vaga. Precisava se livrar de um dos dois carros para ter acesso à garagem. O da locadora permitiria que ele fosse localizado, raciocinou. Precisava ficar com ele até poder devolvê-lo sem risco.

Cheguei até aqui, concluiu O Coruja. A jornada foi longa! Não posso parar agora. Preciso ir até o fim. Olhou para o sanduíche e o café que trouxera para Laura. Não jantei, lembrou-se. Que diferença faz se Laura comer ou não hoje à noite? Ela não sentirá fome a partir de amanhã.

Abriu o saco de papel e comeu lentamente o sanduíche. Bebeu o café, dizendo para si mesmo que teria preferido puro. Quando acabou, saiu do carro, destrancou a porta e entrou. Em vez de subir diretamente para o quarto de Laura, abriu a porta que dava para a garagem e bateu-a de propósito às suas costas, ao mesmo tempo que calçava as luvas de borracha que sempre carregava no bolso do casaco.

Laura ouviria o barulho e começaria a tremer pela angústia da incerteza se dessa vez ele viera para matá-la. Mas ela devia também estar com fome a essa hora e tentaria adivinhar o que ele lhe trouxera para comer. Depois, ao perceber que ele não subia, o medo e a fome aumentariam e a deixariam destruída, pronta a fazer o que ele quisesse, pronta a obedecer.

De certo modo, ele gostaria de tranqüilizá-la, de lhe dizer que aquilo logo acabaria, porque assim ele também ficaria tranqüilo. A dor que sentia no braço distraía sua atenção. As mordidas do cachorro pareciam estar cicatrizando, mas agora a pior delas estava de novo inflamada.

Deixara as chaves de Robby na ignição do carro. Afastou a lembrança do corpo sem vida de Robby, escondido por cobertores e jogado no porta-malas, abriu com o controle remoto a porta da garagem, entrou no carro de Robby e saiu em marcha à ré. Em poucos minutos, que lhe pareceram uma eternidade, o segundo carro alugado estava escondido com segurança na vaga liberada.

Com os faróis apagados até a metade da quadra, O Coruja começou a percorrer com o carro de Robby Brent os poucos quilômetros que o separavam de seu destino final no fundo do Hudson.

Quarenta minutos mais tarde, a tarefa cumprida e tendo percorrido a pé o trajeto do local aonde lançara o carro no fundo do rio, estava de volta à segurança de seu quarto. A missão no dia seguinte seria arriscada, refletiu, mas faria o possível para minimizar o perigo. Antes de raiar o dia voltaria a pé à casa de Laura. Talvez a fizesse ligar para Meredith dizendo que era sua mãe legítima. Pediria para encontrá-la do lado de fora de West Point durante apenas alguns minutos após o café-da-manhã. Meredith sabe que é adotada, pensou O Coruja. Ela me falou sobre isso abertamente. Não existe uma garota de 19 anos que recuse um encontro com a mãe verdadeira. Disso ele estava seguro.

Depois, quando já estivesse com Meredith, faria Laura telefonar para Jean.

Sam Deegan não era burro. Agora mesmo ele deve estar pesquisando a fundo as mortes das outras garotas da mesa de almoço, investigando os acidentes que na verdade não tinham sido acidentes. Foi somente a partir de Gloria que comecei a deixar minha assinatura, lembrou O Coruja, e a ironia é que a primeira tinha sido uma bugiganga que a própria idiota havia comprado.

— Você realmente alcançou o sucesso, e pensar que o chamávamos de "Coruja" — dissera ela rindo, um pouco bêbada, totalmente insensível.

Mostrara então a coruja de metal, ainda na embalagem plástica.

— Encontrei-a por acaso no centro comercial, numa dessas lojinhas que vendem todo tipo de porcaria — explicara —, e quando você telefonou para dizer que estava na cidade, voltei e comprei uma. Imaginei que riríamos muito por causa dela.

Ele tinha inúmeras razões para ser grato a Gloria. Após sua morte, comprara um dúzia daquelas corujinhas de cinco dólares. Agora restavam três. Poderia comprar mais, claro, mas quando tivesse usado as três últimas, talvez não precisasse de outras. Laura, Jean e Meredith. Uma coruja para cada.

O Coruja ajustou o despertador para as cinco horas e foi dormir.

77

DORMIR, SONHAR TALVEZ, pensou Jean, agitada, virando-se de lado, depois de costas. Por fim, acendeu a luz e saltou da cama. Estava quente demais. Atravessou o quarto e escancarou a janela. Talvez agora conseguisse dormir.

A foto de Lily bebê repousava sobre a mesa de cabeceira. Sentou-se na borda da cama e segurou a foto. Como pudera abandoná-la? *Por quê*? Sentia-se em uma montanha-russa emocional. Hoje à noite conhecerei o casal a quem Lily foi entregue logo que nasceu. O que direi? pensou. Que estou grata pelo que fizeram? Estou, claro, mas sinto vergonha de admitir que também tenho ciúme deles. Gostaria de ter vivido tudo o que viveram com ela. E se mudarem de idéia e decidirem que ainda não é hora de eu encontrá-la?

Preciso conhecê-la, depois volto para casa. Quero distância de todo o pessoal de Stonecroft. Ontem à noite o clima no coquetel do reitor Downes estava terrível, lembrou, quando apagou a luz e voltou para a cama. Todo mundo está tenso, mas cada um à sua maneira. Mark... o que estará acontecendo com ele? Ficou calado o tempo todo e fez o possível para me evitar. Carter Stewart estava de péssimo humor, resmungando que tinha perdido um dia inteiro de trabalho para procurar os roteiros de Robby. Jack Emerson, com ar superior, entornava doses duplas de uísque. Gordon parecia bem até o momento em que o reitor Downes tentou mostrar-lhe as plantas do prédio a ser construído. Aí ele literalmente explodiu. Fez questão de frisar que no jantar dos vinte anos tinha doado um cheque de cem mil dólares para o fundo de ampliação da escola. Não consigo esquecer o tom de sua voz quando perguntou se alguém percebia que, quanto mais a pessoa dá, mais é explorada.

Carter foi igualmente grosseiro. Declarou que, como nunca fazia doações, não tinha esse tipo de problema. Depois foi a vez de Jack Emerson, que se vangloriou de estar doando meio milhão de dólares para o novo centro de informática de Stonecroft.

Somente Mark e eu ficamos calados, pensou Jean. Farei uma doação, mas será para bolsas de estudos, não para prédios.

Ela não queria mais pensar em Mark.

Consultou o relógio. Quinze para as cinco. O que vestir hoje à noite? Não trouxe tanta roupa assim. Não sei como são os pais adotivos de Lily. Usam roupas descontraídas ou fazem o estilo mais formal? O conjunto de calça e *blazer* de *tweed* marrom que usei na viagem talvez seja a melhor escolha. É um traje neutro.

Sei que as imagens que o fotógrafo tirou na casa do reitor Downes ficarão péssimas. Ninguém sequer esboçou um sorriso, e eu tive a impressão de apenas arreganhar os dentes como o gato de *Alice no país das maravilhas*. Depois, quando Jake Perkins apareceu e pediu para fotografar o grupo para a

Gazette, pensei que o reitor teria um ataque do coração. Fiquei até com pena do pobre garoto pela forma como Downes praticamente o expulsou.

Espero que Georgetown não esteja na lista das universidades que Jake pretende freqüentar, embora assim ele sem dúvida consiga tornar a vida mais interessante.

Pensar em Jake fez aflorar um sorriso nos lábios de Jean, aliviando por um momento a tensão que a invadira desde a notícia de que iria conhecer os pais adotivos de Lily.

O sorriso foi embora tão depressa quanto apareceu. Onde *estaria* Laura? Lá se vão cinco dias desde que ela sumiu, pensou. Não posso ficar aqui para sempre. Preciso retomar as aulas semana que vem. Por que insisto em acreditar que ela dará notícias?

Não vou conseguir dormir de novo, convenceu-se por fim. É cedo demais para me levantar, mas pelo menos posso ler. Mal dei uma olhada no jornal de ontem e nem sei o que se passa no mundo.

Foi até a escrivaninha, pegou o jornal e voltou para a cama. Colocou o travesseiro em pé, acomodou-se e começou a ler, mas logo seus olhos se fecharam sem ela sentir. Não percebeu quando o jornal escorregou de suas mãos e ela mergulhou, afinal, em sono profundo.

Às 6h45 o telefone tocou. Quando Jean viu a hora no relógio ao lado do telefone, sentiu um aperto na garganta. A essa hora só pode ser notícia ruim, pensou. Algo acontecera a Laura... ou a Lily! Pegou o fone.

— Alô! — atendeu, angustiada.

— Jeannie, sou eu.

— Laura! — gritou Jean. — Onde você está? Como vai?

Laura soluçava tanto que era difícil entender o que dizia.

— Jean... me ajude. Estou apavorada. Fiz uma... burrice... muito grande. Me perdoe... Fax... sobre... sobre Lily.

Jean retesou o corpo.

— Você nunca esteve com Lily. Tenho certeza.

— Robby... ele... pegou... a... escova. Foi... idéia... dele.

— Onde está Robby?

— Foi... para... a... Califórnia. Ele... diz... que... fui eu. Jeannie, vem... me buscar... por favor. Sozinha, vem sozinha.

— Laura, onde você esta?

— Num... motel... Alguém... me reconheceu. Preciso... ir.

— Laura, onde podemos nos encontrar?

— Jeannie... no... Lookout.

— No Storm King Lookout?

— Sim... sim.

Os soluços de Laura estavam ainda mais altos.

— Me... matar...

— Laura, ouça — insistiu Jean. — Estarei com você em vinte minutos. Tudo vai dar certo. Prometo que tudo vai dar certo.

NO OUTRO LADO DA LINHA, O Coruja cortou bruscamente a ligação.

— Meu Deus, Laura! — exclamou, com ar de aprovação. — Você, no fundo, é uma boa atriz. Foi uma cena digna de um Oscar.

Laura estava de novo afundada no travesseiro. Virou a cabeça para o lado oposto, os soluços cedendo lugar a longos suspiros.

— Só fiz isso porque você prometeu que não faria mal à filha de Jean.

— Prometi, é verdade — concordou O Coruja. — Laura, você deve estar com fome. Não comeu nada desde ontem de manhã. Não posso garantir a qualidade do café. O dono da loja no início da rua começou a me fazer muitas perguntas, por isso fui a outro lugar. Mas veja o que lhe trouxe.

Ela não respondeu.

— *Vire a cabeça, Laura! Olhe para mim!*

Exausta, obedeceu. Abriu os olhos inchados e conseguiu ver três sacos plásticos na sua mão.

O Coruja começou a rir.

— São presentes — explicou. — Um para você, um para Jean e um para Meredith. Laura, sabe o que vou fazer com eles? *Responda, Laura! Sabe o que vou fazer com eles?*

78

— SINTO MUITO, RICH — desculpou-se Sam. — Ninguém vai me convencer de que foi uma simples coincidência Gloria Martin, uma das colegas de mesa de almoço em Stonecroft, ter sido encontrada com uma coruja metálica na mão quando morreu.

Fora mais uma noite sem dormir. Após o telefonema de Joy Lacko, tinha ido diretamente para o escritório. O dossiê sobre o suicídio de Gloria Martin chegara do departamento de polícia de Bethlehem e, juntos, tinham analisado cada palavra, assim como os artigos de jornal relacionados à morte.

Quando Rich Stevens chegou, às oito horas, convocou-os para uma reunião. Após ouvir Sam, virou-se para Joy:

— O que acha?

— No início, tive a impressão de que eram favas contadas, que o tal Coruja vinha matando garotas de Stonecroft ao longo dos últimos vinte anos e que estava de volta à região — explicou Joy. — Agora já não tenho tanta certeza. Falei com Rudy Haverman, o policial encarregado do suicídio de Gloria Martin oito anos atrás. Sua investigação foi muito criteriosa. Ele me contou que Gloria gostava desse tipo de bugiganga. Parece que ela adorava colecionar penduricalhos baratos com figuras de animais, pássaros, coisas desse tipo. O que tinha na mão quando morreu ainda estava na embalagem de plástico. Haverman descobriu a vendedora que a atendeu no centro comercial perto de onde morava; ela lembrou-se perfeitamente de Gloria ter lhe dito que estava comprando a corujinha para fazer uma brincadeira.

— Você diz que o nível de álcool no sangue mostra que ela estava completamente bêbada quando morreu? — perguntou Stevens.

— Correto. Segundo Haverman, ela passou a beber depois do divórcio e chegou a dizer às amigas que não tinha mais motivo para continuar a viver.

— Joy, descobriu algo nos registros das mortes das outras mulheres da mesa de almoço indicando que tenha sido encontrada uma dessas corujas nas suas mãos ou roupas quando os corpos foram examinados?

— Não por enquanto — admitiu Joy.

— Não me interessa se foi ou não a própria Gloria Martin quem comprou a coruja — insistiu Sam. — O fato de ela estar na sua mão é prova, para mim, de que se trata de assassinato. Pouco importa que ela tenha dito aos amigos que estava deprimida. A maioria das pessoas fica deprimida após um divórcio, inclusive as que tomam a iniciativa da separação. Ela não deixou sequer um bilhete de despedida e, pela quantidade de álcool em seu organismo, só por milagre teria conseguido enfiar o saco na cabeça e continuar segurando a coruja.

— Concorda com essa análise, Joy? — perguntou Rich Stevens.

— Concordo. Rudy Haverman está convencido de que se trata de um caso de suicídio, mas não tem detalhes das duas outras vítimas encontradas com corujas de metal nos bolsos.

Rich Stevens jogou o corpo para trás e cruzou as mãos.

— Como hipótese, podemos dizer que quem matou Helen Whelan e Yvonne Tepper *pode*... e repito, *pode*... estar envolvido na morte de pelo menos uma das jovens de Stonecroft.

— A sexta, Laura Wilcox, está desaparecida — interrompeu Sam. — Resta então apenas Jean Sheridan. Alertei-a ontem de que não deve confiar em ninguém, mas não tenho certeza de que isso seja suficiente. Talvez ela precise de proteção efetiva.

— Onde ela está agora? — perguntou Stevens.

— No hotel. Ligou para mim, ontem, por volta das 21 horas, para agradecer por algo que lhe dei. Tinha participado de um coquetel oferecido pelo reitor da Stonecroft Academy e resolveu pedir o jantar no quarto. O encontro com os pais adotivos de sua filha está marcado para esta noite, e ela disse que esperava conseguir se acalmar e ter uma boa noite de sono.

Sam hesitou, depois prosseguiu:

— Rich, às vezes é preciso confiar no instinto. Joy está fazendo um excelente trabalho ao pesquisar os processos referentes às mortes de Stonecroft. Jean Sheridan riria na minha cara se eu lhe sugerisse contratar um guarda-costas e teria a mesma reação se você lhe oferecesse algum tipo de proteção. Mas ela confia em mim, e se eu disser que quero acompanhá-la cada vez que sair do hotel, creio que aceitará.

— É uma boa idéia, Sam — concordou Stevens. — Só nos faltava agora acontecer algo com a dra. Sheridan.

— Ah, uma outra coisa — acrescentou Sam. — Gostaria que vigiassem um dos participantes do encontro que ainda está na cidade. Chama-se Mark Fleischman. É psiquiatra.

Joy olhou para Sam com ar de espanto.

— O dr. Fleischman! Sam, ele dá os conselhos mais sensatos que já ouvi na televisão. Duas semanas atrás, no seu programa, ele chamou a atenção dos pais para crianças e jovens que se sentem rejeitados em casa ou na escola, e explicou que alguns apresentam mais tarde problemas emocionais. Temos muitos exemplos, não é mesmo?

— Sem dúvida. Mas pelo que entendi, Mark Fleischman sofreu muito em casa e na escola. Devia, portanto, estar falando dele mesmo.

— Vou ver quem está disponível para vigiá-lo — informou Rich Stevens. — Um último ponto: é melhor colocarmos Laura Wilcox no rol dos desaparecidos. Hoje é o quinto dia de seu sumiço.

— Se quisermos ser de fato justos, devemos considerá-la "desaparecida, aparentemente morta" — corrigiu Sam.

79

APÓS DESLIGAR, JEAN jogou água no rosto, passou um pente no cabelo, enfiou o conjunto de moletom, botou o celular e a agenda no bolso, saiu do hotel e correu para o carro. O Storm King Lookout da rodovia 218 ficava a quinze minutos do Glen-Ridge. Ainda era cedo e o trânsito estaria bom. Motorista habitualmente cautelosa, Jean pisou fundo no acelerador e viu o ponteiro do velocímetro chegar aos 110. O relógio mostrava que passavam dois minutos das sete horas.

Laura está desesperada, pensou. Por que escolheu esse lugar para me encontrar? Estará pensando em se suicidar? A imagem de Laura chegando antes dela e subindo em desespero a balaustrada do mirante para se jogar lá do alto perseguia Jean. O Lookout ficava muitos metros acima do Hudson.

O veículo derrapou na última curva e, por um assustador momento, Jean teve dificuldade para dominá-lo, mas por fim as rodas se endireitaram e ela avistou um carro estacionado perto do telescópio. Tomara que seja Laura, meu Deus. Tomara que esteja bem.

Os pneus chiaram quando ela estacionou, desligou o motor, desceu, correu para o outro carro e abriu a porta do passageiro.

— Laura!

O cumprimento morreu em seus lábios. O homem atrás do volante usava uma máscara, uma máscara de plástico que representava a cabeça de uma coruja. Os olhos com enormes pupilas pretas no meio de íris amarelas eram circundados por uma penugem branca que escurecia gradualmente até se tornar marrom-escura na proximidade do bico.

Tinha uma arma na mão.

Apavorada, Jean virou-se para correr, porém uma voz familiar ordenou:

— Entre no carro, Jean, a não ser que queira morrer aqui. E não pronuncie meu nome. Está proibida.

Seu carro estava a poucos metros de distância. Devia tentar correr? Levaria um tiro? Ele apontou a arma.

Paralisada pelo medo, não se moveu; depois, na tentativa de ganhar tempo, colocou apenas um pé dentro do carro. Logo dou um salto para trás, pensou. E fico agachada. Ele terá de sair para atirar em mim. Talvez eu consiga voltar para o meu carro. Com um gesto rápido como um raio, no entanto, ele agarrou seu braço, jogou-a no banco e, espichando a mão por trás dela, fechou a porta com força.

Sem perder tempo, deu marcha à ré, pegou a rodovia 218 e tomou a direção de Cornwall. Arrancou a máscara e deu um sorriso forçado.

— Sou O Coruja — afirmou. — O Coruja. Nunca mais me chame por outro nome. Entendeu?

Ele está maluco, deduziu Jean, fazendo um sinal afirmativo com a cabeça. Não havia outros carros na estrada. Se aparecesse algum, conseguiria chegar à frente e tocar a buzina. Melhor tentar algo enquanto ainda estavam na estrada do que esperar que ele a levasse para algum lugar onde não haveria quem a socorresse.

— Ssssou... umma... ccccorurujjja... e... vvvivvvo... nnnummma... — recitou. — Você se lembra, Jeannie? Você se lembra?

— Sim, me lembro.

Seus lábios ameaçaram pronunciar seu nome, porém se imobilizaram a tempo. Ele vai me matar, disse para si mesma. Preciso pegar o volante e tentar provocar um acidente.

Ele virou-se e sorriu para ela, a boca aberta, ameaçadora. Suas pupilas eram dois pontos negros.

O celular, pensou. Está no meu bolso. Encolheu-se no banco, conseguiu pegá-lo e colocou-o ao seu lado, escondido. Antes, porém, que conseguisse abri-lo e discar 911, a mão direita do Coruja interceptou-a.

— Vamos pegar trânsito pesado, agora — disse.

Seus dedos fortes, curvos como garras, voaram para seu pescoço.

Ela fez um movimento brusco para trás na tentativa de livrar-se dele e, num último esforço consciente, enfiou o telefone celular entre o encosto e o assento do banco.

Quando acordou, estava amarrada a uma cadeira e tinha a boca coberta por uma mordaça. O lugar estava escuro, mas ainda assim conseguiu distinguir a silhueta de uma mulher deitada na cama colocada junto à parede oposta, uma mulher com um vestido de tecido cintilante que refletia os tênues raios de luz que entravam pelas laterais das pesadas venezianas.

O que aconteceu?, perguntou Jean para si mesma. Minha cabeça parece explodir. Por que não consigo me mexer? Isto é um sonho? Não, saí para me encontrar com Laura. Entrei no carro e...

— Você está acordada, Jeannie, não está?

Ela virou a cabeça com enorme esforço. Ele estava de pé no vão da porta.

— Consegui surpreendê-la, não foi, Jean? Você se lembra da apresentação da peça de teatro, na escola? Todos riram de mim. Você riu de mim. Está lembrada?

Não, não ri, respondeu Jean para si mesma. Senti pena de você.

— Vamos, Jean, responda.

A mordaça estava tão apertada que ela não tinha certeza se ele conseguiria ouvir a resposta.

— Eu me lembro.

Para confirmar que ele entendera a resposta, sacudiu vigorosamente a cabeça em sinal afirmativo.

— Você é mais inteligente do que Laura — disse. — Agora preciso ir. Deixo as duas sozinhas. Mas volto logo. E com alguém que você está *morrendo* de vontade de ver. Adivinhe quem é!

E logo se foi. Jean ouviu um lamento vindo da cama. Com a voz abafada pela mordaça, porém ainda audível, Laura conseguiu balbuciar:

— Jeannie,... prometeu... não fazer mal a Lily... mas vai... vai matar Lily... também.

80

ÀS 8H45, A CAMINHO do Glen-Ridge House, Sam chegou à conclusão de que não era cedo demais para ligar para Jean. Ficou desapontado quando não obteve resposta, mas não se preocupou. Como jantara no quarto, na véspera, devia ter descido para tomar o café-da-manhã. Pensou em telefonar para o celular, mas achou melhor não. Até completar a ligação, já terei chegado lá, imaginou.

A primeira sensação de que algo de errado devia ter acontecido veio quando não conseguiu encontrá-la na sala de café-da-manhã, e de novo quando voltou a ligar para o telefone do quarto. O recepcionista não tinha certeza se ela saíra para uma caminhada. Era o sujeito que tinha o cabelo da cor da madeira que revestia o balcão.

— Isso não quer dizer que ela *não* saiu — explicou. — O início da manhã é o nosso horário mais movimentado. Há sempre muita gente fechando a conta.

Sam viu Gordon Amory sair do elevador. Vestia camisa social, gravata e um terno cinza-escuro visivelmente caro. Ao avistar Sam, aproximou-se.

— Por acaso falou com Jean hoje? — perguntou. — Ficamos de nos encontrar para o café-da-manhã, mas até agora não apareceu. Imaginei que pudesse ter dormido demais, mas no quarto ninguém responde.

— Não tenho idéia de onde possa ter ido — respondeu Sam, tentando esconder sua crescente ansiedade.

— Bem, ela estava cansada quando voltamos ontem à noite, por isso talvez tenha esquecido — justificou Amory. — Falo com ela mais tarde. De qualquer forma, sua intenção é ficar aqui até amanhã.

Com um breve sorriso e um aceno de mão, encaminhou-se para a porta da frente do hotel.

Sam tirou a carteira do bolso e procurou o número do celular de Jean, mas não o encontrou. Exasperado, imaginou que talvez o tivesse deixado no bolso do paletó que usara na véspera. Havia, no entanto, uma pessoa que ele conhecia e que certamente saberia o número. Alice Sommers.

Enquanto ligava para Alice, admitiu de novo que estava ansioso por ouvir a sua voz. Jantei com ela anteontem, lembrou. Gostaria de combinar algo para esta noite.

Alice tinha, de fato, o número de Jean e informou-o sem demora.

— Sam, Jean me telefonou ontem para contar como estava excitada com a idéia de conhecer os pais adotivos de Lily. Disse também que talvez tivesse a oportunidade de encontrar Lily durante o fim de semana. Não é fantástico?

Um reencontro com a filha que não vira por quase vinte anos. Alice está feliz por Jean, mas tenho certeza de que a idéia lhe traz também a dolorosa lembrança de que Karen se foi há praticamente o mesmo tempo, pensou Sam. Reconheceu com tristeza que, sempre que ficava comovido, se protegia com um corte brusco.

— Que bom para ela. Alice, preciso correr agora. Se tiver notícias de Jean antes que eu fale com ela, peça que me telefone, por favor. É importante.

— Está preocupado com ela, Sam. Por quê?

— *Um pouco* preocupado. Muita coisa está acontecendo. Esqueça, ela deve ter saído para dar uma volta.

— Não deixe de me avisar assim que tiver notícias.

— Com certeza, Alice.

Sam desligou o celular e aproximou-se da recepção.

— Gostaria de saber se a dra. Sheridan pediu hoje o café-da-manhã no quarto.

A resposta foi imediata.

— Não, senhor.

No mesmo instante, Mark Fleischman chegou ao hotel e entrou no saguão. Viu Sam junto à recepção e se aproximou.

— Sr. Deegan, preciso lhe falar. Estou preocupado com Jean Sheridan.

Sam olhou-o com frieza.

— Por que diz isso, dr. Fleischman?

— Porque, na minha opinião, a pessoa que faz as ameaças com relação a sua filha é perigosa. Com o desaparecimento de Laura, Jean é a única mulher do chamado grupo de colegas da mesa de almoço que está viva e ilesa.

— Tenho pensado nisso, dr. Fleischman.

— Jean está chateada comigo e não confia mais em mim. Ela interpretou mal o motivo de eu ter perguntado à recepcionista sobre o fax. Agora não quer mais me ouvir.

— Como sabia que ela consultava o dr. Connors? — perguntou Sam de repente.

— Jean me fez a mesma pergunta e respondi primeiro que ela mesma tinha me contado. Depois de muito refletir, no entanto, lembrei como surgiu o assunto. Quando houve a brincadeira dos outros homenageados... Carter, Gordon, Robby e eu... com Jack Emerson, lembrando do tempo em que trabalhávamos na equipe de limpeza de seu pai, um deles falou sobre Jean. Não me lembro quem foi.

Será verdade o que Mark Fleischman está dizendo?, perguntou-se Sam. Se for, estou marcando bobeira.

— Tente se lembrar da conversa, dr. Fleischman — insistiu. — É muito, muito importante.

— Posso tentar. Ontem Jeannie foi dar uma longa caminhada. Suponho que tenha feito a mesma coisa hoje. Ela não está no quarto, já verifiquei. Também não estava na sala do café-da-manhã. Vou dar uma volta de carro para ver se consigo encontrá-la.

Sam sabia que era cedo demais para que o investigador encarregado de vigiar Fleischman tivesse chegado.

— Por que não espera um pouco para ver se ela aparece? — sugeriu. — Corre o risco de se desencontrar dela, se sair de carro por aí.

— Não pretendo ficar sentado sem fazer nada enquanto estou preocupado com ela — cortou Fleischman.

Entregou seu cartão a Sam.

— Gostaria imensamente que me avisasse assim que tiver notícias.

Atravessou rapidamente o saguão, rumo à porta de entrada. Sam acompanhou-o com os olhos, sem saber o que pensar de sua reação. Fico imaginando se ele ganhou alguma medalha como ator em Stonecroft, pensou. Ou você está sendo sincero, ou é um tremendo ator, porque aparentemente está tão preocupado com Jean Sheridan quanto eu.

Sam apertou os olhos enquanto observava Fleischman cruzar a porta a passos apressados. É melhor esperar um pouco, decidiu. Talvez ela tenha mesmo saído para dar uma volta.

81

A CADEIRA À QUAL ELE a tinha amarrado estava contra a parede, junto à janela, de frente para a cama. Algo naquele quarto lhe parecia familiar. Com um pavor crescente e a sensação de estar no meio de um pesadelo, Jean esticou o pescoço para tentar ouvir o que a voz abafada de Laura dizia. Parecia mergulhada em um estado de semiconsciência, mas um constante murmúrio escapava de sua boca através da mordaça que emprestava à sua voz um som sinistro e rouco, quase um rosnado.

Em nenhum momento pronunciou seu nome. "O Coruja", era assim que se referia a ele. Às vezes repetia a fala da peça de teatro da escola: "Sou uma coruja e vivo numa árvore." Depois caía de novo em um silêncio inquietante, e apenas um estremecimento ocasional ou um suspiro indicava a Jean que Laura ainda respirava.

Lily. Laura disse que ele iria matá-la. Porém ela estava em segurança. Era certo que estava. Craig Michaelson prometera que Lily estaria em segurança. Laura delirava? Ela deve estar aqui pelo menos desde a noite de sábado. Não pára de dizer que está com fome. Ele ainda não lhe deu o que comer? Deve ter dado.

Oh, meu Deus, pensou Jean ao se lembrar de Duke, o dono da loja de conveniência no início da rua. Ele comentara sobre um dos participantes da reunião de ex-alunos de Stonecroft que passava regularmente para comprar comida. Era a *ele* que Duke se referia!

Mexeu as mãos como pôde na tentativa de se livrar da corda, mas ela estava apertada demais. Será possível que ele tenha matado Karen Sommers neste mesmo quarto? Será possível que tenha atropelado Reed de propósito em West Point? Que tenha assassinado Catherine, Cindy, Debra, Gloria e Alison? Teria sido ele o autor da morte das duas mulheres aqui perto, esta semana? Vi quando entrou no estacionamento do hotel domingo de manhã cedo, com os faróis apagados, lembrou Jean. Se eu tivesse contado a Sam, acho que ele o teria investigado, teria feito com que *parasse*.

Meu celular ficou no carro, lembrou. Se ele o encontrar, vai jogá-lo fora. Mas se *não* o encontrar e Sam tentar localizá-lo como fez com o telefone que Laura usou para falar comigo, ainda temos uma chance. Por favor, meu Deus, antes que ele faça algum mal a Lily, permita que Sam tente localizar meu telefone.

A respiração de Laura ficou mais ofegante e ela então pronunciou palavras quase incoerentes: "Sacos plásticos... sacos plásticos... não... não... não."

Mesmo com as persianas escuras que cobriam as janelas, uma leve claridade chegava ao quarto. Jean conseguiu ver o contorno de sacos plásticos seguros por prendedores no braço da lâmpada ao lado da cama. Havia algo escrito no saco bem à sua frente. O quê? Um nome? Seria...? Não conseguia ver direito.

Seu ombro roçava a borda da persiana. Ela jogou o peso do corpo de um lado para o outro, até que a cadeira se movimentou alguns centímetros e ela conseguiu afastar um pouco a persiana da esquadria da janela.

A luz adicional permitiu que lesse o nome escrito com caneta preta grossa no saco plástico: LILY/MEREDITH.

82

JAKE NÃO PODIA FALTAR à primeira aula, às oito horas, mas assim que ela acabou, correu para o estúdio. Na sua opinião, as fotos da véspera pareciam ainda melhores de dia do que com a luz artificial do fim da tarde. Deu os parabéns a si mesmo enquanto as examinava.

A "megarresidência" na Concorde Avenue realmente parece fazer o estilo "vejam como sou rico", pensou. A casa da Mountain Road é bem diferente. Típica de classe média, confortável, em área residencial, porém agora cercada de mistério. Em casa, consultara na internet o site sobre o crime de Karen Sommers, confirmando que ela fora assassinada no quarto do canto direito, no andar de cima. Jean Sheridan morou na casa vizinha quando era garota, lembrou Jake. Dou uma passada no hotel e vejo se ela confirma que aquele era o quarto de Laura. Provavelmente era. De acordo com a planta da casa que aparece na internet, é o outro quarto grande daquele andar. Faz sentido que Laura, a filha única, tão amada, ficasse com ele. A dra. Sheridan com certeza me dirá. Ela tem sido simpática comigo. Não é como esse Deegan, que mandou me jogarem na cadeira.

Jake colocou as fotos na sacola e também um filme extra. Queria tê-las à mão, caso precisasse fazer uma comparação.

Às nove horas, aproximou-se da Mountain Road. Concluíra que não seria prudente estacionar na rua. As pessoas sempre reparam nos carros estranhos, e aquele policial poderia reconhecer o seu, do qual tanto se orgulhava. Em situações como essa, no entanto, se arrependia de tê-lo pintado com listras zebradas.

Peço um salgado e um refrigerante, deixo o carro no café e vou a pé até a casa de Laura, decidiu. Pegara emprestada da mãe uma enorme sacola da Bloomingdale. Desse modo, não haveria carro nem máquina fotográfica à vista. Posso entrar de mansinho no jardim de Laura e tirar as fotos que quiser dos fundos da casa. Espero que as portas da garagem tenham vidraça. Assim poderei ver se há algum carro lá dentro.

Às 9h10 estava sentado junto ao balcão do café-loja de conveniência no início da Mountain Road, de papo com Duke, que já lhe explicara que ele e Sue, sua esposa, eram proprietários do local havia dez anos, que ali antes existia uma lavanderia, que abriam das 6 às 21 horas e que gostavam do que faziam.

— Cornwall é um lugar pacato — afirmou Duke, recolhendo uma migalha imaginária do balcão —, mas é bom viver aqui. Você disse que estuda na Stonecroft Academy? É uma escola chique. Alguns ex-alunos estiveram aqui. Ah, lá vai ele.

Duke olhava pela janela que dava para a Mountain Road.

— Ele quem? — perguntou Jake.

— O cara que tem vindo todas as manhãs e às vezes também tarde da noite pegar café e torradas, ou café e um sanduíche.

— Sabe quem é? — perguntou Jake, sem realmente se importar.

— Não, mas é um dos participantes do encontro pelos vinte anos de formatura e fica num vaivém a manhã inteira. Vi quando saiu de carro, voltou um pouco mais tarde e agora lá vai ele de novo.

— Hã-hã.

Jake levantou-se e tirou do bolso algumas notas de dólares amassadas.

— Preciso esticas as pernas. Posso deixar o carro aqui na frente por uns 15 minutos?

— Claro, mas não mais que isso. Nosso estacionamento é pequeno.

— Não se preocupe. Estou com pressa, também.

Oito minutos mais tarde, Jake estava no quintal da antiga casa de Laura. Tirou fotografias dos fundos da casa e uma ou duas da cozinha, através da porta. Uma grade decorativa cobria o painel de vidro da porta, mas, através dela, era possível ver uma boa parte da peça. Poderia muito bem ser uma cozinha de exposição de uma loja, pensou. Os balcões que conseguia enxergar estavam nus. Não havia torradeira, cafeteira, suporte para pratos, bandejas, rádio nem relógio. Nenhum sinal de presença humana. Parece que pela primeira vez na vida me enganei, convenceu-se, com relutância.

Estudou as marcas de pneus na entrada para carros. Dois veículos estiveram aqui, concluiu. Mas podem ser do rapaz que recolhe as folhas do gramado. As portas da garagem estavam fechadas e não tinham janelas. Impossível ver se havia algum carro dentro.

Fez o caminho de volta, atravessou a rua e bateu várias outras fotos da frente da casa. Por hoje basta, decidiu. É melhor revelar logo o filme. Depois, telefono para a dra. Sheridan e pergunto se ela se lembra qual era o quarto de Laura quando eram vizinhas.

Teria sido muito mais divertido descobrir Laura Wilcox e Robby Brent enfiados aqui, imaginou, enquanto colocava de novo a câmera na sacola e descia a Mountain Road. Mas o que fazer? A gente pode cobrir um caso, não inventar.

83

QUANDO ACABOU A PRIMEIRA aula, Meredith Buckley correu para o quarto para revisar uma última vez suas anotações de álgebra linear, a matéria que era sem dúvida a mais difícil de seu segundo ano em West Point.

Concentrou-se nelas durante vinte minutos. No momento em que as colocava de volta na pasta, o telefone tocou. Ficou tentada a não atendê-lo, mas ao imaginar que poderia ser seu pai ligando para desejar-lhe boa sorte no exame, pegou o fone e sorriu. Antes que pudesse dizer alô, uma voz alegre falou:

— Posso ter a honra de convidar a cadete Buckley, filha do distinto general Charles Buckley, a passar outro fim de semana na minha casa de Palm Beach, acompanhada de seus pais?

— Não imagina como fico feliz com o convite — respondeu Meredith, entusiasmada, recordando o fim de semana de sonhos que passara com o amigo de seus pais.

— Posso ir a qualquer dia, a não ser, claro, quando West Point tiver outros planos para mim, o que quase sempre acontece. Detesto parecer grosseira, mas tenho uma prova agora.

— Preciso apenas de cinco minutos de seu tempo, ou três, ou menos, até. Meredith, participei de um encontro de ex-alunos da Stonecroft Academy, em Cornwall. Acho que cheguei a comentar com você.

— Comentou, sim. Mas agora estou realmente com pressa. Sinto muito.

— É rápido, Meredith. Uma ex-colega minha que também esteve no encontro é amiga íntima de Jean, sua mãe verdadeira, e escreveu uma carta para você falando sobre ela. Prometi entregá-la pessoalmente. Diga a que horas podemos nos encontrar no estacionamento do museu, e estarei à sua espera com a carta na mão.

— Minha mãe *verdadeira*? Você encontrou alguém que *conhece* minha mãe verdadeira?

Meredith podia ouvir seu coração bater forte quando agarrou o fone com as duas mãos. Consultou o relógio de parede. Não podia perder mais um minuto.

— Devo acabar meu exame às 11h40 — explicou, apressada. — Posso chegar no estacionamento às 11h50.

— Para mim está ótimo. Boa sorte no exame, general.

A cadete Meredith Buckley precisou de muita determinação para tirar da cabeça a idéia de que em pouco mais de uma hora saberia algo tangível sobre a garota que, aos 18 anos, a colocara no mundo. A única informação que tinha até então era que sua mãe estava no final do curso secundário quando teve a confirmação da gravidez e que seu pai era estudante do último ano de West Point e tinha morrido antes de ela nascer, atropelado por um carro de alguém que fugiu sem ser identificado.

Seus pais tinham falado sobre sua mãe verdadeira. Prometeram que, após sua formatura em West Point, tentariam localizá-la, para depois organizar um encontro entre as duas.

— Não temos idéia de quem seja, Meri — lhe dissera o pai. — O que sabemos, por intermédio do médico que fez o parto e que cuidou da adoção, é que ela amava você profundamente e que a decisão de abandoná-la foi com certeza a mais difícil e menos egoísta de toda a sua vida.

Tudo isso passou pela cabeça de Meredith enquanto tentava se concentrar no exame de álgebra linear. Não conseguia, no entanto, negar a certeza de que cada minuto escoado a deixava mais próxima do momento em que saberia quem era a mulher que ela agora conhecia como Jean.

Quando entregou a prova e correu para o portão Thayer e dali para o Museu da Academia Militar, percebeu que a referência a Palm Beach respondia à pergunta que seu pai lhe fizera por telefone, na véspera. Foi lá que esqueci minha escova de cabelo, lembrou-se de estalo.

84

ÀS 10 HORAS, O ROSTO DURO como pedra, Carter Stewart chegou ao hotel. Sam, que aguardava em um sofá no saguão, levantou-se, fez uma linha reta e alcançou-o no balcão da recepção.

— Sr. Stewart, gostaria de lhe falar um instante, se possível.

— Daqui a pouco, sr. Deegan.

O recepcionista de cabelos cor de madeira o atendeu.

— Preciso falar com o gerente, pois devo voltar ao quarto do sr. Brent — comunicou Stewart. — Os produtores receberam o envelope de ontem. Aparentemente há mais um roteiro que precisa ser enviado com urgência e fui de novo encarregado de tirá-los do aperto. Como o roteiro não estava em cima da escrivaninha, devo examinar as gavetas.

— Avisarei ao sr. Lewis imediatamente, senhor — respondeu o empregado, nervoso.

Stewart virou-se para Sam.

— Se não me autorizarem a fazer a nova busca no quarto de Robby, não vou me preocupar. Terei pagado a dívida de gratidão que meu agente insiste que tenho com ele. Pelo menos agora ele concorda que a dívida está mais do que paga. Ele ainda não sabe, mas isso me concede o direito moral de demiti-lo, o que pretendo fazer hoje à tarde.

Stewart voltou-se para o empregado da recepção.

— O gerente está no hotel ou foi ao campo colher flores?

Que sujeito detestável, pensou Sam.

— Sr. Stewart — falou, com voz gelada —, tenho uma pergunta a lhe fazer e é importante que me responda. Uma noite dessas, ouvi quando comentou com os senhores Amory, Brent, Emerson, Fleischman e Nieman que tinham trabalhado juntos na equipe noturna de limpeza de um prédio comercial administrado pelo pai do sr. Emerson.

— Sim, sim, nem sei o que fez o assunto vir à baila. Foi na primavera de nosso último ano. Outra das boas lembranças de meus gloriosos dias em Stonecroft.

— Sr. Stewart, esse detalhe é muito importante. O senhor ouviu alguém comentar que a dra. Sheridan era paciente de um médico de nome Connors, que tinha consultório naquele edifício?

— Não, não ouvi. Além do mais, por que Jean teria consultado o dr. Connors? Ele era obstetra! — exclamou Stewart, os olhos arregalados. — Então é isso! Está querendo dizer que vai nos revelar um segredo, sr. Deegan? Jeannie era paciente do dr. Connors?

Sam encarou-o com olhar hostil. Estava furioso consigo mesmo pela forma como colocara a pergunta, e mais furioso ainda com Stewart pela resposta maliciosa.

— Perguntei se tinha havido algum comentário. Em nenhum momento sugeri que fosse verdade.

Justin Lewis, o gerente, chegara por trás deles.

— Sr. Stewart, ouvi dizer que deseja voltar ao quarto do sr. Brent para examinar suas gavetas. Sinto muito, mas não posso lhe dar esse tipo de autorização. Falei com nossos advogados ontem, depois que permiti que o senhor apanhasse aqueles documentos, e eles ficaram muito aborrecidos.

— Tudo bem — disse Stewart, virando as costas para o gerente. — Então praticamente já acabei o que tinha a fazer aqui, sr. Deegan. Meu diretor e eu acabamos de rever as alterações sugeridas para a minha peça e começo a me cansar da vida de hotel. Volto para Manhattan hoje à tarde. Desejo-lhes boa sorte enquanto aguardam que Laura e Robby voltem à tona.

Sam e o gerente observaram-no deixar o hotel.

— Esse sujeito é mesmo asqueroso — comentou Justin Lewis. — É evidente que detesta o sr. Brent.

— Por que diz isso? — perguntou Sam, com vivo interesse.

— Porque quando o sr. Stewart viu um bilhete que o sr. Brent deixou perto do telefone referindo-se a ele como "Howie", ficou muito nervoso. Pelo que disse, tratava-se uma brincadeira do sr. Brent, mas em seguida o sr. Stewart me perguntou se eu conhecia o ditado "quem ri por último ri melhor".

Antes que Sam tivesse tempo de responder, seu telefone celular tocou. Era Rich Stevens.

— Sam, recebemos uma ligação da polícia de Cornwall. Encontraram um carro no Hudson. Estava parcialmente submerso. Como ficou bloqueado por pedras, não afundou por completo. Há um corpo no porta-malas. É Robby Brent e ele parece estar morto há pelo menos dois dias. É melhor você ir até lá.

— Agora mesmo, Rich.

Sam fechou o telefone com força.

Quem ri por último ri melhor. Esperar *que Laura e Robby voltem à tona.* Voltar à tona, como quem está dentro d'água?, refletiu. Carter Stewart, conhecido na escola como Howie, seria não apenas um dramaturgo famoso, mas também um assassino psicopata?

85

ÀS 10 HORAS, JAKE ESTAVA de volta na câmara escura da escola, revelando o último lote de fotos. As que ele tinha tirado dos fundos da casa da Mountain Road não acrescentariam nada à reportagem, constatou. Até a porta com a grade decorativa emprestava um ar despretensioso e simples ao local. A vista do interior da cozinha não estava má, no entanto quem se interessaria por bancadas nuas?

Foi uma manhã praticamente perdida, concluiu Jake. Seria melhor não ter matado a segunda aula. À medida que a foto da fachada da casa começava a aparecer, percebeu que estava um pouco fora de foco. Vai direto para o lixo, afirmou a si mesmo. Jamais usaria uma foto dessas em um artigo.

Ouviu que alguém o chamava do lado de fora da câmara escura. Era Jill Ferris, e parecia transtornada. Não deve estar zangada comigo, pensou, não foi a aula dela que matei.

— Estou indo, srta. Ferris — gritou.

Assim que abriu a porta viu, pela expressão da professora, que algo muito sério a afligia. Nem se preocupou em cumprimentá-lo.

— Sabia que ia encontrá-lo aqui, Jake. Você entrevistou Robby Brent, não foi?

— Sim, claro. Foi uma ótima entrevista, modéstia à parte.

Espero que não pretenda cortá-la, pensou Jake, desanimado. O velho Downes com certeza quer esquecer que Brent e Laura Wilcox alguma vez botaram os pés em Stonecroft.

— Jake, acabo de ouvir a notícia. O corpo de Robby Brent foi encontrado no porta-malas de um carro submerso perto do Cornwall Landing.

Robby Brent morto! Jake pegou a máquina fotográfica. Ainda tenho muito filme aqui dentro, pensou.

— Obrigado, Jill — gritou, correndo porta afora.

86

O CARRO COM O CORPO de Robby Brent caíra no Hudson na altura do Cornwall Landing. O parque, habitualmente tranqüilo, cheio de bancos e salgueiros-chorões, estava agora transformado em centro de atividade policial. A área tinha sido interditada às pressas para manter à distância os curiosos que, como os jornalistas, chegavam em número cada vez maior.

Quando Sam apareceu, às 10h30, o corpo de Robby Brent já tinha sido colocado no furgão do necrotério, dentro de um saco especial. Cal Grey, o médico-legista, resumiu suas observações.

— Está morto há pelo menos dois dias. Apresenta ferimento de objeto cortante no peito, que atravessou o coração. Preciso esperar até ser informado das medidas, mas devo lhe dizer, Sam, que foi causado por uma faca de lâmina dentada do mesmo tipo que matou Helen Whelan. Pelo que posso observar, quem assassinou Brent era muito mais alto que ele ou estava em uma escada ou algo parecido, que o deixava acima da vítima. A faca fez um ângulo significativo.

Mark Fleischman é alto, pensou Sam. No dia em que conversaram, Sam logo compreendeu por que Jean se sentia tão atraída por ele. Fleischman tivera um argumento plausível para explicar o motivo de sua pergunta sobre o fax e justificar como sabia que Jean tinha sido paciente do dr. Connors. Estava sendo sincero ou um pouco desenvolto demais? Sam não tinha certeza.

Antes de ir para o local do crime, Sam ligara para o celular de Jean, mas ela não atendera. Tinha deixado um recado urgente para que ela retornasse e em seguida telefonado de novo para Alice Sommers.

Alice conseguira tranqüilizá-lo em parte.

— Sam, quando Jean disse que se encontraria com os pais adotivos de Lily hoje à noite, mencionou que gostaria de ter trazido mais roupas. O Woodbury Mall está a menos de meia hora de distância. Não ficarei surpresa se ela tiver simplesmente decidido ir até lá fazer alguma compra.

Era uma suposição razoável e ajudara a aplacar um pouco a preocupação de Sam. Agora, no entanto, a preocupação aumentava e ele sabia que era seu instinto que lhe dizia para não perder mais um minuto e começar logo a procurar por Jean.

— Não foi roubo o motivo do crime — dizia Cal Grey. — Brent usava um relógio caro e tinha 600 dólares na carteira, além de meia dúzia de cartões de crédito. Há quanto tempo estava sumido?

— Ninguém o viu após o jantar de segunda-feira — respondeu Sam.

— Garanto que foi morto logo depois — comentou Grey. — É claro que a autópsia indicará a hora da morte com muito mais precisão do que eu agora.

— Participei do jantar — explicou Sam. — Que roupa ele usava quando foi retirado do porta-malas?

— Blazer bege, calças marrom-escuras e suéter de gola alta também marrom.

— Nesse caso, a não ser que tenha dormido com a mesma roupa, ele morreu na noite de segunda-feira.

Flashes pipocavam enquanto os fotógrafos mantidos atrás do cordão de isolamento registravam o carro que servira de esquife para Robby Brent. Um caminhão de resgate içara o veículo que agora estava na margem, ainda preso ao cabo de aço, pingando água, enquanto técnicos continuavam a fotografá-lo sob todos os ângulos.

Um agente da polícia local forneceu detalhes a Sam, ainda que de forma sumária.

— Acreditamos que o carro tenha sido jogado na água por volta das 22 horas de ontem. Um casal que mora em New Windsor e costuma caminhar no parque passou por aqui mais ou menos às 21h45. Ambos afirmam ter visto um automóvel estacionado perto da linha de trem com alguém dentro. Deram meia-volta algumas centenas de metros adiante e pegaram o mesmo caminho. Quando chegaram de novo a este ponto, o carro tinha desaparecido, mas um homem seguia com passo apressado pela Shore Road.

— Conseguiram vê-lo direito?

— Não.

— Falaram se era alto? Quer dizer, *realmente* alto? — perguntou Sam.

— Não conseguiram chegar a um acordo. O marido diz que era um sujeito de estatura média; a esposa acha que era bem alto. Os dois usam óculos para longe e admitem ter visto o homem apenas de relance, mas garantem que havia um carro estacionado aqui, que dez minutos depois tinha sumido, e que alguém estava deixando esta área a pé e com muita pressa.

Que Deus me livre de testemunhas oculares, suplicou Sam em pensamento. Ao se virar, avistou Jake Perkins abrindo caminho para chegar à primeira fila atrás do cordão de isolamento. Carregava uma câmera que fez Sam lembrar-se do modelo que vira em um livro sobre Robert Capa, o grande fotógrafo da Segunda Guerra Mundial.

Gostaria de saber se esse garoto tem o poder da ubiqüidade, pensou Sam. Não é que ele *pareça* estar em todos os lugares, ele *está* em todos os lugares. Seus olhos cruzaram com os de Jake, que virou imediatamente para o lado. Está chateado comigo porque disse a Tony que o jogasse na cadeia depois que espalhou que era meu assistente especial na investigação sobre o desaparecimento de Laura. Eu poderia ter lhe dado uma chance e dito pelo menos que está tentando ajudar, porque está mesmo. Afinal de contas, foi ele quem me contou que Laura parecia nervosa ao telefone.

Ainda estava em dúvida se devia ou não falar com Jake quando seu celular tocou. Tirou-o depressa do bolso, na esperança de que fosse Jean. Mas era Joy Lacko.

— Sam, alguém ligou para o 911 poucos minutos atrás. Um BMW conversível registrado em nome da dra. Jean Sheridan está estacionado há duas horas no Storm King Lookout, na 218. A ligação foi de um vendedor que passou pelo local por volta das 7h45 e de novo há vinte minutos. Ele achou estranho que o carro continuasse no mesmo local por tanto tempo e decidiu verificar se havia algum problema. A chave está na ignição e a agenda de Jean no banco do passageiro. Não parece bom sinal.

— Por isso ela não atende ao telefone — concluiu Sam, apavorado. — Meu Deus, Joy. Por que não insisti que ela andasse com um guarda-costas? O carro continua no Lookout?

— Continua. Rich sabia que você ia querer examinar o local antes de mandarmos retirá-lo — respondeu Joy, com voz solidária. — Darei notícias, Sam.

O veículo com o corpo de Robby Brent começava a ser içado. Três cadáveres em menos de uma semana nesse mesmo rabecão, pensou Sam. Que o próximo não seja o de Jean Sheridan, suplicou em silêncio. Meu Deus, faça com que o próximo não seja o de Jean.

87

JAKE PERKINS SE arrependera imediatamente de não ter retribuído ao olhar de Sam Deegan. Uma coisa era não transmitir ao detetive as informações que por acaso tivesse, mas outra coisa era cortar todo tipo de contato com ele. Nenhum bom repórter, por mais insultado que tivesse sido, agiria dessa forma.

Teria adorado pedir a Deegan uma declaração sobre o assassinato de Robby Brent, mas sabia que não adiantaria. Tinha certeza de que a posição oficial seria que Brent fora vítima de um homicídio cometido por uma ou mais pessoas desconhecidas. A causa da morte não tinha sido ainda divulgada, mas era certo que não se tratava de suicídio. Ninguém entra no porta-malas de um carro que está descendo em direção ao rio.

Talvez Deegan saiba onde se encontra a dra. Sheridan, imaginou Jake. Ele mesmo tentara falar com Jean, no hotel, mas ninguém atendera ao telefone de seu quarto. Queria conseguir dela a confirmação de que Laura Wilcox tinha ocupado o quarto do crime na casa da Mountain Road.

Carregando com dificuldade a pesada câmera, Jake conseguiu abrir caminho no meio da multidão de fotógrafos e repórteres e alcançou Sam perto de seu carro.

— Sr. Deegan, tenho tentado entrar em contato com a dra. Sheridan. Sabe por acaso onde posso encontrá-la? Seu telefone não atende.

Sam se preparava para entrar no carro.

— A que horas tentou ligar? — perguntou de repente.

— Por volta das 9h30.

A mesma hora em que tentei, pensou Sam.

— Não sei onde está — respondeu bruscamente e entrou no carro.

Bateu a porta e ligou a sirene.

Algo está acontecendo, raciocinou Jake. Ele está preocupado com a dra. Sheridan, mas não pegou o caminho do hotel. Na velocidade em que está, não consigo segui-lo. O melhor é voltar para a escola e botar um pouco de ordem na câmara escura. Depois, dou uma passada no Glen-Ridge para saber das novidades.

88

NO CAMINHO PARA o mirante, Sam telefonou para o Glen-Ridge e pediu que transferissem imediatamente a ligação para o gerente. Quando Justin Lewis atendeu, Sam foi direto:

— Escute, posso conseguir uma intimação para ter acesso aos registros telefônicos do hotel, mas não tenho tempo a perder. O carro da dra. Sheridan acaba de ser localizado e ela está desaparecida. Quero que me forneça sem demora uma relação dos números de telefone de todas as ligações recebidas pela dra. Sheridan entre as 22 horas de ontem e as nove horas de hoje.

Estava preparado para uma argumentação que não se concretizou.

— Qual é o número de seu telefone? Ligo em seguida — respondeu o gerente, com voz decidida.

Sam colocou o celular sobre o banco do passageiro e acelerou rumo ao Storm King Lookout. Logo após a última curva viu o conversível azul de Jean e um policial ao lado. Estacionou atrás e já estava com bloco e caneta na mão quando Lewis ligou de volta. O gerente com certeza entendera que o caso era urgente.

— A dra. Sheridan recebeu sete telefonemas hoje de manhã. O primeiro às 6h45.

— Às 6h45? — interrompeu Sam.

— Sim, senhor. De um telefone celular desta área. O nome do assinante não foi informado. O número é...

Atônito e incrédulo, Sam anotou o número, que reconheceu como o mesmo usado por Robby Brent na noite de segunda-feira, quando imitara a voz de Laura no telefonema para Jean.

— As outras ligações foram identificadas como sendo de Alice Sommers e Jake Perkins. Ambos tentaram falar com a dra. Sheridan várias vezes. Há ainda dois telefonemas do seu número, senhor.

— Obrigado. Sua informação foi muito útil — agradeceu Sam e desligou abruptamente.

Robby Brent está morto há dois dias, refletiu, mas alguém usou o telefone que ele comprou na loja de utilidades para convencer Jean a deixar o hotel. Ela deve ter saído apressada logo após o telefonema. Seu carro foi localizado às 7h45 de hoje. Quem ela esperava encontrar aqui? Prometera tomar cuidado e havia apenas duas pessoas com quem ela concordaria em se encontrar sem hesitar. Sam tinha certeza.

Sabia que o policial junto do carro de Jean o olhava com curiosidade, porém o ignorou. Jean esperava encontrar a filha, Lily, ou Laura, pensou Sam, com o olhar perdido nas montanhas do outro lado do rio.

Teria sido forçada a sair do carro sob a ameaça de uma arma, ou teria entrado em outro veículo por vontade própria?

Quem quer que seja esse psicopata, é em poder dele que Jean se encontra. E sua filha estará de fato em segurança?, perguntou Sam para si mesmo. Abriu a carteira, consultou rapidamente vários cartões, encontrou o que procurava, jogou os outros no banco do lado e ligou para o celular de Craig Michaelson. Ao fim de cinco toques, uma voz mecânica pediu-lhe que deixasse uma mensagem. Com um palavrão silencioso, ligou para o escritório de Michaelson.

— Sinto muito — desculpou-se a secretária. — O dr. Michaelson está em reunião no escritório de outro advogado e não pode ser interrompido.

— Ele precisa ser interrompido — cortou Sam. — Sou da polícia, trata-se de uma questão de vida ou morte.

— Desculpe, senhor — protestou a atenciosa voz. — Sinto muito, mas...

— Preste atenção, minha jovem, muita atenção. Ligue para Michaelson e diga-lhe que Sam Deegan telefonou. Informe a seu chefe que Jean Sheridan desapareceu e que é *imprescindível* que ele entre em contato com West Point imediatamente e que mande um guarda-costas fazer a segurança da filha dela. Entendeu bem?

— Claro que sim. Tentarei falar com ele, mas...

— Não quero saber de *mas* nem de nada. *Ligue para ele agora!* — gritou Sam.

Desligou e saiu do carro. Preciso rastrear o telefone de Robby Brent, pensou, o que provavelmente não adiantará muito. Mas sempre há uma esperança.

Passou indiferente pelo policial, que começou a lhe explicar que conhecia o vendedor que telefonara para avisar sobre o carro e que ninguém podia ser mais confiável do que ele. A bolsa a tiracolo de Jean estava sobre o banco.

— Nada foi retirado? — perguntou em tom seco.

— Claro que não, senhor.

O jovem policial ficara visivelmente ofendido com a observação.

Sam não perdeu tempo em explicar que não havia nada de pessoal na pergunta. Esvaziou o conteúdo da bolsa de Jean no assento do passageiro, em seguida examinou o porta-luvas e todos os outros compartimentos do carro.

— Se não for tarde demais, talvez ainda tenhamos uma chance. É provável que ela estivesse com o celular. Ele não está aqui.

Eram 11h30.

89

SOMENTE ÀS 11H45 Craig Michaelson telefonou para Sam, que já estava de volta ao Glen-Ridge House.

— Minha secretária tentou falar comigo, mas a reunião já tinha acabado e esqueci de ligar o celular — explicou rapidamente. — Cheguei agora ao escritório. O que está acontecendo?

— O que está acontecendo é que Jean Sheridan foi seqüestrada — informou Sam. — Pouco me importa se a filha dela está em West Point com um exército ao seu redor. Quero que providencie uma proteção especial para ela. Temos um psicopata solto por aí. O corpo de um dos outros homenageados de Stonecroft foi retirado do Hudson duas horas atrás. Morreu apunhalado.

— Jean Sheridan desapareceu! O general e a esposa acabam de pegar o vôo das 11 horas em Washington para jantar com ela hoje. Não posso fazer contato com eles enquanto estiverem no avião.

A preocupação e a frustração de Sam literalmente explodiram.

— Pode, sim — gritou. — Poderia enviar uma mensagem para o piloto por intermédio da companhia aérea, mas agora é tarde demais, de todo modo. Preciso saber o nome da filha de Jean Sheridan, porque eu mesmo vou telefonar para West Point. Como ela se chama?

— Cadete Meredith Buckley. Aluna do segundo ano. O general me garantiu, no entanto, que Meredith não sairia do *campus* de West Point até sexta-feira, quando acabam as provas.

— Vamos rezar para que o general esteja certo — retrucou Sam. — Dr. Michaelson, no caso improvável de eu encontrar alguma resistência quando ligar para o superintendente da academia, peço que o senhor esteja disponível para um telefonema imediato.

— Estarei em meu escritório.

— Em todo caso, não esqueça de manter o celular ligado.

Sam estava na sala localizada atrás da recepção do hotel, a mesma em que iniciara a investigação sobre o desaparecimento de Laura Wilcox. Eddie Zarro foi ao seu encontro.

— Quer que a linha de seu celular fique livre, não é mesmo? — perguntou Eddie.

Sam fez um movimento afirmativo com a cabeça e observou Eddie teclar o número de West Point. Enquanto esperava a ligação ser completada, tentou pensar desesperadamente em algo que pudesse sugerir uma outra linha de ação. Os peritos faziam uma triangulação do celular de Jean, e esperavam conseguir o resultado dentro de poucos minutos. Quando conseguissem, poderiam determinar a exata localização do aparelho. Isso ajudaria, contanto que não estivesse aos pedaços em alguma lata de lixo, pensou Sam.

— Sam, o telefone do gabinete do superintendente está chamando — avisou Eddie.

O tom de voz de Sam quando pegou o fone foi apenas um pouco menos autoritário do que o usado para falar com Craig Michaelson. Com a secretária, falou sem rodeios.

— Sou o detetive Deegan, da promotoria pública do condado de Orange. A cadete Meredith Buckley pode estar correndo sério risco de ser atacada por um homicida maníaco. Preciso falar com o superintendente agora mesmo.

Não precisou esperar mais que dez segundos. O superintendente atendeu ao telefone, ouviu a breve explicação de Sam e respondeu:

— É provável que neste exato momento ela esteja no meio de uma prova. Mandarei chamá-la ao meu gabinete imediatamente.

— Obrigado. Aguardo na linha.

Esperou cinco minutos. Quando o superintendente voltou, tinha a voz emocionada.

— A cadete Buckley foi vista há menos de cinco minutos cruzando o portão Thayer e se dirigindo para o estacionamento do Museu da Academia Militar. Ela não voltou, e também não foi encontrada no estacionamento nem no museu.

Sam não queria acreditar no que ouvia. Não ela também, pensou, não uma garota de 19 anos!

— Fui informado de que ela tinha prometido ao pai que não se afastaria de West Point — argumentou. — O senhor *tem certeza* de que ela saiu do *campus*?

— A cadete não faltou com a palavra — respondeu o superintendente. — Embora seja aberto ao público, o museu faz parte do *campus* de West Point.

90

JILL FERRIS ESTAVA NO estúdio quando Jake voltou para Stonecroft.

— O corpo de Robby Brent estava no furgão do necrotério quando cheguei lá — informou —, mas o carro já tinha sido retirado da água. Encontraram Brent no porta-malas. Aposto que o reitor Downes está tendo um ataque. Pode imaginar a publicidade que essa história vai trazer para a escola?

— O reitor está transtornado — admitiu Jill Ferris. — Jake, ainda vai precisar da câmera?

— Não, acho que não. Sabe, Jill... isto é, srta. Ferris..., não seria surpresa para mim se Laura Wilcox fosse encontrada no porta-malas daquele carro com Brent. O que aconteceu a ela? Aposto que está morta também. E se estiver, Jean Sheridan é a única sobrevivente do grupo da mesa de almoço. Se eu fosse ela, contrataria logo um guarda-costas. Veja bem, quando a gente pensa no número das chamadas celebridades que não dão um passo sem estar rodeadas por um bando de seguranças parrudos, por que alguém como a dra. Sheridan, com um motivo *real* para se preocupar, não teria algum tipo de proteção?

Era uma pergunta retórica, e como Jake já estava a caminho da câmara escura, não obteve resposta.

Não sabia ao certo o que fazer com as fotos da cena do crime. Era pouco provável que fossem publicadas na *Stonecroft Academy Gazette*. Estava certo, porém, de que acabaria encontrando um lugar para elas, embora ainda não tivesse recebido uma proposta para ser repórter do *New York Post*.

Quando as fotos ficaram prontas, examinou-as com atenção e imenso prazer. Conseguira fotografar o carro sob diferentes ângulos, com a lataria amassada por ter batido nas pedras dentro do rio, o porta-malas aberto, a água escorrendo. Também conseguira uma boa foto do furgão do necrotério no momento em que se afastava, as luzes do giroscópio piscando.

As fotos da casa da Mountain Road, feitas de manhã, ainda estavam alinhadas, presas no fio de secar. Seu olhar pousou sobre a última delas, a da frente da casa e que estava um pouco fora de foco. Quando a examinou de perto, seus olhos se arregalaram.

Pegou a lupa, estudou a foto, soltou-a do fio e saiu da câmara escura em disparada. Jill Ferris ainda estava lá, corrigindo provas. Colocou a foto na frente dela e entregou-lhe a lupa.

— Jake — reclamou Jill.

— É importante, muito importante. Olhe bem esta foto e me diga se alguma coisa lhe parece fora do lugar ou estranha. Por favor, srta. Ferris, examine com atenção.

— Jake, você deixa qualquer um maluco — reclamou com um suspiro, ao mesmo tempo em que pegou a lupa da mão dele para examinar a foto. — Acho que você quer dizer que a persiana da janela do segundo andar, no canto, está um pouco inclinada. É isso?

— *Exatamente* isso — exultou Jake. — Ela não estava inclinada ontem. Pouco importa que a cozinha pareça vazia... alguém habita aquela casa!

91

SAM PREFERIRA VOLTAR ao Glen-Ridge House a ir para seu gabinete em Goshen, porque cada vez tinha mais certeza de que um dos homenageados, talvez Jack Emerson ou Joel Nieman, era o autor das ameaças a Lily. Todos tinham trabalhado no prédio onde ficava o consultório do dr. Connors. Em algum momento durante o fim de semana um deles mencionara que Jean tinha sido paciente do médico. Qual deles, ainda não era capaz de determinar.

Fleischman confirmara ter ouvido um dos ex-colegas mencionar que Jean freqüentava o consultório do dr. Connors. É claro que ele podia estar mentindo, pensou Sam. Stewart negara ter ouvido tal comentário. Podia estar mentindo, também. No Glen-Ridge House, tinha pelo menos condições de ficar de olho em Fleischman e Gordon Amory, que continuavam hospedados no hotel. O desaparecimento de Jean logo chegaria aos ouvidos de todos os repórteres, estaria nos noticiários, e ele apostava qualquer coisa como essa novidade traria rapidamente Jack Emerson de volta.

Já pedira a Rich Stevens que mandasse vigiar todos eles, providência que seria tomada de imediato.

Passavam dez minutos do meio-dia quando recebeu a ligação dos peritos que aguardava ansiosamente.

— Sam, conseguimos a posição do telefone de Jean Sheridan.

— Onde está?

— Dentro de um carro.

— E é possível saber a localização do carro?

— Está perto do Storm King, na direção de Cornwall.

— Então o cara vem de West Point — deduziu Sam. — E está com Meredith. Não o percam de vista. Não o percam de vista.

— Tentaremos não perder.

92

— POR FAVOR, FAÇA O RETORNO — pediu Meredith. — Não tenho permissão para sair do campus. Quando me pediu para entrar no carro, imaginei que quisesse apenas conversar um pouco. Lamento que tenha deixado a carta sobre minha mãe no bolso do outro paletó. Vou ter de esperar para ler. Por favor, preciso voltar, sr....

— Você quase pronunciou meu nome, Meredith. Não quero que faça isso. Deve me chamar de Coruja.

Ela encarou-o, tomada de um súbito medo.

— Não estou entendendo. Por favor, me leve de volta.

Meredith segurou a maçaneta da porta. Se ele parar em um sinal vermelho, pulo e escapo, pensou. Ele está diferente. Com um aspecto diferente. Até seu olhar está diferente. Não, não está apenas diferente. Seu olhar é de um doido! Dúvidas, perguntas impossíveis de responder, mil coisas atravessavam sua mente. Por que papai pediu que eu prometesse não sair do *campus*? Por que me perguntou sobre a escova de cabelo que perdi? O que isso tem a ver com minha mãe verdadeira?

O carro seguia a toda velocidade pela rodovia 218. Ele ultrapassou o limite de velocidade, constatou Meredith. Meu Deus, faça com que o carro cruze com alguma patrulha. Faça com que um policial nos veja. Pensou em agarrar o volante, mas havia carros no sentido contrário e ela não queria provocar um acidente.

— Para onde está me levando? — perguntou.

Algo fazia pressão contra as suas costas. Chegou o corpo à frente, mas a pressão continuou. O que seria?

— Meredith, menti quando disse que encontrei uma amiga de sua mãe na reunião de ex-alunos. Foi sua *mãe* que encontrei. Estou levando você para vê-la.

— Minha mãe? Jean? Está me levando para vê-la?

— Isso mesmo. E depois vocês duas vão ao encontro de seu pai verdadeiro, no céu. Será um encontro maravilhoso, tenho certeza. Você é muito parecida com seu pai, e deve saber disso. Parecida pelo menos com o que seu pai era antes de eu passar por cima dele. Sabe onde tudo aconteceu, não sabe, Meredith? Foi no caminho perto da área de piquenique, em West Point. Foi lá que seu pai morreu. Gostaria que visitasse o túmulo dele. Seu nome está lá gravado: Carroll Reed Thornton Jr. Ele receberia o diploma uma semana depois. Fico me perguntando se você e Jeannie serão enterradas ao lado dele. Não seria uma ótima idéia?

— Meu pai estudava em West Point e *o senhor* o matou?

— Claro que sim. Acha que seria justo ele e Jean serem tão felizes e me deixarem de lado? *Acha que seria justo, Meredith?*

Virou a cabeça e encarou-a com raiva. Seus olhos faiscavam. Seus lábios estavam tão cerrados que a boca parecia sumir sob as narinas dilatadas.

É um louco, pensou.

— Não, senhor. Não acho que seria justo — respondeu, tentando manter a voz firme.

Não posso deixar que perceba como estou apavorada.

Ele parecia ter se acalmado.

— Que boa educação lhe deram em West Point! "Sim, senhor." "Não, senhor." Não pedi que me trate de senhor. Já mandei que me chame de Coruja.

Tinham ultrapassado o atalho para a Storm King Mountain e estavam nas imediações de Cornwall. Para onde estamos indo?, pensou Meredith. Vou mesmo encontrar minha mãe? Ele realmente matou meu pai e agora planeja nos matar? O que posso fazer para impedir? Calma, não entre em pânico, advertiu a si mesma. Olhe ao redor. Tente encontrar algo que possa usar para se defender. Talvez haja uma garrafa de água em algum lugar. Poderia jogá-la no seu rosto. Isso me daria tempo de girar a chave e parar o carro. O tráfego está intenso e é possível que alguém perceba se eu me atracar com ele. Não viu, no entanto, absolutamente nada que pudesse usar para se defender.

— Meredith, consigo ler seus pensamentos. Nem tente chamar a atenção de alguém porque, se tentar, não sairá com vida deste carro. Tenho uma arma e posso muito bem usá-la. Estou pelo menos lhe oferecendo uma oportunidade de conhecer sua mãe. Não seja tola de desperdiçá-la.

As mãos de Meredith estavam cerradas. Que pressão era essa que sentia nas costas? Talvez fosse algo que poderia usar para salvar a própria vida e a de sua mãe. Com extremo cuidado, movimentou a mão direita para o lado e repousou-a lentamente sobre o banco. Endireitou o corpo e deslizava a mão para trás. Seus dedos tocaram a ponta de um objeto estreito que lhe pareceu familiar.

Um telefone celular. Precisou dar um puxão para soltá-lo, mas O Coruja pareceu não perceber. Atravessavam Cornwall naquele momento e ele olhava para um lado e para o outro, como se temesse ser interceptado.

Meredith movimentou devagar a mão que segurava firme o telefone. Conseguiu abri-lo, baixou os olhos e teclou 9...1...

Não viu o braço do Coruja passar sobre seu banco, mas sentiu sua mão apertar-lhe o pescoço. Caiu à frente, inconsciente, enquanto O Coruja agarrava o telefone, descia o vidro da janela e o jogava no asfalto.

Menos de dez segundos depois, um caminhão do correio esmagou-o, deixando no asfalto apenas pedaços de plástico.

— SAM, PERDEMOS o cara. Ele está em Cornwall, mas não recebemos mais sinal.

— Perderam como? — perguntou Sam aos gritos.

Era uma pergunta ridícula, inútil. Ele sabia a resposta. O telefone fora descoberto e destruído.

— E agora, o que fazemos? — perguntou Zarro.

— Rezamos — respondeu Sam. — Rezamos.

93

JAKE PEDIU DE NOVO permissão para deixar o carro no estacionamento do café e mais uma vez foi atendido, porém a curiosidade de Duke estava no auge.

— O que está fotografando, meu filho? — perguntou.

— O bairro em geral. Como lhe falei, estou escrevendo uma pequena reportagem para a *Stonecroft Academy Gazette*. Posso lhe dar uma cópia, quando acabar.

Jake teve uma inspiração.

— Melhor ainda — retificou —, vou citá-lo no artigo.

— Seria ótimo, obrigado. Duke e Sue Mackenzie. Sem *k* maiúsculo no Mackenzie.

— É isso aí.

O celular de Jake tocou no momento em que, de câmera na mão, ele se preparava para sair. A ligação era de Amy Sachs, de serviço no hotel.

— Jake — sussurrou —, você precisa vir para cá. O hotel está um inferno. A dra. Sheridan desapareceu. Encontraram o carro dela abandonado no Storm King Lookout. O sr. Deegan está no escritório aqui atrás. Acabo de ouvi-lo gritar que alguma coisa sumiu.

— Obrigado, Amy. Estou indo.

Virou-se para Duke.

— Acho que vou dispensar a vaga, mas muito obrigado, de qualquer forma.

— Lá vai o sujeito sobre o qual lhe falei, o tal que participou do encontro de ex-alunos — interrompeu Duke, apontando para a rua. — Ele realmente pisa fundo no acelerador. Vai acabar levando uma multa, se não tomar cuidado.

Jake virou a cabeça com rapidez suficiente para ver e reconhecer o motorista.

— Ele tem vindo fazer compras? — perguntou.

— Tem. Não veio *hoje*, mas quase todas as manhãs compra café e torradas, e às vezes passa de noite para levar café e um sanduíche.

Será possível que a compra seja para Laura?, pensou Jake. E agora é a dra. Sheridan quem desaparece. Preciso ligar para Sam Deegan. Tenho certeza de que vai querer examinar a antiga casa de Laura. Nesse caso, vou até lá e espero por ele, decidiu.

Telefonou para o hotel.

— Amy, transfira a ligação para o sr. Deegan. É muito importante.

Amy não demorou a voltar ao telefone.

— O sr. Deegan mandou que você vá para o inferno.

— Amy, informe ao sr. Deegan que acho que sei onde ele pode encontrar Laura Wilcox.

94

JEAN LEVANTOU OS OLHOS ao ouvir o clique de um trinco. O Coruja estava de pé no vão da porta. Carregava nos braços um corpo esbelto de mulher, vestido com o uniforme cinza escuro dos cadetes de West Point. Com um sorriso de satisfação, atravessou o quarto e depositou Meredith aos seus pés.

— Aí está sua filha! — exclamou, com voz triunfante. — Olhe bem o seu rosto. Veja os traços que lhe são certamente familiares. Não é linda? Está orgulhosa?

Reed, pensou Jean, é Reed! Lily é a cara de Reed! O nariz fino e aquilino, os olhos afastados, os ossos da face salientes, os cabelos dourados. Oh, meu Deus, ele a matou? Não, não, ela respira!

— Não faça mal a ela! Não faça mal a ela! — implorou.

Quando tentou gritar, sua voz saiu abafada. Da cama, chegavam os soluços apavorados de Laura.

— Não vou fazer mal a ela, Jeannie. Vou *matá-la*, e você vai assistir. Depois será a vez de Laura. Por fim, a sua. A essa altura, vai até achar que estarei lhe fazendo um favor. Não consigo imaginar que queira viver após ver sua filha morrer, estou certo, Jean?

Com passos deliberadamente lentos, O Coruja atravessou o quarto, soltou o clipe que prendia o saco plástico onde escrevera "Lily/Meredith" e voltou para perto de Jean. Ajoelhou-se ao lado do vulto inconsciente de Meredith e abriu a boca do saco.

— Quer rezar, Jean? — perguntou. — Acho que o Salmo 23 é apropriado para a ocasião. Vamos lá. "O Senhor é o meu Pastor..."

Atordoada e apavorada, Jean viu O Coruja deslizar lentamente o saco plástico sobre a cabeça de Lily.

— Não, não, não...

Antes que o plástico chegasse a cobrir as narinas de Lily, Jean balançou a cadeira e caiu à frente, protegendo a filha com o próprio corpo. A cadeira atingiu O Coruja no braço ferido.

Ele gritou de dor. Enquanto tentava se recuperar, escutou no andar de baixo o barulho da porta da frente que era aberta à força.

95

QUANDO SAM DEEGAN pegou o telefone para falar com Jake, após Amy Sachs explicar que o rapaz acreditava conhecer o paradeiro de Laura Wilcox, não lhe deu chance de proferir o discurso que preparara às pressas.

Jake pretendia dizer: "Sr. Deegan, não obstante o fato de o senhor ter recusado publicamente minha ajuda e de ter me exposto ao ridículo, estou sendo generoso e me proponho a auxiliá-lo em sua investigação, sobretudo porque me preocupo muito com a dra. Sheridan."

Chegou até "não obstante o fato" e foi interrompido por Sam.

— Escute, Jake. Jean Sheridan e Laura estão nas mãos de um maníaco, de um assassino. Não me faça perder tempo. Afinal, você sabe ou não sabe onde está Laura?

Jake, então, atropelando as palavras, contou o que sabia.

— Alguém está habitando a antiga casa de Laura na Mountain Road, sr. Deegan, ainda que ela aparentemente esteja desocupada. Um dos homenageados do encontro de ex-alunos tem comprado pão quase todos os dias na loja de conveniência do início da rua. Passou agora mesmo de carro por aqui. Acho que está a caminho da casa.

Jake mal acabara de pronunciar o nome do homem quando ouviu o clique do telefone de Sam.

Desta vez Deegan ficou curioso, imaginou Jake, enquanto esperava na calçada, perto da antiga casa de Laura. Não tinham se passado mais de seis minutos quando Deegan e o outro detetive, Eddie Zarro, estacionaram o carro junto ao meio-fio, chiando os pneus, seguidos de perto por outras duas viaturas policiais. Para grande decepção de Jake, preferiram não usar a sirene para anunciar a chegada, mas ele compreendeu que queriam surpreender o invasor.

Ele também dissera a Sam que tinha certeza de que o ocupante da casa estava no quarto do canto, na frente. Sem esperar um instante sequer, arrombaram a porta de entrada e invadiram o local. Sam gritou que Jake esperasse do lado de fora.

É o que ele pensa!, disse Jake para si mesmo. Deu-lhes tempo apenas de chegar ao quarto e foi atrás, a câmera apoiada no ombro. Ao chegar no topo da escada, ouviu uma porta bater. É a do outro quarto da frente, imaginou. Tem alguém lá dentro.

Sam Deegan saiu do quarto do canto com a arma na mão.

— Desça, Jake! — ordenou. — Há um assassino escondido por aqui.

Jake apontou para o fim do corredor.

— Ele está lá.

Sam, Zarro e dois outros policiais passaram correndo. Jake precipitou-se para a porta do quarto da frente, espiou e, após um instante de total espanto diante do que via, focou a câmera e se pôs a trabalhar.

Fez uma foto de Laura Wilcox. Estava deitada na cama, o vestido amarrotado, os cabelos emaranhados. Um policial apoiava sua cabeça e aproximava de seus lábios um copo com água.

Jean Sheridan, sentada no chão, tinha nos braços uma jovem vestida com o uniforme de cadete da West Point Academy. Jean chorava e murmurava sem parar: Lily, Lily, Lily. A princípio, Jake imaginou que a garota estivesse morta, mas logo viu que começava a se mexer.

Jake preparou a câmera e registrou para a posteridade o momento exato em que Lily abriu os olhos e, pela primeira vez desde o dia de seu nascimento, fixou-os nos de sua mãe verdadeira.

96

SERÁ APENAS UMA questão de segundos até arrombarem a porta, pensou O Coruja. Estive tão perto de completar a missão! Contemplou as corujas metálicas que mantinha na palma da mão, as mesmas que pretendia deixar perto dos corpos de Laura, Jean e Meredith. Nunca mais teria uma oportunidade daquelas.

— Entregue-se — gritou Sam Deegan. — Acabou. Você sabe que não vai escapar.

Ah, vou sim, pensou O Coruja. Deu um suspiro e tirou a máscara do bolso. Colocou-a no rosto e olhou-se no espelho da cômoda para ter certeza de que estava bem ajustada. Largou as corujas de metal sobre o móvel.

— Sou uma coruja e moro numa árvore! — exclamou alto.

A arma estava no outro bolso. Pegou-a e encostou-a na têmpora.

— A noite é a minha hora — murmurou.

Fechou os olhos e puxou o gatilho.

Ao som do estampido, Sam chutou com força a porta e entrou depressa, seguido por Eddie Zarro e os outros policiais.

O corpo estava estendido no chão, a arma ao seu lado. Caíra de costas e a máscara continuava no lugar, o sangue escorrendo através dela.

Sam abaixou-se, puxou a máscara e olhou o rosto do homem que tirara a vida de tantas pessoas inocentes. Com a morte, as cicatrizes das cirurgias plásticas estavam visíveis e as feições, que algum cirurgião conseguira tornar tão atraentes, pareciam agora deformadas e repulsivas.

— Engraçado — comentou Sam. — Eu jamais teria imaginado que Gordon Amory era O Coruja.

97

NAQUELA NOITE, JEAN jantou com Charles e Gano Buckley na casa de Craig Michaelson. Meredith já estava de volta a West Point.

— Foi examinada pelo médico e insistiu em voltar hoje mesmo — explicou o general Buckley. — Estava preocupada com o exame de física amanhã de manhã. É muito disciplinada. Será um grande soldado.

Ele se esforçava para não deixar transparecer a angústia que sentira ao ficar sabendo que sua filha única estivera tão perto da morte.

— Como a deusa Minerva, ela nasceu da cabeça de seu pai — disse Jean. — O comportamento de Reed teria sido exatamente o mesmo.

Depois, refugiou-se no silêncio. Ainda sentia a indescritível alegria que a invadira no momento em que o policial a libertara da cadeira em que estivera amarrada e ela pudera abraçar Lily. Ainda sentia a emoção de ouvi-la sussurrar "Jean... mãe".

Tinham sido levadas ao hospital para ser examinadas. Lá, sentadas lado a lado, tinham começado a conversar, a recuperar os quase vinte anos perdidos.

— Sempre tentei adivinhar como você seria — confessou Lily. — Acho que na minha imaginação você era exatamente assim.

— O mesmo acontecia comigo. Preciso me acostumar a chamá-la de Meredith. É um nome lindo.

Ao liberá-las, o médico disse:

— A maioria das mulheres precisaria de tranqüilizantes após tanto sofrimento. Vocês duas são muito valentes.

Tinham parado para ver Laura. Com uma séria desidratação, estava no soro e dormia sob o efeito de sedativos.

Sam voltara ao hospital para acompanhá-las até o hotel. Mas quando se encontraram na portaria, os Buckley chegaram. "Papai, mamãe", exclamara Meredith e, com o coração apertado, Jean a observara voar para os braços do casal.

— Jean, você deu-lhe a vida e salvou-lhe a vida — disse Gano Buckley docemente. — A partir deste momento, e para sempre, você fará parte da existência dela.

Jean observou o elegante casal à sua frente. Ambos aparentavam 60 anos. Charles Buckley tinha cabelos grisalhos, olhar penetrante, traços fortes e um ar autoritário que era compensado por gestos corteses e um sorriso caloroso. Gano Buckley era uma mulher miúda, de beleza delicada, que construíra uma breve carreira de pianista antes de se tornar esposa de militar.

— Meredith toca muito bem — explicou a Jean. — Não faltarão oportunidades de ouvi-la ao piano.

Os três visitariam Meredith na academia domingo à tarde. São seus pais, pensou Jean. Foram eles que a criaram, que cuidaram dela, lhe deram amor e a transformaram na jovem maravilhosa que é. Mas pelo menos terei agora um lugar em sua vida. Domingo a levarei ao túmulo de Reed, e lhe falarei sobre ele. Ela precisa conhecer o homem extraordinário que foi seu pai.

A noite teve um sabor ao mesmo tempo amargo e doce, e Jean teve certeza de que os Buckley compreenderam quando, sob a alegação de cansaço, foi embora assim que o café foi servido.

Quando Craig Michaelson deixou-a no hotel, às 22 horas, Sam Deegan e Alice Sommers a esperavam no saguão.

— Imaginamos que gostaria de tomar um último drinque conosco — antecipou-se Sam. — Mesmo com todo esse pessoal da eletricidade reunido aqui, conseguimos reservar uma mesa no bar.

Com lágrimas de gratidão, Jean olhou para os dois. Eles entendem que tive uma noite dura, pensou. Logo depois avistou Jake junto ao balcão da recepção. Acenou para ele, que correu ao seu encontro.

— Jake — disse —, estava tão atordoada hoje à tarde que nem sei se lhe agradeci. Se não fosse você, Laura, Meredith e eu não estaríamos vivas agora.

Passou os braços ao redor de seu pescoço e beijou-o no rosto.

Jake estava visivelmente emocionado.

— Dra. Sheridan, só lamento não ter sido um pouco mais inteligente. Quando vi as corujas de metal sobre a cômoda perto do corpo do sr. Amory, contei para o sr. Deegan que tinha encontrado uma igual na sepultura de Alison Kendall. Acho que se eu tivesse falado para ele no dia em que a encontrei, teriam logo providenciado segurança para a senhora.

— Não se preocupe — tranqüilizou-o Sam. — Como poderia saber naquele momento que a coruja tinha algum significado? A dra. Sheridan tem razão. Se você não tivesse deduzido que Laura se encontrava naquela casa, todas estariam mortas. E agora vamos, antes que ocupem nossa mesa.

Fez uma pausa, respirou fundo e acrescentou:

— Venha conosco, Jake.

Alice estava ao seu lado. Sam percebeu que o que Jake acabava de contar a deixara intrigada.

— Sam, na semana passada, no aniversário da morte de Karen, encontrei uma corujinha de metal na sua sepultura — disse, com voz pausada. — Levei-a para casa e guardei no armário da sala, onde ficam minhas quinquilharias e curiosidades.

— É isso! — exclamou Sam. — Tenho quebrado a cabeça tentando me lembrar o que foi que vi no seu móvel envidraçado que me deixou perturbado. Agora está claro.

— Sem dúvida foi Gordon Amory quem a colocou sobre a sepultura de Karen — deduziu Alice, com tristeza.

Sam passou o braço sobre seus ombros quando se dirigiram para o bar. O dia fora um inferno também para ela, pensou. Ele contara a Alice que O Coruja confessara a Laura que tinha matado Karen por engano. Alice ficou arrasada ao saber que Karen tinha sido morta apenas porque decidira passar aquela noite em casa. Mas pelo menos isso serviria para livrar de qualquer suspeita o namorado de Karen, Cyrus Lindstrom, e ela poderia agora, de certo modo, colocar um ponto final em sua angústia.

— Vou tirar aquela coruja da prateleira hoje à noite, quando levar você para casa — prometeu. — Não quero que continue a vê-la.

Acomodaram-se à mesa.

— É um ponto final para você também, não acha, Sam? — perguntou Alice. — Durante vinte anos, nunca desistiu de tentar decifrar o mistério que envolvia a morte de Karen.

— Nesse sentido você tem razão, mas espero que possa continuar a visitá-la de vez em quando, certo?

— Não só pode, Sam, como deve. Você me apoiou durante vinte anos. Não quero que me abandone agora.

Jake se preparava para sentar-se ao lado de Jean quando sentiu que alguém lhe tocava o ombro.

— Com licença?

Era Mark Fleischman, que ocupou a cadeira.

— Parei no hospital para visitar Laura — explicou a Jean. — Está melhor, embora, claro, continue emocionalmente abalada. Mas ficará boa — afirmou, com um sorriso malicioso. — Falou até que gostaria de fazer terapia comigo.

Jake sentou-se na cadeira do outro lado de Jean.

— Em todo caso, acredito que essa experiência angustiante será um momento decisivo na carreira dela — acrescentou, com ar sincero. — Com toda essa publicidade, com certeza terá muitas ofertas de trabalho. O *show business* é isso.

Sam olhou para ele. Meu Deus, ele tem razão, pensou. Após a constatação, decidiu pedir um uísque duplo em vez de um copo de vinho.

Jean soubera por intermédio de Sam que Mark andara pela cidade inteira tentando encontrá-la e que, ao receber o telefonema de Sam, correra até o hospital para onde ela, Meredith e Laura tinham sido levadas. Saíra sem vê-la quando foi informado de que seria logo liberada. Durante o dia todo não tinham se visto nem se falado. Agora ela tinha os olhos grudados nele. A ternura de seu olhar a deixava profundamente envergonhada por ter desconfiado dele e, ao mesmo tempo, a comovia.

— Por favor, Mark, me perdoe — pediu. — Estou arrependida de não ter confiado em você.

Ele cobriu a mão dela com a sua, o mesmo gesto que, dias antes, a tinha confortado e comovido, e que acendera dentro dela a centelha que há muito faltava em sua vida.

— Jeannie — disse Mark, com um sorriso —, não me peça perdão. Vou lhe dar muitas oportunidades de se redimir. Pode ter certeza.

— Alguma vez você suspeitou que fosse Gordon?

— Jean, a verdade é que, por baixo do pano, muita coisa estava acontecendo com nossos colegas homenageados, sem falar no próprio organizador do encontro. Jack Emerson pode ser um homem de negócios brilhante, porém eu não confiaria nele. Meu pai contou que Jack é conhecido como mulherengo e um bêbado de mau caráter, embora não seja dado a agressões físicas. Todos acreditam que ele botou fogo naquele prédio, há dez anos. Um dos motivos é que, na noite do incêndio, um vigia, provavelmente pago por ele, fez uma ronda fora dos padrões habituais para se certificar de que não havia mais ninguém no imóvel. Foi o bastante para levantar suspeitas, mas mostrou que Emerson jamais quis matar alguém.

E prosseguiu:

— Durante algum tempo, de fato, pensei que Robby Brent poderia ser o assassino de suas companheiras de refeitório. Lembra-se de como era mal-humorado quando garoto? E estava tão asqueroso no nosso jantar que cheguei a pensar que seria capaz de fazer mal a alguém física e emocionalmente. Consultei artigos na internet sobre ele. Li que falou a um jornalista sobre o medo que sentia da pobreza, e que se gabava de ter dinheiro enterrado pelo país inteiro sob a forma de terrenos que eram na verdade seus, porém registrados sob nomes fictícios. Teria dito também que era o idiota no seio de uma família brilhante e que na escola era considerado esquisitão. Acrescentou que aprendera a arte do ridículo porque ele próprio era alvo constante de zombaria. Acabou odiando quase todos os moradores da cidade.

Mark deu de ombros.

— E então, quando comecei a me convencer de que era ele O Coruja, como agora chamamos o assassino, Robby desapareceu — continuou.

— Achamos que ele suspeitou de Gordon e o seguiu até a casa — explicou Sam. — Havia manchas de sangue na escada.

— Carter tem tanto rancor dentro dele que cheguei a imaginar que seria capaz de matar alguém — confessou Jean.

Mark balançou a cabeça.

— Eu não. Carter sempre expressou seu rancor através de suas atitudes detestáveis e também de suas peças. Li todos os seus textos. Você devia fazer o mesmo um dia. É possível reconhecer em alguns de seus personagens pessoas que existem na vida real. É assim que se vinga de quem ele acusa de tê-lo atormentado. Não tem necessidade de ir além.

Jean percebeu que Sam, Alice e Jake estavam atentos às palavras de Mark.

— Restavam apenas Gordie Amory e você — disse.

Mark sorriu.

— Apesar de suas dúvidas, Jeannie, eu sabia que *eu* não era culpado. Quanto mais analisava Gordon, mais crescia minha suspeita. Uma coisa é consertar um nariz quebrado ou eliminar as bolsas embaixo dos olhos, mas modificar completamente a aparência externa é uma coisa que sempre me pareceu estranha. Não acreditei quando prometeu dar um papel a Laura em um de seus seriados para a televisão. Ficou claro para mim que ele não gostou de ter sido tão paparicado por ela durante o encontro, embora todos soubessem que seu único interesse era usá-lo. Mas hoje de manhã, quando percebi que

Gordon estava no hotel depois que você sumiu, pensei que tivesse me enganado. Para ser sincero, enquanto rodava pela cidade à sua procura, meu peito doía de tanta aflição. Tive certeza de que alguma coisa terrível acontecera a você.

Jean virou-se para Sam.

— Sei que esteve com Laura no hospital. Ela falou se Gordon contou o que fez para que quatro mortes parecessem acidentais e a de Gloria fosse considerada suicídio?

— Na verdade, Gordon se vangloriou disso para Laura. Explicou que vigiou e seguiu todas as moças antes de matá-las. O carro de Catherine Kane derrapou e mergulhou no Potomac depois que ele danificou o freio. Cindy Lang não foi soterrada por uma avalanche. Ele atacou-a na pista e jogou o corpo em uma fenda da montanha. Houve uma avalanche naquela tarde e todos deduziram que ela tivesse sido atingida. Seu corpo jamais foi encontrado.

Sam tomou lentamente um gole de uísque e continuou:

— Um dia ele ligou para Gloria Martin e perguntou se podia passar na sua casa para um drinque. Nessa época, ela já sabia de seu sucesso e também que se tornara um belo homem, por isso concordou. Mas não resistiu à idéia de irritá-lo e saiu para comprar a corujinha de metal. Gordon encheu-a de bebida e, quando ela adormeceu, asfixiou-a com um saco plástico e colocou a coruja em sua mão.

Alice deixou escapar um grito.

— Meu Deus, ele era um monstro!

— Era mesmo — concordou Sam. — Debra Parker tomava aulas de vôo em um pequeno campo de aviação. A segurança era falha. Gordon tinha diploma de piloto, por isso sabia exatamente o que fazer para sabotar o avião antes de ela decolar para seu primeiro vôo solo. E a morte de Alison foi simples... bastou manter a cabeça dela embaixo d'água na sua própria piscina.

Sam olhou para Jean com compaixão.

— Sei também, Jean, que ele confessou para você e Meredith que foi ele quem atropelou Reed Thornton.

Mark não desviara os olhos de Jean.

— Há pouco, quando visitei Laura no hospital, ela me contou que Gordon tinha três sacos plásticos com os nomes e que pretendia usá-los para asfixiar você, Laura e Meredith. Meu Deus, Jeannie, quando penso nisso, fico maluco. Eu não suportaria que algo lhe acontecesse.

Com um gesto lento e deliberado, pegou o rosto de Jean entre as mãos e deu-lhe um beijo, um longo e terno beijo que dizia tudo que ainda não conseguira expressar em palavras.

Um *flash* disparou de repente e todos ergueram os olhos, assustados. Jake estava agora de pé, a câmera focada neles.

— É apenas uma câmera digital — explicou, sorridente —, mas sei reconhecer quando surge a oportunidade de uma boa foto.

Epílogo

West Point, Dia de Formatura

— Não consigo acreditar que já tenham se passado dois anos e meio desde que Meredith voltou a fazer parte de minha vida — confessou Jean a Mark.

Seus olhos brilhavam de orgulho, enquanto os formandos se aproximavam, garbosos em seus uniformes de gala: túnica cinza com paramentos e vistosos botões dourados, calças brancas engomadas, luvas brancas, chapéu.

— Muita coisa aconteceu nesse tempo — concordou Mark.

Era uma bela manhã de junho. As orgulhosas famílias dos cadetes lotavam o estádio Michie. Charles e Gano Buckley estavam sentados bem à frente dos formandos. Do outro lado de Jean, o general aposentado Carroll Reed Thornton e sua esposa viam desfilar diante de seus olhos a neta que tinham passado a adorar.

Tanta felicidade após um sofrimento tão grande, pensou Jean. Ela e Mark acabavam de festejar seu segundo aniversário de casamento e o primeiro de seu filho, Mark Dennis. Cuidar do bebê e partilhar com ele cada momento amenizava a dor de não ter sido capaz de criar sua filha. Meredith era louca pelo irmãozinho, embora, como costumava dizer rindo, soubesse que não teria muito tempo para bancar a *baby-sitter*. Ao fim da cerimônia, seria segundo-tenente do exército dos Estados Unidos.

Ela e Jake eram os padrinhos do pequeno Mark. A felicidade de Jake com o afilhado se traduzia na enxurrada de artigos sobre cuidados com o bebê que enviava da Universidade de Columbia, onde agora estudava.

Sam e Alice estavam algumas fileiras mais atrás. Fico feliz que tenham acabado juntos, pensou Jean. Foi ótimo para os dois.

Às vezes Jean tinha pesadelos em que revivia todos os horrores daquela semana do encontro de ex-alunos. Por outro lado, esses mesmos acontecimentos a tinham aproximado de Mark. E se não tivesse recebido aqueles faxes, talvez não tivesse reencontrado Meredith.

Tudo começou aqui em West Point, pensou, enquanto a banda entoava os primeiros acordes do hino nacional.

Durante a cerimônia, não conseguiu afastar a lembrança daquela tarde de primavera quando, pela primeira vez, Reed sentara ao seu lado e puxara conversa. Foi meu primeiro amor, pensou com carinho. E estará para sempre em meu coração. Pouco depois, quando a cadete Meredith Buckley foi chamada para receber o diploma de West Point que seu pai não vivera o suficiente para aceitar, Jean teve certeza de que, de algum modo, Reed estava entre eles naquele momento.

Este livro foi composto na tipologia Minion, em corpo 11,5/15, e impresso em papel off-white 80g/m², no Sistema Cameron da Divisão Gráfica da Distribuidora Record.